LAS (des)VENTAJAS DE SER virgen

CAMERON LUND

LAS (des)VENTAJAS DE SER virgen

CAMERON LUND

Traducción de Ángela Esteller García

Duomo ediciones

Maquetación y adaptación de cubierta: Endoradisseny

Título original: *Best Laid Plans*
© 2021, Cameron Lund, del texto
© 2021, de la traducción, Ángela Esteller García

ISBN: 978-84-17761-67-7
Código IBIC: YF
Depósito legal: B 18.714-2020

© de esta edición, 2021 por Antonio Vallardi Editore S.u.r.l., Milán
Primera edición: febrero de 2021
Duomo ediciones es un sello de Antonio Vallardi Editore S.u.r.l.
www.duomoediciones.com

Gruppo Editoriale Mauri Spagnol S.p.A.
www.maurispagnol.it

Impresión: Grafica Veneta S.p.A. di Trebaseleghe (PD)
Impreso en Italia

*Para todas aquellas personas que no están preparadas
o que sienten que van rezagadas.*

Recordad, no es una carrera.

UNO

Nada más abro la puerta, lo primero que veo es el culo de Chase Brosner, desnudo y resplandeciente, como si fuera uno de esos letreros con luces de neón de Las Vegas. A continuación, veo las manos de la chica que se encuentra debajo de él agarrándole la espalda, y cuando me fijo en las uñas, sé que es Danielle. Estaba con ella cuando se las pintó. «De negro», dijo, a juego con su corazón.

Están enroscados en la cama —en la cama de los padres de Andrew— y yo me he quedado de piedra, inmóvil, con la mano sobre el pomo de la puerta. No era lo que esperaba encontrarme cuando hui escaleras arriba de toda la gente que ni siquiera recuerda que es mi cumpleaños, y que solo ha venido a esta estúpida fiesta porque se ha enterado de que los padres de Andrew están fuera esquiando y que hay cerveza gratis. Pero ahora, mientras trato de asimilar la imagen del culo de Chase, de las uñas de Danielle clavándose en la piel y del pelo oscuro desparramado por la almohada, me doy cuenta de que esto es mucho peor que la fiesta.

Aunque Danielle solo tarda tres segundos en advertir mi presencia, a mí me parecen tres mil. Y cuando me ve, empieza a gritar. Yo también grito, y al hacerlo, el vaso de cerveza se me escapa de las manos y me salpica los pies. Mientras ella gatea para estirar la sábana, envolviéndose con el edredón como si fuera un burrito humano, nos clavamos la mirada la una en la otra.

—Lo siento de veras —me disculpo, agachándome para recoger el vaso y secar lo que pueda con la manga antes de que el líquido estropee el parqué—. No sabía que la habitación estaba ocupada.

—¡Lárgate! —chilla Danielle.

Así que me largo dando un portazo.

Y aunque pueda parecer una locura, allí, atónita al otro lado de la puerta, todo lo que se me ocurre pensar es: «¿Y si esto es lo que hay? ¿Y si ese va a ser el primer y último culo que voy a ver en la vida?». Si cierro los ojos, todavía puedo verlo, blanco y deslumbrante, como si fuera el sol cuando lo miras directamente, y sospecho que esa imagen se ha grabado en mi memoria para siempre. Imagino que no es un culo feo, aunque no tengo con qué compararlo. Sencillamente, está pegado a un tipo que ni siquiera me gusta, un tipo que cuenta chistes estúpidos sobre sus pedos, que se preocupa demasiado por el baloncesto y que tiene una obsesión poco sana con la palabra «colega». Pero, de momento, no se perfila en el horizonte la perspectiva de ver a ningún otro tío desnudo, al menos no de la manera en que ha ido el insti hasta el momento.

Cuando la puerta se abre de nuevo y Chase y Danielle salen del dormitorio, yo todavía sigo allí. Están acabando de vestirse y hago una mueca desagradable al ver que Chase se sube la cremallera de la bragueta.

—Keely… —dice Danielle con voz entrecortada.

Agarra a Chase por el bíceps y puedo oler el aroma dulzón y acaramelado de su perfume. Lleva el pintalabios corrido por las mejillas y la melena morena despeinada, como si fuera una cama revuelta. Tengo que dejar de pensar en camas revueltas. Puaj.

—Eh, colega.

Chase levanta el brazo para saludarme con un fraterno y universal choque de puños pero cambia de idea y lo baja, presumiblemente recordando que, de hecho, no soy una de sus colegas. Un error bastante frecuente.

—Lo siento —me disculpo de nuevo, alejándome de ellos.

—Bah, da igual... —dice Chase, encogiéndose de hombros como si no tuviera mucha importancia.

—De hecho, ¿podemos hablar un momento? ¿A solas?

Danielle hace un gesto hacia la derecha con la cabeza, indicando el cuarto de baño del pasillo.

—Claro —respondo, con un nudo en la garganta.

Alguien que no nos conociera podría pensar que Danielle y yo somos amigas, y supongo que, según las reglas del insti, lo somos. Salimos con el mismo grupo y nos sentamos a la misma mesa para comer, aunque apenas nos dirigimos la palabra. Al parecer, todo cambia cuando te tropiezas sin querer con alguien desnudo.

—Te veo abajo —dice Chase, y besa a Danielle, poniéndole la mano justo al lado de la teta dispuesto a estrujársela, lo que me incomoda. Danielle suelta una risita y cuando Chase se aparta, levanta el mentón y me dice—: Hasta luego, Keely.

A continuación, se dirige arrastrando los pies hacia las escaleras. Puedo distinguir su olor a cerveza rancia cuando pasa por delante de mí.

Una vez que se ha marchado, Danielle me arrastra hasta el cuarto de baño. Cierra la puerta, pasa el pestillo y después se gira hacia el espejo y contempla su imagen reflejada. No la culpo. Si yo me pareciese a Danielle Oliver, probablemente me pasaría todo el día mirándome. Tiene una piel pálida luminosa, los pómulos marcados como los de una modelo y unos ojos grandes y castaños que se estiran en las comisuras, como los de una gata.

—Prométeme que no dirás nada.

—Lo prometo.

—Bien —dice, relajándose un poco—. Todavía me estoy haciendo la difícil.

Me muerdo la parte interna de la mejilla para no soltar una carcajada. Danielle y Chase todavía no salen juntos, pero son el uno para el otro: si el insti fuera Hollywood, ellos serían la gente guapa que aparece en las revistas. Solo era cuestión de tiempo que empezaran a salir. Así que no entiendo por qué Danielle está tan obsesionada con que lo mantenga en secreto. No es que ella haya sido muy discreta antes, cuando se ha dedicado a perseguirlo entre risas alrededor de la mesa de la cocina, tratando de pintarle la cara con su pintalabios rojo.

—¿No acabáis de… acostaros?

Con suerte no me matará por preguntárselo, pero la verdad es que todos en Prescott saben que Danielle Oliver es —bueno, era— virgen, y no porque ella lo dijera abiertamente. Así es cómo funcionan las cosas por aquí. Nuestro pueblo en medio de la nada del estado de Vermont es tan pequeño que incluso aunque solo conozcas a la gente de vista, lo sabes todo sobre ellos. Me refiero a que todos nosotros —los sesenta alumnos que cursamos el último año del insti— hemos estado juntos desde la escuela primaria, así que los secretos saltan de un estudiante a otro como si estuviéramos jugando al teléfono escacharrado. Y, con toda seguridad, la razón por la que Danielle ha conseguido seguir virgen durante tanto tiempo es porque la gente de Prescott debe de haber encontrado una nueva comidilla.

Yo también soy virgen, aunque esto no es tan sorprendente como para convertirse en noticia.

Percibo el momento preciso en que Danielle decide contármelo. Esboza una sonrisa que se extiende por su rostro como si fuera un haz de luz en una habitación a oscuras, y de repente está tan deslumbrante que siento una presión en el pecho. Sus ojos brillan cuando se vuelve hacia mí. Puedo notar cómo el secreto hierve en su interior, como si fueran burbujas de champán.

—Vale, puede que nos hayamos acostado… Adivina quién es por fin toda una mujer —confiesa.

—Guau… —De repente, no consigo encontrar las palabras adecuadas—. Eso es… Felicidades. ¡Bien por ti!

En lugar de comportarme como un ser humano real y práctico, me acabo de convertir en una tarjeta de felicitación cursi y hortera. Mis mejores deseos para el viaje. ¡El límite son las estrellas!

Pero Danielle no ha debido de advertir nada raro en mi reacción porque continúa hablando como si yo no hubiese dicho nada.

—Ni siquiera dolió tanto. Ava me contó que en su primera vez se desmayó, así que supongo que me lo esperaba más bestia. —Se lame el dedo índice y lo pasa por debajo de los ojos para eliminar las manchas de rímel—. Ava es taaan dramática.

Si Ava Adams estuviera aquí, en este cuarto de baño, en mi lugar, sabría exactamente qué decir. Ava es la preferida de Danielle. A mí solo me tolera.

—Y él, ¿te gusta? —pregunto.

Transcurre un instante antes de que responda, unos segundos en los que probablemente esté sopesando si vale la pena decirme la verdad. A continuación, se encoge de hombros.

—Ya tocaba. No puedo creer que haya sido virgen durante todo este tiempo. Qué vergüenza.

Noto que me sonrojo ante esta indirecta fortuita. Ya sé que lo de ser virgen no debería tener mucha importancia, pero el hecho de que Danielle compartiera la etiqueta conmigo me hacía sentir mejor. Si Danielle Oliver comparte algo vergonzoso contigo, la escala de incomodidad se rebaja automáticamente en cinco millones de puntos.

Ava fue la primera chica de nuestra clase que perdió la virginidad. Ella y Jason Ryder pasaron la noche de la fiesta de tercero en el patio, detrás del tobogán. Por aquel entonces, cuando me lo contaron, me quedé horrorizada. El sexo era algo ajeno a mí, algo que la gente hacía en las películas, y ni siquiera en las que yo veía. Entonces, las otras chicas empezaron a hacerlo también: Molly Moye la perdió con uno de los mejores amigos de su hermano mayor, y Jessica Rogers, con una chica que conoció durante unas vacaciones de invierno en Vancouver. Mi amiga Hannah perdió la suya en primero de bachillerato con su novio, Charlie. Fueron a pasar la noche a su casa del lago, encendieron un montón de velas y pusieron su álbum favorito. Al parecer, ni Morrissey pudo evitar que sucediera.

Mientras escuchábamos sus relatos de la primera vez, todas, todas, bullíamos con preguntas: «¿Qué se siente al hacerlo?». «¿Te dolió?». «¿Cómo supiste lo que tenías que hacer?». Y ahora Danielle se ha unido a ellas. Ahora estamos en el último año del insti y las preguntas se han agotado.

Ahora soy la única que queda.

Puedo escuchar el sonido amortiguado de la música en el piso inferior, el chillido de una chica y unas carcajadas, el estruendo de algo que cae al suelo, quizás un vaso de agua o la lámpara de la mesita auxiliar. Parpadeo y pongo los ojos en blanco. Espero que la madre de Andrew no nos mate. Quizá sea la casa y la fiesta de Andrew, pero su madre sabrá que he estado aquí. Siempre estoy aquí.

Danielle coge una toalla de mano y la restriega por las marcas de pintalabios en sus mejillas. Quiero alargar el brazo y detenerla —la madre de Andrew perderá la chaveta cuando vea la toalla manchada, especialmente después de eso que se ha roto en el piso inferior—, pero me parece que no es buen momento. Danielle se acerca al espejo y se inspecciona con la mirada perdida. Y podría jurar que su expresión es la de una persona más sabia, la de alguien que jamás volverá a preocuparse por si a un chico le gusta o no su trasero, que jamás volverá a tener una enorme espinilla en medio de la frente. Danielle siempre ha sido una persona muy segura de sí misma, pero ahora parece imparable.

A su lado, tengo el aspecto de una niña de doce años, pese a que hoy, oficialmente, cumplo dieciocho. Siempre he sido muy bajita, pero ahora lo parezco incluso más porque Danielle lleva unos zapatos negros de tacón grueso y yo, mis calcetines; me quité las botas para la nieve en la puerta, cuando llegué, como se suponía que teníamos que hacer. Me atuso el pelo —más rubio de lo habitual porque no me lo he lavado— y me maldigo por considerar que un champú seco y una cola de caballo eran lo más adecuado para una fiesta. Creo que estoy cavando mi propia tumba.

—¿No crees que parezco mayor ahora? —pregunta Danielle

frunciendo los labios y moviéndose adelante y atrás para ver su reflejo desde todos los ángulos—. En serio, ahora que ya soy mujer, me siento mayor.

No pienso admitirle que estaba pensando justamente en eso, así que le devuelvo la pregunta con coquetería.

—¿Crees que parezco mayor?

Ya sé que no cambias de un día para otro como por arte de magia al cumplir años. Aun así, hay una parte de mí que quiere sentir lo mismo que Danielle. Yo también quiero ser imparable.

Danielle me mira sin comprender.

—¿Y por qué tendrías que parecer mayor?

Por supuesto, no se acuerda. Y eso que hoy Hannah trajo pastelitos al insti para celebrarlo y Danielle los criticó por llevar demasiado huevo. Y eso que se supone que esta fiesta es en mi honor.

—Es mi cumpleaños.

Aparta su mirada del espejo y se vuelve hacia mí.

—Ay, lo había olvidado por completo… —Sus dedos se enredan en un mechón de pelo—. Chase ha sido tan dulce conmigo esta noche. Sabía que era mi primera vez, así que no tuvo prisa.

Y así regresamos a Chase. Supongo que no puedo culparla. Si yo acabara de perder mi virginidad, quizá solo me apetecería hablar del tema.

—Me alegro de que fuera tal como lo imaginabas —le digo—. Hay mucho gilipollas en este insti. Me alegro de que hayas encontrado a un buen chico.

—Ya… Chase Brosner… —responde, y a continuación me coge la mano y tira de mí hacia la puerta, le quita el pestillo y la abre de par en par—. Recuerda, tú no has visto nada.

Salimos juntas del baño y nos dirigimos escaleras abajo. Aunque fuera está nevando, el ambiente en el interior es cálido y huele a sudor. Ya casi hemos llegado al final de las escaleras cuando los oímos.

Aplausos.

Al principio son tímidos, y llegan amortiguados por el estruendo de la fiesta, por encima de una canción de Kendrick Lamar que alguien ha puesto en el móvil. Pero acto seguido, a medida que la gente se da cuenta de que estamos allí, aumentan. Todos dejan de hablar, de bailar, detienen sus juegos de *beer pong* y se unen al resto, ululando, silbando y lanzando vítores. Alguien coge el móvil y «Like a Virgin», de Madonna, suena a todo volumen.

Hemos llegado al pie de la escalera, y Danielle, que está detrás de mí, se pone tensa.

Al otro extremo del salón está Chase, despatarrado sobre el sofá, con una sonrisa soñolienta en el rostro. Jason Ryder y Simon Terst lo flanquean.

Simon se inclina hacia él, casi nervioso por la emoción.

—¡No está mal, Brosner!

Jason Ryder pega un largo trago a su cerveza y, a continuación, da unas palmadas a Chase en la espalda con tal ímpetu que seguramente le hace daño.

—Al final resulta que no es *infollable* —dice Ryder arrastrando las palabras.

Danielle sigue inmóvil, con un tacón flotando sobre el siguiente peldaño.

—Danielle, ¿estás bien? —susurro, agarrándola del brazo, tratando de tranquilizarla y de tranquilizarme a mí misma.

¿Cómo han podido enterarse tan rápido? No hemos estado ni diez minutos en el baño. ¿Ha sido Chase, que lo ha proclamado a los cuatro vientos nada más bajar del piso de arriba? Quizá se lo haya dicho a Jason Ryder, y el estúpido bocazas de Ryder se ha ido de la lengua.

—Estoy bien —sisea.

Sin embargo, su mano se aferra a la mía y la aprieta durante un instante antes de soltarla. Luego, toma aliento y se atusa el pelo con una mano temblorosa. Y después hace una reverencia.

Todo el mundo enloquece.

DOS

Danielle se endereza, sonriendo como hace Chase cuando juega en casa y todos sostenemos carteles con su nombre. Es como si la canción de Madonna fuera su música de bienvenida. La sigo escaleras abajo, como si fuera también la mía, confiando en que nadie haya relacionado la canción conmigo.

Ava se abalanza sobre nosotras, agarrando posesivamente a Danielle del brazo. Ava es pequeñita —más tetas que cuerpo—, con una piel pálida y pecosa que siempre está perfectamente bronceada, incluso en invierno, gracias a su obsesión con la leche hidratante bronceadora de coco. En algún momento, su cabello era pelirrojo, pero el año pasado empezó a teñírselo de diferentes colores según las festividades. Ahora mismo es de un color rosa pálido en honor al Día de San Valentín, y se parece al algodón de azúcar que venden en verano en los puestos del lago. Lleva el mismo pintalabios rojo que Danielle, los mismos pendientes de plata decoran sus orejas y en la mano sostiene la misma funda de teléfono violeta a juego. Es un uniforme que lo dice todo: incluso pese a que técnicamente seamos amigas, jamás me aceptarán en su club para dos. A veces pienso que ella y Danielle están tan acostumbradas a mimetizarse que lo de teñirse el pelo es la única forma que tiene Ava de diferenciarse, su pequeño acto de rebeldía.

—¿En serio te acabas de enrollar con Chase? —Ava tira del brazo de Danielle—. Todo el mundo comenta que te has acostado con él.

—Si todo el mundo lo comenta... —repite Danielle, con una sonrisa perversa en los labios—, debe ser cierto.

Ava tira más fuerte.

—Ya me encargo yo de ella —dice dirigiéndose a mí.

Y a continuación se alejan, hablándose entre susurros que no consigo oír. De repente, la necesidad de esconderme se apodera de mí. Tomo un trago indeciso de lo que queda de mi cerveza, solo por hacer algo. Sabe a pis caliente.

Muy al contrario que a mí, a Andrew siempre le han gustado las fiestas, y no entiendo cómo siempre llega a convencerme para que vaya, y menos cuando preferiría hacer un maratón de diez horas de Netflix. Echo un vistazo para ver si lo encuentro, o si encuentro a Hannah, o a alguien, pero soy demasiado bajita y hay mucha gente.

Voy a matar a Andrew por haberme organizado una fiesta de cumpleaños y haber pasado de mí después.

«Venga, Collins», soltó cuando insistí en que no me parecía buena idea. «Hemos celebrado todos nuestros cumpleaños juntos. No podemos dejar de hacerlo ahora». Es verdad. Andrew estaba allí el mismísimo día en que yo nací. Antes, de hecho. Nuestras madres se hicieron amigas en la clase de preparación al parto según la técnica Lamaze, así que siempre hemos estado juntos. El cumpleaños de Andrew fue la semana pasada, y sus padres nos llevaron a cenar a Giovanni's, algo que no encajaba en absoluto con el tipo de aventura cumpleañera que él tenía en mente. Así que ahora aprovecha que se han ido de vacaciones y yo tengo que tragar.

Entro en la cocina, esquivando a Jarrod Price, que está hurgando en el cubo de la basura. Hay vasos y platos sucios esparcidos por toda la encimera de formica. Andrew me prometió pizza si accedía a venir a la fiesta, y ahora las cajas se amontonan, llenas de cortezas abandonadas y queso reseco.

Apilo los platos, los pongo en el fregadero, mojo el estropajo y cojo el jabón.

—Por favor, dime que no piensas ponerte a fregar los platos.

Andrew cuelga un brazo sobre mi hombro y me aparta con un abrazo. En cierto modo, siempre me hace pensar en un golden retriever, un revoltijo sonriente y mullidito de pelo rubio y pecas. Juro que algunas veces incluso veo cómo mueve la cola.

—He pensado que podría adelantar trabajo.

Tomo un vaso de plástico de color rojo y lo paso por debajo del grifo. Andrew me lo quita de un manotazo y el agua nos salpica a los dos. Su camisa de franela está ya tan arrugada que parece que se haya revolcado con ella puesta. Lo que probablemente habrá hecho, con alguna que otra chica. Puaj.

—No creas que vas a ponerte a fregar platos el día de tu cumpleaños —dice—. Son normas de la casa. Además, es un vaso desechable.

—No digas eso en su presencia. Herirás sus sentimientos. Echo un vistazo hacia donde está Danielle, rodeada de una pandilla de chicas de primero de bachillerato—. ¿Crees que Danielle se encuentra bien?

Andrew sigue mi mirada.

—Es Danielle Oliver. Vive por y para ser el centro de atención. No podría haberle salido mejor ni aunque lo hubiera planeado.

Recuerdo mi conversación con ella en el piso de arriba, cómo me obligó a prometer que no se lo contaría a nadie.

—Me siento mal. Si fuera yo…

—Pero tú no eres ella. —Me pasa un brazo por la espalda—. Y menos mal. ¿Crees que habría podido soportarla durante dieciocho años? —Dejo que me arrastre hasta la nevera—. Tengo esa estúpida bebida de sandía que tanto te gusta. ¿La has encontrado?

Andrew saca un botellín de vidrio esmerilado de color rosa. Se la quito de las manos con entusiasmo.

—¿Y me lo dices ahora? He estado con este pis rancio toda la noche —protesto, señalando hacia una pila de toallas de playa sucias sobre la que hay un barril de cerveza, gentileza del primo de Andrew. Cumplió veintiuno hace unos pocos años y desde entonces es nuestro proveedor oficial de alcohol.

—Solo trato de curtirte un poco. Un día te encontrarás sola ante el peligro, quizás en una fiesta con un anfitrión mucho menos encantador y considerado que yo, y no habrá estúpidas bebidas de sandía, y entonces pensarás: «Menos mal que Andrew Reed me enseñó a beber cerveza». Aunque no te falta razón. Sabe a pis —afirma.

Pese a ello, va hacia el barril, se inclina y se sirve un vaso. Es en este momento cuando una de las de primero se separa de Danielle y se acerca a nosotros, rozando el hombro de Andrew. Cecilia Brooks siempre está rozando los hombros de la gente. Es como si se hubiese especializado en algún tipo de código secreto. Sé a ciencia cierta que Tim Schneider siempre le hace los deberes de trigonometría cuando se lo pide. Ya me gustaría a mí tener esos poderes.

—Hola, Drew.

Se coloca un mechón de pelo ondulado y rubio detrás de una oreja y sonríe, descubriendo dos hileras de dientes blancos y perfectos. Los padres de Cecilia son dentistas.

—Eh, Cecilia —saluda Andrew—. ¡Te estaba buscando!

Es su coletilla. El Andrew de las fiestas tiene una personalidad diferente a la del Andrew habitual. Siempre se vuelve más peñazo cuando está rodeado de chicas, y no sé por qué pero le funciona. Andrew cambia de novia con la misma facilidad con la que cambia de iPhone.

—¡No, no me buscabas! Menudo mentiroso…

Se ríe y le golpea ligeramente el torso.

—Ha estado hablando de ti toda la noche —improviso, tratando de ayudarlo a salir del paso—. No había manera de que se callara.

Andrew me da un pisotón, quizá para indicarme que me he pasado un poco. Cecilia se vuelve hacia mí de mala gana.

—Ah, hola, Keely… —Entonces, sus ojos se abren de par en par—. Oh, Dios mío, ¿es eso un Breezer de sandía? —Levanta la mano y la apoya en el hombro de Andrew—. ¡Me encantan!

Quiero que Andrew pase de ella, pero, al parecer, todavía no ha nacido el chico hetero que sea inmune al toque mágico de Cecilia Brooks. En concreto, el Andrew Fiestero no lo es.

—Sí, ¿quieres uno? He comprado un montón.

—¿En serio? Oh, eres tan mono.

Roce en el hombro.

Tengo los ojos clavados en él y me aferro con las dos manos a mi Breezer de sandía, como si, de algún modo, su patético discurso de charlatán fuera a conseguir que se me escapara de las manos, que le salieran unas pequeñas alas y que volara hasta ella. Andrew agarra una botella rosa de vidrio esmerilado de la nevera, la abre y se la tiende. Ella da un trago, con sus labios brillantes colocados justa y apropiadamente en la embocadura de la botella.

—Oye, Drew, sabes que he venido con Susie, ¿verdad? —dice Cecilia—. Pues se ha pasado con los chupitos de Smirnoff de frambuesa e igual está demasiado borracha para conducir. ¿Crees que…? ¿Se queda alguien a dormir? ¿Crees que podríamos pasar la noche aquí?

Roce en el hombro.

—Claro, podéis dormir aquí —dice Andrew, y Cecilia le dedica una sonrisa satisfecha. Casi puedo ver los corazones en sus ojos.

Sé que lo he perdido para el resto de la noche, al igual que he perdido los Breezer de sandía, así que me acabo lo que queda en la botella y la deposito sobre la encimera, preparándome para desaparecer. Ya hemos pasado por esto antes y conozco mi papel.

—Voy a ver si encuentro a Hannah. Nos vemos más tarde.

Me despido con un gesto de la mano y me dirijo hacia el salón. Andrew me sigue, dejando atrás a Cecilia.

—Eh, puedes quedarte con mi cama esta noche, ¿vale?

—Vaya, pensaba que os haría falta...

—Es tu cumpleaños. No pienso dejar que duermas en el sofá

—dice, sonriendo—. Además, podemos utilizar la habitación de invitados. O la ducha.

—Tío, por favor, no me hagas imaginar cosas horribles —le respondo, golpeándole el hombro de forma poco delicada.

—Venga, no hay nada horrible en una ducha. Que no estamos en *Psicosis*.

Andrew y yo descubrimos a Hitchcock a los doce años, cuando nos topamos con un DVD de *Extraños en un tren* en el videoclub. Lo vimos en el televisor borroso de su sótano una noche que me quedé a dormir, tapados hasta el cuello con nuestros sacos de dormir y fingiendo no tener miedo. Aquello nos condujo a un montón de maratones peliculeros en el sótano y al infame momento en que me hice pis con *Los pájaros*. Ahora, cada vez que paseamos por la playa y vemos gaviotas o bandadas de gansos volando por el cielo, Andrew siempre suelta algún comentario exasperante sobre cierto olor a pis.

Andrew esboza una sonrisa traviesa, torciendo la comisura de los labios. Se gira hacia Cecilia y en voz baja dice:

—Esta noche, seremos «Extraños en un baño».

—Oh, ya basta.

—No puedo esperar a ver todo su «frenesí», tú ya me entiendes.

—Me parece que hay un pájaro que te está haciendo una peineta… —replico, riéndome y levantando mi dedo corazón.

Andrew sube y baja las cejas.

—Soy yo el que le va a enseñar el pajarit…

Justo en ese instante, Hannah se abalanza sobre nosotros, y nos abraza con fuerza a los dos.

—¡¡Mis *prefes*!! ¿En serio os estáis tirando pullitas sobre Hitchcock? Si no os quisiera tanto, ahora mismo os odiaría.

El abrazo de Hannah es extremadamente fuerte. Practica hockey sobre hierba desde sexto de primaria y sus músculos lo demuestran. Los abrazos que casi duelen son la especialidad de Hannah Choi.

—Oh, no… —dice Andrew, zafándose—. Si tú no nos encuentras graciosos, ¿quién lo hará?

—Para eso os tenéis el uno al otro —responde ella, riendo y apartándose el largo flequillo que le cubre los ojos.

Hannah tiene un pelo de anuncio de champú: negro, espeso y elástico. Es guapísima, lo que no me favorece en nada teniendo en cuenta que me paso la mayor parte del tiempo a su lado.

—En realidad me está dejando plantada —le explico, bajando la voz y señalando hacia la cocina con la cabeza.

Cecilia todavía está allí, de brazos cruzados y susurrándole cosas al oído a Susie Palmer. Hannah le dedica una sonrisa maliciosa a Andrew.

—Vaya, ¿así que Cecilia y tú vais a mojar?

—Sí, con toda seguridad en la ducha —digo yo con una mueca—. Acaba de darme más detalles de los que necesitaba.

Hannah se ríe.

—Si hay alguien capaz de aguantar todos los detalles morbosos, esa eres tú.

—No vamos a «mojar», como has dicho de forma tan encantadora —replica Andrew, haciéndose el ofendido—. Además, es tu cumpleaños, Collins, así que si quieres que nos quedemos contigo…

Deja la frase en puntos suspensivos y sé que está esperando a que le dé permiso para darme plantón. Debería sentirme molesta, pero ya sabía que ocurriría antes de que la fiesta empezara.

—No seré yo la que te aparte del amor.

Andrew se rasca la nariz.

—¿Estás segura? Hannah y yo te escribimos un rap de cumpleaños y todavía no hemos encontrado el momento de…

—Suena atroz —interrumpo, riéndome y prácticamente empujándolo para que se aleje—. Anda, vete. Si sigues ignorándola y hablando con nosotras, perderás tu oportunidad. —Desde donde estoy, puedo sentir la mirada de Cecilia clavada en mí—. Tengo a Hannah. Y sobras de pizza.

—Vale, genial —dice Andrew—. Y para que lo sepas, no la estoy ignorando. Le estoy dando tiempo para que me eche de menos.

A continuación, se gira hacia Cecilia y le dedica su estúpida sonrisa de Andrew Fiestero. Funciona, claro, como siempre. Cecilia se acerca y pasa el brazo por el hueco de su codo.

—Vamos, Andrew, necesito un compañero de equipo para una partida de *beer pong*.

Empieza a tirar de él como si ya hubiese aceptado y Andrew se deja llevar.

—Os veo luego, ¿vale?

—¡Que os divirtáis, niños! —exclamo, despidiéndome con la mano.

Pero Andrew regresa.

—Mis sábanas tienen pájaros, Collins, así que ¡trata de no hacerte pis en la cama!

Le vuelvo a hacer una peineta y escucho cómo se ríe mientras se va.

—Es asquerosamente bueno en eso —dice Hannah—. No entiendo por qué seguimos siendo amigas suyas.

—Somos sus alcahuetas —digo asintiendo.

Sé que Andrew aprecia nuestra colaboración con las chicas, y si le preguntara que me ayudara con los chicos, haría lo mismo por mí; pero, sencillamente, esto último jamás ha ocurrido. Los tíos no se presentan ante mí en medio de una fiesta y me rozan ligeramente el hombro. Antes de que pueda evitarlo, la imagen de Danielle y Chase en la cama, desnudos y enmarañados, me viene a la cabeza y siento náuseas. Miro a mi alrededor y trato de imaginar a quién abordaría si pudiera, a quién dejaría que me llevara al dormitorio principal como hizo Danielle. De repente, se me ocurre que podría hacerlo, que podría tratar de perder mi virginidad esta noche, ahora mismo, en mi decimoctavo cumpleaños, y entonces todo esto habría terminado.

Pero no hay nadie aquí con quien me apetezca hacerlo. No

con Chase, que se cree el tío más guapo de clase y se comporta como tal. No con Jason Ryder, que es todavía peor. No con Edwin Chang, porque todo el mundo sabe que está enamorado de Molly Moye, ni con Jarrod Price, que casi siempre va colocado. Y por descontado, no con Andrew, porque básicamente es casi como un hermano y porque ahora mismo está enroscado al cuello de Cecilia como si fuera una bufanda, susurrándole cosas al oído mientras ella se retuerce en sus brazos.

Los conozco a todos desde hace demasiado tiempo: desde que se hurgaban la nariz, hacían competiciones de pedos o se comían las ceras de colores y el pegamento. Es difícil no tenerlo en cuenta. Pienso por enésima vez lo diferente que va a ser todo cuando abandone este pueblo perdido y empiece la universidad, cuando llegue a la ciudad y pueda caminar por la calle rodeada de extraños por primera vez en mi vida, de gente que no tiene el mismo aspecto ni se comporta del mismo modo, que no conocerá a mis padres o mi físico cuando tenía diez años, que no me tratará como la mejor amiga de Andrew, como la chica a la que Danielle tolera, como la menos guay de los que almuerzan en nuestra mesa.

Niego con la cabeza y paso mi brazo por el de Hannah.

—Andrew me aseguró que su cama era mía. ¿Quieres compartir habitación?

—Sí, gracias. He tratado de encontrar un lugar donde dormir durante un rato, pero están todos adjudicados. Lo intenté con el sofá del despacho y Sophie casi me asesina.

Esto es lo que suele ocurrir en las fiestas en medio de la nada. Aquí no tenemos nada parecido a Uber, y serías un completo idiota si condujeras borracho —especialmente con nieve—, así que todo el mundo se queda a pasar la noche. Es como una gran fiesta de pijamas bañada en alcohol.

Hannah y yo empezamos a subir las escaleras, dejando atrás una pared repleta de fotos enmarcadas de la niñez de Andrew, instantáneas que he visto un millón de veces y en las que salgo: Andrew y yo vestidos de cazafantasmas en Halloween, con nuestras pequeñas manos llenas de golosinas; Andrew y yo nada más empezar la secundaria, rubios y delgados con aparatos en los dientes y acné, en la cima de nuestro periodo difícil. Al pasar ante una de ellas, Hannah la señala con el dedo: el décimo cumpleaños de Andrew, en el que nos enzarzamos en una pelea de barro. Estamos sonriendo a la cámara, completamente embadurnados.

—¿Las habrá visto ya todo el mundo o todavía tenemos tiempo de esconderlas? —pregunta con una sonrisa burlona.

—Es demasiado tarde.

—Ni siquiera puedo distinguiros.

Sé que está bromeando, pero no le falta razón: en esta foto, soy igual que un chico. Sin embargo, de nada sirve esconder el pasado. Si yo soy capaz de recordar a todos los que se hurgaban la nariz, puede que ellos también se acuerden de mí con este aspecto.

Pasé toda la primaria con Andrew. No vi necesidad de hacer otros amigos, no cuando Andrew y yo pedaleábamos al mismo ritmo y podíamos recordar los diálogos de las películas de *La guerra de las galaxias* de memoria, incluso los de las precuelas. Mi madre me previno sobre la temida «fase de contagio», sobre el día en que Andrew cambiaría y diría que ya no podía ser amigo mío. Sin embargo, eso jamás ocurrió. La pubertad llegó y, de algún modo, continuamos siendo amigos.

Sí, claro, hubo años difíciles. Recuerdo la fiesta de su decimotercer cumpleaños, en la piscina, donde yo era la única chica y me aterrorizaba quitarme la ropa y tirarme, ansiosa por unirme al concurso de bombas pero preocupada por si se me bajaba el bañador o si se me venía el periodo. Recuerdo que, cuando posábamos para las fotos en reuniones familiares, nuestros padres nos decían: «Poneos más juntos» sin darle importancia, y yo me quedaba casi sin aliento por lo violento de la situación. Recuerdo aquella ocasión en que en el primer año de insti Andrew me invitó a su casa y yo me presenté en pijama, sin esperar que otro grupo de chicos estuviera allí —chicos monos de nuestra clase— y me enfadé tanto con él por no haberme avisado que no le dirigí la palabra durante tres días.

Y después vino el primer beso de Andrew, con Sophie Piznarski en la fiesta de segundo de secundaria. Me sacó de la cafetería para explicármelo, y su rostro era una mezcla confusa de emoción y vergüenza. «¿Era normal mantener aquel tipo de conversaciones? ¿Podíamos hablar de esas cosas? ¿No era muy raro?»

Durante aquellos turbulentos y traumáticos años de crecimiento pelicular y aparatos en los dientes en los que Andrew y yo todavía estábamos tanteando el terreno, tratando de imaginar cómo íbamos a relacionarnos, él siempre rodeado de otros chicos y yo hablando con la boca pastosa con ellos, fue una salvación conocer a Hannah. Era mucho más guay que yo, y se llevaba bien con Danielle y Ava, chicas que, a los trece años, ya parecían modelos de Instagram. Me invitó a compartir mesa durante el almuerzo, rescatándome de la oscuridad poco femenina y de los vulgares temas de conversación de los chicos.

Estaba preocupada por si mi nuevo grupo de amigas cambiaba las cosas con Andrew, por si se sentía extraño y apartado porque yo tenía una nueva mejor amiga aparte de él, pero tendría que haberlo imaginado. La primera vez que quedamos, Andrew y Hannah coincidieron en su obsesión por Harry Potter, y pronto los tres nos volvimos inseparables. Ambos son Gryffindors, claro, y pese a que yo soy una Hufflepuff, dicen que me quieren igual.

Al final de la escalera nos topamos con Molly Moye y Edwin Chang, que se están pegando el lote apoyados contra la puerta del armario del pasillo como si quisieran meterse dentro. Edwin todavía sostiene un botellín de cerveza en la mano, y está a punto de derramar su contenido porque al mismo tiempo magrea el trasero de Molly. Hannah es amiga de Molly gracias al hockey sobre hierba, y hemos pasado el suficiente tiempo juntas como para saber que el hecho de que Edwin y Molly se enrollen es un momento memorable. Sin embargo, por alguna razón, no estoy para celebraciones.

—¿Qué le pasa hoy a todo el mundo? ¿Están todos en celo? —murmuro entre dientes, acercándome para cogerle el botellín a Edwin y depositarlo después en la consola del pasillo, encima de una revista para que no deje marca.

Él apenas se da cuenta: levanta el pulgar en señal de agradecimiento, y yo se lo devuelvo, tratando de comportarme como si todo me pareciera bien.

Los dejamos atrás y vamos hacia la habitación de Andrew, y una vez que la puerta se cierra, me relajo. El lugar es un caos, pero es un caos conocido. En el suelo se acumula la ropa sucia, y las sábanas —verdes con patos que vuelan— están revueltas y arrugadas. Contra una de las paredes se encuentra el viejo sofá en el que normalmente duermo cuando me quedo a pasar la noche. Hannah se deja caer allí, mientras que yo me siento sobre la cama y le lanzo una manta extra.

—Bueno, ¿qué es lo que ha pasado? —pregunta—. Estaba en el sótano y de repente oí que todo el mundo empezaba a gritar.

Le cuento lo de Danielle, los aplausos y la canción de Madonna, lo de la palabra *infollable* en un tono más elevado, tan afilada como una navaja.

—Es tan clásico… —Me quito los calcetines de lana y me hundo en la cama—. Este sitio apesta.

Voy a ir a una universidad en California, lo que todo el mundo considera una locura. Sin embargo, necesito un sitio completamente nuevo. Estoy harta de Prescott, de la nieve, del hielo, del viento, a veces tan frío que parece que te corroe. Lo único que sé es que quiero hacer películas, y Vermont resulta bastante sombrío en ese sentido. De aquí solo salen escritores, *snowboarders* y asesinos en serie.

Hannah va a matricularse en la Universidad de Nueva York para estudiar Arte, y Andrew va a ir a la Johns Hopkins porque, pese a que lo disimula bastante bien, es increíblemente listo. La Johns Hopkins está en Baltimore, lo que son 4.258 kilómetros de distancia de Los Ángeles y 307 de Nueva York. Lo he buscado. El año que viene, solo seremos tres puntos alejados sobre el mapa. Y esta es la parte que más me asusta. Estoy lista para pirarme de Prescott, pero jamás lo estaré para separarme de ellos.

Así que tenemos que conseguir que los próximos meses sean memorables. Lo único que nos quedará serán los «momentos», los grandes recuerdos que después rememoraremos, los que importarán cuando hablemos del insti de aquí a veinte años. En junio, cuando las clases terminen, vamos a poner «Free Bird» a toda pastilla en los altavoces de la camioneta de Andrew y los tres levantaremos nuestros dedos corazón hacia el cielo mientras salimos del aparcamiento. Un «jódete» final a todos y a todo. Puedo verlo ya en mi cabeza, y puedo imaginarme el resto del año académico como si fueran los fotogramas de una película.

—El año que viene será todo diferente. Estoy deseando pirarme —declara Hannah.

Hannah es de origen coreano —uno de los únicos tres alumnos de procedencia asiática en todo el insti—, y sé que es en parte por eso por lo que tiene tantas ganas de mudarse a Nueva York. De hecho, sus padres se conocieron en la Universidad de Nueva York y se mudaron aquí cuando ella tenía cinco años. Desde entonces, no ha dejado de decir que va a volver a la ciudad y vivir en un *loft* bohemio. Vale, lo entiendo. Nueva York es un lugar vibrante, emocionante y diverso. Vermont es como un ponche enorme de jipis blancos.

—Prescott es el lugar más deprimente de la Tierra —confirmo—, pero al menos estás atrapada aquí conmigo.

—Estoy tan contenta de que nacieras, cumpleañera —responde Hannah—, y también de que Andrew exista. Es un tío legal. Nos ha dejado esta habitación.

Suelto una carcajada.

—Solo lo he estado utilizando todo este tiempo por la cama.

—De hecho, no creo que a Andrew le importara mucho que lo utilizaras, y menos por la cama —responde Hannah, moviendo las cejas.

—¡Qué asco!

Finjo tener una arcada, como si fuera un bebé de guardería. Hannah lleva lanzando indirectas sobre una posible relación entre Andrew y yo desde el primer año del insti, aunque eso nunca va a ocurrir. A continuación, frunce el ceño.

—¿Sabes? Pensaba que Chase también era legal. Me apuesto algo a que no quería contarle a todo el mundo lo de Danielle. Ya sabes cómo es Ryder. Seguramente se lo sonsacó a puñetazos o algo parecido.

No estoy segura de si realmente cree lo que dice o si solamente intenta convencerse a sí misma. Hannah siempre trata de ver el lado bueno de las personas, incluso cuando no se lo merecen.

Me cuelo en la cama de Andrew después de retirar las sábanas, que no me he molestado en cambiar. Hannah se acurruca debajo de la manta. Durante unos instantes, nos quedamos quietas, contemplando las estrellas luminosas del techo, y a continuación oigo la voz de Hannah, floja y amortiguada.

—De algún modo, me recuerda a Charlie.

Me giro para ponerme cara a ella, apoyando el mentón en mi mano. Charlie, más conocido como el Gilipollas Adúltero, rompió con Hannah a los pocos días de haberse acostado por primera vez. Al parecer, también había estado acostándose con Julie Spencer durante todo ese tiempo. Sé que a veces, cuando estamos en la habitación de Andrew, Hannah se acuerda de Charlie porque aquí es donde pasamos la noche después de que rompieran. Andrew buscó los acordes de guitarra de las canciones más animadas sobre rupturas y nosotras nos desgañitamos, desafinando y a voz en grito. «Tú eres una Gryffindor, y él es un *squib*», le dijo Andrew. «No lo olvides». «No es un *squib*. Es un puto mortífago», le respondió Hannah.

—Lo que hizo Chase no estuvo bien, pero no es lo mismo —digo para retomar la conversación y para convencerme a mí misma de ello por el bien de Danielle—. Danielle lo superará. Estará bien porque no… —Dejo la frase sin terminar, y Hannah lo hace por mí.

—¿… lo quiere?

—Eso es.

—Se supone que el sexo y el amor van unidos. Pero si te enamoras, has metido la pata, y hasta el fondo. Enamorarse de un chico del insti es lo más estúpido que puedes hacer.

Hannah alza el brazo y apaga la luz.

Me despierto un poco más tarde, al notar un peso junto a mí sobre el colchón. Abro un ojo con dificultad y veo que Andrew está sentado al borde de la cama, con el pelo revuelto y de punta. Tiene mi bolso en las manos, y cuando advierte que me he despertado, se le cae y todo su contenido se desparrama en el suelo.

—Lo siento —se disculpa—. He tropezado con él.

Se agacha para recoger todas mis cosas y después se tumba junto a mí.

—¿Qué hora es? —susurro con voz ronca.

Andrew comprueba el móvil y la luz de la pantalla brilla en la oscuridad de la habitación.

—Las cuatro y media.

—¿Dónde está Cecilia?

—En el sótano. Hemos probado a dormir en el sofá de ahí abajo, pero no cabemos. No dejaba de caerme. Me he hecho un moratón en el codo.

Y a continuación levanta el codo para enseñármelo.

—¿Y la has dejado allí abajo?

—Es tu cumpleaños —responde, como si eso fuera una explicación.

—Eres un capullo.

—Ni hablar. Soy el mejor. —Y deja caer su brazo pesado sobre mí.

—Quita.

Me deslizo hasta el otro extremo de la cama, casi hasta el borde. Se oye un ruido procedente del sofá y Hannah se revuelve, dándonos la espalda y acurrucándose todavía más entre los cojines.

—Chist —dice Andrew en voz alta, volviéndome a poner el brazo encima.

—No. Hueles a Cecilia por todos los lados.

—Nos hemos duchado, ¿lo recuerdas? Estoy limpio como una patena.

Andrew se pone a silbar, como si se estuviera duchando. Doy un suspiro, pero estoy demasiado cansada como para protestar y no le aparto el brazo. Su móvil, que está encima de la almohada, emite un zumbido. Al cogerlo y activarlo, la luz de la pantalla nos ciega.

—¿Un poema de amor de Cecilia? —susurro—. «Oh, querido Andrew. Oh, capitán, mi capitán. ¿Por qué me has dejado sola en el diván?»

Aunque no puedo verlo, estoy convencida de que ha puesto los ojos en blanco.

—No te preocupes, Collins. Estará bien.

Se lleva la mano al bolsillo y saca unas gafas de concha, gruesas y grandes, que cada vez que utiliza me hacen pensar en un abuelito. Siempre las lleva escondidas en el bolsillo y solo se las pone en caso estrictamente necesario, como si se avergonzara. Me acerco para curiosear el mensaje. No es de Cecilia, sino de Susie Palmer, la amiga de Cecilia, la que se había «pasado con los chupitos» y estaba «demasiado borracha para conducir».

¿Estás durmiendo? Estoy sola en la habitación de invitados por si te apetece... 😊

—Sabe que te acabas de enrollar con su mejor amiga, ¿no? —pregunto.

—No pienso contestar.

Bloquea el teléfono y la luz de la pantalla se apaga. Tardo unos segundos a acostumbrarme a la oscuridad y, durante un momento, no distingo su rostro a mi lado en la cama. Pero poco a poco sus gafas aparecen ante mis ojos.

—¿En serio?

—Pareces sorprendida —me dice en un tono dulce—. No soy tan capullo.

—O simplemente te acabas de pillar por Cecilia y no quieres fastidiarla —le respondo, sonriendo—. Se entiende.

—Sí, claro. Su conversación es tan estimulante... —Sonríe, y yo le doy un empujón, me aparto y cierro los ojos.

Ya me he acostumbrado a este Andrew, al Andrew Fiestero, que se enrolla con las chicas como si nada y que bromea sobre duchas mixtas como si fuera algo que hace todo el mundo.

En los cómics, los superhéroes experimentan ese instante trascendente —una araña que los muerde o un charco de moco radiactivo—, que los transforma de una persona normal en algo extraordinario. Pero Andrew pasó de ser Peter Parker a Spiderman poco a poco, tan poco a poco que ni siquiera me di cuenta de que ocurría; aquel chico larguirucho, todo manos, pies y pecas, se pasó años metamorfoseándose en alguien que las chicas encontraban «mono», en alguien con influjo y poder sobre jovencitas como Cecilia Brooks y Susie Palmer. Como el poder también conlleva una gran responsabilidad, yo trato de mantenerlo a raya lo mejor que puedo, trato de que no se convierta en Supercapullo.

Aun así, no puedo dejar de pensar en toda la ventaja que me lleva. Es como si todos en el insti compitiéramos para conseguir la mejor puntuación y yo todavía estuviese poniéndole las pilas al mando.

—Buenas noches, Drewcapullo —le digo a la oscuridad.

Pero él ya duerme, y su respuesta es un fuerte ronquido de borracho.

TRES

—Ahora que ya soy toda una mujer, me voy a pedir un expreso. Es ese café corto que no lleva ni leche ni azúcar, ¿verdad? —dice Danielle mientras conduce el coche camino del Dunkin' Donuts la tarde siguiente a la fiesta.

—Sí, y que sabe a gasolina —contesta Ava, que está en el asiento del copiloto—. Además, llevas endulzando el café con cinco sacarinas desde el primer año del insti. No creo que la magia de la última noche haga desaparecer la costumbre.

Acabamos de pasar toda la mañana limpiando la casa de Andrew: fregando las encimeras, llenando, vaciando y volviendo a llenar el lavavajillas, quitando la nieve del camino de entrada para eliminar las pisadas y las huellas de neumáticos... La madre de Andrew está un poco obsesionada con la casa: se refiere a su dormitorio como «el santuario» y pasa tanto tiempo en la tienda de decoración Crate and Barrel que debe de beneficiarse del descuento para empleados. Así que se dará cuenta si algo no está en su sitio. La mañana siguiente a una fiesta siempre se convierte en una terrible experiencia de varias horas de limpieza, eso si eres lo suficientemente legal como para quedarte. Los tipos como Jason Ryder nunca lo hacen.

Le doy vueltas a la idea de que todo será diferente una vez que llegue a California, que la gente allí es elegante y sostiene las copas de vino con el meñique alzado, que los tíos no se emborrachan con cerveza Keystone y que no tratan de escribir sus nombres en la nieve cuando mean. Aunque quizá la gente sea igual en todos los sitios.

Somos las encargadas de tirar la basura y llevamos el coche repleto de bolsas —con botellas vacías y latas de la noche anterior que no podemos dejar como prueba en la casa— que se supone debemos depositar en algún lado. Estoy en el asiento de atrás con Hannah, que está un poco pálida, con toda seguridad a causa del tufo que emana de las bolsas de basura. Por desgracia para todas, a Ava le encantan los musicales, así que estamos escuchando una canción de *Wicked*, cuyo volumen, para mi gusto, está tres octavas por encima de lo recomendado para el día siguiente a una fiesta.

—Por el amor de Dios, ¿podemos quitar esto?

Danielle lleva la mano hacia el aparato pero Ava se la aparta de un manotazo.

—¡No! «Defying Gravity» es sin duda la mejor canción de todos los tiempos. ¿Me estás diciendo que no sientes nada cuando la escuchas?

—Lo que siento es que me quiero morir —responde Danielle.

—Cuidado —replica Ava—. Puedo cambiar a *Cats*. Y eso sí sería espeluznante.

Ava ha sido la estrella de todos los musicales del insti desde tercero. El año que viene irá a la Universidad de Nueva York, con Hannah, y aunque no compartan las mismas asignaturas, la idea de que se paseen juntas por Nueva York hace que se me forme un nudo en la garganta si lo pienso mucho rato.

—Si tienes algún musical en el que todas las canciones sean solo sonidos relajantes del océano, yo me apunto —dice Hannah, apoyando la cabeza en la ventana.

Estamos conduciendo por una sinuosa carretera secundaria, flanqueada por pinos. Prescott está lleno de este tipo de carreteras que dividen la nada en dos. El centro de la ciudad solo son cuatro manzanas en las que se alinean tiendas y restaurantes. En verano, el lago cercano atrae a toneladas de turistas: familias con botes gigantes de protector solar o mochileros con rastas que atraviesan el Sendero de los Apalaches. En otoño llegan los paseantes, la gente de Nueva York o Boston, que conducen tan lento que constituyen un auténtico peligro para el tráfico. Sin embargo, a principios de marzo, somos un pueblo fantasma.

El Dunkin' Donuts, un glorioso faro de color rosa y naranja que señala el lugar en que se encuentran todas las cosas buenas del mundo, aparece a nuestra izquierda nada más doblar la esquina y entrar en una calle más concurrida. Danielle pasa de largo.

—¿Qué estás haciendo? —chilla Ava—. ¡Necesito cafeína! ¡Me duele la cabeza!

Por los decibelios de su voz, esto último cuesta de creer. Ava siempre habla como si tratara de llegar a las últimas filas de un auditorio. A veces, la gente se mete con ella porque es demasiado dramática, pero a mí me gusta. Siente las cosas total y completamente. Una vez, hace un par de años, en clase de Lengua, rompió a llorar al leer un poema en voz alta, y ni siquiera se avergonzó por ello.

—He pensado en ir al de Base Hill en lugar de a este —anuncia Danielle, poniendo los ojos en blanco ante lo que parece una obviedad.

Las sucursales de Dunkin' Donuts salpican nuestra ciudad como si fueran confeti. En nuestra zona hay tres, y eso que no tenemos cine y el centro comercial más cercano está a una hora y pico en coche.

—Han abierto uno al lado de ese gimnasio al que van todos los tíos de la UniVE —continúa Danielle.

La Universidad de Vermont Este es nuestro colegio universitario local, y es conocido por su departamento de *herbología*, no sé si me explico. Muchos chicos de Prescott acuden al campus en fin de semana y montan fiestas, pero yo jamás he querido meterme en eso. Una fiesta en un campus universitario suena a verdadera tortura.

—Ah, así que ahora que ya eres toda una mujer ¿solo te lo montas con tíos universitarios? —pregunto a Danielle, sonriendo.

—Ya les hemos dado demasiadas oportunidades a los del insti —responde.

—Por cierto, odio eso de que te tenga que penetrar un pene para convertirte en «toda una mujer» —dice Hannah—. ¿Por qué les damos tanto poder a los tíos?

—¿Y qué pasa con las lesbianas? —añado.

—¡Exacto! —exclama Ava—. Está claro que el pene de Chase Brosner no es mágico.

—Gracias a Dios. Su ego ya es lo suficientemente grande —interviene Danielle.

—Ningún chico tiene un pene mágico. Solo creen que lo tienen —digo riendo.

—¿Has hablado con Chase? —pregunta Hannah a Danielle—. Ya sabes, desde…

Danielle dobla una esquina bruscamente, saltándose una señal de ceda el paso.

—Ambos hemos conseguido lo que buscábamos. Es un idiota si piensa que va a ocurrir de nuevo después de la que montó anoche.

—Menudo capullo. Igual que Charlie —asiente Ava, mirando hacia Hannah—. Se comportan como si les importaras de verdad, pero todo es mentira, ¿no es cierto? Lo único que les interesa es correrse.

—¿Es realmente necesario mencionar a Charlie? Ya tengo una bolsa de basura al lado —interrumpe Hannah.

—Solo estoy siendo sincera —dice Ava, subiendo la voz—. ¿No os parece deprimente que ninguna de nosotras ya no esté con el chico con el que perdió la virginidad? Cuando te implicas demasiado, acaban lastimándote. —Se gira y me mira intencionadamente—. Tienes suerte de ser virgen, Keely.

—Pues yo no me arrepiento en absoluto —suelta Danielle.

Se adentra en el aparcamiento y detiene el coche justo frente al gimnasio, cambiando de marcha con cierta exageración. Delante de nosotras, un fortachón de veintitantos años abre la puerta del gimnasio y la sostiene. Tras él aparece una chica que, al notar el frío exterior, se abraza a la cintura del tipo como si fuera lo más natural del mundo.

—Será mucho peor en la universidad —dice Danielle—. Se supone que ya no te tiene que dar corte, ¿no? Que la parte más difícil te la has quitado de en medio en el insti. —Me mira directamente—. En la universidad, ser virgen es como tener una enfermedad.

Ava tenía razón sobre lo del expreso, por supuesto. La penetración no ha provocado ningún cambio en las papilas gustativas de Danielle y, después de un sorbo, pide algo que básicamente es nata montada. Mientras ella y Ava esperan ante el mostrador a que traigan el segundo pedido, Hannah y yo tomamos nuestros cafés y nos encaminamos hacia una mesa en una esquina.

—Ya sabes que Danielle solo está fingiendo —dice Hannah, sorbiendo con indecisión su café con leche—. Hace como que no le importa, pero Chase la ha jodido literalmente. Eso que ha comentado de tener una enfermedad es de una mentalidad tan retorcida… —Juguetea con la tapa del vaso—. Sinceramente, la virginidad no debería ser para tanto. Solo le damos tanta importancia porque nos ponemos mucha presión. Ser virgen no tendría que preocuparte. Todos piensan que no pasa nada.

Deposito el vaso sobre la mesa.

—Ese es justamente el problema. Todos lo saben. No deberían pensar que no pasa nada porque no tendrían por qué saberlo.

Hannah y yo fuimos a *The Rocky Horror Picture Show* el pasado Halloween, disfrazadas con pelucas y corsés. Nada más llegar, el presentador del espectáculo tomó una barra de labios de color rojo vivo y dibujó una enorme uve en nuestras frentes para que el resto de la audiencia supiera que éramos «Vírgenes Rocky», y eso que era la primera vez que íbamos. Así es como me siento cada día en los pasillos del instituto de Prescott, como si todo el mundo pudiera todavía ver esa uve roja en mi frente, como si nunca me la hubiese quitado.

Mis padres siempre me han hablado abiertamente sobre sexo. En cuarto de primaria me dieron la charla de la semillita por voluntad propia y entraron en más detalles de los necesarios. La expresión «estimulación clitoriana» permanecerá probablemente grabada en mi memoria durante toda la eternidad.

No somos una comunidad feligresa o muy practicante, al menos, no del modo tradicional. Solemos identificar lo «religioso» con lo «espiritual», y creer en la energía de los árboles o buscar consejo en las estrellas. Aunque mi familia celebra la Navidad, siempre ha sido más por los regalos que por otra cosa. Danielle siempre se describe a sí misma como «más o menos judía»; nunca se ha preocupado por el Bar Mitzvá y normalmente en Pascua hace trampas, porque dice que no sería capaz de aguantar más de un día sin bollos.

Sé que en otras partes del mundo, en culturas diferentes a la nuestra, la religión desempeña un papel mucho más importante a la hora de moldear las ideas sobre el sexo y la pureza. Para algunos, el sexo llega con el matrimonio. No les resulta incómodo esperar, sino que lo consideran una obligación. Entienden el sexo como una demostración de amor, como un acto sagrado.

Por otro lado, Hannah pensó que su primera vez era sagrada. Quería a Charlie, y él decía que también la quería. Hannah esperó hasta estar preparada. Cuando él sugirió que pasaran la noche en su casa del lago, ella sabía lo que eso comportaba. Fue romántico, especial, perfecto. Hasta la semana después, cuando la dejó por Julie Spencer.

No estoy esperando a casarme. Ni siquiera estoy esperando el amor. Lo que quiero es respeto y confianza. Quiero saber que la persona con la que mantenga relaciones sexuales me hará sentir segura, que no me abandonará por una de primero de bachillerato de su clase de Francés, que seguirá hablándome, o que no irá con el cuento a todos los de la fiesta en cuestión de minutos. No creo que pudiera soportar una humillación así tan bien como Danielle. De hecho, no creo que debiera.

La gente siempre dice: «Espera a estar preparada». Pero ¿cómo sabes cuándo lo estás? ¿Te levantas un día de la cama y de repente te sientes más madura, más adulta? No me siento más adulta en absoluto. Si tener relaciones sexuales significa exponerte a un corazón roto, al ridículo o al dolor, no sé si estaré preparada algún día.

—Si ahora ya es así de malo, ¿cómo va a ser el año que viene? —pregunto con desconsuelo—. Vamos a ser universitarias en dos de las ciudades más grandes del país. Probablemente no se hayan visto vírgenes en Los Ángeles desde los ochenta.

—Nos quedan seis meses. Todavía tienes tiempo. Y el año que viene empezamos de cero, ¿recuerdas? —me anima Hannah.

La campanilla que cuelga encima de la puerta tintinea, una ráfaga de aire frío entra de repente en la tienda, y con ella se presenta un chico. Parece universitario, probablemente un estudiante de la UniVE que viene del gimnasio de al lado. Observo cómo se calienta con el aliento las manos, embutidas en unos guantes sin dedos, y luego se las frota la una contra la otra. Es todo pelo negro y líneas puras. Tiene unos ojos amables de color chocolate y unos pómulos pronunciados que están teñidos de rosa a causa del frío. Y lo juro: es el chico más guapo que he visto en mi vida. Hannah y yo dejamos de hablar y nos quedamos embobadas.

—Parece James Dean —susurra con la mandíbula floja.

Hannah conoce el aspecto del actor porque en mi habitación hay un póster de *Rebelde sin causa* desde quinto de primaria. Es uno de mis favoritos.

Nuestros ojos lo siguen en su camino hacia el mostrador, donde esperan Danielle y Ava. Lleva una chaqueta de cuero que le oculta el trasero, y maldigo para mis adentros el mal tiempo. Puedo ver el momento en que Danielle advierte su presencia. Le da un codazo a Ava, que se endereza y se atusa el pelo rosa. Ambas se giran hacia él al mismo tiempo.

—Es tu turno —le dice Danielle.

A continuación, clava sus ojos en él y da un lametazo a una cuchara con crema batida como si estuviera lamiendo otra cosa. Danielle tiene una mirada poderosa que utiliza como si fuera un arma de destrucción masiva.

—Ah, gracias —responde el chico. Su voz es como el caramelo caliente.

Las chicas se apresuran a llegar a nuestra mesa.

—¿Habéis visto a ese tío? —susurra Ava, probablemente en voz menos baja de lo que debería.

Danielle da un largo sorbo a su bebida. Cuando aparta los labios del vaso, hay una marca roja en la pajita. Antes de Danielle siempre había asociado el pintalabios con ancianas, con el olor a talco y laca que siempre rodeaba a mi abuela. Pero el pintalabios es marca de la casa de Danielle.

—Debería ir y decirle algo —comenta, mirando por encima del hombro.

—¡Sí, deberías hacerlo! —asiente enérgicamente Ava.

Danielle lo vuelve a mirar, se encoge de hombros y, a continuación, se dirige hacia la puerta.

—Bah, da igual, no se lo merece.

No es en absoluto habitual que Danielle rehúya a un tío, especialmente a uno tan guapo como James Dean, y me pregunto si Chase no la tiene más enganchada de lo que aparenta. Miro una vez más antes de irnos, solo para echarle un último vistazo a James Dean, y me pongo roja como un tomate cuando clava los ojos en mí. Luego, se lleva a los labios una diminuta taza de expreso y da un largo sorbo.

CUATRO

De nuevo en el coche, me suena el móvil. Lo saco del bolsillo y me encuentro con un mensaje críptico de Andrew.

¡Socorro!

Le respondo enseguida, casi sin aliento.

No me asustes. Será mejor que vayas en serio. ¿Te estás muriendo?

Espero unos instantes y mi teléfono da un nuevo zumbido. Un nuevo mensaje de Andrew:

Tenemos un problema.

Siento un peso enorme en el pecho, como si alguien me hubiese tirado algo encima. En el móvil empieza a sonar una versión metálica de «Eleanor Rigby». Contesto incluso antes de que empiecen los violines.

—¿Qué ocurre?

Sentada a mi lado, Hannah pregunta si es Andrew, gesticulando con los labios.

—Mis padres encontraron el preservativo —dice Andrew.

—¿Qué preservativo?

Las palabras me pillan por sorpresa. El coche vira bruscamente y Danielle apaga la música.

—El preservativo de Chase y Danielle. Encontraron el envoltorio en la mesita al lado de la cama —dice Andrew.

Estallo en una carcajada.

—¿En serio? ¿No tiraron el envoltorio?

En el asiento delantero, Danielle maldice entre dientes, y estoy segura de que ha captado de qué va todo esto, pese a que no puede oír la voz de Andrew al otro lado de la línea.

—Tu madre va a matarte.

—Sí, y va a matarte a ti también.

—¿Yo qué he hecho?

—Tus padres están aquí.

Suspiro y la opresión que noto en el pecho aumenta.

—¡Pero si yo no monté la fiesta!

—Ya, pero era tu cumpleaños. Está claro que tú estuviste.

—Vale. Les digo que me acerquen —respondo.

Cuelgo y me dirijo a Danielle.

—¿Olvidasteis el envoltorio del preservativo en la mesita?

No puedo decir si estoy enfadada o tengo ganas de reír.

Danielle frunce los labios.

—Al menos utilizamos protección.

La casa de Andrew presenta un aspecto impoluto. Ante ella, resulta fácil olvidar lo de anoche, pese a que nos hemos pasado la mañana arrastrando bolsas de basura por la nieve fangosa y medio derretida.

—Dile a Andrew que lo siento muchísimo —balbucea Danielle cuando me apeo del vehículo—. Sus padres no van a matarlo, ¿verdad?

Parece realmente preocupada. Quiero decirle que no pasará nada, que Andrew está acostumbrado a meterse en líos. Con quien debería disculparse es conmigo. Sin embargo, Danielle estira el cuello y saca la cabeza por la ventana, observando la casa con preocupación y pasando completamente de mí.

—No te agobies —digo al final.

Cierro la puerta y me dirijo hacia la entrada principal, haciendo crujir la nieve bajo mis botas. El coche abandona el camino de entrada quemando goma y dejando en el aire unas pequeñas ráfagas de humo del tubo de escape. Oigo el eco de *Wicked* cuando dobla la esquina.

Mi madre habrá estado mirando por la ventana porque, de repente, cruza la puerta principal y aparece en el porche. Como es habitual, lleva la melena rubio platino revuelta, con los rizos saliendo como si fueran muelles. Cuando era pequeña, solía pensar que mi madre era una hermosa bruja de un cuento de hadas que vestía faldas coloridas y llevaba un montón de anillos con gemas. Aunque al cabo del tiempo me di cuenta de que solo es de Vermont.

Ahora, con el frío, va envuelta en un chal de color púrpura que ondea a sus espaldas como una bandera al viento. Me acobardo un poco al verla, preparándome para una bronca igual de impetuosa que los latigazos del chal.

—Cariño, ¿y tu abrigo? ¡Hace mucho frío!

La amabilidad con la que me lo dice me pilla desprevenida.

—Estoy bien, mamá.

Nada más subir los peldaños, me agarra y me apremia a entrar. Ahora la casa huele a ajo, en lugar de la peste a cerveza rancia de la noche anterior, y suena música clásica; reconozco a Debussy por las clases de piano.

En el vestíbulo hay mochilas con el equipo de esquí y charquitos de nieve derretida en el suelo de baldosas, alrededor de las botas. Los padres de Andrew siempre aprovechan el cierre de la temporada de esquí en Canadá para celebrar su aniversario. Normalmente Andrew se queda con nosotros el fin de semana, pero este año le dejaron quedarse solo en casa. De pronto, me siento invadida por el miedo: van a echarnos la bronca antes de haber deshecho las maletas, así que debe de ser serio.

Cuando entramos en el salón, los padres de Andrew están arrellanados en el sofá junto a la ventana y mi padre, a su lado, en el confidente. Andrew está sentado en la mesita de café, con medio trasero fuera, preparado para huir. Todos sostienen unas tazas humeantes.

—Keely, cielo, ¿te apetece un mate? —pregunta la madre de Andrew, levantándose del sofá y encaminándose a la cocina, con su falda larga ondeando tras ella. Una de las razones por la que nuestras madres trabaron amistad tan rápidamente fue que ambas son artistas extravagantes y jipis—. De camino a casa, Robert paró en la tienda naturista y compró un poco. —Rebusca en los estantes de la cocina hasta encontrar otra taza. Sonrío al comprobar que es una de las que hizo Hannah para la feria de artesanía local—. Tu madre ha traído *bruschetta* casera. Tienes que probarla.

Nuestros padres son todos veganos, así que siempre están probando recetas nuevas. La madre de Andrew sirve una especie de preparado de ajo y cebolla en un platito y me lo tiende.

Trato de hacerme una idea de la situación, pero no puedo. Andrew dejaba claro en su mensaje que nos habíamos metido en un lío, pero la preocupación de mi madre por que no coja frío, el olor a ajo y las notas de piano de fondo me dan la sensación de que esto es un almuerzo entre amigos. Igual ese es el castigo: que te obliguen a beber mate y a quedarte cuando te gustaría estar en cualquier otro lugar.

Miro a Andrew en busca de ayuda, pero parece igual de perdido.

—Bueno, hemos estado hablando de cómo enfocar esto… —dice mi madre rompiendo el hielo—, de la manera en que queríamos… bueno, de cómo íbamos a sacar el tema, si es que en algún momento nos tocaba hacerlo.

Mi padre coloca una mano sobre su hombro para demostrar

que son una UP, una unidad parental, y que coincidirá con ella en todo.

—Ya sabemos que estas cosas pasan —dice, acariciándose la barba.

Siempre he visto a mi padre con la misma barba, y a veces pienso que es el logro del que se siente más orgulloso.

—Siempre he tratado de mentalizarme... —dice la madre de Andrew—. Quiero decir que... bueno, que siempre hemos pensado que esto podría pasar, incluso creo que lo deseábamos un poco. Si os somos sinceros, nos hemos echado algunas risas con el tema.

—Chicos, ya sois mayores —interrumpe mi madre—. Para nosotros es difícil. Sois nuestros pequeñines. Pero lo que ha sucedido es completamente normal, y además utilizasteis protección.

—Sí, nos alegramos mucho de que utilizarais protección —coincide mi padre—. Hemos hecho un buen trabajo.

Ato cabos, se me atraganta la infusión y la escupo de vuelta a la taza. No están enfadados por la fiesta. Ni siquiera saben que hubo una.

—Pero, ahora en serio, ¿de verdad teníais que hacerlo en nuestra cama, con todos los lugares disponibles en la casa? —añade la madre de Andrew—. Ya sabéis que está prohibido entrar en nuestro dormitorio. —Hace una pausa—. ¿Fue por eso que os metisteis ahí dentro, porque os daba morbo?

Gesticula unas comillas con las manos.

—¡Por Dios, mamá, basta! —Andrew se pone en pie de repente, y se golpea la rodilla con la esquina del sofá—. Ese preservativo no era nuestro, ¿vale?

De pronto, la estancia se carga de electricidad y parece encogerse. El hecho de oír las palabras «preservativo» y «nuestro» en boca de Andrew me revuelve el estómago. No tiene sentido alguno.

—Bueno, ¿y de quién iba a ser si no es vuestro? —pregunta su madre, y juraría que su voz esconde un matiz de decepción.

—¿Nos estáis diciendo que vosotros no utilizáis protección?

—interrumpe mi madre—. Porque si se trata de eso, tenemos mucho más de lo que preocuparnos de lo que…

—¡No estamos manteniendo relaciones sexuales! —grito alterada, haciendo caer el plato de *bruschetta*.

Los tomates se esparcen sobre la alfombra. Me pongo en cuclillas para limpiar el estropicio, para esconder mi rostro, para mantenerme ocupada, para concentrarme en algo diferente a la conversación que está teniendo lugar a mi alrededor. Soy incapaz de mirar a mis padres, soy incapaz de establecer contacto visual con alguno de los presentes, especialmente con Andrew.

Él también se agacha para ayudarme, recogiendo trozos de *bruschetta* con la servilleta y yo clavo la mirada en el suelo. Su hombro está a un centímetro del mío, y noto la energía que emana de él, noto los ojos de nuestros padres en la nuca, tratando de comprender la situación.

—Déjalo, ya lo hago yo —le digo.

—Tranquila, te ayudo.

—No, en serio, déjalo.

Le quito la servilleta de la mano. Él se pone en pie, con los brazos alzados en señal de rendición. Todo el mundo me observa. Deposito el plato con los restos sobre la mesita de café mientras los allí presentes siguen mirándome. Nunca en mi vida me he sentido tan incómoda.

—Y entonces, si no es vuestro, ¿cómo llegó ese envoltorio a nuestra mesita de noche? —pregunta su padre—. ¿Entró volando por la ventana?

—Invitamos a varias personas para el cumple de Keely, ¿vale? —responde Andrew, sentándose de nuevo sobre la mesita de centro.

—¿Varias personas? ¿Como una fiesta? —interroga su madre.

—No, como una reunión informal de amigos. ¿Qué esperabais? Nos dejasteis solos el fin de semana de su cumpleaños.

—Al parecer, una reunión informal de algunos amigos activos sexualmente —añade su padre.

—No es para tanto —apunta Andrew—. Estáis exagerando.

—¿Ah, sí? —se extraña su madre—. Pues esto no ha hecho más que empezar.

—Habría sido mejor que siguieran creyendo que habíamos sido nosotros —me dice Andrew más tarde.

Estamos en la hamaca del patio trasero, sepultados bajo un montón de abrigos. Aunque todavía hace frío para disfrutar del aire libre, estar bajo el mismo techo que nuestros padres después de todo lo que ha ocurrido resulta demasiado desagradable. Andrew pone el pie en el suelo y empuja para balancearnos.

—Ni siquiera estaban enfadados cuando creían que habíamos sido nosotros —continúa—. ¿Sabes? De haber sabido que iban a ponerse así por la fiesta, les habría seguido la corriente.

Nuestros padres han decidido que trabajemos a tiempo parcial durante el resto del año. Están decepcionados porque, en sus propias palabras, no somos serios ni dignos de confianza, y piensan que un empleo nos enseñará disciplina. Algo completamente absurdo. ¡Como si nunca hubiésemos trabajado! Yo he invertido mis dos últimos miserables veranos en Green Mountain, un puesto en el mercado del pueblo, poniendo la fruta y las verduras dentro de bolsas y manteniendo charlas incómodas con los progenitores de mis amigos y amigas al pasar por caja. Andrew es el imprudente, el que actúa por impulsos, el que se lanza al vacío con los ojos cerrados. Yo soy la que siempre espera al fondo con la red de seguridad.

Estamos en el último semestre del último año. El año pasado, cuando estaba agobiada con los deberes y los exámenes, flipando ante la perspectiva de entrar en la universidad, sentía mucha envidia de los del último curso, siempre holgazaneando, bromeando con los profesores y saltándose las clases como si nada. Pero me limité a esperar mi turno. Sabía que pronto llegaría el día en que yo también me pasearía por los pasillos como si flotara, como si ya hubiera terminado. Y ahora nuestros padres nos acaban de arrebatar ese momento.

Por no mencionar que son los últimos meses que pasaré junto a Andrew y Hannah.

—No puedo creer que me haya metido en este lío cuando ni siquiera estuve en mi fiesta.

Me arropo con uno de los abrigos.

—Tu cumpleaños, tu fiesta —responde Andrew—. Además, eres cómplice del crimen. Si eres testigo de un crimen y no dices nada, te conviertes en igual de responsable.

—No soy responsable, ¿recuerdas? Soy indisciplinada y de poco fiar.

—Sí, eres todo un caso —asiente.

El cielo tiene un color gris brillante, y da la sensación de que nos encontramos en el interior de una nube. Los árboles extienden sus ramas desnudas sobre nuestras cabezas como si fueran dedos. En la casa, las ventanas están iluminadas por una cálida luz. Puedo ver a la madre de Andrew vaciando el lavavajillas.

—Lo de antes ha sido muy raro —confieso—. No puedo creer que pensaran que nos estábamos... que... —Soy incapaz de decirlo, de pronunciar las palabras. En lugar de eso, suelto una carcajada y le doy un empujoncito con el hombro por debajo del montón de abrigos—. Está claro que tu madre no conoce al Andrew Fiestero.

—Y esperemos que no lo conozca jamás —responde, devolviéndome el empujón.

—El Andrew Fiestero come beicon. Quedaría horrorizada.

—Sí. Eso es lo que más la sacaría de quicio... —Suelta una carcajada, acurrucándose contra mi hombro como haría un gato—. Venga, Collins, ¿en serio no saldrías conmigo?

—Ah, ¿ya has roto con Cecilia? —pregunto, frunciendo los labios—. ¿Y con Susie Palmer? ¿Y con Sophie Piznarski? ¿Y con...?

—Vale, vale. Lo pillo.

—De hecho, yo no lo tengo tan claro. —Empujo con el pie

para que la hamaca vuelva a balancearnos—. Todo el mundo dice que Cecilia y tú vais a tener unos preciosos bebés rubitos. La pequeña Sally y Bobby.

—¿Ya les has puesto nombre?

—Tú lo has hecho, Andrew. En un futuro. Yo solo estoy dando parte. A Sally le encanta la manicura, el brillo labial y hacer botellón, por cierto. Como a su madre.

—Eres tan rara.

—Es un amor de niña.

Andrew se ríe, y yo también lo hago. Nos movemos tanto que la hamaca se sacude con ímpetu. Tomo aliento, tratando de recuperar el control, y se me escapa una especie de resoplido. Andrew lo oye y ataca.

—Venga ya, ¿en serio? —dice entre carcajadas—. Eres adorable. Tu cuerpo emite unos sonidos tan monos…

—¿Sabes lo que es mono? —Vuelvo a soltar un resoplido antes de que pueda evitarlo—. Oírte pronunciar la palabra «preservativo» delante de nuestros padres. Ese momento se ha grabado en mi memoria para siempre.

—¿En serio? Podría haber dicho «goma» y habría sido mucho peor.

—O «pequeño impermeable» —sugiero.

—Eh, gran impermeable —replica Andrew, y ambos empezamos a troncharnos de risa otra vez.

De pronto, una idea me pasa por la cabeza: es la primera vez que se me ha ocurrido pensar que Andrew tiene pene. Y está ahí, a apenas unos centímetros de mí, escondido tan solo bajo unas pocas prendas de tela. Es una idea incómoda y extraña, que descuella demasiado. Me libero de ella rápidamente y río de nuevo, como si jamás lo hubiese pensado.

CINCO

La nota llega a manos de Danielle el lunes por la mañana, durante la hora de Mitología griega. Es una asignatura fácil, básicamente destinada a los de último año, donde siempre trabajamos en grupo y al final todo el mundo acaba contando su fin de semana. Por lo general, Danielle y Ava se sientan al lado de Chase y los otros tíos del equipo de baloncesto para ligar, pero hoy están conmigo. Danielle ha estado bastante rara desde la fiesta, tratándome con demasiada amabilidad. Antes de entrar incluso me ha ofrecido un café helado y una bolsa de plástico de cierre hermético con bollos de queso chèddar caseros, y después se ha sentado junto a mí como si fuera algo totalmente normal.

A Danielle le encanta cocinar y, aunque parezca mentira, es muy buena. Estoy segura de que algún día tendrá su propio programa televisivo. En una ocasión, hace un par de años, cuando estábamos todos en casa de Hannah mirando cómo Gordon Ramsay de *Pesadilla en la cocina* hacía llorar a uno de los concursantes, Danielle dijo: «Creo que se me daría bien». «¿El qué? ¿Cocinar?», preguntó Hannah. «Bueno, eso, y hacer llorar a la gente», respondió.

Estoy convencida de que utiliza los bollos como excusa para ignorar a Chase, aunque quizá también se sienta culpable.

No puedo evitar sobresaltarme cuando da unos golpecitos en mi pupitre.

—¿Por casualidad no habrás visto quién ha enviado esto?

Estrujado entre sus manos hay un pequeño trozo de papel blanco. Lo cojo y lo desdoblo. Al hacerlo, veo cinco palabras garabateadas con tinta azul:

DaNieLLE OLiVer ES una ZORRA

Arrugo de nuevo el papel y se lo lanzo como si estuviera ardiendo.

—No, lo siento. No me he fijado.

Doy un vistazo por el aula por si veo algún rostro culpable, a alguien que nos preste demasiada atención. Chase está repantigado sobre su pupitre en el lado opuesto de la clase, mordiendo el extremo superior de un lápiz. Miro hacia la tinta azul de la nota. Existe una pequeña posibilidad de que la haya escrito con un boli y que después lo haya metido en su mochila, pero dudo que Chase sea tan astuto.

—¿Cómo te ha llegado? —susurro.

Ava me contesta en voz baja, inclinándose por encima de Danielle:

—Lo acabamos de encontrar. Ha aparecido de la nada.

Todas nos giramos hacia Chase, quien seguramente nota nuestras miradas. Deja de morder el lápiz, clava los ojos en Danielle y ladea la cabeza, con una expresión indescifrable en el rostro.

—No creerá que va a salirse con la suya —dice Danielle durante el almuerzo, haciendo explotar un tomate *cherry* en el interior de la boca—. Es como una traición.

Estamos en la zona de los mayores, al lado de las ventanas, donde las mesas reciben más luz natural. Prescott es tan pequeño que todo el mundo puede almorzar al mismo tiempo, aunque eso significa que siempre nos estamos peleando por las mejores mesas, como si nos disputáramos las plazas en un bote salvavidas.

Antes nos fijábamos en quién se sentaba con quién, pero ahora que somos del último año, hemos madurado y nos da igual.

Sin embargo, en este preciso momento, solo estamos Danielle, Ava, Hannah y yo porque Danielle quiere mantener la nota en secreto. Si hubiese ocurrido antes de este fin de semana, creo que no me la habría dejado ni ver. Con toda seguridad es porque estaba con ella en la fiesta. Estoy implicada.

Danielle saca la nota y la deposita sobre la mesa, allanando las esquinas con una uña esmaltada en color negro.

—Sea quien sea el que lo haya hecho, está convencido de que no lo van a pescar —dice Ava, atusándose el pelo.

Ahora lo lleva de un color verde brillante en honor al Día de San Patricio.

—¿Os suena la letra?

Hannah se inclina sobre la nota y la examina. Las letras son una mezcla de minúsculas y mayúsculas, algunas grandes y otras pequeñas. Como si alguien quisiera asegurarse de que no reconozcan la caligrafía. Ava siempre está mirando esos documentales de Netflix sobre crímenes reales y a veces nos los cuenta. De algún modo, esta nota me los recuerda, como si estuvieran pidiendo un rescate.

—No os preocupéis. Averiguaré quién lo ha hecho —declara Danielle.

Sonríe y se lleva otro tomate a la boca. Oigo el sonido que hace al estallar entre sus dientes.

—Hola.

Andrew se sienta en la silla vacía junto a mí, y la nota de encima de la mesa se esfuma. Danielle la guarda antes de que él pueda verla. A continuación, se inclina hacia Andrew, llevándose un mechón de pelo oscuro detrás de la oreja y dejando ver una hilera de pendientes de plata.

—Drew, siento tanto lo ocurrido este fin de semana... Lo del... ya sabes, del envoltorio. —Se sonroja—. Debí haberte dicho algo antes. Me parece increíble que Chase no lo tirara.

Estira el brazo por encima de la mesa y le da unos golpecitos a Andrew.

—Tranquila, no pasa nada —responde Andrew con cierta apatía, dándole un mordisco a su sándwich. Sin embargo, las puntas de sus orejas adquieren una tonalidad similar a la de las mejillas de Danielle.

—¿Podrías…, ejem, te importaría no explicárselo a nadie?

—Pero si ya lo sabe todo el mundo —anuncia Ava, haciendo crujir una pequeña zanahoria—. Fijo.

—Vaaale, pero no conocen todos los detalles. —Danielle alcanza una zanahoria, la coloca entre el dedo índice y el pulgar, y la lanza a través de la mesa hacia el regazo de Ava.

—¡Ay! —exclama Ava, pese a que la zanahoria voladora no le ha hecho daño.

—Eh, Danielle… —grita una voz a mi espalda.

Me giro y veo a Chase, camino de nuestra mesa con una mochila colgada del hombro.

—Hola, colegas —dice, levantando la barbilla—. Dani, ¿puedo hablar contigo?

Chase pone una mano sobre el hombro de Danielle, pero la aparta rápidamente cuando ella se da la vuelta y lo mira con unos ojos glaciales.

—No quiere hablar contigo —dice Ava en un tono cortante.

—Ava, en serio, no estamos en primero de secundaria. Sé arreglármelas sola —sisea Danielle.

—Como quieras —dice Ava, poniéndose en pie—. Solo trataba de ayudar.

Con la bandeja en las manos, se encamina hacia la barra, donde la estampa un poco más fuerte de lo debido.

Siempre que Danielle y Ava se pelean, Ava normalmente se marcha enfadada y pasa las siguientes horas con sus amigas de la clase de teatro, a las que irónicamente etiqueta de «menos dramáticas». Aunque estoy segura de que regresará al lado de Danielle antes de que acabe el día.

—Hablaré con ella —anuncia Hannah, y a continuación se levanta y sigue a Ava al exterior de la cafetería.

—Siento mucho lo ocurrido —se disculpa Danielle, y después se vuelve hacia Chase—: ¿Qué tal? ¿Te apetece sentarte con nosotros?

Chase ladea ligeramente la gorra sucia de los Red Sox que lleva en la cabeza.

—Bueno… ¿Salimos a dar un paseo o algo así? Yo… quería hablar contigo en privado.

—Podemos hablar aquí. Son inofensivos —responde Danielle, señalándonos con la mano.

—Nosotros ya nos íbamos. —Andrew empieza a incorporarse—. Podéis habl…

—No seas tonto.

Danielle alarga el brazo y le toca el hombro. Su voz es dulce, pero tiene la espalda rígida y sus movimientos son secos.

De repente, me doy cuenta de que ya sabe lo que va a ocurrir. Lleva la armadura puesta y bien sujeta. Entonces, ¿por qué quiere que nos quedemos? ¿Para darle apoyo moral? No me convence: Danielle nunca necesita ayuda de nadie.

Chase se deja caer en la silla junto a ella. Al parecer, el hecho de contar con público lo ha pillado desprevenido.

—De acuerdo… Este fin de semana ha estado muy bien. —Mira a Andrew un instante—. Menudo fiestón, tío. —Andrew reproduce ese gesto tan típico que hacen los tíos cuando asienten—. Es solo que…

Danielle lo interrumpe:

—Mira, creo que no has pillado lo que ha significado este fin de semana para mí. No me gustas de esa manera, Chase. Sin resentimientos.

—Eso no es lo que yo…

Chase trata de meter baza, pero ella continúa:

—Me apetece explorar otras cosas, y no deseo estar pillada por un tío. No es un buen momento. Pero podemos ser amigos, ¿no?

Le da unos golpecitos en la mano y lo mira con los ojos bien abiertos.

Chase lanza una rápida mirada hacia Andrew, como si estuviera pensando qué responder, como si necesitara ayuda.

—Pero ¿qué demonios te pasa, Danielle?

Seguramente esta es la primera vez que una chica le habla así, a él, a Chase Brosner, la estrella del equipo de baloncesto, del de hockey y del de *lacrosse*. Desde sexto de primaria todas están enamoradas de él.

—¿Perdona? —pregunta Danielle, levantando la mano e inspeccionándose las uñas.

—Te has vuelto loca.

—No me he vuelto loca. Solo he dicho algo que no te gusta —replica ella.

—De acuerdo. Podemos ser amigos. Lo estoy deseando —zanja Chase en un tono cortante.

—Genial, me alegro de que lo entiendas.

—Genial.

Niega con la cabeza, se pone de nuevo la mochila sobre el hombro y, a continuación, se encamina arrastrando los pies hacia la salida. Cuando lo perdemos de vista, la mirada de Danielle se endurece. Andrew se gira hacia ella, mirándola como si fuera un rompecabezas que tratara de resolver.

—Pensaba que te gustaba…

—Iba a aprovecharse de mí, y no voy a permitir que se salga con la suya dos veces. Así que lo he dejado yo.

—¿Y no podrías haberlo hecho en privado? —pregunto.

—Necesitaba testigos —argumenta—. Ahora no puede inventarse nada. Yo he roto con él y ambos lo habéis visto. —Se lleva otro trozo de ensalada a la boca y suspira—. Yo gano.

SEIS

Hannah y yo quedamos al salir de clase en el aparcamiento de estudiantes. Ha accedido a ayudarme a buscar trabajo, siguiendo la recomendación de mis padres de que si aprendo a ser responsable, dejaré de ir a las fiestas de Andrew; como si él fuera a permitírmelo.

—¿Preparada para enfrentarte a tu castigo? ¿Pelotón de fusilamiento o silla eléctrica? —bromea.

—Definitivamente, veneno —digo.

—Eso es de cobardes.

Atravesamos el aparcamiento hasta el jeep de Hannah. Es de segunda mano y se lo regalaron cuando cumplió dieciséis años, y a estas alturas, he subido en él casi tantas veces como ella. Ya no nieva y ha salido el sol, pero en el suelo todavía queda una pequeña capa de nieve en polvo que hace que el aparcamiento esté blanco y reluciente. Por primera vez en meses, casi no necesitamos el abrigo.

Me quito las manoplas de lana —un regalo de Hannah— y las guardo en el bolsillo. Este año se ha dedicado a tejer un par para cada uno de nosotros y nos las ha regalado en Navidad. Las mías pican y son desiguales, pero me encantan.

—Bueno, ¿adónde te llevo? —me pregunta—. ¿Conoces algún lugar donde necesiten a alguien? ¿Te volverían a contratar en Green Mountain?

—No pienso volver a Green Mountain —replico, achinando los ojos—. Fue una época muy oscura de mi vida.

—¿Y dónde va a trabajar Andrew? A él también le toca, ¿verdad?

Hannah abre la portezuela del asiento del conductor y yo subo por el otro lado, sacudiéndome la nieve de las botas. El interior del coche está igual que siempre: lleno de basura, con vasos de plástico sucios, servilletas, carpetas y libretas viejas con papeles que asoman por los lados. Conociéndola, seguro que hay algunos trabajos de cuarto olvidados y en proceso de desintegración. He aprendido a ignorar el problema de la basura, algo que, viniendo de mí, tiene mucho mérito.

—Sí —contesto, encogiéndome de hombros—. Sabes que su tío trabaja en el departamento de bomberos, ¿no? Pues irá allí a echar un cable.

Enciende el motor y enchufa la calefacción.

—Espera, ¿de bombero? ¿Estamos seguras de que queremos que haga eso?

—¿Estás de broma? Solo hará trabajo administrativo —explico—. Me lo cargo si se acerca a un fuego.

—¿Tiene que llevar uniforme?

Me mira de reojo, sonriendo.

—Vamos, Hannah. Que esto no es una peli porno.

No podía caer más bajo, incluso viniendo de ella.

—Vale —exclama, alargando la palabra mientras suspira—. Y tú, ¿por qué no te apuntas? Básicamente, su tío es también tu tío, ¿no?

—Al parecer, basta con una persona para preparar cafés y clasificar el correo.

De niños, Andrew y yo adorábamos al tío Leroy porque a veces nos dejaba subir a su camión de bomberos. Pero una vez comí demasiados pasteles y vomité en el asiento delantero. Creo que todavía no me lo ha perdonado.

—Vaya mierda —dice Hannah—. Andrew da una fiesta y consigue un trabajo glamuroso, y tú te quedas con la silla eléctrica.

—Veneno —la corrijo.

Hannah sale del aparcamiento esparciendo aguanieve sobre la acera y ponemos rumbo a la universidad. Al coronar la colina de Woodhaven y acercarnos al campus, aparece el mismo letrero luminoso del Dunkin' Donuts de ayer.

—Aquí hay varios sitios con empleados —anuncia Hannah en un tono inexpresivo—. Con un poco de suerte, puede que necesiten a alguien.

Gira hacia el aparcamiento y conduce el jeep hasta una plaza. Yo me dedico a mirar las tiendas que se alinean ante nosotras, y me deprimo ante la simple idea de trabajar en alguna de ellas. Al final del aparcamiento hay un triste y viejo restaurante chino, y su letrero, en el pasado luminoso y ahora debilitado hasta un amarillo pálido, anuncia un nombre muy acertado: Restaurante de Comida China. Es la meca de los fumetas de Prescott porque el bufé libre solo cuesta 5,99 dólares. Fui una vez con Andrew y Hannah en cuarto; lo único que conseguimos fue una intoxicación y pasarnos el resto de la noche tumbados en el suelo de la habitación de Andrew con un dolor de barriga atroz y turnándonos para salir corriendo hacia el baño.

Aquí va otro de los motivos por los que estoy deseando irme de Prescott: mejor comida. El año pasado, fui con Hannah y sus padres a Nueva York para visitar la universidad. Ya sabíamos que iba a matricularse allí —sus padres no dejaban de hablar de ello—, pero queríamos ver el campus con nuestros propios ojos. ¡Comimos en unos sitios tan fabulosos! Desayunamos burritos en un puesto de la calle, almorzamos en el restaurante de *ramen* favorito y secreto de su madre y cenamos en un restaurante indio alucinante en el que nos sirvieron unos platos tan picantes que no dejé de sudar. Y quiero más. En el puesto de comestibles Green Mountain ni siquiera tienen pimientos del piquillo.

Al lado del restaurante chino hay un viejo videoclub que Andrew y yo adorábamos de niños. De hecho, me sorprende que todavía esté abierto. Hace algún tiempo se hicieron con algunas existencias de libros de texto que vendían al alumnado y después pusieron una cafetería en la parte delantera. Supongo que el café y la bollería lo han mantenido a flote, pero el nuevo Dunkin' Donuts pondrá fin a eso.

—Creo que me inclino por la prostitución —digo.

—¡Mira! ¡En el videoclub buscan a alguien!

Hannah sonríe. Al principio pienso que está bromeando, pero es cierto: cuando entorno los ojos, puedo distinguir un cartel de color rojo pegado al cristal de la tienda.

—No...

—Al menos, vamos a echar un vistazo. Esto podría ser el inicio de tu gloriosa carrera como cineasta —dice, preparándose para bajar.

—No pienso salir del coche.

Y entonces es cuando lo veo: el tipo de ayer, con los ojos como chocolate derretido y el pelo castaño ondeando al viento. James Dean. Sale del interior del videoclub con una enorme pizarra, que despliega sobre la acera. A continuación, se pone en cuclillas ante ella, saca un trozo de tiza del bolsillo y empieza a escribir. Fuerzo la vista para ver qué pone, pero no llego a leerlo.

—Vaaale, igual sí que salgo del coche.

Hannah me mira con ojos chispeantes.

—¿Crees que trabaja allí?

—Sí, a no ser que se proponga destrozar el escaparate...

James Dean se gira hacia el lugar en el que nos encontramos, y, por instinto, ambas nos apartamos del parabrisas. Se frota las manos enguantadas, se calienta los dedos desnudos con el aliento y unas pequeñas bocanadas de vapor se elevan en el aire. Desde nuestra posición, vislumbro con dificultad su camiseta: negra y con la palabra SCORSESE escrita en letras mayúsculas en la parte delantera. Es increíble.

Bajo la visera y examino mi aspecto en el espejito. Llevo la trenza despeinada, como si hubiera llegado corriendo. Bueno, puede que así James Dean piense que soy deportista. Pero seguro que no.

—¿Qué tal estoy?

—Eres una hermosa princesa unicornio. Venga, vamos —responde Hannah.

Y antes de que pueda protestar, sale del coche, haciendo crujir la nieve bajo sus botas amarillas. Para cuando yo bajo, ella ya ha cruzado medio aparcamiento, evitando con facilidad las lisas placas de hielo.

—¡Espera, Hannah! —grito, tratando de alcanzarla.

El suelo está resbaladizo, y trato de ir lo más rápido que puedo sin caerme. Hannah alcanza la acera y se vuelve hacia mí. James Dean también lo hace, y desde esa distancia noto que tiene las mejillas y la punta de la nariz sonrosadas por el frío. Es adorable.

Y entonces piso una fina placa de hielo, resbalo y caigo de espaldas sobre un montón de nieve medio derretida. El codo me da pinchazos y ya empiezo a intuir el moratón que me saldrá en la rabadilla. El frío me cala la ropa interior y la nieve encuentra el camino hacia lugares en los que no se le ha perdido nada. Sin embargo, el calor que se extiende por mi rostro es mucho peor. No tiene nada que ver con la entrada solemne que planeaba. Me tomo un instante en el suelo para dejar que me invada la vergüenza y demorar así el momento de enfrentarme a James Dean. Quizá no ha visto que me caía. Quizá se ha girado hacia la pizarra justo en el momento preciso y todavía tenga tiempo de incorporarme, largarme y regresar mañana, nueva y reluciente.

—¡Keely! —grita Hannah con una voz aguda.

Medio mareada, me siento, y al volver la cabeza hacia donde está ella, lo veo: un coche rojo y brillante se dirige hacia mí por el hielo. El conductor toca el claxon y yo me incorporo con dificultad. Cuando el coche gira bruscamente, un montón de aguanieve sale despedida en todas las direcciones, y yo ruedo sobre mí misma hacia el bordillo. Me doy en él con la cadera, magullada, pero fuera de peligro.

El coche patina a mi lado, y finalmente se detiene. El conductor baja la ventanilla y asoma un rostro entre rojo y violeta.

—¡Esto es un aparcamiento, puta loca! ¿Qué se supone que haces? ¿Figuras en la nieve?

—¡Eh! —dice una voz profunda y masculina a mis espaldas. James Dean está agitando una mano con un trozo de tiza en ella—. ¡Déjala en paz! Se ha caído.

—¡Casi la atropello!

—¡Pues por eso mismo! Igual tendrías que calmarte.

—Bah —resopla el conductor—. Tienes suerte de que no llame a la policía.

—¿Ah, sí? Llámala. Casi la matas.

Lo dice con firmeza y seguridad.

—¡Vete al infierno!

El conductor chasquea la lengua, da marcha atrás, con sus neumáticos escupiendo aguanieve, y luego desaparece. La calma vuelve a reinar en el aparcamiento y permanecemos en silencio durante un instante que se hace eterno. La adrenalina corre desbocada por mis venas, tengo palpitaciones y siento la boca seca.

—¿Estás bien?

James Dean pone una mano sobre mi hombro y me sobresalto, aturdida.

—¡Keely, casi te atropellan!

Hannah, con lágrimas en los ojos, me agarra el otro brazo.

—Estoy bien —trato de decir, pero las palabras se me quedan atrapadas. Carraspeo y lo intento de nuevo—: Estoy bien.

—Al principio me pareció gracioso, pero ahora me siento mal por haberme reído —dice James Dean con una leve sonrisa que forma dos hoyuelos perfectos—. Deberías entrar. ¿Quieres una taza de té? ¿Café? ¿Whisky? Tenemos de todo.

Dejo que me lleve al interior. Mis pensamientos todavía están confusos, no sé si por el susto o por la calidez de su mano en mi hombro. Cuando abre la puerta, suena una campanilla. Al pasar por delante de la pizarra, veo que lo que hay escrito:

SE HABLA LENGUA DE SIGNOS

La tienda tiene el mismo aspecto que yo recuerdo, quizá un poco más sombría: un linóleo pelado cubre el suelo y unas luces fluorescentes la iluminan. Ante nosotros hay una vitrina de cristal curvo con pasteles y bollos, y tras ella, una estantería llena de libros de texto. El resto del espacio está repleto de estuches de DVD que tapan las paredes y se amontonan en estantes con ruedas. De niños, a Andrew y a mí nos encantaba examinarlos. En verano juntábamos nuestra paga semanal, montábamos en nuestras bicicletas y pedaleábamos hasta aquí. Aunque seguro que habríamos podido bajarnos lo que hubiésemos querido de internet, aquello parecía una aventura mejor. Luego crecimos y dejamos de venir. Al parecer, no fuimos los únicos. No se ven ni clientes ni otros empleados. Estamos solos.

—¿Siempre está tan vacía? —pregunta Hannah.

—Hay más afluencia por la mañana, con el café —dice James Dean—. Ahora es una especie de tiempo muerto. Ya nadie compra DVD desde hace veinte años, y los que lo hacen, son básicamente coleccionistas. Del tipo *vintage*. De hecho, hay un cliente habitual que parece un vampiro. Más del tipo *Blade* que *Crepúsculo*. —Va hacia un par de taburetes en el mostrador, abre una pequeña puerta y luego ocupa su lugar tras la caja registradora—. Por cierto, me llamo Dean.

Distraídamente, se atusa el pelo revuelto.

«No puede ser.»

Miro hacia Hannah, que levanta las cejas boquiabierta. De repente, empieza a reírse y se tapa la boca con el brazo, fingiendo que le ha dado un ataque de tos.

«¿Qué probabilidades hay?»

—¿Te llamas Dean? —pregunto como si fuera estúpida.

—Hum, sí —responde—. ¿Por?

—Por nada.

Dean indica los taburetes con la mano, invitándome a tomar

asiento. Bajo la mirada hacia mi ropa mojada. De hecho, el abrigo está goteando y ha formado un charco en el suelo.

—Estoy empapada. No creo que deba…

—Por favor, estos taburetes son de hace un siglo. Han soportado cosas peores.

—Bueno, yo me voy —dice Hannah, volviéndose hacia mí—. Ya sé que estás bien. Porque estás bien, ¿no?

Asiento.

—Genial.

—Pero si acabas de llegar. Al menos tómate algo.

Ella se ríe.

—Se supone que esto es una entrevista de trabajo. Así que, básicamente, me estoy entrometiendo. No me parece muy profesional.

Hannah se encamina hacia la puerta.

—¿Entrevista de trabajo? —pregunta Dean—. ¿Quieres trabajar aquí?

Me encojo de hombros.

—Vi el cartel.

—¡Pasadlo bien! —grita Hannah—. ¡Te espero en el coche! ¡Hasta luego, Dean!

La campanilla suena al empujar la puerta y Hannah desaparece. Incómoda, carraspeo y me siento en uno de los taburetes. Los pantalones mojados se me pegan a las piernas. Él comienza a rebuscar por los muebles debajo del fregadero y coloca dos vasos encima del mostrador. A continuación, saca una botella de whisky.

—Así que… ¿Cómo te llamabas? ¿Kelly?

—Hum, Keely.

Tiro de un hilo que sale de mi abrigo, ansiosa por concentrarme en algo diferente a la vergüenza y al frío que siento en el trasero. ¿Dejaré una marca de humedad cuando me levante?

Dean desenrosca el tapón de la botella.

—¿Te apetece un poco, Keely?

Por instinto, miro por encima del hombro por si hay alguien.

—No me está permitido tomar whisky.

—¿No te está permitido? ¿Y quién dice eso? Si no controlas tu propio cuerpo, ¿quién lo hace?

Sirve dos vasos de líquido color ámbar y después vuelve a enroscar la tapa. Siento que me ruborizo.

—No, si... ya he tomado whisky antes.

No entiendo por qué estoy mintiendo. Jamás en la vida lo he probado. La única vez que he estado algo achispada es gracias a los Breezer de sandía, que saben a polos. El whisky me recuerda a pescadores irlandeses y a vaqueros del pasado, a alguien curtido, de pelo canoso y envuelto en el humo de una pipa, no a alguien como Dean, de ojos brillantes y adorables hoyuelos. Acerco una mano titubeante al vaso. Su olor me provoca náuseas.

—Solo es que... No me dejan. No tengo veintiún años. —Me muerdo el labio—. Todavía voy al instituto.

La frase me sale naturalmente en voz baja, como si estuviera admitiendo algo vergonzoso. Dean se encoge de hombros.

—Genial. Yo tengo veinte. Pero eso es solo un hecho arbitrario, ¿no? Al fin y al cabo, es tu cuerpo. ¿Por qué otra persona tiene que decirte lo que metes en él? —Coge el vaso que le queda más cerca y lo levanta—. Si deseas beber whisky, bébelo. Si no, no lo hagas. Es sencillo. Así que... ¿te apetece un whisky?

Me sostiene la mirada con una sonrisa en los ojos. Cojo el vaso ante mí y lo entrechoco con el suyo; después, tomo un sorbo. Dean sonríe y bebe.

Es repugnante, fuerte y dulce al mismo tiempo, como una medicina antigua. La garganta me arde y me empiezan a llorar los ojos, pero me obligo a engullirlo. Al hacerlo, una sensación de calidez se expande por mi pecho.

—¿Mejor? —Tiene una expresión tranquila y relajada, como si el whisky no le hubiera afectado en absoluto.

Yo toso un poco.

—Eso creo.

—Debería hacerte entrar en calor. Creo que tengo una sudadera seca, por si quieres ponértela. Pareces bastante… empapada.

Alcanza una mochila, saca una sudadera negra de la UniVE, y me la lanza. De algún modo, consigo atraparla sin derramar el whisky sobre el mostrador.

—¿Vas a la UniVE? —Me desprendo del abrigo mojado y me coloco la sudadera por la cabeza.

Es suave, parece calentita y huele a chico, en el buen sentido. Se me pasa fugazmente por la cabeza que quizá me permita quedármela, pero descarto la idea antes de que eche raíces. Me estoy volviendo loca.

—Sí —responde—. Penúltimo año. Teoría del cine. —Hace un gesto hacia las hileras de películas a sus espaldas—. Por eso trabajo en este templo del séptimo arte.

Suelto una carcajada y tomo otro sorbo dubitativo de whisky. Aunque todavía me quema la garganta, empiezo a notar un aleteo en mi estómago.

—Hablo en serio —continúa Dean, cogiendo un DVD del estante que le queda más cerca, depositándolo sobre el mostrador ante mí y golpeando el estuche con el dedo índice—. Esta de aquí es una reliquia del pasado. Estamos en un museo de lo obsoleto. A punto de sucumbir al tiempo. Solo por estar aquí ya eres parte de la historia.

—Pensaba que siempre había sido parte de la historia —digo—. Me refiero a que todo lo que hacemos se convierte en una parte del pasado en el segundo en que lo hemos hecho.

Dean sonríe.

—*Touché*.

A continuación, entrechoca su vaso con el mío y se lo acaba de un trago. Cuando deja el vaso vacío sobre el mostrador, apoya el mentón sobre la mano y se inclina hacia mí con aire cómplice, como si quisiera compartir un secreto.

—¿Sabes que la primera vez que alguien vio una película en la pantalla de un cine fue esa secuencia de un tren entrando en una estación? Los espectadores nunca habían visto nada parecido. Se asustaron tanto que salieron corriendo hacia el exterior muertos de miedo porque creyeron que el tren era de verdad y que iba a arrollarlos. Eso fue hace poco más de cien años. Y ahora, míranos: IMAX, 3-D, realidad virtual, y estos tipos son otra parte de la historia cinematográfica, como ese tren.

Un mechón de pelo castaño cae sobre su frente y resisto el impulso de alargar el brazo para apartárselo.

—Este sitio te flipa —le digo.

—Sarah lo dejó la semana pasada porque la contrataron en el Bagelry del campus. Dijo que recibiría mejores propinas, y no se equivoca. A la hora del café se llena, pero tampoco es para tanto. —Se encoge de hombros—. Te tiene que gustar mucho este sitio para trabajar aquí. Te tienen que encantar las películas. Sarah no era una apasionada del cine. —Baja la voz hasta que se convierte en un susurro dramático—: Estudiaba Biología.

Le cuento que el año que viene voy a ir a Los Ángeles a estudiar Cine.

—Me encanta Hitchcock —confieso, animada—. Las he visto todas con una persona con la que comparto una gran amistad. Somos capaces de repetir todos los diálogos de *Vértigo* de principio a fin.

—¿Te refieres a la chica que nos mira desde el interior del coche que está ahí aparcado? —pregunta, gesticulando hacia la ventana.

El jeep de Hannah no se ha movido del sitio donde lo aparcamos. Puedo distinguir su silueta.

—No, bueno, Hannah es mi mejor amiga, pero no es con quien... —Dejo la frase sin acabar. No quiero contarle nada de Andrew por si se forma una idea equivocada, como hace todo el mundo—. No tiene importancia. —Empiezo a juguetear con el extremo de mi trenza—. No sé por qué no se ha quedado aquí con nosotros.

—Porque es una entrevista de trabajo —aclara Dean—. Por

cierto, la estás bordando. ¿Has trabajado antes en algún sitio? Supongo que tengo que preguntarlo.

—Los dos veranos pasados, en el puesto de fruta y verdura Green Mountain. Fue horrible.

—¡Genial! Tengo que hablar con el señor Roth, el propietario. Pero seguro que te llevas el gato al agua.

—¿No necesitas…? Es decir, no quiero arruinar mis posibilidades ni nada por el estilo, pero ¿no vas a pedirme el currículum, referencias o algo así?

Indecisa, vuelvo a coger el vaso.

—No, intuyo que eres perfecta.

Doy un nuevo sorbo al whisky, que se expande como si fuera fuego a través de mi pecho.

SIETE

Es viernes por la noche y Andrew y yo estamos tirados en el sofá del sótano de su casa viendo *Salvar al soldado Ryan*. Le he contado lo del trabajo en el videoclub, pero no he mencionado a Dean; el tema me incomoda.

Ante nosotros, sobre la mesita de café, hay bolsas de comida para llevar del McDonald's (un secreto para el clan vegano) y trato de concentrar toda mi energía en la deliciosa grasa que ahora obstruye mis arterias en lugar de en el color de los ojos de Dean, aunque me resulta más difícil de lo que pensaba. Nunca me he sentido así por ninguno de los chicos del insti. Quizá sea porque Dean es nuevo, diferente e interesante, y porque no le he visto hurgarse la nariz en la guardería.

Andrew se incorpora un poco y me roba una de las patatas que tengo sobre el regazo.

—No sé cómo puedes comer en un momento así —le digo, pasándole la bolsa.

No he tocado las patatas desde la invasión de Normandía, y ahora están frías y revenidas. Debe de ser ya medianoche pasada y la oscuridad del sótano hace que la película sea todavía más intensa.

El teléfono de Andrew zumba y él se sobresalta. A continuación, lo coge y lee el mensaje.

—¿Alguien de interés? —pregunto.

—Cecilia —responde Andrew, encogiéndose de hombros.

—¿Todavía Cecilia? Lleváis una semana entera.

Se lleva un puñado de patatas fritas a la boca. Andrew siempre agarra las cosas a puñados, algo que me saca de quicio.

—He salido con chicas durante más de una semana —se defiende, lamiéndose la sal de los dedos—. Creo que te has formado una idea bastante errónea de mí.

Sé que no está enfadado porque lo dice con una sonrisa en los labios y la voz relajada.

—Así que Cecilia y tú estáis saliendo…

—Bueno, bueno, quizá «salir» no sea la mejor manera de definirlo.

Pongo los ojos en blanco y acto seguido ambos nos sumergimos en la película, porque se produce una gran explosión y los soldados mueren a docenas. No puedo evitar preguntarme si a James Dean le gusta *Salvar al soldado Ryan*, si la ha visto o si solo mira las películas abstractas que le mandan los profesores. ¿Se llaman «películas» en la carrera? Tengo mucho que aprender de cara al año que viene.

—¿Piensas…? ¿Piensas mucho en ella? —le pregunto, y entonces noto que me ruborizo, porque es una pregunta extraña—. ¿Rollo te sorprendes a ti mismo pensando en ella sin ton ni son?

—De hecho, no —responde—. Solo por la noche. O en la ducha.

Andrew esboza una amplia sonrisa.

—Eso no es… Da igual… —replico, aunque no puedo olvidar el tema—. Quiero decir, ¿sientes mariposas en el estómago, como cuando bajas por una cuesta empinada en coche?

Andrew coge el mando y detiene la película.

—Ya sé qué es eso de las mariposas, te lo aseguro. —Alza la mano y juguetea con los mechones que le caen lacios sobre la frente. Se ha puesto las gafas para ver la película, y ahora se las quita, golpeándolas contra su palma—. ¿Estás…? ¿Te…, ejem, te gusta alguien?

—No sé. No —respondo. Por alguna razón, no me atrevo a admitirlo—. Pero no sé qué sacas de todo esto. ¿Es solo sexo?

Ahora Andrew parece realmente incómodo. Su cara está probablemente aún más roja que la mía, y no sé por qué he sacado el tema.

Andrew se rasca una barba incipiente, apenas visible.

—No —me dice—. No es sexo… solo sexo.

—¿Era diferente con Sophie?

Andrew salió con Sophie Piznarski durante seis meses en tercero, mucho antes de que el Andrew Fiestero apareciera. A veces salíamos juntos, los tres, yo sentada en un extremo del sofá, incómoda, jugando con el móvil mientras ellos se pegaban el lote.

—Lo de Sophie pasó hace mucho tiempo. Ahora es diferente. Soy diferente.

—No estoy bromeando —respondo.

—Es más fácil así.

—¿Cecilia es fácil?

—Yo no he dicho eso. Lo que quiero decir es que yo estoy más suelto. Quiero que sea todo más relajado y… no sé. Tener sentimientos es una mierda. Así que, sin sentimientos, no me agobio.

—Venga, si no sientes nada, entonces, ¿de qué sirve?

—Siento muchas cosas —replica, y puedo notar que se está poniendo nervioso—. Tú no tienes ni puta idea.

Su grosería me pilla por sorpresa. Hace apenas unos segundos no hacía más que bromear y sonreír, pero debo haber tocado su fibra sensible. No deja de estirarse y revolverse el pelo, y probablemente ni se da cuenta de que lo está haciendo. Poso mi mano sobre la suya, tratando de detener sus movimientos.

—De acuerdo, te creo.

Él aparta la mano. Es como si todo en su interior estuviese agitado y tratara de recomponerlo y devolverlo a su lugar.

—Perdona, Collins. —Respira profundamente y después sonríe, regresando a la normalidad—. No hagas caso de mis paranoias.

—Eh, siempre haré caso de tus paranoias, ¿vale? Estoy aquí para tus paranoias siempre que lo necesites.

Se pone de nuevo las gafas, ajustándolas hasta que quedan rectas.

—Gracias.

—¿Sabes? No pasa nada por tener sentimientos.

—Gracias por el consejo, doctora —responde.

—Te lo digo de verdad. Soy tu mejor amiga. Me puedes hablar de cosas reales.

—Vaya, menuda confianza. Acabas de proclamarte mi mejor amiga —suelta, esbozando una sonrisa.

—Bah, venga, cállate —replico—. Creo que después de dieciocho años aguantándote, puedo proclamarme lo que me dé la gana.

—De hecho, últimamente me llevo muy bien con Jason Ryder —dice con una sonrisa pícara en los labios—. Igual te quita el sitio. Hace poco me contó un chiste muy bueno sobre mujeres y sándwiches. Creo que tiene muchas opciones como mejor amigo. Es…

Le doy un empujón antes de que pueda terminar la frase y se cae del sofá.

Mi primer día de trabajo es el martes al acabar el insti, y cuando llega el momento, estoy hecha un flan. Cada clase parece durar cinco segundos y tengo la sensación de haber pasado todo el día colgada en el hiperespacio.

Andrew, Hannah y yo tenemos Cerámica a última hora. Normalmente es mi preferida, pero hoy no puedo dejar de mirar el reloj. Estamos sentados ante una mesa enorme de madera forrada con papel, pintando nuestras tazas con esmalte de colores. La mía, en lugar de una taza, es más bien un monstruo salido de las profundidades de la Tierra.

—¿Nerviosa? —me pregunta Hannah desde el otro lado de la

mesa, mientras sumerge el pincel en azul y dibuja un remolino perfecto.

—¿Y por qué debería estarlo? —pregunta Andrew.

Su taza se rompió en el horno, así que se dedica a observar cómo pintamos.

—El primer día de Keely —dice—. Nuestra pequeña se ha hecho mayor.

—¿En el videoclub? —se interesa Andrew.

En su mejilla izquierda hay un fino trazo de pintura violeta. Me pregunto cómo ha llegado hasta allí, teniendo en cuenta que no ha tocado la pintura.

Asiento con un gesto y noto que el estómago se me encoge. Alzo los ojos hacia el reloj y compruebo que la clase ya casi ha terminado. De repente, siento náuseas.

Esta mañana he tratado de acicalarme un poco. Llevo unas medias negras —medias de verdad, no leggings—, y el jersey nuevo que me regaló mamá para mi cumpleaños. No deja de quejarse porque todavía no me lo había puesto, y no lo he hecho hasta ahora porque me va demasiado ajustado y se me marcan las tetas. Normalmente, trato de no resaltar esa zona, pero hoy he decidido ser osada en honor a James Dean.

—¿Estás nerviosa?

Hannah pestañea de un modo que me hace comprender que no se está refiriendo al trabajo, sino a James Dean.

—Eres toda una pro, Collins —dice Andrew—. Lo vas a clavar.

Rebusca en su mochila y saca una bolsa de patatas. No entiendo cómo puede comer ahora mismo, con el olor a barro y aguarrás a nuestro alrededor, aunque tampoco me sorprende. Sigue con la boca llena cuando una chica se acerca a nuestra mesa.

Camina con pasos tranquilos y vacilantes, como si fuera un ciervo en medio del bosque, asustado ante la posibilidad de recibir un disparo. Al igual que el ciervo, es delgada y esbelta, con ojos grandes y una nariz puntiaguda. Se llama Madison Jones. Estudiante de cuarto.

—Hum, disculpad. Lo siento, disculpad. —Madison dice muchos «lo siento» en clase, como si se justificara por existir. Da unos golpes a Andrew en el hombro—. Perdona, ¿ya estás del esmalte azul?

Pese a que claramente no está pintando, sino comiendo patatas, Madison clava la mirada en Andrew y le dirige su pregunta exclusivamente a él.

—Eh…, sí. —Andrew se gira hacia mí—. Collins, ¿has terminado?

Madison mira de reojo hacia su mesa, donde hay un corrillo de chicas de cuarto, susurrando y riendo.

Deslizo el frasco de esmalte azul hacia ella.

—Sí, puedes llevártelo. De todas maneras, esta taza no tiene remedio.

—Eso no es cierto. Tienes mucho potencial —interviene Hannah, siempre tratando de animarme.

—Oh, lo siento —dice Madison, mirándome un momento para después volverse a concentrar en Andrew—. No sabía que tu novia lo estuviera usando.

Me ruborizo, aunque más bien porque no me ha mirado directamente, porque no ha utilizado mi nombre para hablar de mí, y no por el uso accidental de la palabra «novia». No es algo que me sorprenda. Andrew también se ha sonrojado; sus pecas sobresalen y deja la bolsa de patatas.

—No es… Quiero decir…

—De hecho, sí. Todavía lo estoy usando.

Y cojo el frasco.

Andrew parece confundido, y yo pongo los ojos en blanco porque ya debería estar acostumbrado a este tipo de situaciones: nos sucede una vez al día como mínimo desde que empezamos el insti. Sin embargo, por alguna razón, todavía le fastidia. Siempre tiene que corregir el error: «No es mi novia». Dios no quiera que la gente piense que soy una chica real con la que se puede salir.

Hannah también parece confundida, y pasea su mirada de Madison a mí. Sé que odia los conflictos, y está horrorizada porque no esté compartiendo el material.

—Ah, bueno, lo siento —dice Madison.

A continuación, se pone a juguetear con el dobladillo de su camisa y se lleva el extremo de su trenza a la boca.

—No estamos juntos —continúa Andrew, como si Madison fuera algo obtusa y necesitara que se lo aclararan.

—Ya no. Rompí con él después del episodio con el queso —interrumpo, sonriéndole dulcemente.

—¿El qué? —pregunta Madison.

—Collins —suelta Andrew con un matiz de advertencia en la voz.

—Es igual. —Cojo el frasco y se lo paso—. Llévatelo.

—Perdona, ¿seguro?

Sigue masticando su trenza. Si se disculpa una vez más, va a sacarme de mis casillas.

—Sí. Llévate el maldito frasco.

Se lo tiendo, pero el gesto es tan forzado y mi brazo está tan tenso que antes de que pueda evitarlo, el frasco empieza a volar por los aires. Aterriza con un estallido en el suelo de baldosas, y el esmalte azul sale despedido por doquier: sobre Madison y sobre mi bonito jersey regalo de cumpleaños.

Madison chilla, y la trenza cae de su boca. Hannah corre hacia el fregadero para buscar toallas. La señora Blanchard, nuestra profesora de Cerámica, empieza a moverse atropelladamente, presa del pánico. Andrew se ríe a mandíbula batiente, y entonces yo también empiezo a reírme, porque su risa es contagiosa. Llevo la mirada hacia abajo, hacia mi malogrado jersey, y me doy cuenta de que los nervios ante mi encuentro con James Dean han desaparecido. Durante un rato, ni siquiera he pensado en él.

Sin embargo, esa sensación desaparece en el momento en que Hannah me deja delante de la tienda.

—Venga, lo harás superbién —me anima.

Casi me empuja del coche. Aunque me he puesto el abrigo para tapar el jersey lleno de manchas, sé que voy a tener que quitármelo en algún momento. Me arrepiento de no haberme puesto nada debajo del jersey.

Hannah se aleja y yo me quedo durante unos momentos ante la puerta, tratando de prepararme psicológicamente. Tras unos segundos, la empujo. Mis nervios se calman cuando entro y compruebo que James Dean no está. En su lugar, detrás del mostrador, hay un tipo blanco, rechoncho y medio calvo; probablemente el dueño, el señor Roth.

—Bienvenida —dice al verme, esbozando una sonrisa—. ¿En qué puedo ayudarte?

Saludo torpemente con la mano.

—Soy Keely. Su nueva...

—¡Ah! —interrumpe—. Mi nueva recluta. ¡Entra, entra!

Aunque ya estoy dentro, supongo que lo que quiere decir es que me acerque. El señor Roth junta las manos, como si fuera a darme un aplauso. Puede que sea la persona más alegre y jovial que he conocido.

—Siéntete como en casa. Hoy debería resultarte relativamente fácil. Solo tienes que rellenar unos papeles. ¿Te cojo el abrigo?

Me tiende una mano servicial, pero yo me abrazo con fuerza al abrigo.

—Estoy bien, gracias.

—Voy a ver si Dean tiene la documentación —dice, dirigiéndose hacia la parte trasera de la tienda, donde parece que hay una sala de descanso. Al oír su nombre, un estallido de adrenalina recorre mi interior—. ¡Dean! —grita, y a continuación, aparece él.

Es igual de perfecto que recordaba, quizá incluso mejor. Lleva una camiseta negra como la del otro día, excepto que en esta pone HERZOG —le deben de molar los directores— y se ha peinado hacia atrás en un estilo que imita a la perfección el del James Dean real.

—Hola —saluda de manera relajada, apoyándose contra el umbral de la sala de descanso con los brazos cruzados—. Volvemos a vernos.

—Hola —repito, tratando de sonar igual de relajada que él.

—Bueno… —El señor Roth vuelve a juntar las palmas de las manos—. Ahora tengo que irme. Dean te cubrirá las espaldas. Nuestro otro cajero, Tim, llegará sobre las cinco. Estoy seguro de que entre los tres lo tendréis todo controlado. ¡Hasta mañana!

Se mueve afanosamente por la tienda, enderezando y desplazando cosas de un lado a otro. Luego, desaparece por la puerta, y nos quedamos nosotros dos. De nuevo solos.

—Es muy… jovial —digo.

—Jovial natural —asiente.

Todavía está apoyado contra el marco, como esperando a que le saquen una foto.

—Me pongo a… —empiezo a decir, pero dejo la frase a medias, sin saber qué voy a preguntar.

En la tienda hace calor y quiero quitarme el abrigo, pero me abrazo a él. Siento las manos pegajosas.

—De acuerdo. A por el papeleo —dice, apartándose de la pared.

Se dirige hacia el mostrador, hurga en algunos cajones y saca una pila de formularios. Vuelvo a sentarme en uno de los taburetes. La situación con el abrigo va de mal en peor: ahora estoy sudando la gota gorda. Decido cortar por lo sano y quitármelo. Al ver el jersey, Dean levanta una ceja.

—¿Qué te ha pasado?

Señalo las manchas.

—Tuve un… un accidente en el insti, con pintura azul.

—Ni que lo digas.

Parpadea, lleva los ojos hacia mi pecho, donde el jersey está más apretado, y prolonga la mirada durante un instante que me parece eterno. Estoy completamente roja de vergüenza.

—No se me da muy bien la cerámica —confieso, una frase que

en mi cabeza tiene sentido, pero que quizá Dean no entienda.

—Bueno, esperemos que se te dé mejor la caja registradora.

—Sí, se me da mejor. Lo prometo.

—Las promesas son peligrosas. Nunca deberías hacer una promesa a no ser que vayas en serio —advierte.

—Voy en serio.

—Bien, yo también.

—Bien —respondo, aunque no estoy muy segura de lo que quiere decir o de lo que ha prometido, si es que ha prometido algo.

La siguiente hora transcurre familiarizándome con todo lo que hay en la tienda: cómo se clasifican las películas informáticamente, cómo llenar las tazas de café y abrir la caja registradora (esto último implica muchos codos, porque siempre se atasca). Al parecer, las galletas y los bollos proceden de la pastelería Le Soleil, justo al final de la calle. Dean recoge una bolsa cada mañana de camino a su clase de las ocho.

—¿Y por qué vienen aquí y no se las bajan de internet? —pregunto, mientras examino los artículos, que están alineados cuidadosamente sobre la vitrina de cristal.

Hay unas pequeñas figuritas que rodean las galletas: unos diminutos Iron Man y Black Panther y un no tan diminuto Hulk.

—Porque yo, que soy encantador, trabajo aquí —responde Dean, esbozando una sonrisa.

Lo miro, me sonrojo y vuelvo a clavar los ojos en el mostrador. ¿De verdad que las chicas vienen a este sitio para hablar con Dean? Igual cree que yo también estoy aquí por eso.

Debe de haber reparado en mi confusión o pánico, porque se encoge de hombros.

—Es broma.

Aunque todavía me sonrojo más, Dean ignora el color de mis mejillas y continúa:

—La razón principal probablemente es que estamos como a cuatro manzanas del campus. Aunque la gente también viene aquí por el ambiente. ¿En qué otro lugar te dan un pequeño Vengador de plástico con un bollo?

Dean tiene razón. Me encantan las buenas vibraciones que hay en este lugar. No sé por qué dejé de venir. Esta tienda es una de las responsables de que me enamorara del cine.

—Ya, pero me sabe mal por el señor Roth. Quiero decir… Ese Dunkin' Donuts…

—¿Ves ese póster a tus espaldas? —me interrumpe Dean—. ¿El de *The Blues Brothers*?

Me doy la vuelta y miro hacia el clásico póster de Dan Aykroyd y John Belushi con gafas de sol, un poco descolorido por el sol.

—Ha estado colgado en esa pared desde los ochenta. Roth podría venderlo en eBay o algo así si quisiera, pero no lo hará. Y lo mismo con *En busca del arca perdida* —dice, señalando con la cabeza hacia otra pared—, y con *Cadena perpetua*. Si te gustan las películas, este sitio es mágico.

—Me encantan —suspiro.

Me encanta él. Todo lo que deseo es que piense que soy tan guay como él, porque él es tan guay, tan guapo y tan sensacional. James Dean es pura magia.

—¿Estás bien?

Dean mueve una mano ante mis ojos y parpadeo un par de veces. ¿Me lo he quedado mirando? De ser así, quiero morirme.

—Sí. Estoy bien. Genial. ¿Tú estás bien?

—Yo estoy perfectamente. —Esboza una sonrisa—. Sabes, presiento que este es el comienzo de una hermosa amistad.

HANNAH
Qué tal tu primer día?????

YO
Tengo buenas y malas noticias: James Dean y yo somos amigos. Las malas:

James Dean y yo somos amigos.

HANNAH
Es un gran paso! ◯

YO
Aunque estoy casi segura de que ha citado
una frase de *Casablanca*, así que no
sé si cuenta...

HANNAH
Una cita de una peli antigua al azar!
Te va como anillo al dedo. Fue rollo
relación profesional entre empleados
o para ligar?

YO
Creo que no está entre mis fuertes
la capacidad de distinguirlo.

HANNAH
OK. Hubo contacto físico o visual?
Esa peli es romántica, verdad?

YO
Necesito un experto.

    YO
    Tengo una pregunta.

    ANDREW
    Qué pasa?

YO
Bueno, si un tío se dedica a hablarte con citas de películas, dirías que está tratando de ligar?

ANDREW
???????

ANDREW
Estoy confundido.

ANDREW
Es por lo de las pullas con Hitchcock?

YO
Da igual.

Como soy superanalítica y necesito descodificarla en busca de pistas, por la noche ponemos *Casablanca*.

Y visto que Hannah es incapaz de concentrarse en una película —dice que son aburridas, algo que no tengo en cuenta por el bien de nuestra amistad—, nos ha pedido a Andrew y a mí que la ayudemos con un proyecto artístico y pintemos cenefas de colores en unas hojas que recogió del jardín trasero el pasado otoño. Una vez terminadas, piensa colgarlas en la pared, aunque no me ofenderé si las que estoy decorando yo caen misteriosamente debajo de su cama.

Todavía no le he contado a Andrew lo de James Dean. No es que haya mucho que contar, aunque admitirle que me he pillado por él supone correr un riesgo. Si Andrew lo sabe, me resultará mucho más vergonzoso cuando la historia no llegue a ninguna parte. Sin embargo, Hannah no es la persona más sutil del mundo.

—Vale, esta peli es claramente romántica —dice—. Con todas esas escenas de besos y la música triste… Si a mí me molara una chica y quisiera acostarme con ella, la pondría como referencia.

Andrew levanta la mirada de su hoja.

—Sí, Collins. Me sorprende tu elección.

—¡Ganó un Óscar a la mejor película! Podría decirse que es la mejor película de todos los tiempos —me defiendo.

—Ya, claro. *Gladiador* también se llevó el de mejor película. Podríamos haber puesto esa. Normalmente no te gustan las pelis de besuqueos.

—¡Las pelis de besuqueos también me gustan! Me gusta besar. ¡Doy besos a la gente!

Vale, igual lo que acabo de decir no se ciñe estrictamente a la realidad, pero no dudaría en besar a James Dean si tuviera oportunidad.

Andrew está rojo como un tomate.

—No me refería a... la vida real. Me refería a las pelis que miras.

Hannah está tronchándose de risa de tal manera que golpea un frasco de pintura amarilla y lo tira sin querer sobre la alfombra.

—Oh, Dios mío, otra vez no...

Todos salimos corriendo a por un par de toallas y, afortunadamente, lo incómodo y tenso de la situación se desvanece.

—Tenemos que dejar de tirar pintura. Juro que solo ocurre con vosotros —asegura Hannah.

—Somos gafes —digo, pensando en mi jersey arruinado.

Excepto que... No me pareció que a James Dean le importaran las manchas. Mis mejillas enrojecen al recordar su mirada clavada en mí.

Mientras tanto, en la pantalla del ordenador de Hannah, Rick acompaña a Ilsa hasta el avión para que escape de los nazis, alejando de él a la mujer que ama, enviándola con su marido para salvarle la vida. «Siempre nos quedará París», le dice al despedirse. Puede que no acaben juntos al final, pero su amor pervivirá en sus recuerdos.

Sin embargo, eso no fue lo que dijo James Dean. Si le gustara de verdad, habría dicho algo sobre París. Me parece que lo único que le molan son las pelis y que pasa de mí.

—Eh, chicos, el próximo año, cuando todos estemos volando hacia sitios diferentes, al menos siempre nos quedará París —anuncia Andrew.

—Siempre nos quedará Prescott —replico yo.

—Prefiero París —dice Hannah, quitando la mancha de la alfombra con una toalla de manos humedecida.

OCHO

Chase vuelve a intentarlo con Danielle el miércoles. Vamos camino de clase de Química cuando aparece de repente a nuestras espaldas y pasa su brazo con aire despreocupado por encima de los hombros de Danielle. Ella sonríe hasta que se da la vuelta y comprueba quién es. Entonces retuerce la sonrisa hasta convertirla en un gruñido.

—Eh, Dani —saluda Chase.

Danielle se zafa de él.

—No me llames así.

—Venga…

Tiene una sonrisa relajada, como si estuviera acostumbrado a conseguir lo que se propone.

—¿Qué quieres?

—Solo quiero hablar. Charlar. Somos amigos, ¿no?

—No somos el tipo de amigos que charlan —responde Danielle.

Chase me mira como si pudiera serle de ayuda y dice:

—Collins…

Y entonces Jason Ryder aparece y lo empeora todo. Avanza pesadamente por el pasillo como si fuera suyo y cuando nos ve, cuando ve a Chase y a Danielle juntos, esboza una amplia sonrisa y le da unas palmadas a Chase en la espalda.

—Vaya, qué tenemos aquí. La Puta y la Bestia, juntos de nuevo.

—Tío… —le recrimina Chase.

—Ah, Jason, eres tan mono cuando haces chistes. Algún día harán gracia —le responde Danielle. A continuación, se sube la mochila y se gira hacia mí—. Vamos, llegamos tarde.

Y acto seguido se pone en marcha. Yo me esfumo tras ella.

—Lo que más rabia me da es que en toda esta estúpida historia, Chase y yo éramos los dos iguales —sisea cuando ya no pueden oírnos—. Nos acostamos. Los dos. Pero, por alguna razón, yo soy la puta. Soy una puta porque he tenido sexo en una ocasión con una persona.

Acelera el paso sin mirarme.

—No eres ninguna puta —objeto, por decir algo.

—Bueno, eso es evidente —suelta ella, clavando sus ojos en mí—. Ese es el maldito problema.

Esta noche, los padres de Andrew van a salir por Burlington, así que él va a aprovecharlo para organizar una quedada de tíos: algo con tacos, con los que los chicos parecen tener una obsesión inexplicable. Es demasiado arriesgado montar otra fiesta, y los tacos son un punto intermedio. El queso y la carne picada no son ilegales, incluso si nuestros padres veganos piensan que son lo peor.

—Yo paso.

Declino su invitación, pero ambos sabemos que acabaré por ir. Aun así, me comprometo a ayudarle a hacer las compras. Entramos en Costco y empezamos a acumular una cantidad ingente de ingredientes en el carrito: envases de guacamole y crema agria del tamaño de una ballena y un frasco de salsa picante que podría sobrevivir al apocalipsis. La bolsa de queso rallado que compramos es más grande que yo. Andrew la pone de pie a mi lado y saca una foto.

—¿Por qué has invitado a Ryder? —le pregunto, saltando y colocándome en la parte delantera del carrito.

Estoy segura de que Andrew odia a Ryder tanto como yo, y pese a eso, siempre aparece por todas partes.

—Chase lo invitó. Y no puedo decirle a Ryder que no venga —explica, empujándome a mí y a la bolsa de queso por el pasillo—. ¿Qué, lista para ir a la velocidad de la luz?

Andrew empieza a correr, empujando el carrito más y más rápido, impulsándonos con cada movimiento. Los pasillos en Costco son del tamaño de manzanas de casas, así que hay mucho espacio. Cuando ya hemos ganado velocidad, Andrew salta a la parte de atrás. Yo grito y pongo un pie en el suelo para frenarlo antes de que choquemos contra una pila de galletas Chips Ahoy! que llega hasta el techo.

Una vez que hemos disminuido la velocidad hasta un movimiento constante, salto fuera del carrito y me sitúo en la parte posterior para empujarlo. Andrew salta también y camina a mi lado.

—Aquella noche tú estabas abajo, ¿verdad?

Doblamos la esquina del pasillo de refrigerados y nos detenemos ante el zumo.

—¿Qué noche?

—La de mi cumpleaños.

—Ah... Sí.

—¿Qué ocurrió mientras Danielle y yo estábamos en el piso de arriba? ¿Cómo se enteró todo el mundo? Chase debió de irse de la lengua, ¿no?

No sé por qué no se me ha ocurrido preguntárselo antes.

—Puede que alguien los viera camino de la habitación —apunta.

—Pero, entonces, ¿cómo es que todo el mundo se enteró en tan poco tiempo?

—Chase no es mal tío. Si se le escapó algo, fue porque probablemente estaba flipando, no porque tratara de ponerla en evidencia.

Pienso otra vez en la nota que le enviaron a Danielle el otro día; alguien la llamó «zorra» por perder la virginidad con un tío que le gusta. ¿Podría Chase haber escrito la nota? No parece probable. Andrew tiene razón: Chase puede ser un imbécil algunas veces, pero no tiene la maldad suficiente como para avergonzar a una chica con la que se ha acostado. Parece más probable que la nota venga de Ryder. Pero ¿por qué Ryder iba a tomarse la molestia de disfrazar su caligrafía si pensaba decírselo a la cara, como ha hecho hoy?

—Hoy Ryder ha insultado a Danielle y la ha llamado «puta». En la cara. ¿Qué te parece? —le cuento.

Andrew detiene el carrito en seco y me golpeo con él.

—Me parece fatal. Joder con Ryder.

—Sí, pero ¿por qué nunca recibe un escarmiento?

—Tú espera al próximo año —dice—. Si alguien se comporta como un gilipollas en la universidad, puedes dejarlo de lado. Solo necesitamos acabar el insti y todo irá mejor.

Es el mantra que nos hemos estado repitiendo desde que empezamos secundaria. Confío en que sea verdad.

—Eh, Collins, ¿a qué te recuerda esto?

Ryder levanta su taco hacia mí.

—Me recuerda a un taco —respondo, esparciendo un poco de queso en el mío y tratando de ignorarlo.

Estamos todos alrededor de la isla de la cocina, sobre la que se alinean diversos envases con los condimentos. Andrew está sentado en el taburete a mi lado, y Chase se encuentra frente a nosotros, flanqueado por Edwin Chang y Simon Terst, el compinche de Ryder, que puede que sea incluso peor que el mismo Ryder porque lo considera un héroe.

—Exacto. El taco, la almeja, el higo —continúa Ryder, y a continuación levanta las cejas varias veces—. ¿Lo pillas?

—No —contesto con un tono seco y sarcástico—. Explícamelo.

Ryder ladea la cabeza, con una sonrisa congelada en los labios, y veo el humo que sale de su mente mientras trata de dilucidar si hablo en serio o no.

—Lo ha pillado, Ryder —dice Andrew.

Ryder ignora a Andrew y se gira hacia Simon, sosteniendo el taco justo debajo de su nariz.

—Eh, Terst, me apuesto algo a que nunca has estado tan cerca de un taco. ¿A qué huele?

Simon le aparta la mano a Ryder.

—Que te jodan. Mi vida es un bufé libre de tacos, higos y almejas.

Ryder empieza a reírse de él. Simon es pequeño y algo nervioso, y no ve nada sin sus gafas de montura metálica. Danielle empezó a llamarlo Conejo en sexto de primaria y se le quedó el apodo.

—Sí, claro. Ya lo veo. Estás rodeado.

El rostro de Simon está rojo y lleno de marcas. Por la cabeza, se me pasa la idea de que quizá también sea virgen. Es una incómoda etiqueta que compartimos. Le doy un bocado a mi taco y mastico, tratando de distraerme.

—Yo soy tío de un solo taco —dice Edwin—. O Molly o nada.

Él y Molly Moye no se han separado desde mi cumpleaños.

—¿En serio? —pregunta Ryder. Levanta la mano como si sostuviera un látigo y hace chasquidos con la lengua, que presiona contra los dientes delanteros—. Vaya, al parecer, han amarrado en corto a alguien. Menudo calzonazos.

—No soy ningún calzonazos —replica Edwin—. Soy listo. Nunca conseguiré algo mejor que Molly. Es especial.

—Cuando tienes una novia, una que sabe lo que hace, la tienes a voluntad —dice Chase.

—¿Y qué te parecen diez chicas que saben lo que hacen? —Ryder esboza una amplia sonrisa y después se gira hacia Andrew—. ¿A que sí, Reed?

Andrew se frota la nuca.

—Sí, claro. Es decir, no a la vez, pero en la variedad está el gusto.

Me parece tal grosería que Andrew hable así de las chicas,

como si formaran parte de un plato combinado, que cojo un puñado de queso rallado y se lo tiro. El queso acaba en su regazo y él se lo sacude con despreocupación.

—Tanto da, Drewcapullo. Ni siquiera te gusta la variedad. Te gustan las rubias —le suelto.

Andrew para de sacudirse el queso del regazo y alza los ojos hacia mí.

—¿Cómo?

—¿En serio? ¿Necesitas una explicación? Cecilia, Sophie y Susie Palmer se parecen bastante. Está claro que tienes un tipo.

—Nunca lo había pensado. No lo hago a propósito.

Las puntas de sus orejas están brillantes y rosadas.

—Susie *Palmapaja* —dice Ryder—. La peor de mi vida.

—¿La peor paja? —interviene Chase—. Eso es redundante. Es decir, cualquier paja es inútil, ¿no? He estado masturbándome durante dieciocho años y sé lo que hago. Cualquier tía que lo intente va directa al fracaso.

A veces, oír hablar así a los chicos me provoca más ansiedad. Al parecer, esperan que las chicas nos comportemos como auténticas profesionales en el preciso momento en que vemos un pene. Me da rabia no tener el suficiente coraje como para decirles que son unos gilipollas.

—Ya, pero fue horrible… —continúa Ryder—. Como si estuviera estrujando un trapo. Tiene una lija en las manos.

—Una *lijación* —añade Edwin.

—Y a todo esto, ¿no hemos superado ya la edad de las pajas? —pregunta Chase—. Las pajas estaban bien en primero, y me ponía supercontento si una chica se acercaba a ese punto. Pero ya lo he superado. Prefiero hacérmelas yo.

—La boca o nada —dice Simon, como si tuviera conocimiento de causa.

—Yo utilizaría mi propia boca si pudiera llegar —dice Chase—. Casera.

—Vale, vale, no nos des detalles.

—¿Qué preferirías: una *lijación* o mamártela tú mismo? —pregunta Edwin.

—Depende de quién me hiciera la *lijación*. Si fuese Danielle, no me importaría —dice Chase sonriendo.

—Ni a mí —asiente Andrew.

Yo me lo quedo mirando, sorprendida. No sabía que veía a Danielle de ese modo.

—Me cortaría un brazo a cambio de una *lijación* de Danielle —dice Ryder.

—Olvidaos de eso —contraataca Simon—. Yo me cortaría un brazo por verle las tetas a Ava.

—Yo ya se las he visto —confiesa Ryder—. Valen la pena.

—Eh, tíos, ¿podéis parar? —interrumpo—. Estáis hablando de mis amigas. ¿Habéis pensado que luego se lo contaré todo?

—¿Y? —Ryder se encoge de hombros—. Las estamos elogiando.

Estoy a punto de tirarle el gran envase de guacamole a la cara, pero, por suerte para él, alguien llama a la puerta. Todo el mundo se calla.

—¿Quién falta? —pregunto, incorporándome y dirigiéndome hacia la puerta como si fuera mi casa. De hecho, prácticamente lo es.

—Ah, igual es Cecilia —contesta Andrew, levantándose.

Yo me detengo.

—¿Cecilia?

—Sí —responde, como si fuera normal que apareciese por aquí.

—¡Nada de tías la noche de tacos! —grita Ryder, y yo me giro para encararme a él.

—¿Y yo qué demonios te crees que soy?

—Tú no cuentas.

Da un bocado a su taco y sonríe con los dientes llenos de comida. Pienso de nuevo que esta es la razón —la única razón— por la que todavía soy virgen. ¿Cómo voy a sentirme atraída hacia ellos cuando he oído mil conversaciones como esta? Es por ello que James Dean significa tanto; es mi oportunidad para hacer borrón y cuenta nueva.

Andrew me empuja hacia la puerta, la abre, y allí está: Cecilia Brooks. Está tan guapa como siempre, con los mechones rubios rizados que le enmarcan el rostro y las mejillas sonrosadas y brillantes. Cuando se quita el abrigo, veo que lleva un jersey de cuello de pico de color rosa bebé, ajustado y muy escotado, y dos pares de ojos —los míos y los de Andrew— se clavan allí, tratando de disimular.

—Hola, Drew —saluda, dándole un abrazo fugaz, y a continuación se vuelve hacia mí y levanta la mano mientras deja la otra apoyada en el hombro de Andrew como si fuese a salir flotando—. Hola, Keely.

—Hola —respondo, dirigiéndome de nuevo a la cocina.

Ellos me siguen, y cuando me doy la vuelta, compruebo que la mano de Cecilia ha bajado desde el hombro hasta la cintura de Andrew.

Al entrar en la cocina, me da la sensación de que está más limpia. Los chicos han lavado los charquitos de condimentos vertidos sobre la encimera y han cogido servilletas nuevas. Incluso están todos más erguidos.

—¡Hola a todos! —dice Cecilia.

—¿Quieres un taco? —pregunta Chase, levantándose de su taburete.

—Ya te lo hago yo.

Andrew se separa de ella y abre uno de los armarios de la cocina para sacar un plato.

—Gracias, pero no tengo hambre.

Andrew coloca el plato de nuevo en el armario.

Edwin abandona su taburete.

—Toma, siéntate. Yo ya estoy harto de estar sentado.

—Oh, gracias, Edwin —dice Cecilia, rozando su hombro ligeramente al acomodarse.

Entonces se produce un silencio y todos nos miramos, sin saber muy bien qué decir. Es como una turbulencia en pleno vuelo, como una onda sobre el océano. La habitación huele diferente, a fresco y flores. Debe de llevar perfume como para sofocar el olor a tacos.

—Estás muy guapa. Me gusta tu jersey —dice Andrew.

Cecilia baja la mirada hacia la prenda y después levanta los ojos hacia nosotros, con una sonrisa luminosa en su rostro perfectamente simétrico.

—Gracias, estaba de rebajas.

—Qué bien. El rosa te favorece.

Por el rabillo del ojo veo que Chase se lleva la mano a la boca para disimular un bostezo, lo que hace que yo también bostece. Y hay una parte de mí, una parte de la que no estoy muy orgullosa, que se siente de pronto aliviada por ver lo que hay entre bambalinas. No solo porque sé cómo piensan de verdad y Cecilia no, sino porque yo los conozco sin toda esta parafernalia. Conozco al Andrew auténtico, al que es gracioso y jovial, al que a veces hace que la leche se me salga por las fosas nasales, pero que, en otras ocasiones, puede cabrearme tanto que quiero zarandearlo. Y su manera de pensar me aterroriza. ¿Cómo voy a poder confiar en un tío cuando esté con sus amigos si conozco de primera mano cómo se comportan los tíos cuando están con sus amigos?

Sin embargo, mientras Andrew tamborilea sobre la encimera y el tictac del reloj llena la estancia silenciosa, me percato de que, de algún modo, en alguna recóndita parte de mi interior, me alegro de no contar para ellos.

NUEVE

Aunque no deja de nevar durante el resto del mes de marzo, abril llega por fin y todo se derrite bajo un cálido sol. La gente despierta de su periodo de hibernación y hay más movimiento en la tienda, y yo me adapto fácilmente al trabajo. El señor Roth apenas se pasa por aquí, y la mayoría de los días transcurren en compañía de Dean o de ese tal Tim, un tipo mayor que nosotros que puede pasarse un turno entero analizando un solo episodio de *Star Trek*. Evidentemente, he tratado de explicarle que *La guerra de las galaxias* es mejor, pero no quiere ni oír hablar del tema.

Es jueves por la tarde y nadie ha entrado en la tienda en la última hora. Estoy en la parte delantera, colocando pastelitos pegajosos para formar una pirámide —lo que mentalmente he bautizado como «montaña de azúcar»—, cuando Dean asoma la cabeza por detrás de una hilera de estuches de DVD en la parte de atrás de la tienda.

—Dijiste que te gustaba Hitchcock, ¿verdad?

—Sí, ¿por? —le grito por respuesta, colocando un cruasán en la cima de la montaña de azúcar, de la que se desprende un montoncito de migas hojaldradas.

Dean aparece de detrás de las estanterías y se reúne conmigo en la parte delantera de la tienda con un DVD en la mano.

—¿Qué tipo de pelis de terror te gustan? ¿Solo te molan las antiguas de suspense o has tenido oportunidad de explorar un poco el género? —Sus ojos brillan con entusiasmo, y se le forman unas arruguitas en las comisuras—. ¿Qué te parecen las de monstruos y zombis? —Levanta las cejas—. ¿Y el gore?

Me pone una película ante los ojos. Su título es *Matanza en el monasterio* y en la cubierta aparece una monja aterrorizada y una mano ensangrentada gigante que está a punto de atraparla. La expresión de terror en su rostro resulta casi divertida.

—¿Seguro que esto es una peli de miedo y no una comedia? —pregunto con escepticismo.

Dean sonríe un instante e inmediatamente después pone cara de circunstancias.

—Es aterradora. Vamos.

Atrapa el DVD de encima del mostrador y sin esperar a que lo siga, gira sobre sus talones y se encamina hacia la parte trasera de la tienda.

—¿Adónde quieres que vayamos?

Echo un vistazo a la puerta principal. A través de la vitrina puedo ver que el aparcamiento está vacío. La moto de Dean es el único vehículo a la vista. Sí, Dean conduce una moto, por supuesto. Hoy, en la pizarra en la calle se puede leer:

PAPÁ, ¿QUÉ ES UN VÍDEO?

Con un suspiro, dejo el pastelito que sostengo en las manos, abandono la montaña de azúcar y lo sigo hasta la sala de descanso. Allí, contra una pared, hay un viejo sofá que seguro que alberga vida y, frente a él, un pequeño televisor. Las paredes están empapeladas con más pósteres de películas antiguas, que me encantan, y en la esquina hay una silueta a tamaño natural de Legolas, de *El señor de los anillos*, que probablemente lleve años ahí. Alguien le colocó un gorro de Papá Noel por Navidad y todavía lo tiene puesto.

Dean inserta el disco de *Matanza en el monasterio* en el reproductor de DVD.

—No podemos verla ahora —digo, deteniéndome bajo el umbral de la puerta—. ¿Y si entra alguien?

—Nunca entra nadie —replica cortante.

El menú aparece en la pantalla, y la melodía dramática y aterradora de un violín invade la estancia.

—Sí que entran compradores —protesto tímidamente—. Antes vino esa mujer a tomar un café. Y también está ese vampiro…

La verdad es que me estoy debatiendo entre las ganas que tengo de no sentarme junto a él en el pequeño sofá y las ganas que tengo de sentarme. Sentarme a su lado significa que no sabré dónde poner las manos y que mi cuerpo estará tenso todo el tiempo porque ¿y si me relajo, y si me pongo cómoda y nuestros hombros se rozan? Probablemente Dean no desea que nuestros hombros se rocen porque estará acostumbrado a rozarse el hombro con chicas más guapas, con chicas mayores, con universitarias que estudian cine y fuman cigarrillos y hablan de todo lo que les hace sentir el séptimo arte.

—¿Recuerdas la campanilla sobre la puerta? Si alguien entra, podemos salir.

Sé que tiene razón. Durante las tres semanas que llevo aquí, hemos pasado más tiempo solos que atendiendo a clientes, aunque no solemos pasar el rato juntos. Esta es la primera vez que me presta tanta atención y me siento como en las nubes. Dean le da al botón de *play*.

—No pasará nada, te lo prometo.

Ya está otra vez con las promesas.

—¿En serio?

—Siempre.

Dean se deja caer en el sofá y yo, todavía indecisa, me siento junto a él. La pantalla se oscurece y la película empieza con una escena en una montaña cuya cima está envuelta en una espesa niebla. El grito de una mujer llena la habitación y a continuación aparece el título: *Matanza en el monasterio*.

La pierna de Dean está relajada, con la rodilla cerca de la mía.

Al moverse, me roza, y soy incapaz de decir si lo ha hecho a propósito o no. El roce es tan leve que quizá no se ha dado cuenta; todo lo contrario que yo: en esa zona exacta se origina un calor que me sube por la pierna y se extiende por todo el cuerpo, calentándome el pecho y las mejillas.

Soy incapaz de concentrarme en la película. Su presencia me distrae demasiado. ¿Por qué me ha invitado aquí dentro? ¿Por qué de repente me hace tanto caso? ¿Es solo porque quiere ver una estúpida película? ¿Es porque está aburrido? ¿O quería sentarse aquí, conmigo, y que nuestras rodillas se rozaran? Puedo oír mi respiración, bastante fuerte, así que cierro la boca y trato de respirar por la nariz, pero lo único que consigo es marearme.

—¿Qué opinas?

Se gira hacia mí, y al moverse, el contacto entre nuestras rodillas desaparece. El alivio me invade y puedo respirar de nuevo.

—Soy incapaz de descifrar si esta peli te gusta de verdad o si me estás vacilando.

—Pero pareces asustada —dice—. Estás tan tensa que parece como si fueras a salir huyendo por la puerta.

—¡No estoy asustada!

—No pasa nada si lo estás. Las monjas dan mucho miedo.

Y a continuación se acerca, toma mi mano y la aprieta suavemente.

Me han dado la mano antes, aunque jamás así. Tiene las manos ásperas y ligeramente callosas, pero no me importa. Sus dedos bailan entre los míos, tocándolos con suavidad como si fueran plumas. Dibuja formas en el centro de mi palma y después sube hacia la muñeca. Revolotean sobre la piel más sensible de esa zona y después bajan para sujetarme los dedos, jugueteando con cada uno de ellos.

Dejamos nuestras manos entrelazadas, y yo me quedo sin aliento. Quiero decir algo, pero no sé qué ni cómo. Creo que no podré volver a hablar nunca más. El mundo se condensa en estas manos suaves que se mueven, y yo solo puedo concentrarme en la sensación de su piel sobre la mía y en el rugido de la sangre que palpita en mis oídos.

De pronto, la campanilla de la puerta suena y me levanto de un brinco. La luz brillante de la sala de descanso me deslumbra. Parpadeo varias veces mirando la pantalla, en la que una mujer con hábito de monja corre gritando por un bosque oscuro. La imagen está tan exageradamente fuera de lugar como mi estado de ánimo. Dean retira la mano y coge el mando para detener la película.

—El deber nos llama.

—Así es.

Se levanta y se dirige a la puerta.

—Puedo ocuparme yo si quieres seguir viendo la película. Ahora viene una parte muy buena.

—¿No será el señor Roth?

Me siento atontada, como si acabara de despertar de una siesta.

—No, es una anciana. Está observando con interés tu torre de pastelitos.

—¡No dejes que se coma mi montaña!

—Todo controlado. Sigue con la película. Ahora viene la parte en que le cortan la cabeza a un zombi con una pala. Lo siento. Te lo he espoileado.

—Suena encantador.

Dean se dirige hacia el mostrador, pero entonces se detiene y se gira hacia mí.

—Me alegro de que te gusten este tipo de cosas —dice, señalando con un gesto el televisor—. Sarah, que solía trabajar aquí antes, solo quería ver…, bueno, pelis muy básicas. Nunca conseguí que viera algo diferente. Molas.

Sonríe y después me deja sola en la sala de descanso. Sus palabras fluyen en mi interior como si fueran una cálida luz.

DIEZ

DANIELLE OLIVER ES UNA MIERDA EN LA CAMA ;)

Danielle encontró la nota el viernes por la mañana, justo después de la primera hora, pegada con celo en su taquilla. Ahora está sobre la alfombra de su dormitorio con todas nosotras a su alrededor, tumbadas en el suelo. Es sábado por la noche, no muy tarde, y planeamos quedarnos a dormir, así que ya estamos con ropa cómoda y rodeadas de cajas de comida china para llevar (nos hemos arriesgado a hacer un pedido en el Restaurante de Comida China).

—En realidad, es bastante patético —afirma Danielle—. Es decir, si alguien tiene un problema conmigo, que me lo diga a la cara. —Recoge la nota y la rompe en dos, tirando los trozos a la papelera—. Sea quien sea la persona que la ha escrito, es una maldita cobarde.

A continuación, coge los palillos y pesca un trozo de brócoli.

—Bueno, a lo mejor esa persona tiene celos —dice Ava, que saca una caja con esmalte de uñas de debajo de la cama de Danielle y empieza a hurgar en su interior—. Quizá esa persona esté enamorada de Chase y se ha cabreado porque tú te enrollaste con él primero. Has dejado el listón alto acostándote con él.

Es justo el tipo de cumplido que Danielle necesita, y me pregunto si Ava lo piensa de verdad o simplemente trata de ser una buena amiga.

—Eso no reduce las posibilidades —replica Danielle—. Todo el mundo está enamorado de Chase.

Puedo ver que se hincha de orgullo al decirlo.

—Quizá la haya escrito Chase —sugiere Ava, lo que suena como si acabara de retirar el cumplido.

A veces pienso que debe de resultar duro para Danielle tener una mejor amiga que siempre es ligeramente más mezquina, más valiente y que siempre dice la última palabra. Entiendo la tentación de echar más leña al fuego, aunque yo no lo haría nunca. Puede que tenga unos instintos de supervivencia más fuertes. O puede que sencillamente esté asustada.

—Lo del guiño es lo peor —intervengo, tratando de desviar la atención—. Es un poco… siniestro.

Ava abre un frasco de esmalte y Danielle arruga la nariz.

—¿En serio vas a pintarte las uñas ahora? Estamos todas comiendo.

—Yo ya he terminado.

Ava se encoge de hombros y empieza a pintarse el pulgar de verde, del mismo color que su cabello ya desteñido en honor al Día de San Patricio.

—Tienes las manos llenas de pollo, y ese olor a esmalte hace que me entren ganas de vomitar.

Danielle cierra la caja del brócoli y la deja a un lado con demasiado ímpetu, focalizando su ira en la comida en lugar de Ava. Todas sabemos que Ava se está librando de una gorda. Danielle puede morder con más fuerza.

En ese preciso momento, noto que mi teléfono vibra y lo saco de mi bolsillo. Hay un mensaje de un número desconocido.

Hola, compi

Me ruborizo y un sentimiento de esperanza me inunda el pecho. Jamás le he dado mi número a Dean, aunque quizá lo haya encontrado en el contrato.

Quién eres?

Lo he escrito lentamente, y a continuación dejo el teléfono sobre la alfombra, justo delante de mí para controlar si se ilumina, con el corazón a punto de salir desbocado y palpitando con tanta fuerza que me sorprende que las otras chicas no lo oigan. Aparto el envase de pollo a la naranja que había estado comiendo; se me ha quitado el hambre. La respuesta llega casi de inmediato.

Quién quieres que sea?

Me ruborizo de nuevo y la respiración se me acelera. Cojo el teléfono y espero, sin saber qué decir. Llega un mensaje nuevo.

Entonces... ¿qué hace Keely el sábado por la noche?

Se produce una pausa, aunque advierto el símbolo de «...» en la pantalla, lo que significa que todavía está escribiendo, así que aprovecho para calmar los latidos de mi corazón. Guardo su número en contactos como «James Dean», y al hacerlo, me sorprendo esbozando una sonrisa estúpida. Dean me envía otro mensaje.

Me apuesto algo a que tienes una cita

—¿A quién le estás enviando mensajes? —me pregunta Hannah, que está tumbada a mi lado—. Estás roja como un tomate. —Alarga la mano y me arrebata el teléfono de las mías, demasiado sudadas como para evitarlo—. Oh, Dios mío, es James Dean. ¿Te ha escrito? ¡Es la bomba!

Se sienta con las piernas cruzadas y se coloca un mechón de pelo negro detrás de la oreja.

Danielle y Ava también se incorporan.

—Un momento, ¿quién es? ¿Un tío de tu trabajo? —pregunta Ava.

Hannah les enseña los mensajes.

—Tía, está por ti.

Danielle alarga el brazo para coger el teléfono.

—No, no lo está —respondo yo de forma automática, alejando la idea antes de que eche raíces.

No puedo hacerme ilusiones tan fácilmente. Es más sencillo si no me importa.

—No, de verdad. Te ha escrito tres veces seguidas —refuta, mirando los mensajes.

—¿Qué le contesto? —pregunto con las mejillas todavía más rojas.

—¿Quién es este tío? —interroga Ava—. Hay reglas para este tipo de cosas. Tienes que esperar al menos diez minutos. Y no utilizar signos de exclamación. Nunca. Es de desesperada.

—De hecho, lo conoces —responde Hannah—. Lo vimos en el Dunkin' Donuts, la mañana siguiente a… bueno… —Carraspea y mira a Danielle—. Después de la fiesta de Andrew.

—¡YA ME ACUERDO DE ÉL! —grita Ava, casi derramando el frasco de esmalte que sostiene—. ¡Qué pómulos!

—Va a la UniVE, ¿verdad? —pregunta Danielle.

—Sí, está en tercero —respondo.

—Ah, interesante.

Me devuelve el teléfono con cara de póquer. Yo lo tomo de vuelta, contenta de tener los mensajes otra vez entre mis manos.

—¿El qué es tan interesante? ¿Lo conoces?

Recuerdo que Danielle tuvo intención de hablarle aquel día, pero que cambió de opinión en el último momento.

—No, nada.

Se encoge de hombros y empieza a buscar en la caja de esmaltes.

—¿Qué? —insisto—. Venga, dilo.

Escoge una pequeña botella de laca de uñas negra y después levanta los ojos hacia mí.

—Es que… bueno, él va a la universidad y probablemente ya habrá estado con muchas tías. Parece un modelo.

—¿Insinúas que no soy lo suficientemente buena para él?

—Keely, eres guap…

Hannah empieza a hablar, pero Danielle la interrumpe.

—Eres virgen. Eso es lo que pasa. —Se encoge de hombros—. Él no lo sabe, así que lo que probablemente trata de hacer es acostarse contigo y convertirte en un rollo habitual. En cambio, si le confiesas que eres virgen, pueden ocurrir dos cosas: que piense que eres un bicho raro y pierda interés, o que te desvirgue y jamás vuelva a dirigirte la palabra. Ninguna de estas dos opciones son buenas. No creo que quiera convertirse en tu profesor sexual. No va a perder el tiempo con todas las alternativas que tiene.

Danielle habla con franqueza, pero tiene razón. Acaba de pintar un panorama completamente desalentador.

—Tú no lo conoces —digo cortante—. ¿Y si le gusto de verdad? ¿Y si quiere hacer las cosas a la antigua?

Tres rostros me miran sin comprender. Danielle suelta una carcajada.

—¿Me estás diciendo que ese universitario cañón, que probablemente puede escoger a cualquier chica del campus, empieza a enviarte mensajes de repente para invitarte a cenar? ¿Quieres también que te dé un anillo de compromiso? Igual podéis ir cogidos de la mano y después escribirlo en vuestros diarios. —Todavía sostiene el frasco de esmalte negro, y el clic clic clic que hace al agitarlo subraya cada una de sus palabras—. Lo siento, Collins, no tiene nada que ver contigo. Es solo que… no me trago eso de que un tío como James Dean quiera un rollo serio.

Suspiro y miro de nuevo hacia el teléfono.

—Bueno, tengo que contestarle. Ha pasado ya mucho rato.

Ava chasquea la lengua.

—Cuanto más le hagas esperar, mejor.

—Dame el teléfono.

Danielle deja la laca de uñas todavía por abrir a su lado y alarga el brazo hacia mí con la palma hacia arriba.

—Espera, ¿qué vas a decirle?

Vacilo, pero le doy el teléfono.

—Solo hay que darle la impresión de que tienes más experiencia —responde, mientras teclea algo en la pantalla.

A continuación, la gira hacia mí para que lo vea.

Estoy en una cita, pero es algo aburrida

Le da a «Enviar» y todas tomamos aire al mismo tiempo, con la mirada clavada en el teléfono. Danielle lo deja en medio de la alfombra y mientras esperamos a que vibre, no pronunciamos palabra alguna. Lo hace después de tres largos minutos, y todas nos abalanzamos a la vez sobre él. Danielle lo coge primero.

—¡Dámelo! —exclamo.

—¿Qué pone? ¡Que alguien me lo enseñe! —pregunta Ava, que acaba de pintarse las uñas y todavía no se han secado.

**Hoy damos una fiesta. Pásate cuando
acabes. Prometo que no será aburrida** ☺

Todas nos ponemos a gritar. El entusiasmo y los nervios burbujean en mi interior. No hay ninguna duda en el tono del mensaje. ¡Tiene un mínimo interés por mí! Quizá sienta la misma energía que yo sentí el otro día en la sala de descanso. Quizá el roce de su rodilla fue, al fin y al cabo, intencionado.

—Tienes que ir a esa fiesta —dice Danielle.

—No puedo ir a una fiesta universitaria —replico inmediatamente—. Ni siquiera me gustan las fiestas del insti.

Me siento como un balón de energía contenida, como si de un momento a otro fuera a ponerme a saltar, a gritar o a correr por la habitación.

—Tus padres piensan que duermes en mi casa, así que no tienes excusa.

Danielle empieza a teclear.

Puede. No sé a qué hora llegaré.
Qué dirección es?

Dean contesta de inmediato.

Av. Maplewood 415. No traigas a tu cita.
Te quiero toda para mí

—Así se hace. —Danielle deja caer el teléfono sobre la alfombra, se levanta y empieza a revolver el armario—. Vamos a prepararnos. Seguro que encontramos algo perfecto para todas.

—Un momento, ¿todas? —pregunto con una extraña desazón propagándose por mi estómago.

Danielle se gira hacia mí y pone los ojos en blanco.

—No estarás pensando en ir sola a esa fiesta, ¿verdad? Se te van a comer viva.

—¡Una fiesta universitaria! —grita Ava, y corre hacia el armario con sus tetas rebotando a cada paso.

Se me revuelve el estómago, y la comida china no tiene nada que ver.

ONCE

Danielle vive justo en el lado oeste del campus, a solo unas manzanas de la piscina y del sendero que lleva a la UniVE. Cuando buscamos la dirección de Dean y reparamos en que podemos ir caminando, todas pensamos que es cosa del destino. Pero, aun así, la caminata no resulta fácil ni agradable en absoluto: Danielle nos ha obligado a llevar tacones, en mi caso, unos monstruos de más de doce centímetros con lentejuelas.

Ava se ha puesto dos sujetadores —uno de deporte sobre su *push-up* habitual—, con lo que los pechos le llegan a la barbilla y su pequeño cuerpo ha quedado reducido a un escote. Me he negado a llevar minifalda como las demás, y Danielle finalmente ha cedido y me ha dejado conservar mis pantalones vaqueros con la condición de que me pusiera uno de sus sostenes y un top corto de encaje negro. Enseño el estómago como jamás lo había hecho en mi vida y siento el aire frío contra la piel. Aun así, el frío en el estómago no tiene ni punto de comparación con los pies. Calzo un número menos que Danielle, así que no paro de resbalarme, deslizarme y rozarme con los zapatos, que me empiezan a parecer la peor de las torturas.

—Pues así se viste todo el mundo —sisea Danielle cuando me quejo—. Llevo acudiendo a fiestas universitarias desde que nací. Acostúmbrate.

—Sí, ante todo, mucha calma —aconseja Ava, que ha estado

quejándose del frío durante los últimos veinte o treinta minutos.

Hannah me ha maquillado para la fiesta lo más natural posible, tal como le he pedido: solo lápiz de ojos, rímel y un toque de brillo que se me pega a los labios y sabe a algodón de azúcar. Llevo el pelo suelto, ondulado y ensortijado en los extremos. Y tengo que admitir que me siento… guapa. Aunque no sea yo misma.

Doblamos la esquina en la avenida Maplewood y pasamos por delante de algunas residencias de estudiantes, de una tienda de conveniencia y de varios colegios mayores, en cuyos jardines están esparcidos los restos de otras fiestas: vasos de plástico, cajas de cartón de cerveza destrozadas y una pista deslizante que, por lo que se ve, está congelada. En uno de los jardines hay unos pocos chicos y automáticamente cruzo los brazos sobre el estómago para taparme. Alguien silba cuando pasamos, y Danielle se echa el pelo por encima del hombro, dedicándoles una sonrisa.

Al final de la calle nos detenemos y compruebo la dirección.

—Creo que es aquí. El 415 de Maplewood.

Es una casa de color blanco algo destartalada, con pintura desconchada y basura esparcida por el jardín. Se oye el sonido amortiguado de la música y un murmullo de voces, demasiado bajas para entender qué dicen.

—¿Deberíamos haber traído algo? —pregunto al aire, invadida por una ansiedad aplastante.

—¿Como qué? —pregunta Hannah.

—No sé. ¿Jamón? —sugiero, golpeando el teléfono contra la palma de la mano.

—Nadie trae jamón a una fiesta.

—Ya lo sé. Me refería a un detalle. Algún refrigerio. ¿Queso y tostadas?

—Nosotras somos tu refrigerio —dice Danielle, dándome unas palmadas en el hombro.

—¿Le envío un mensaje?

Miro el móvil. ¿Qué se suele hacer cuando vas a una fiesta en la que solo conoces a una persona?

—Entremos —dice Ava, cruzando el césped con decisión y subiendo los escalones delanteros. Llega ante la puerta y trata de abrirla, pero no lo consigue—. Está cerrada con llave.

Tomo aliento y tecleo un mensaje rápido.

Estoy fuera

Tras un breve instante, se oye un clic y alguien quita el pestillo. A continuación, la puerta se abre y Dean aparece, iluminado bajo el umbral. En la camiseta de esta noche pone SPIELBERG. Está sonriendo, relajada y despreocupadamente, y puedo ver que ha estado bebiendo. Parece sorprendido y feliz de verme a partes iguales.

—¡Has venido! —Dean me abraza y yo siento que me derrito. Lo hace durante más tiempo del que se consideraría normal y después retrocede y advierte a las otras chicas—. ¡Ah, sois más!

—Sí, lo siento. Traje a unas amigas. Espero que no sea un problema —digo, ruborizándome.

¿Cómo no se me ha ocurrido preguntárselo?

—No pasa nada. Adelante.

Entramos a un vestíbulo cálido y bien iluminado, donde hay un montón de zapatillas junto a la puerta. Empiezo a quitarme los zapatos de tacón, agradecida de poder librarme de ellos por fin, pero Danielle me lanza una mirada asesina y sigue adelante, así que me los dejo puestos. Huele ligeramente a cerveza rancia y a marihuana, a tierra y a podredumbre, y mientras avanzamos, los tacones se pegan al suelo.

—Vivo aquí con mi amigo, Cody. Compartimos residencia durante el primer año —me explica Dean.

Nos conduce hasta el salón, donde hay un grupo de unas veinte personas. Enseguida me doy cuenta de que llevamos el atuendo equivocado. Todos lucen jerséis, pantalones de chándal, camisas de franela y un aire de que todo les da igual. Puedo sentir el desdén en sus miradas sombrías y veo cómo fruncen los labios llenos de piercings, como si hubiesen comido algo amargo. Me cruzo de brazos, de nuevo con la sensación de ir demasiado destapada y el deseo de haber traído un suéter para cubrirme la espalda y los hombros desnudos.

—No sabía que la gente de la universidad se vistiese así para las fiestas —sisea Hannah en voz baja.

Ella también lleva una camiseta corta, que deja ver los músculos de su estómago.

—Sí, bueno, esto tampoco parece una fiesta universitaria —replica Danielle.

Dean se acerca a un chico flacucho que está en el sofá liando un porro encima de un libro de texto titulado *Historia del cine*. Lleva unas gafas gruesas de concha, una camiseta de manga corta y un gorro de lana.

—Eh, Cody. Esta es la chica del trabajo de la que te hablé.

Siento que me ruborizo, contenta de que se refiera a mí de esa manera: «la chica de la que te hablé».

—Hola, colega —saluda Cody, asintiendo con la cabeza.

Dean señala con un gesto a las chicas a mi espalda.

—Y ellas son… Bueno… —Se le iluminan los ojos cuando ve a Hannah—. A ti te conozco. Entraste en la tienda.

—Hannah —se presenta ella misma, haciendo una pequeña reverencia.

Ava se deja caer en el sofá junto a Cody, y al cruzar las piernas, la falda se le sube unos centímetros.

—Yo soy Ava. Y tú eres muy mono.

Sorprendido, Cody deja escapar una ráfaga de aire y sonríe de oreja a oreja, mostrando sus dientes.

—¿Ah, sí? Me caes bien. —Mira de nuevo a Dean—. Me cae bien.

Danielle coge a Ava del brazo y la levanta del sofá.

—No seas tan poco sutil. Vamos a por una copa. Te llamabas Dean, ¿no? ¿Hay algo de beber? —pregunta, dirigiéndole una amplia sonrisa.

Me pongo nerviosa. Los chicos siempre se fijan en ella. ¿Para qué va a quererme Dean si puede tenerla a ella?

—Sí, claro. Seguidme.

—¡Esperad! Voy con vosotros. —Cody levanta un dedo para detenernos y termina de liar el porro.

Dean se encamina hacia la cocina y todas lo seguimos. Se acerca a la nevera, saca cuatro latas de Bud Light y nos las pasa. Luego, toma una quinta y se la lanza a Cody, que la atrapa con una mano y la abre, todo en un único y fluido movimiento.

Abro mi lata y bebo con indecisión, tratando de que la nariz no se me arrugue. Como siempre, sabe a pis. Ojalá le hubiese hecho más caso a Andrew cuando trataba de enseñarme a beber cerveza. Ojalá Andrew estuviera aquí conmigo. Seguro que no estaría tan asustada.

Dean se gira hacia mí, se acerca y me habla en voz baja:

—Tengo algo especial para ti.

Su voz me llena de calidez.

—¿En serio?

Se aparta con una sonrisa.

—Sí, ven a mi habitación un segundo.

Antes de que pueda responder, Dean me da la espalda, sale de la cocina y se dirige al vestíbulo. Lo sigo, mirando por encima del hombro a mis amigas, que están todas con una sonrisa estúpida en la boca. Ava me hace un gesto con el pulgar hacia arriba y Danielle saca el móvil de su bolso y escribe algo. Un instante después, noto que el teléfono vibra en mi bolsillo y lo miro.

**Tranquila, segura y experimentada,
¿recuerdas? No lo jodas... O sí!** ☺

Dean entra en su dormitorio y yo hago lo mismo, guardando el móvil antes de que pueda verlo. Su habitación es bastante austera: en ella solo hay una cómoda vieja y una cama deshecha en la esquina. De una pared cuelga un póster enmarcado de *Ladrón de bicicletas*, y uno de Pink Floyd en la otra, el que tiene una hilera de mujeres desnudas de espaldas. En la otra esquina rebosa un cesto para la colada y la ropa se esparce por el suelo. Dean se dirige hacia un compartimento de su armario y saca una botella de whisky. Tiene un lacre rojo en la parte superior.

La sostiene ante mí.

—Sé que te gusta el whisky.

—Ah, ejem… Sí, claro —afirmo no sin cierta sorpresa.

He grabado a fuego el mensaje de Danielle en mi mente: tranquila, segura y experimentada.

—Es un Maker's Mark. Las botellas están lacradas a mano, así que cada una de ellas es única. —Desliza un dedo por la cera roja en la parte superior de la botella—. Mola, ¿eh?

—Sí.

—¿Quieres abrirla?

Me pasa la botella y yo la sostengo con cuidado, temerosa de que se me caiga. No tengo ni idea de cómo abrir el lacre de cera, así que busco la llave de casa en el bolso que me cuelga del hombro. La saco y paso la parte dentada por la cera. Dean coge la botella y me cierra la mano con la llave en un puño.

—Hay una lengüeta, solo tienes que estirarla —me explica, y al hacerlo, el lacre salta, mostrando una botella de aspecto completamente normal—. Aunque no era mala idea.

Siento que me ruborizo de nuevo y guardo las llaves en el bolso. Dean se lleva la botella a los labios, da un trago y después me la tiende, diciendo:

—Salud, compi.

Aguanto la respiración y tomo un pequeño sorbo. Cuando vuelvo a respirar, una ráfaga de calor me invade el pecho. Es igual de asqueroso que recordaba, dulce y químico al mismo tiempo. ¿En serio a la gente le gusta el sabor del whisky o lo fingen?

—Bueno, ¿qué tal tu cita? —pregunta Dean una vez que me he tragado ese brebaje.

—¿Mi cita? —repito, y entonces recuerdo el mensaje que envió

Danielle—. Ah, sí, mi cita… —Tomo otro trago de whisky solo para esquivar la pregunta—. Bueno, como ya te he dicho, ha sido bastante aburrida. —Trato de pensar en algo, pero, por supuesto, me quedo en blanco. Durante un segundo, me pasa por la cabeza la imagen de Andrew y mi comentario estúpido en clase de Cerámica, y suelto la peor de las respuestas—: No dejaba de hablar sobre quesos…

—Quesos… ¿En serio? —dice Dean, con las comisuras de los labios levantadas.

—Sí. Vive en una granja de quesos, es decir, en una granja de productos lácteos. Es decir, de vacas. Ya sabes que hay unas cuantas por aquí…

«Oh, Dios mío.» Me parece que el cerebro me ha dejado de funcionar. Los ojos de Dean brillan de diversión y estoy convencida de que se lo está pasando en grande viendo cómo me suicido lentamente. Señalo hacia su pecho y trato de cambiar de tema.

—Bueno, ¿y qué pasa con tus camisetas?

Dean baja la mirada hacia la inscripción.

—Son directores.

—Ya, eso es evidente —respondo, contenta de haber dejado atrás el bache conversacional—. Me refiero a si te las haces tú.

—Vístete para el trabajo que quieres, no para el que tienes —contesta sin dar una respuesta concreta. Aunque entiendo lo que quiere decir.

—Tendrías que hacerte una de Hitchcock —sugiero, invadida por un acuciante deseo de tocarlo.

—Es tu favorito, ¿verdad?

—Bueno, tiene un punto retorcido, pero es un genio. ¿Y las mujeres? Me acabo de dar cuenta de que nunca vistes mujeres.

Doy otro trago de whisky. Ya no sabe tan mal o quizá empiezo a tener los sentidos embotados.

—Eso de vestir mujeres ha sonado un poco a *El silencio de los corderos*, ¿no?

—Lo digo en serio.

—Solo me pongo mis favoritos.

Quiero añadir algo, pero ahora está tan cerca que incluso puedo ver la barba recién afeitada y notar su cálido aliento. No quiero picarlo y que la magia del momento se esfume.

—¿Y qué te parecería una en la que pusiera COLLINS?

—¿Eres una directora? —dice, levantando las cejas con una expresión que espero que signifique que lo he impresionado.

—Puede que lo sea. Algún día. Y entonces podrás llevar una camiseta con mi nombre.

—Bueno, avísame cuando eso ocurra —responde, inclinándose hacia mí y hablando en voz baja—: Porque sin duda serás una de mis favoritas.

—De acuerdo.

Estoy sonriendo de oreja a oreja; no puedo evitarlo. Lo que acaba de decir me hace sentir torpe y turbada. Deposito la botella sobre la cómoda y, al hacerlo, reparo en que hay un paquete de fotografías esparcidas, como si alguien las hubiese dejado allí sin ningún cuidado.

—¿Qué son? —pregunto.

Antes de que la idea de que pueden ser personales se me pase por la cabeza, cojo la primera del montón. Es una mujer, delgada y hermosa, morena, con pelo largo y una amplia sonrisa. Alguien con quien compartirías una taza humeante de té y le contarías secretos.

—Ah, es mi madre —responde, rascándose la barba incipiente.

—Lo siento. —Devuelvo la fotografía a su lugar—. Supongo que son privadas… No tenía intención de… Yo solo…

—No pasa nada —dice, cogiéndola de nuevo. Sonríe y pasa un dedo por encima de la fotografía, por encima del rostro brillante—. Las hice durante las pasadas vacaciones de Navidad. No la veo muy a menudo, así que me gusta mirarlas. —Coge otra, esta vez de un pastor alemán con la lengua colgando del hocico—. Funcionan como sustitutas de mi familia. Algunas veces, cuando… cuando me siento solo, estresado o lo que sea, les hablo.

¿Te parece cursi? Lo siento, es muy cursi. —Su rostro adquiere un adorable tono sonrosado—. Que quede claro que si te estoy contando esto es porque he bebido demasiado.

—No me parece cursi. Lo encuentro dulce.

Quiero alargar la mano y acariciar su pelo revuelto, pero mantengo los brazos firmes y rígidos al lado del cuerpo.

—Para serte sincero, al que echo más de menos es a Charlie —dice, sonriendo—. Es el perro.

—Vaya, ese es el nombre del ex de mi amiga. Charlie. Es un mortífago.

Nada más decirlo, me muerdo los labios porque, oh, Dios mío, ahora Dean va a pensar que soy una imbécil rematada. No parece el tipo de tío al que le mole Harry Potter.

Por suerte, suelta una carcajada.

—¿De verdad? Hum, bueno, mi Charlie es más *zapatífago*. Y también comedor de muebles. Y quizá incluso de su propia mierda.

—Me alegro de que el ex de Hannah no hiciera eso.

Tengo que reconducir la conversación. ¿Cómo puede ser que siempre acabe sacando los temas menos sexis? Vuelvo a las fotografías.

—¿Cómo es tu madre?

Quiero saberlo todo de él, que todos los detalles de su vida me envuelvan como un edredón.

—Es una tía dura. Nos crio a mi hermano y a mí sola —dice.

—Me gusta. —Levanto la foto, colocándola en posición vertical sobre la cómoda como si tuviera unas pequeñas piernas—. Hola, Dean —digo con una voz aguda, moviendo la imagen para que hable—. Deberías limpiar tu habitación. Es un desastre.

Me sorprende que esté haciendo estas tonterías. Siempre he sido muy reservada con Dean hasta ahora, siempre tan nerviosa, como si cada interacción entre nosotros fuera un examen. Quizá los sorbos de whisky me estén haciendo efecto y calentándome desde el pecho hasta los pies. Quizá sea el cambio de lugar. Soy sumamente consciente de que su cama se encuentra a unos pocos centímetros. Nunca hemos estado juntos antes, no así. Durante un breve instante me pregunto si ha cerrado la puerta con llave cuando hemos entrado. No me he dado cuenta.

—No debería beber delante de mi madre. No le parecería bien —dice, cogiendo la botella de Maker's Mark.

Da un trago y me la pasa.

—La verdad es que yo tampoco debería hacerlo. No quiero causarle mala impresión.

Dean le tapa el rostro con la mano.

—Despejado.

Río, sintiéndome ligera y atrevida. Y justo entonces suelto uno de mis horribles resoplidos. El calor me invade. Una cosa es dar resoplidos delante de mis amigos, y otra muy diferente es hacerlo ante James Dean. He puesto siempre tanto empeño en limitar mis incómodos sonidos corporales delante del sexo masculino…

—¿Acabas de resoplar?

—En absoluto —respondo, y le pego un trago a la botella—. Así que… ¿qué más les dices a las fotos?

—Si tú no acabas de dar un resoplido, yo no hablo con las fotos —dice Dean, sonriendo.

Se pasa la mano por la maraña oscura de su cabello y yo lo contemplo con envidia.

—Está bien. Quizá haya resoplado —admito—. Y bien, ¿qué les dices?

—Primero dame otro trago.

Le paso la botella y toma un sorbo, relamiéndose sonoramente los labios cuando ha terminado. A continuación, la deja sobre la cómoda y coge la foto de su madre. Carraspea y me guiña un ojo. Normalmente, lo de guiñar un ojo es algo típico de películas cutres, pero que lo haga él, James Dean, un tipo normal, guapo y en absoluto cutre, lo convierte en algo nuevo, como si lo hubiera inventado él.

Sonríe de nuevo, mirándome primero a mí y después a la fotografía de su madre. Durante un momento, un breve instante, me invade la incomodidad de haberle pedido que haga algo tan estúpido, tan personal. ¿Por qué me pareció tan buena idea? Pero Dean empieza a hablar y mis nervios se desvanecen con la calidez y tranquilidad que desprende su voz. No se siente incómodo. Por supuesto que no.

—Mamá, ¿qué tal? —le dice a la foto—. Tienes un aspecto fantástico, toda de sepia. Por favor, no juzgues mi comportamiento en este momento… —Aparta los ojos de la fotografía y me mira fijamente—, porque he bebido, hay una chica guapa en mi habitación y puede que la bese.

—¿Estás borracho? —pregunto de repente, acercándome tanto a él que puedo ver una mota dorada en su iris.

—Puede ser. Un poco.

Y esboza una sonrisa tranquila y relajada, y me siento atraída hacia él, sonriendo también.

—Creo que yo sí lo estoy.

Y entonces me besa. Solo me han besado una vez en el pasado, en un campamento de verano cuando tenía quince años. Este beso no tiene nada que ver con aquel, un beso que ahora sé con certeza que no contó. La lengua de Dean me acaricia los labios, pidiéndome permiso, así que yo los abro y dejo que entre, sintiendo algo maravilloso y nuevo. Su mano, que está en mi cuello, se desliza por mi brazo y me coge la mía, entrelazando nuestros dedos. Sin soltarnos, me conduce hasta la cama, que está más baja de lo que esperaba, así que me siento con un ruido sordo, y empiezo a reírme tontamente. Puedo sentir la electricidad entre ambos. Dean se aparta para besarme ligeramente la punta de la nariz.

—Eres una monada.

Dean me echa hacia atrás con suavidad y de repente me encuentro tumbada en la cama. Se coloca sobre mí, cubriéndome con su cuerpo, rozándome en las partes correctas. Sus manos me acarician el pelo y la cintura, tocando la piel desnuda entre mis pantalones y el top. Aparta sus labios de los míos y empieza a darme ligeros besos por el cuello, y yo me agarro más a su camisa. Su olor me intoxica: loción de afeitado mezclada ligeramente con humo de tabaco, y hay algo en él que lo hace tan adulto... De algún modo, no huele a chico de instituto, sino a hombre, y eso me aterroriza y me atrae a partes iguales.

No sé cuánto tiempo permanecemos así, enredados en la cama. Podrían ser horas, días, años. Estoy aturdida, y solo pienso en lo que experimento cuando estoy con él.

—Deberías pasar la noche aquí —me dice al oído.

Su voz es un susurro ronco, áspero, y al hablar, sus labios me rozan la suave piel del lóbulo.

—¿Y qué pasa con mis amigas? —pregunto, apartándome un poco.

Dean me coloca un mechón de pelo detrás de la oreja.

—Seguro que están bien. Pueden quedarse en el sofá. O pue den irse a casa, lo que prefieran.

—Debería asegurarme —digo, alejándome de él para buscar el móvil.

No tengo ni idea de qué hora es. ¿Cuánto tiempo he estado en esta habitación? Desbloqueo la pantalla y compruebo que ya es medianoche pasada. Tengo un montón de mensajes.

HANNAH
No hagas nada que yo no haría

DANIELLE
Todavía eres virgen?

AVA
Ya le has visto el pajarito a Deanito?

HANNAH
Ava está bailando encima de la mesa de café.
Igual será mejor que nos la llevemos a casa

AVA

🐦 🐦 🐦

DANIELLE
Ava ha empezado a cantar musicales! Nos la llevamos a casa. Es por su bien. Quédate aquí y moja

HANNAH
Te vienes con nosotras?

AVA
Keely, buea suete t quiero!

—Creo que se han ido —anuncio.

Sé que debería estar molesta porque me han dejado plantada, pero una parte de mí está contenta porque tengo una excusa para quedarme. Escribo un mensaje al grupo.

Me quedo aquí. Nos vemos mañana, chicas

Tan pronto como envío el mensaje, entiendo lo que significa realmente y el estómago me da un vuelco. Voy a pasar la noche aquí. En la cama de un chico.

—Mejor —dice Dean.

Apaga la luz de su mesita de noche y luego me tira hacia abajo, con una sonrisa en su beso. Sus labios me rozan la mejilla, luego el mentón, y luego recorren el cuello y me provocan escalofríos. A continuación, se aparta y se quita la camiseta, revelando un torso musculoso. Llevo una mano hasta su hombro y deslizo los dedos por su brazo desnudo, deleitándome con la sensación de su piel cálida.

—Te toca —dice, con voz ronca.

Agarra la parte inferior de mi top y luego, lentamente, me

lo quita. No lo detengo, pero tomo aliento cuando noto que se inclina para mirarme, agradeciendo que la habitación esté a oscuras.

Ahora solo llevo el sujetador de Danielle, uno de encaje negro de Victoria's Secret que me queda un poco grande. Cuando Danielle vio mi viejo sujetador de deporte, insistió en prestarme uno de los suyos, un «sujetador de verdad», por si las moscas. Me alegro tanto de haberle hecho caso.

—Estás tan buena —dice.

—¿En serio? —le pregunto, antes de darme cuenta de que no es lo apropiado.

—Totalmente en serio —responde, estirándome hacia él.

Dean se tumba sobre el colchón, y yo lo hago sobre él. Permanecemos así durante un buen rato, aunque es difícil saber exactamente cuántos minutos transcurren. Tengo la sensación de que estamos en algún lugar sin tiempo, como si el mundo siguiera girando a nuestro alrededor, pero sin nosotros. Nos encontramos en nuestra propia galaxia, hecha únicamente de labios, aliento cálido y suaves caricias. Me siento como si fuera de miel y cayera gota a gota de una cuchara.

Y justo en este preciso momento, Dean aparta su rostro del mío y susurra unas palabras que me devuelven a la Tierra:

—¿Quieres que me ponga un preservativo?

—¿Qué? —respondo, también en susurros, pese a que lo he oído perfectamente.

No se me ocurre nada más. Me coloca un mechón detrás de la oreja y lo repite con voz áspera:

—¿Quieres que me ponga un preservativo?

«Sí». ¿No es esa la respuesta lógica? ¿No era esto lo que esperaba que sucediera cuando vine a su casa, cuando lo acompañé a su habitación? Pienso en la advertencia de Danielle al principio de la noche, y la intranquilidad me revuelve el estómago: «Si le confiesas que eres virgen, pueden ocurrir dos cosas: que piense que eres un bicho raro y pierda interés, o que te desvirgue y jamás vuelva a dirigirte la palabra. No creo que quiera convertirse en tu profesor sexual».

Estoy en un callejón sin salida. Quiero dejar de ser virgen, pero no quiero espantar a Dean dejándole que sea el primero. ¿Y si se raya por mi experiencia nula? O, peor todavía..., ¿y si después, una vez que haya conseguido lo que quería, no vuelve a dirigirme la palabra? Ojalá existiera una manera de superarlo, una manera de haber mantenido ya relaciones sexuales. No quiero que Dean tenga que enseñarme. Quiero saber lo que hago. No quiero darle TANTA IMPORTANCIA al asunto.

Quizá Dean no tendría por qué enterarse de que soy virgen. Sé lo básico y podría fingir. Pero ¿y si duele? Hannah me dijo que la primera vez que se acostó con Charlie le dolió tanto que gritó. Lo hicieron sobre una toalla de baño por si acaso, y la manchó toda de sangre. No puedo imaginar la vergüenza que sentiría si manchara las sábanas de Dean. Las tendría que lavar enseguida, tendría que pasar con ellas por el salón, donde está Cody, y después los dos se reirían y dirían que soy asquerosa, y a partir de aquel momento, ese sería mi apodo: la niñata asquerosa del insti que le manchó las sábanas a Dean. La virgen mentirosa atrapada con las manos en la masa. Me convertiría en un error bochornoso en la trayectoria de Dean, un error lamentable.

—¿Keely?

A oscuras, Dean se incorpora, se inclina hacia la mesita de noche y hurga en su interior. Y a continuación allí está, en su mano: un preservativo, en un envoltorio cuadrado y reluciente. He visto antes condones en la clase de Salud e higiene. Varias veces al año, nos pasamos los unos a los otros una cesta llena mientras todos reímos y cogemos tímidamente unos pocos, como una versión adulta y perversa del truco o trato. Aun así, los preservativos son una novedad para mí. Me parece extraño que Dean los guarde en su mesita de noche, que pueda necesitarlos con tal asiduidad como para tenerlos tan a mano. ¿Son para él igual de habituales que el desinfectante de manos o una aspirina?

—Todo bien —digo, aunque no significa nada.

Siento como si estuviera hablando desde el interior de un túnel.

—Todo bien, ¿qué?

Su mano baja hasta el cinturón y se desata la hebilla con destreza.

—No, quiero decir que no tenemos por qué hacerlo.

—¿Que no tengo que ponerme un preservativo? —pregunta, dejándolo a un lado y desabrochándose por completo el cinturón.

—No —digo negando con la cabeza—. Que no tenemos por qué acostarnos.

Él me sonríe, y a pesar de la oscuridad, puedo distinguir sus dientes.

—Claro que no tenemos por qué acostarnos. —Me besa, acercándome hacia él, de nuevo en nuestra galaxia—. Pero queremos hacerlo.

Su mano se dirige hacia el botón de mis pantalones.

Recuerdo con horror que llevo unas braguitas viejas de algodón con un estampado de osos polares que he tenido desde primero.

Danielle no se ofreció a prestarme unas «braguitas auténticas» y yo no pregunté porque habría sonado demasiado raro. Me siento pegajosa, sin aliento, como si hubiera ingerido demasiado whisky, aunque hemos dejado de beber hace décadas.

—Espera.

—¿Estás bien?

Retira la mano.

—Creo que deberíamos esperar.

—Oh… Vale, de acuerdo.

Suena decepcionado. Se sienta y se aleja de mí.

—Quiero hacerlo —digo, sintiéndome estúpidamente molesta por haberlo decepcionado—. Quiero hacerlo, pero todavía no.

—¿Seguro? No es para tanto.

Me besa de nuevo, como si supiera que la magia se encuentra

en sus besos, que me hechiza con los labios y la lengua. Pero me bloqueo: mi virginidad se ha convertido en una pared invisible entre ambos. Ya tomaré la decisión más tarde. Esta no será la única oportunidad que tendré con Dean. Seguro que no.

—En otra ocasión, ¿vale?

—¿Me lo prometes?

—Te lo prometo.

Le cojo la mano y la aprieto fuerte entre las mías, mientras me pasa por la cabeza la idea de que, al fin y al cabo, esta promesa es una manera de tomar la decisión.

—Ya sabes lo que pienso de las promesas. —Me besa en la punta de la nariz y, a continuación, se levanta de la cama—. Voy a ducharme. No voy a poder dormir hasta que esto baje —dice, gesticulando sin rubor hacia sus pantalones.

—Ah, claro.

Trato de sonar relajada, pero apenas puedo respirar.

—Nos vemos después, compi.

Coge una toalla del cesto, se la cuelga al hombro y sale de la habitación silbando.

Cuando regresa quince minutos después, finjo estar dormida. Es más fácil mentir con los ojos cerrados que tener que pensar lo que hay que decir. Puedo estar tranquila, segura y experimentada de nuevo mañana por la mañana. Dean se mete en la cama y se acurruca junto a mí, enredando sus piernas con las mías.

No pego ojo en toda la noche.

DOCE

A la mañana siguiente, me despierto más tiesa que un palo junto a Dean, que ronca un poco y me hace cosquillas en la oreja con el aliento. Tiene el brazo sobre mí y no puedo moverme. Me incorporo todo lo que puedo, tratando de alcanzar mi móvil sin despertarlo.

Cuando consigo atraparlo, lo enciendo y compruebo qué hora es: las siete y media. Tengo que regresar ya a casa de Danielle, antes de que sus padres reparen en que no estoy. ¿Es demasiado temprano para despertar a Dean? Contemplo su rostro durante un minuto, agradecida por la oportunidad de observarlo sin que se dé cuenta. Parece más joven cuando duerme, y menos intimidante. Tiene una peca oscura junto al ojo izquierdo y en la frente, a través del pelo revuelto, se insinúa una pequeña cicatriz.

Me preocupa que, una vez despierto, la complicidad de la noche anterior se desvanezca y lo achaquemos todo al whisky. Quizá lo eche todo a perder si hablo con él. No quiero que me vea con legañas en los ojos. ¿Y si trata de besarme y me huele el aliento? O peor, ¿y si no trata de besarme en absoluto?

Tengo que zafarme de su brazo.

Me muevo poco a poco hacia la derecha, maniobrando hacia el extremo de la cama tan silenciosamente como puedo. Él también se mueve y tensa el brazo, acercándome todavía más hacia su pecho. Permanezco inmóvil durante un minuto, disfrutando de la sensación de su cuerpo contra el mío. Es fácil imaginar cómo sería quedarse aquí para siempre.

Sin embargo, enseguida recuerdo mi cutis graso y lleno de rímel corrido. No, mejor largarse. Durante un breve instante, entierro la cabeza en su abrazo y cierro los ojos, tratando de captar exactamente el momento, por si acaso no hay otra ocasión. Y después le levanto el brazo lo justo como para pasar la cabeza por debajo, salto de la cama y recojo mi ropa, tirada por el suelo.

A la luz del sol, con el top de la pasada noche, me siento desnuda. Lanzo una mirada al par de zapatos torturadores junto a la puerta. No deseo ponérmelos por nada del mundo.

Para llegar a casa de Danielle, tengo que volver sobre nuestros pasos, pasando por delante de los colegios mayores y de la residencia, y después, cruzar el centro de la ciudad. Y habrá gente. En los domingos primaverales como el de hoy cierran al tráfico un montón de calles para la feria artesanal, donde venden velas caseras, manoplas y cosas de este tipo, ecológicas y saludables.

Soy incapaz de hacerlo.

Me siento de nuevo sobre la cama y escribo a las chicas.

Alguna despierta?
Puede venir alguien a recogerme?

Después de esperar un minuto sin que nadie responda, recojo mis zapatos de tacón y salgo de puntillas de la habitación de Dean, rezando para que nadie esté despierto. Voy descalza, y aunque siento que mis pies se pegan al suelo mucho más que la noche anterior, me da miedo que los tacones hagan demasiado ruido y los despabilen.

Finalmente, cierro la puerta principal con sigilo y salgo al exterior. La calle está desierta y me planteo hacer de tripas corazón e ir caminando. Puede que al final no me encuentre con nadie. Pero justo entonces una chica dobla la esquina y toma exactamente el mismo camino que tengo que recorrer yo. Lleva un vestido rojo ceñido y en la mano sostiene un par de zapatos de salón dorados mientras camina rápida con la cabeza gacha. Al pasar por delante de uno de los colegios mayores, una voz amplificada por un megáfono surge del porche delantero:

—¡Eh! ¡Tenemos un «paseo de la vergüenza»!

La chica niega con la cabeza y empieza a caminar más rápido. Yo me agazapo, tratando de esconderme, esperando que los chicos al otro lado de la calle se distraigan con ella y no reparen en mi presencia.

—¿Qué? ¿Valió la pena? —grita la voz por el megáfono.

Una nueva voz se une y ambas empiezan a cantar:

—*Lady in reeeeeed*…

Salgo corriendo hacia un grupo de arbustos que hay en la parte trasera de la casa de Dean para ponerme a cubierto y llamo a Hannah. Hace frío para el mes de abril, más frío que la noche anterior, y no dejo de restregarme los pies para mantenerlos calientes. El teléfono da tono y después salta el contestador. Cuelgo y pruebo con Ava y con Danielle. Nadie responde. Todavía deben estar recuperándose de la noche anterior.

Tras esperar unos minutos, decido llamar a Andrew. Sé que va a vacilarme hasta el fin de los tiempos cuando me vea con esta ropa estúpida, pero a grandes males, grandes llamadas.

Llega con su camioneta quince minutos después.

Mientras baja la ventanilla, Andrew me grita:

—¿Qué me haces por veinte pavos?

Abandono mi escondrijo entre los arbustos y salto a la camioneta tan rápido como puedo.

—¿Qué te parece un ojo morado? ¿Podemos irnos?

Estoy con los brazos cruzados sobre el pecho, tapándome.

—Era una broma —me dice mientras arranca por la calle vacía, encogiéndose de hombros y observándome—. De hecho, te queda bien. Aunque me resulta raro verte vestida como una chica. ¿De dónde has sacado la ropa? Sé que no es tuya porque no tiene mangas.

—Es de Danielle.

—Ah, claro.

Pasamos por delante del colegio mayor y suspiro aliviada, agradecida de que los chicos del megáfono no hayan reparado en mí.

—Gracias por venir a recogerme. Es muy temprano.

—Ya estaba despierto.

Recorremos Main Street, donde están empezando a montar los tenderetes de la feria y nos saltamos el cruce de la calle de Danielle a toda velocidad.

—Espera. Se supone que debías doblar esa esquina. Tengo que estar en casa de Danielle antes de que mi madre venga a recogerme.

Andrew se gira hacia mí y levanta una ceja, esbozando una amplia sonrisa.

—Collins —me dice, alargando la mano y dándome unos golpecitos en la rodilla—, ¿en serio piensas que voy a recogerte de un lugar misterioso del campus vestida como una auténtica chica y dejarte en casa de Danielle sin hacer preguntas? Ya puedes estar largando todos los detalles.

—Drew, tengo que…

—Vamos a desayunar. ¿En Jan's?

Jan's es el proveedor oficial de nuestra ración de carne y queso. Es una cafetería diminuta en el centro con mostradores grasientos, mesas de plástico y el mejor beicon del mundo. Andrew y yo vamos muy a menudo, normalmente todas las mañanas que siguen a cenas veganas de hojas verdes.

Al tomar Pinewood, nos encontramos con un grupo de tiendas y puestos a medio montar de los que cuelgan manoplas de lana y baratijas de vivos colores. Hay gente que da vueltas y letreros que anuncian cerveza local y sidra caliente.

—¡Mira, la feria de artesanía! —exclama Andrew, inclinándose hacia el parabrisas con interés.

A continuación, detiene el vehículo en un espacio libre junto a la calzada.

—Drew, la idea de recogerme era justamente para evitar la feria de artesanía. —Saco el móvil del bolso y miro la hora: las 8:24—. En serio, tengo que volver a casa de Danielle.

Andrew se desabrocha el cinturón de seguridad.

—Bueno, pues dile a tu madre que estamos juntos y ya está. No va a enojarse.

Lo fulmino con la mirada. Él me imita y seguidamente marca un número en su móvil y se lo lleva al oído.

—Está prohibido hablar por teléfono al volante —suelto, alargando la mano para arrebatárselo.

—Estamos aparcados.

—¿Y qué?

Me da igual que hable con mi madre, pero no voy a presentarme en público con esta ropa. Voy a tratar de evitar a la gente en general al menos hasta que encuentre un par de zapatos menos ridículos. Me reclino en el asiento y cruzo los brazos sobre el pecho, entornando más y más los ojos a medida que habla.

—Hola, Karen —dice en un tono alegre y sonriente—. Todo genial… De hecho, estoy con ella ahora mismo… Sí, creo que es la vez que más ha madrugado en toda su vida. Un récord. Vamos a ir a desayunar algo… Sí, sin problema. ¡Nos vemos después!

Tras colgar, se gira hacia mí.

—¿Lo ves? Me adora. Venga, vamos —dice, abriendo la portezuela.

Le agarro el brazo para detenerlo.

—¡Espera! No puedo ir por ahí vestida de este modo. Es indecente.

—Me parece que te estás pasando de dramática. Tienes un aspecto normal, como mi tía Mildred cuando va a misa.

—Tú no tienes ninguna tía que se llame Mildred.

—Vale —admite con un tono indulgente—. Tengo una sudadera por ahí atrás.

Pasa el brazo por detrás de mi asiento, rebusca y saca una sudadera de Prescott con capucha de color azul marino. Huele a fogata. Se la quito de las manos y me la pongo ansiosa sobre el estómago.

—Vale, y ahora, ¿podemos irnos?

—Solo a Jan's. Nada de feria de artesanía.

—Solo a Jan's.

Andrew se apea finalmente del vehículo y yo lo sigo, tambaleándome en los zapatos de lentejuelas. Mientras hago equilibrios para no caerme, noto que el móvil vibra. Es un mensaje de Dean.

Por qué te has escapado?

Una calidez me invade, aliviada porque haya contactado conmigo. Durante un minuto, reflexiono sobre qué puedo responderle. ¿Qué diría Danielle?

Tenía que ir a un sitio.

Eso es. Distante, pero lo justo. Un minuto más tarde llega su mensaje.

De acuerdo. Nos vemos en el trabajo.
Me lo pasé muy bien anoche

Andrew espera con impaciencia a que guarde el teléfono. Siento que en mi rostro se forma una sonrisa tonta y él trata de averiguar el motivo.

Caminamos por la acera en dirección a Jan's, yo cinco pasos por detrás porque las piernas de Andrew son más largas que las mías y además lleva calzado cómodo. Una vez que llegamos allí, entro tan rápido como puedo y él pone los ojos en blanco.

Andrew espera hasta que llegan nuestras torres de tortitas humeantes para empezar a interrogarme:

—Bueno, y entonces, ¿qué?

—¿Qué de qué?

Finjo ser inocente y alargo el brazo para coger un trozo de su beicon. Me aparta la mano de un manotazo y el beicon vuelve a caer en su plato.

—¿Por qué estabas escondida en el bosque vestida como mi tía Mildred?

Le doy un mordisco a una tortita para ganar tiempo y me quemo el paladar.

—Hay un chico… —digo finalmente, notando cómo me sonrojo.

Andrew da un largo trago a su café y después lo deja en la mesa, recorriendo el borde de la taza con el dedo con aire distraído.

—¿Quién es?

—Lo llamamos James Dean —respondo en voz baja, confiando en que no me oiga. Pero lo hace.

—¿Ah, sí? ¿Es un rebelde sin causa? ¿Tiene una motocicleta? —pregunta, acercándose.

Pincha un trozo de beicon.

—Sí.

—Oh —exclama, dejando el trozo de beicon de nuevo en el plato.

—Trabajamos juntos en la tienda. Ayer por la noche dio una fiesta y me invitó, así que fuimos todas.

Puedo ver cómo la información empieza a encajar en su cerebro.

—¿Así que va a la UniVE?

—Sí, está en tercero.

—Hum…

Muerde una de las tortitas y mastica durante un rato. Espero a que continúe, pero no dice nada más.

—¿Qué quieres decir con eso?

Se pasa la mano por el pelo y se inclina hacia mí, apoyando los codos en la mesa.

—Solo que… ten cuidado, ¿vale?

—¿A qué te refieres?

Sé perfectamente a qué se refiere. Es lo mismo que me dijo Danielle, lo mismo que me tenía preocupada la noche pasada.

—Sé cómo piensan los tíos. No quiero que te hagan daño.

—No lo… bueno… No lo hicimos ni nada —digo con una voz extraña y aguda.

Nada más pronunciar estas palabras, advierto que Andrew se sonroja.

—Vale. Pero él quiere.

—¿Cómo puedes saber lo que él quiere?

Me lanza una mirada penetrante.

—Quiere.

Por alguna razón, me siento agresiva. Pues claro que quiere; me lo dijo la noche anterior, preservativo en mano. Remuevo el café con la cuchara, incapaz de mirar a Andrew. Tomo aliento y empiezo a hablar, en voz baja:

—Yo nunca…

—Ya lo sé.

Alzo la mirada y veo la expresión amable de sus ojos, tan familiar que me reconforta.

—No te lo había contado porque, bueno, no sé, me resulta algo embarazoso hablar de ello. Y está claro que tú, bueno, que tú tienes experiencia, como el resto del mundo, y que yo soy la única que queda.

Las palabras se escapan de mi boca antes de que pueda detenerlas.

—Eres… —empieza a decir Andrew, pero la camarera regresa con una jarra de café en las manos y nos interrumpe.

—¿Qué tal chicos? ¿Queréis más café?

Ambos nos sobresaltamos, mirándola con rostros culpables.

—No, gracias —respondo con voz entrecortada.

—Está bien. Regresaré en un rato con la cuenta.

Volvemos a quedarnos solos y me esfuerzo por encontrar algo que decir.

—No tienes por qué contármelo si no te apetece —comenta Andrew finalmente, mientras juguetea con las tortitas, cortándolas en pequeños trozos esponjosos con el tenedor.

—No pasa nada —lo tranquilizo—. De hecho, está bien hablar de ello. Te quería contar lo de Dean desde hace tiempo, pero me parecía raro. No sabía cómo ibas a reaccionar.

Andrew deja el tenedor en el plato y junta las manos sobre la mesa.

—Solo ve con cuidado con este tío, ¿vale? —repite—. ¿Lo sabe? Que eres… ejem… que nunca has…

Niego con la cabeza.

—Todavía no se lo he dicho.

Añado el «todavía» por su bien. No estoy segura de que algún día se lo vaya a decir a Dean, pero me parece demasiado complicado contárselo a Andrew.

—No deberías vestir como alguien que no eres solo por él —me aconseja, golpeándome con el pie los zapatos brillantes por debajo de la mesa.

—Antes dijiste que me quedaba bien.

—Y te queda bien —reconoce—. Pero no es tu estilo. Ese tío no se lo merece.

—No lo conoces.

—No se lo merece ningún tío. —Toma otro bocado de beicon y después empuja el plato en mi dirección—. ¿Quieres acabártelo? —Cojo el último trozo y me lo como—. La próxima vez, pide otra loncha.

—¿Y por qué iba a pedir otra loncha cuando me puedo comer la tuya? Nunca te lo acabas —digo sonriendo mientras termino de masticar y me chupo los dedos grasientos.

—O igual finjo que estoy harto y así te lo puedes acabar tú… Es como la gallina y el huevo —contesta, alzando una ceja.

—Un enigma muy adecuado para el desayuno: huevos, galli-
nas y beicon —respondo.

Aunque me alegra de que todo haya vuelto a la normalidad, sé
que ambos estamos fingiendo, que todo es muy forzado.

TRECE

—Has hecho lo correcto —afirma Ava el lunes por la mañana en el insti—. No puedes acostarte con él de buenas a primeras. Perdería todo el interés.

Estamos todas reunidas en la sala de estudiantes, reservada para los más mayores, con taquillas en las paredes y un puñado de mullidos sofás. Es como la versión Prescott de la sala vip de un concierto; cuando éramos novatos, nos moríamos por entrar. Ahora que finalmente estamos en el último curso, el entusiasmo se ha desvanecido. Huele como a leche rancia.

Hannah, Danielle, Ava y yo nos encontramos en el antiguo sofá azul al lado de la ventana, recapitulando los acontecimientos del fin de semana. Solo quedan cinco minutos antes de que suene el timbre, y en la sala reina el ajetreo y el ruido, que tapan nuestras conversaciones. Ava mira a su alrededor y baja la voz:

—No debe enterarse de que eres virgen, porque entonces solo pensará en ti como una virgen. Y, de repente, eso va a ser lo único que importe. Querrá ser él quien te desvirgue. Tu virginidad no será tuya, sino suya.

—Los tíos son especialistas en hacer que todo gire a su alrededor —dice Hannah, que sostiene sobre su regazo el libro de Francés y garabatea algo en un papel arrugado y roto que probablemente haya estado en su coche al menos una semana, junto a los envoltorios de chicle y las bolsas de comida para llevar.

—Y tú, ¿qué sabrás de ser virgen? —le recrimina Danielle a Ava—. No lo has sido desde los catorce.

Ava se viene un poco abajo ante el comentario, así que continúo hablando, fingiendo que no ha oído nada:

—Pero no puedes meter a todos los tíos en el mismo cesto… No todos los tíos son malos. Quizá no le importe que sea virgen. Quizá no le parezca tan importante.

Si todo lo que están diciendo es cierto, es demasiado deprimente.

—Ahí fuera seguro que hay tíos geniales, pero todavía no los hemos conocido —dice Hannah, suspirando, cerrando el libro y guardándolo en la mochila—. Mirad cómo acabé yo con Charlie.

Desde hace algún tiempo, Hannah no saca el tema de Charlie con nadie, excepto conmigo. La convirtió en un desastre, en una chica llorona, insegura y con los ojos hinchados, y todas nos alegramos mucho de que a finales del año pasado él se graduara y se fuera a la universidad. Probablemente ahora sea el problema de alguna desgraciada de Carolina del Sur.

—Charlie sabía que yo era virgen. Estaba claro que era mi primera relación, y lo sabía. Y se comportó maravillosamente en todo. Me dijo que me quería. Esperó seis meses antes de que nos acostáramos y yo pensé que era especial. Pero al parecer…

No necesita acabar la historia.

Miro hacia el vacío en el cuello de Hannah, el lugar en el que antes había una fina cadenita con una hache de plata que Charlie le regaló por Navidad. Solía juguetear con ella todo el tiempo, probablemente buscando el agradable recuerdo que le traía al tocarla. Aunque la tiramos al lago cuando la dejó, en ocasiones todavía dirige distraídamente las manos hacia el cuello. Por costumbre.

—Charlie era un mortífago —manifiesto—. Es un caso especial.

—De acuerdo, vale, entonces centrémonos en Chase —dice Danielle, paseando la mirada por la estancia para asegurarse de que no anda cerca—. Chase contó a todo el mundo que nos habíamos acostado cuando no habían pasado ni cinco segundos desde que había vuelto a meter su polla en los calzoncillos. ¿Qué os parece eso?

Hace una pausa, esperando a que captemos sus palabras, y todas soltamos una carcajada.

Al parecer, estamos rodeadas de un grupo especial de gilipollas, aunque quizá se reduce a los tíos en general. Incluso los buenos chicos como Andrew a veces tratan a las chicas como una mierda; sé que no pasará mucho tiempo antes de que se canse de Cecilia.

No quiero convertirme en ese tipo de chica, en una chica de usar y tirar. Danielle tiene razón. Dean no debe saber la verdad.

El miércoles después de clase comparto turno con Dean de nuevo, y cuando el timbre señala el final de la jornada, me entran ganas de vomitar. Todavía no nos hemos visto desde la noche de la fiesta o, para ser más exactos, desde la mañana siguiente, cuando salí de puntillas de su habitación. ¿Se comportará de modo distinto cuando me vea? ¿Me saludará con un beso? Jamás he saludado a nadie con un beso, y el simple hecho de pensarlo hace que mi cuerpo se llene de adrenalina y me invadan los nervios. ¿Cómo sabré hacia qué lado poner la cabeza? ¿Cuánto tiempo debería durar el beso? ¿Será con lengua? O peor... ¿y si pienso que va a besarme y solo quiere abrazarme y acabo con su oreja en mi boca?

Podría salir mal de millones de maneras diferentes.

Hannah ya ha empezado su entrenamiento de hockey después de clase, lo que significa que no puede darme apoyo emocional, así que tengo que pedirle a Andrew que me acerque.

—¿Cuándo tendrás tu propio coche? —me pregunta de camino.

—Pronto —respondo, aunque ambos sabemos que estoy mintiendo.

—Llevo la cuenta, ¿sabes? Me debes tantos paseos que te tocará hacer viajes de ida y vuelta de California a Maryland cada fin de semana del año que viene.

—Hum...

Trato de escuchar lo que dice, pero sigo pensando en la probabilidad de la situación «oreja en la boca». Me froto las manos con tanto ahínco que mis nudillos están blancos.

—Estás nerviosa. Es por ese tipo del fin de semana.

No lo pregunta, sino que lo afirma. Puede verlo claramente en mi rostro.

—Dean.

—James Dean —corrige Andrew, poniendo los ojos en blanco de forma exagerada para demostrar que lo considera una estupidez—. Al menos vuelves a parecer tú misma.

Señala mi atuendo con la mano (un par de leggings negros y una sudadera gris de Prescott).

—Me parece que eso no indica nada bueno. ¿Tengo buen aspecto?

Bajo la visera y me observo en el pequeño espejo.

—Siempre tienes buen aspecto —dice, poniendo el intermitente y conduciendo el vehículo hasta el aparcamiento del videoclub. El cumplido me pilla por sorpresa.

—¿De verdad?

—Venga, Collins, ya sabes que eres preciosa.

La palabra «preciosa» me coge desprevenida. No se elige al azar, no viene a la boca tan fácilmente como «tía buena» o «guapa», términos que le he oído pronunciar a Andrew un millón de veces.

—¡Vaya, gracias! —respondo, sin mirarlo.

Noto que el rostro me arde de tal manera que con toda probabilidad se podría freír un huevo sobre él. No le creo. Sé que solo trata de ser amable.

—Sí, de nada.

Lo miro de reojo, pero Andrew no me mira. Me pregunto si

no se sentirá avergonzado por haberlo dicho. Con el motor encendido, alarga el brazo para abrir mi portezuela.

—Ve con cuidado, ¿de acuerdo?

—Solo es trabajo. Nada importante.

Andrew me mira con los ojos entornados y no necesita añadir nada más porque puedo escucharlo por telepatía: «Sé cuándo estás mintiendo, Collins».

Me dirijo hacia la tienda y sonrío al ver la pizarra con la caligrafía de Dean.

VÍDEOS: ¡CONSÍGUELOS A LO LOCO!

Sin embargo, mi sonrisa es agridulce, porque esto significa que no ha llamado para decir que está enfermo ni ha tenido una muerte misteriosa y repentina, sino que, de hecho, está al otro lado de la puerta frente a mí. Andrew da un par de bocinazos y me despido de él con la mano. Él también me saluda y se aleja. Tomo aliento, tratando de tranquilizarme, y, a continuación, entro.

Y allí, detrás de la caja registradora, está Dean, con su adorable cabeza apoyada sobre su adorable mano. La visión dura un breve instante, porque enseguida bajo la mirada y la clavo en el suelo; de repente, no soy dueña de mis ojos. He podido ver que detrás del mostrador también está Tim, el Tim *Star Trek*, que está sonriendo y saludándome efusivamente como si no tuviera ni idea de que ahora mismo los nervios me están devorando. En el fondo, me alegro de que ande por aquí. Al no estar a solas con James Dean, no tendré que enfrentarme a lo de intentar darle un beso para acabar con su oreja en mi boca.

—Hola, Keely —grita Tim mientras me quito la chaqueta y me acerco a la caja registradora.

—Hola, Tim —respondo, con los ojos todavía clavados en el suelo.

Soy incapaz de alzar la mirada por miedo a cruzarla con la de

Dean. Sé que no me estoy comportando con normalidad y que probablemente lo esté fastidiando todo, pero es la primera vez que me planto ante un pibón después de enrollarme con él y la sensación es insoportable. Ahora todavía estoy más impresionada por lo calmada que estaba Danielle cuando vio a Chase después de todo el incidente con el preservativo.

El ambiente se está enrareciendo, así que hago un esfuerzo y miro a Dean. Nuestras miradas se cruzan. Siento una corriente de electricidad, como si el contacto hubiese sido físico. Él sonríe y lleva su mano hacia la frente en un rápido saludo militar. Su pelo está revuelto, y no puedo evitar el recuerdo de mi mano acariciándolo. Lo único que deseo es volver a hacerlo, una y otra vez.

—Hola —digo, alzando la mano y devolviéndole el saludo.

Mi voz es áspera y me aclaro la garganta. No sé por qué razón, no sueno a mí misma.

—Dichosos los ojos.

Esboza una amplia sonrisa y sus hoyuelos hacen que me derrita y me convierta en un charco en el suelo. Me pregunto si Tim se habrá dado cuenta, si ha reparado en que ya no soy sólida, sino puramente líquida.

—La tienda está cerrada hoy —me informa Dean—. Roth quería que hiciéramos limpieza primaveral. Un repaso general. En teoría, debemos tenerlo listo para mañana.

Suelto un gruñido y me dirijo hacia la sala de descanso para dejar mi mochila. La estancia es un caos. Los chicos han apartado el sofá de la pared para limpiar y el suelo de linóleo está cubierto de polvo. Hay una fregona y una escoba apoyadas en la silueta de Legolas, puestas de tal manera que parece que las esté sosteniendo.

—¿Va a ayudarnos Legolas? —grito hacia la parte delantera.

—Sí, él se encarga de la sala de descanso —responde Dean.

—Espero que sepa dónde se mete. Esto está hecho un desastre —digo, dejando mis cosas sobre el viejo sofá lleno de muelles sueltos.

—Tiene mil años. —Me sobresalto al oír la voz de Dean a mis espaldas—. Estoy seguro de que, como mínimo, ha limpiado un par de veces el reino de los elfos.

—El Bosque Negro —suelto sin pensar, y nada más decirlo, quiero que la tierra se me trague.

—¿Qué?

—Nada, nada… —Me doy la vuelta y allí está, apoyado tranquilamente contra el umbral—. Hola… —saludo de nuevo, presa de los nervios y sintiéndome idiota.

—Hola —responde Dean con una sonrisa de oreja a oreja.

Entonces se acerca a mí y me agarra suavemente de la cintura con una mano, mientras que desliza la otra por mi pelo, jugueteando con mi nuca, y, de repente, está besándome; besándome como si esto no fuera el curro, como si Tim no estuviera a tan solo unos metros en la otra habitación, como si le diera igual que nos pillaran. Me besa como si estuviéramos de nuevo en nuestra galaxia, como si fuéramos las dos únicas personas en un mar de estrellas. Da igual que en realidad estemos en medio de la suciedad de la sala de descanso, rodeados de motas de polvo. Todo da igual, excepto James Dean.

Dean se separa de mí y sonríe.

—¡Guau! —susurro, antes de poder evitarlo.

No consigo entender por qué estaba tan nerviosa en un primer momento.

Dean me suelta.

—Tenía que hacerlo. Ahora, a trabajar.

Me guiña el ojo y después se aleja como si nada, como si no acabara de besarme hasta casi dejarme inconsciente. Advierto que estoy sonriendo, una sonrisa que se me queda congelada en el rostro.

CATORCE

Liarme con Dean se convierte en algo habitual. Nos hemos apoderado del viejo sofá verde y hemos puesto a Legolas de espaldas para que no sea testigo de nuestros pecados. A veces también nos atrevemos a besarnos en la parte delantera de la tienda, cuando apenas hay clientes: cara a cara, yo sentada sobre el mostrador rodeándole el cuerpo con las piernas. No veo la hora de ir a trabajar y desearía que fueran más de dos días a la semana, que pudiera vivir aquí, que pudiera inyectarlo en mis venas, permitir que me colmara. Mis latidos siguen un ritmo, un nombre: James Dean, James Dean, James Dean.

—¿Y en qué plan vais vosotros dos? —pregunta Hannah.

Es la pregunta inevitable. Ninguna chica de instituto se resiste a hacerla, porque nos encantan las etiquetas y necesitamos poner orden en el caos que reina a nuestro alrededor.

—¿Y por qué tenemos que ir en algún plan?

Nos encontramos en la sala de estudio haciendo los deberes de Francés, pero como después de clase tengo que ir a trabajar, Dean se convierte en el tema de conversación.

—Vale, pero ¿tú quieres ir en algún plan?

Bajo la voz hasta que se convierte en un susurro, como si me avergonzara reconocerlo:

—No me ha pedido otra vez que salgamos. Nos limitamos a enrollarnos en la tienda.

—¿Y saldrías con él si te pidiera una cita?

Para ser honesta, no lo tengo muy claro. Una cita me parece demasiado *real*. ¿Y si me pregunta por mis novios anteriores? No puedo admitir que no he salido con nadie en mi vida, y menos que jamás he mantenido relaciones sexuales. Como no podemos ir más allá, morrearnos en la sala de descanso es ideal. Maravilloso, fácil y seguro.

Hasta que un día deja de serlo. Estamos en el sofá verde, yo con la espalda contra los cojines y él tumbado sobre mí. Tiene la mano enmarañada en mi pelo y me mordisquea la oreja, el cuello, los labios… hasta que se aparta para mirarme.

—Podría acostumbrarme a este tipo de trabajo —dice con voz ronca.

—Y yo.

No ha entrado ni un solo cliente en los últimos quince minutos, así que hemos aprovechado el tiempo de la mejor manera que sabemos. Gracias a Dios que contamos con la campanilla sobre la puerta.

Dean se inclina de nuevo hacia mí y me besa, y yo me dejo llevar, sintiendo que nuestros cuerpos se hunden en el sofá. Desliza la mano por mi pelo, dibuja el contorno de mi rostro y continúa por el cuello hasta el escote. Después, sigue bajando, acariciándome suavemente la piel de la cintura con la yema de los dedos, y luego se empieza a desabrochar la hebilla del cinturón y el botón de los pantalones. Oigo el sonido de una cremallera y me quedo paralizada. Lo empujo ligeramente y miro a mi alrededor con recelo. Dean se incorpora y levanta las manos en un gesto de rendición. Me doy cuenta de que lleva los pantalones medio bajados y desabrochados.

—No podemos hacerlo aquí.

Mi voz suena aguda.

—¿Y qué diferencia hay? Ya nos estamos saltando las reglas.

—¡Podría entrar alguien!

—Venga, será divertido. No nos pillarán.

No me parece nada divertido que nos sorprendan manteniendo relaciones sexuales. Probablemente Dean esté acostumbrado a chicas aventureras, chicas a las que les flipa practicar sexo en público, que lo hacen en los coches, en la playa, en los lavabos de un bar. Yo jamás he puesto el pie en un bar.

Soy tan niñata.

—No quiero que me echen —puntualizo.

Es completamente cierto, aunque en realidad ocupa el quinto lugar en mi lista de preocupaciones detrás de: (1) no puedo mantener relaciones sexuales por primera vez en el sofá verde de la sala de descanso, (2) espero gustarle a Dean, (3) si quiere hacerlo en ese sofá verde asqueroso es porque probablemente no le gusto y solo quiere acostarse conmigo, y (4) ojalá supiera qué hacer.

—Al menos tócame. Jamás me has tocado.

Lo dice en voz baja y en un tono apesadumbrado. Puedo sentir la vibración de sus palabras en el estómago, y la excitación y los nervios se propagan hasta mi pecho. En pie ante mí, Dean se quita los pantalones desabrochados y se queda en calzoncillos.

No puedo evitar pensar en la noche de tacos, cuando los chicos comentaban entre risas su descontento con las pajas. «La boca o nada», había dicho Simon, como si pudiera opinar y exigir. ¿Es eso lo que quiere Dean? Si utilizo las manos, ¿se decepcionará? ¿Me criticará después con sus amigos, igual que hizo Ryder?

Sin embargo, aparto estas preocupaciones de mi mente. Tengo a James Dean en calzoncillos delante de mí y deseo tocarlo. Deseo ver su expresión cuando lo hago.

—De acuerdo.

Mi voz es casi un suspiro. Alargo la mano hacia sus calzoncillos con los dedos temblorosos. Nunca he tocado un pene y no sé qué esperar. ¿Qué se siente? ¿Cuánto hay que apretarlo?

Y justo en ese preciso momento se oye la campanilla. Doy un grito, probablemente la peor reacción que puedo tener, y de un brinco me separo de Dean y gateo hasta el otro extremo de la habitación. Dean se viste entre trompicones y prisas. Se allana la camisa, se atusa el pelo y, a continuación, gesticula hacia mí.

—Keely, el pelo.

Aquí no hay espejos, pero al mirar mi reflejo en el microondas, puedo advertir que está completamente alborotado. Me lo peino con las manos mientras Dean abandona la sala de descanso y se dirige a la tienda como si nada hubiese ocurrido.

—Lo siento —oigo que dice—. Estábamos en la trastienda.

—¿Y quién vigilaba la caja?

Enseguida reconozco la voz grave… ¡del señor Roth! Siento náuseas y el estómago revuelto. Me peino el pelo con los dedos, confiando en estar presentable, en no tener los labios tan hinchados ni la ropa tan arrugada como para que el señor Roth se dé cuenta de lo que estábamos haciendo. ¿Y si ha entrado en la sala de descanso? ¿Y si nos ha visto cuando he llevado la mano hacia los calzoncillos de Dean? El simple hecho de pensar en ello me resulta humillante, horrible. No puedo creer que haya sido tan imprudente.

—Solo me he ido un segundo. No ha entrado nadie —se excusa Dean.

—Siempre tiene que haber alguien junto a la caja —lo regaña el señor Roth—. Estoy harto de repetirlo.

Tomo aliento y me dirijo hacia ellos, echando los hombros hacia atrás para enderezarme.

—Hola, señor Roth —saludo, y mi voz quebrada me delata—. Estaba en el baño. ¿Qué sucede?

El señor Roth se lanza en un discurso sobre una entrega de libros que llegará esta semana, pero yo apenas lo oigo. Todo lo que puedo imaginar una y otra vez es la cara que habría puesto de habernos pillado. Dean y yo tenemos que dejar de hacer tonterías en la tienda.

Finalmente, cuando el señor Roth se va después de lo que parece una eternidad, Dean me atrae hacia él y, rozándome la piel con los labios, me susurra al oído:

—Pásate por mi casa después del trabajo. No quiero interrupciones.

—Esta noche no puedo. Tengo examen de Historia mañana.

Las palabras me provocan un dolor físico en el pecho. Siento como si me dividiesen en dos, porque una parte de mí desea estar abrazada a él, pasar todos los segundos que pueda a su lado, pero la otra parte tiene miedo de quedarse con él a solas. El examen se convierte en la excusa perfecta.

—Y entonces, ¿cuándo? —pregunta Dean, apartando la cabeza para mirarme a los ojos.

—Lo prometo —respondo, sin concretar nada.

Dean suelta una carcajada.

—No sabía que te gustaba tanto jugar.

—No estoy jugando.

Me empieza a picar la nariz, como si fuera a ponerme a llorar. Dean ladea la cabeza y me observa.

—¿No serás virgen?

Se me corta la respiración. Lo ha dicho en voz baja y no he podido interpretar la entonación; soy incapaz de distinguir si lo pregunta en serio o qué quiere que conteste.

Las palabras salen de mi boca antes de que pueda retenerlas:

—No. Lo juro. De verdad, tengo examen de Historia mañana.

Dean esboza una sonrisa.

—De acuerdo.

Y, a continuación, me besa de nuevo y después se aparta bruscamente.

No puedo dejar de darle vueltas a la estúpida mentira que acabo de contar. Ahora no hay manera de librarme de ella. No hay vuelta atrás. Tendré que fingir que sé lo que hago y confiar en mi talento natural para mantener a raya las sospechas de Dean. ¡Menuda idiota!

—Le dije a Dean que no era virgen —le cuento a Hannah al día siguiente nada más cruzarme con ella.

La arrastro hacia el cuarto de baño para discapacitados del primer piso. Allí no nos molestará nadie.

—¿Qué? —dice sorprendida, con los ojos saliéndose de las cuencas.

—No quería hacerlo. Se me escapó antes de que pudiera pensarlo, y después ya lo había soltado, así que no lo podía retirar.

—Frena, frena —me pide, poniéndome las manos sobre los hombros, como si quisiera anclarme al suelo con su peso—. ¿Qué has dicho?

—Me preguntó si era virgen. Y me vi en un aprieto.

—Deberías haberle contado la verdad. Si estás planteándote acostarte con alguien, al menos tendrías que ser honesta. Si no puedes ser honesta es que no estás preparada.

Es fácil para ella. Puede abordar el problema con distancia y actuar de forma racional. Pero cuando Dean está cerca de mí, nada es racional o fácil. Se me cruzan los cables.

—Ya, claro —suelto bruscamente, y acto seguido me siento mal por ser tan borde. Solo trata de ayudarme.

—Danielle no siempre tiene razón —continúa con voz débil—. Entiendo que te dijera que si Dean lo descubría, dejarías de gustarle, pero eso no tiene por qué ser así. Si le gustas, te esperará.

—Cuando le he mentido, me ha parecido que se sentía aliviado —digo, alzando los ojos hacia ella para después cubrirme el rostro con las dos manos.

—Si le dices que le has mentido, lo entenderá. Y si no lo entiende, ¿quieres realmente estar con alguien así?

—¡Sí! —exclamo, apartando las manos—. Me gusta mucho. Dean es listo e interesante. Estoy flipando de que me ocurra esto a mí y lo único que deseo es no pifiarla. Tú no lo entiendes porque para ti siempre ha sido fácil. Siempre has gustado a los chicos. Si pasas de alguien, no importa, porque tienes un millón de pretendientes que están esperando ocupar su lugar. Eso a mí no me ocurre. Es mi única oportunidad.

Hannah se muerde el labio inferior y me observa.

—¿De verdad piensas eso?

—Para empezar, ni siquiera sé qué ha visto Dean en mí. Es pura chiripa y no quiero pifiarla —confieso.

—¿De verdad crees que para mí es tan fácil? —Hannah se lleva la mano al cuello, hacia el lugar en el que estaba el colgante, y se pellizca la piel—. ¿Piensas que lo de Charlie fue fácil?

Me doy cuenta de que voy por mal camino. Toda esta historia ha hecho que me vuelva un poco loca.

—No quería decir eso. Está claro que lo de Charlie no fue fácil.

—¿Qué piensas hacer? —pregunta con una expresión más calmada.

Soy incapaz de darle una respuesta. No tengo ninguna.

QUINCE

Andrew y Cecilia están consiguiendo que me entren ganas de sacarme los ojos con el tenedor. Estamos en la sala de estudio y ella le está dando de comer —literalmente—, haciendo el avión con la cuchara y llevándola hacia su boca. Estoy segura de que Andrew sabe comer solo. Lo ha hecho bastante bien durante, digamos, los últimos dieciocho años.

—No es un bebé —suelto, apartando la mirada cuando Cecilia saca la cuchara de la boca de Andrew y la vuelve a sumergir en el yogur de fresa.

Ella me ignora.

—¿Quieres una piruleta? —le pregunta, agarrando su mochila—. Las ha repartido el señor Savoy en clase de Español.

—Sí, claro —responde Andrew, y Cecilia saca dos de ellas.

—¿Uva o sandía?

—Sandía —dice él, y le pasa una.

—A mí también me gustan —suelto yo, solo para fastidiar. Sé que a mí no va a invitarme.

—¿Quieres? —Andrew se saca la suya de la boca y me la ofrece. Hago una mueca.

—Puaj, qué asco. Vuelve a ponerte eso en la boca.

—Yo sí quiero —dice Cecilia, que se inclina y envuelve la punta de la piruleta con los labios, chupándola de tal manera que me entran ganas de ser ciega.

Por suerte, la impetuosa llegada de Ava los interrumpe. Se deja caer en una de las sillas con los ojos como platos y el pelo violeta Pascua saliéndole disparado en todas las direcciones.

—¡Ya han presentado los pósteres para el baile! —chilla, como si fuera la noticia más importante que hubiera oído jamás.

Al escuchar la palabra «baile», Cecilia se yergue.

Ava gira la cabeza hacia ella y se agarra a la mesa como si tratara de no salir flotando.

—El tema elegido es «Bajo el mar». Bastante trillado, la verdad, pero apuesto a que traerán una máquina de hacer burbujas. Y eso mola.

—¿Cuándo es? —pregunto, y todos me miran como si acabara de soltar una palabrota.

Ava entorna los ojos.

—¿No lo sabes?

—Justo después de que vosotros terminéis las clases —responde Cecilia, que parece haber advertido finalmente mi existencia.

Normalmente, los del último año empiezan las vacaciones de verano unas pocas semanas antes que el resto del alumnado, y este año se han perdido tantos días de clase por los temporales de nieve que Cecilia va a quedarse atrapada aquí sin nosotros al menos hasta julio.

—¡El 12 de junio! —Ava levanta las manos y se revuelve en la silla—. ¡Tenemos menos de dos meses para encontrar pareja!

No la he visto tan entusiasmada en la vida, y eso es mucho decir hablando de Ava. Se mueve como si le estuvieran practicando un exorcismo; no me sorprendería en absoluto que su cabeza empezara a girar en círculos. Andrew y yo nos miramos, y empiezo a reírme, porque, por la manera en que ladea la cabeza y frunce los labios, sé con toda seguridad que está pensando lo mismo.

—Si hay máquina de burbujas, ahí estaré —dice.

—¿Tenemos que ir disfrazados? —pregunto, imaginándome los disfraces de sirena y los sujetadores con cocos de las fotos que nos perseguirán durante la próxima década.

—Yo iré de langosta —afirma Andrew.

—No, tienes que llevar algo bonito —responde Cecilia, volviéndose hacia él y posándole una mano sobre el hombro.

Inmediatamente, Andrew se pone rígido, y ella quita la mano y aparta la mirada. Está algo pálido y sospecho que se siente incómodo porque Cecilia piensa que va a pedirle ser su pareja para el baile. Sé que no lo hará, porque dos meses son mucho tiempo. ¿Cómo iba a durar tanto con alguien?

—¿Con quién vas a ir? —pregunta Hannah durante el almuerzo.

Pienso inmediatamente en Dean, pero enseguida desecho la idea. Los bailes de instituto, con todo ese rollo de las charlas cargantes, la cinta de doble cara y los zapatos incómodos, nunca me han atraído mucho, pero ahora que, por primera vez en mi vida, hay un chico potencialmente involucrado, me siento incluso algo entusiasmada con la idea. No sé qué me ha pasado. Me estoy convirtiendo en un monstruo.

—Está claro que irá con James Dean —dice Ava, tomando un sorbo de algo a lo que llama batido, pese a que parece barro y es tan espeso que, al chupar, ni siquiera sube por la pajita.

—Jamás habría imaginado que ibas a encontrar algo que no pudieras chupar —le dice Danielle secamente, con los ojos puestos en ella.

Ava se aparta la pajita de la boca.

—Nadie mejor que tú para saberlo. ¡La experta en chupadas!

Los labios de Danielle se curvan en una sonrisa.

—Eso dicen.

—¿Qué estás bebiendo? —pregunto yo, señalando el mejunje.

Una parte del líquido ha empezado a separarse y se ha dividido en dos colores, como si fuera un experimento en una probeta.

—Es coca-col-a —responde, como si fuera evidente—. Está hecho de col rizada de régimen.

—Perdona —interrumpe Hannah—, ¿acabas de decir «col rizada de régimen»? Creía que toda la col rizada era de régimen…

—Esta es mejor. —Ava inclina el vaso hacia nosotros. Un olor acre se extiende por la mesa—. Sacan todas las calorías de la col antes de triturarla. Y todo lo que queda son col-calorías. He leído que Beyoncé se bebe uno de estos antes de cada uno de sus conciertos.

—Sí, claro… —Durante un breve instante, Danielle arruga la nariz ante la bebida. Después se gira hacia mí con los ojos brillantes—. ¿Así que con James Dean?

—No lo sé —contesto, clavando el tenedor de plástico en la ensalada César. La compré en la cantina, la lechuga está marrón y blanda y me dedico a ingerir únicamente los picatostes—. Es solo que… no tiene pinta de ser… de ser de los que va a bailes.

Además, estoy bastante segura de que solo estamos enrollados y no salimos, y normalmente la gente no suele llevar a sus rollos al baile.

Danielle se encoge de hombros.

—¿Tienes otras opciones?

—Es la única de nosotras que tiene opciones —dice Ava, dejando la bebida sobre la mesa. El líquido en su interior está tan cuajado que ni se mueve—. ¿Con quién vas a ir tú? —pregunta, dirigiéndose a Danielle.

—Con nadie. Los de nuestra clase son patéticos. Chase está descartado, evidentemente, y no pienso tocar a Ryder después de que me llamara puta. Además, todas sabemos que Ava se lo volverá a follar.

De la garganta de Ava sale un sonido pequeño y estrangulado y los ojos se le abren como platos. Algunas veces es difícil distinguir si Danielle está bromeando o si actúa con maldad. Y últimamente, su parte mala se ha vuelto mucho más mezquina.

—No voy a ir con Ryder a ningún sitio —afirma Ava.

—Eso ya lo dijiste el año pasado —replica Danielle, ladeando la cabeza—. Pero entonces…, espera, ¿me recuerdas con quién fuiste al baile de otoño?

Toma un bocado de su ensalada y sonríe.

Ava se ha picado.

—Bueno, pues este año, si tú no vas con Chase, igual voy yo.

Danielle estalla en una carajada.

—¿En serio piensas que te lo pedirá?

Ava estruja el batido que sostiene en las manos y se levanta. Sus labios se abren y se cierran un par de veces, como si quisiera decir algo, pero después suspira, nos da la espalda y se va echando pestes.

—Vamos, solo estaba bromeando —dice Danielle.

A continuación, suspira y se pone en pie, dispuesta a seguir a Ava. Odio que se comporten así, pero no se me ocurre nada para que dejen de hacerlo. De todos modos, Danielle no me escucharía.

—Prométeme que siempre te portarás bien conmigo —dice Hannah una vez que se aleja.

—Siempre.

Hannah hace girar la pajita en el vaso.

—Así que… ¿en serio no vas a pedírselo? —Regresamos a James Dean—. Aunque tampoco tienes por qué hacer algo que no te apetezca.

—No sé…

Muerdo un picatoste, imaginándome a Dean enfundado en un esmoquin, guapísimo. Pero entonces recuerdo el alivio que se reflejó en su rostro cuando le dije que no era virgen y la imagen se desvanece.

—Estarás bien, hermosa princesa unicornio. Recuérdalo.

—Soy una estúpida princesa mentirosa.

—Bueno, al menos sigues siendo una princesa. Y eso es lo que cuenta. Pídeselo, ¿vale?

Hannah y yo acabamos antes la clase de Francés porque a *Madame* Deschenes le ha dado dolor de cabeza, así que aprovechamos para ir al baño y después nos dirigimos a la sala de estudiantes. Está casi desierta, excepto por algunos de nuestros compañeros. Cuando entramos, Andrew y Edwin se encuentran agazapados junto a la ventana con Ryder y Simon Terst. Suelto un «*Bonjour*», pero nadie me responde. Todos están mirando hacia la pared, a algo que no puedo ver, señalándolo con el dedo y hablando entre susurros, como se suele hacer cuando es algo malo.

—¿Qué pone? —pregunta Simon, que trata de entrar en el círculo que forman los otros. Ryder mide casi dos metros y no le deja ver.

—Tío, es repulsivo —dice a Simon como única explicación.

—¿Qué sucede? —pregunto.

Andrew se aparta y entonces lo veo. Alguien ha escrito un mensaje con un rotulador permanente negro de punta ancha.

DANIELLE OLIVER SABE A PESCADO PODRIDO

La caligrafía es atropellada, como si lo hubiesen garabateado con prisas. Se me retuerce el estómago. Hannah, sobresaltada, ahoga un grito a mis espaldas.

—¿Quién lo ha escrito? —pregunto, sintiéndome ligeramente mareada.

Esto va más allá de unas pocas notas misteriosas en una mochila o en la taquilla. Esto es público. ¿Quién sería capaz de hacer algo tan perverso?

—No lo sé. Ya estaba aquí cuando llegamos —dice Andrew.

—¡Joder! —suelta Hannah, dirigiéndose hacia el corrillo de chicos—. ¡Eh, vosotros, caraculos! ¿Quién ha sido?

Ellos se callan y la miran con sorpresa. Ryder da un paso atrás y levanta las manos en un gesto de rendición.

—Eh, Choi. Tranquila. ¿Tienes la regla o qué?

Hannah se ruboriza ante el comentario.

—Estaba en la pared cuando llegamos. Aquí no había nadie —dice Edwin.

—Tenemos que limpiarlo. Debemos quitarlo antes de que lo vea más gente.

Echo un vistazo por la sala en busca de algo con que frotar la pared.

—¡Ni lo sueñes! —Ryder se mueve ligeramente para entorpecer mi camino—. Es la monda.

Rápidamente, saca el móvil y toma una foto.

Simon también saca su teléfono e imita a Ryder.

—Buena idea, tío.

—Borrad esas fotos —digo en un tono más alto de lo habitual por lo alarmante de la situación.

Andrew da un paso hacia Ryder y Simon.

—Eh, tío, esto no mola nada.

—¿Me estás diciendo lo que tengo que hacer? —pregunta Ryder, dando también un paso al frente—. ¿Tienes algún problema?

Pese a la altura de Andrew, Ryder lo sobrepasa. Edwin también se acerca y se coloca de tal modo que él y Andrew están hombro con hombro. Andrew clava la mirada en Ryder y entorna los ojos.

—Si crees que esto tiene gracia —dice, gesticulando hacia la pared—, entonces sí que tenemos un problema.

—Tíos, sois lo peor —suelta Hannah, escupiendo las palabras hacia Ryder y Simon.

De la mochila, saca un botellín de agua y varios pañuelos de papel y empieza a frotar la pared. El rotulador no se va, y el cruel mensaje de letras oscuras resiste.

—Al parecer, es permanente —dice Ryder con una sonrisita.

—¿Lo has escrito tú? —pregunto, enfrentándome a él.

Es mucho más alto que yo, y la situación resulta casi cómica. Pero que lo jodan si piensa que esto es divertido.

—Ojalá lo hubiera hecho —responde Ryder.

—Voy a por jabón —anuncia Hannah, saliendo hacia los lavabos del pasillo.

—¿Estás seguro, tío? —Andrew hace un gesto hacia Ryder con la barbilla.

Mientras tanto, los estudiantes, que ya salen de las clases, empiezan a llegar. Hannah todavía no ha regresado con el jabón y los pañuelos, y ahora todo el mundo va a verlo.

Y entonces aparece Danielle, cogida del brazo de Sophie Piznarski. Están riéndose de algo, ajenas a la tensión que se respira en la sala. Tomo aliento y lo retengo mirando a Andrew, confiando en que se le ocurra algo. Está apoyado contra la pared en una posición incómoda que consigue tapar la pintada.

Y después aparece Chase, arrastrando los pies detrás de Danielle, con el pelo castaño y revuelto bajo la gorra de los Red Sox que siempre lleva. Tiene puestos los auriculares y está silbando, y choca los puños con el grupo a mis espaldas, con Ryder, Simon, Edwin y después con Andrew, que levanta un brazo torpemente, tratando de ocultar las palabras de la pared. Chase no se da cuenta de la extraña posición de Andrew o de la tensión en el ambiente; no pronuncia palabra alguna y se dirige hacia su taquilla.

Hannah regresa a la sala con los pañuelos y se desmorona al ver primero a Danielle y después a Chase. Sus ojos van de uno a otro y oculta los pañuelos a su espalda, tratando de mantener la discreción.

Por mucho que intentemos esconderle a Danielle esas feas palabras, no hay esperanza. Han sacado fotos, y todo el insti lo sabrá en cuestión de segundos. Aun así, no quiero que acabe siendo un espectáculo, y menos delante de Chase. Si fue él quien las escribió, no pienso darle la satisfacción de ver cómo reacciona Danielle. Y si no fue él, entonces no quiero ni que se entere.

Pero entonces, entre la cháchara y los gritos de los estudiantes, oigo a Ryder, que grita con voz profunda y alta:

—Eh, Danielle, ¿es eso cierto?

Danielle suelta el brazo de Sophie y abre su taquilla, mirando a Ryder por encima del hombro.

—¿El qué?

—Cállate ya, Jason —dice Hannah entre dientes y dirigiéndole una mirada furiosa.

Yo levanto la mano, como si ese ligero movimiento pudiese hacerle cambiar de opinión. Pero no sirve de nada y Ryder continúa como si nada:

—Que sabes a pescado podrido.

El silencio recorre la habitación y el volumen de las conversaciones baja hasta convertirse en un susurro. Chase se saca los auriculares y el móvil, ladeando confuso la cabeza al contemplar la escena que se desarrolla ante él. Simon alza la mano y la choca con la de Ryder. Lentamente, Danielle se da la vuelta y les planta cara.

—¿Qué acabas de decir?

—Me limito a leer lo que pone ahí, en la pared —contesta Ryder, encogiéndose de hombros con aire inocente. A continuación, mira a Andrew y exclama—: Eh, tío, sal de en medio.

Andrew cruza los brazos y no se mueve un ápice. Cuando responde, su voz es tranquila y segura:

—No sé de qué estás hablando.

—Menudo muermo… —dice Simon—. En la pared pone que sabes a pescado podrido.

Se mueve nervioso, probablemente sorprendido y encantado por haberlo dicho bien.

Danielle cierra de un portazo la taquilla.

—¿Qué has dicho, Conejo?

Simon se queda pálido y empieza a saltar de un pie a otro. Si él es un conejo, Danielle es la loba que acaba de ver a la presa y entorna los ojos, dispuesta a hincarle el diente.

—He dicho… —tartamudea Simon, sin acabar la frase.

Danielle cruza los brazos y mueve el pie con impaciencia.

—Venga, Terst, dilo otra vez. Atrévete a decírmelo a la cara.

—¡Yo no lo he escrito!

Las mejillas de Simon enrojecen.

—Justo lo que pensaba… —Danielle se gira hacia Andrew y suspira—. Más vale que me lo enseñes.

—Tratamos de quitarlo… —dice, y se aparta.

Danielle se queda mirando las palabras durante un buen rato, y el silencio se adueña del ambiente. Todo el mundo espera su reacción, todos aguardan para ver qué sucederá después. Unas pocas personas sacan sus móviles y los sostienen, listos para grabar. Por los altavoces suena el timbre que señala el inicio de la siguiente clase. Pero nadie se mueve.

Durante un breve instante, Danielle cierra los ojos y toma aliento, y una expresión espeluznante se graba en sus bonitas y serenas facciones. A continuación, abre los ojos de golpe, se gira hacia Simon y lo apunta con el dedo como si fuera una navaja.

—En primer lugar, dejemos una cosa clara, Conejo. Tú no vas a saber en tu vida qué gusto tengo. Si por casualidad me tocaras, ese se convertiría en el único momento emocionante de tu lamentable y patética existencia.

Simon está como un tomate y en la frente se le ha formado una delgada capa de sudor.

—¡Eso no es verdad! —farfulla—. Es...

Danielle lo interrumpe y se dirige hacia Ryder, levantando la mano para ponerse a su altura.

—¿Y tú? ¿Quién te has creído que eres? Te consideras muy gracioso, ¿verdad? Pues no. Y me sorprende que sepas lo que pone. —Gesticula hacia la frase en la pared—. ¿Te lo ha tenido que leer alguien?

Se da la vuelta hacia Chase, que mira la escena con los ojos como platos.

—Y tú, como me entere de que has tenido algo que ver con esto, te corto los huevos.

Chase levanta las dos manos en señal de rendición, pero no la contradice. Hasta parece esbozar una sonrisa.

DIECISÉIS

—Danielle es tan acojonante —confiesa Andrew al día siguiente durante el almuerzo.

Acaba de pegar un mordisco enorme a su sándwich de mantequilla de cacahuete y con la boca llena ha sonado más bien como «Tañel ez tan apofonante», pero le he entendido perfectamente.

Ayer, después de que los profesores vieran la pared, Danielle se fue a casa antes, y Ava —que rompió a llorar nada más enterarse de lo que había sucedido—, la acompañó. Con toda probabilidad, sus lágrimas son el resultado directo de haberse estado alimentando básicamente de «col-orías» durante la última semana. Ambas han llamado y han dicho que no se encuentran bien, lo que significa que están juntas.

Como ya hace calor, comemos fuera, sentados a una mesa de pícnic. Frente a nosotros, Hannah arruga la nariz con disgusto al ver cómo mastica Andrew.

—En el fondo, es muy maja —dice Hannah en su tono habitual—. Solo lleva una dura coraza, como una tortuga.

—Esa chica no es una tortuga —replica Andrew, levantando las cejas—. Si quieres compararla a un animal, al menos que sea uno carnívoro, tipo piraña o *Tyrannosaurus rex*.

Hannah suspira.

—Vale, de acuerdo, quizá un caracol.

Andrew suelta una carcajada.

—Menuda gilipollez. Si buscas algo con caparazón, ¿qué te parece una granada de mano?

—¿Y yo? ¿Qué animal soy? —pregunta Hannah.

Andrew responde sin dudar:

—Un pájaro. Con muchos colores y algo esnob.

—Y con fuertes garras —añado.

—Aunque más vale que tengas cuidado con esta —dice Andrew, gesticulando hacia mí y sonriendo—. Ya sabes cómo reacciona cuando hay pájaros cerca...

—Qué gracioso. Me parto contigo —digo con sarcasmo.

Hannah se ríe.

—Vale, ¿y qué animal es Keely?

Andrew se gira hacia mí y se muerde el labio, meditándolo durante un minuto.

—Una jirafa.

—¿¡Qué!? ¿Por qué? Pero si soy bajita.

—Ya lo sé. Pero las jirafas son mis preferidas.

Me sonríe, con la boca llena de mantequilla de cacahuete. Le devuelvo la sonrisa, y por extraño que parezca, me siento halagada por el cumplido.

Hannah suspira y se mira las manos con expresión seria.

—Supongo que lo mejor que ha podido pasar es que, de todos nosotros, esto le haya ocurrido a Danielle. Si alguien hubiera escrito eso sobre mí, seguro que me habría puesto a llorar.

—La gente da asco —añado.

Es por esta razón por lo que me aterroriza acostarme con alguien, por lo que pueda suceder después.

—Mierda, tengo que irme. He quedado para estudiar —anuncia Andrew, comprobando la hora en su móvil.

—¿Con Cecilia? —pregunto.

Estruja la bolsa del sándwich y la guarda en la mochila.

—Lo mío con Cecilia es historia...

De pronto, se oye una voz suave y melódica a nuestras espaldas.

—Hola, ¿Andrew?

Es Abby Feliciano, una estudiante de primero de bachillerato morena con el pelo liso, pequeñita y muy mona. Me compadezco de Cecilia y, por enésima vez, pienso que estaría bien que Andrew tuviera más en cuenta los sentimientos de los demás.

—Hola, Abby —la saluda Andrew, poniéndose en pie.

Abby sostiene un cuaderno.

—He tomado algunos apuntes. Si no tienes tiempo ahora, podemos repasarlos esta noche.

—No, me va bien ahora. Chicas, nos vemos más tarde, ¿vale? Abby y yo tenemos que estudiar.

—Es tan buen tutor… —dice Abby, con una voz tan llena de admiración que me pone enferma.

Una vez que se han marchado, hago una mueca.

—¿Por qué le resulta tan fácil? ¿Está tratando de cepillarse a todas las nuevas antes de que acabe el curso?

Hannah se encoge de hombros y le pega un bocado a su sándwich.

—Está bueno. Y las chicas se han empezado a fijar en él, especialmente las de primero.

—Parece que todo lo que a mí me inquieta, a él le resbala.

Seguramente, cuando Andrew perdió su virginidad, la última cosa en la que pensó fue en si la chica iba a respetarlo a la mañana siguiente. La gente no va haciendo pintadas sobre los chicos con los que se ha acostado.

—No se da cuenta de la suerte que tiene —me lamento.

—Bueno, igual te podría enseñar —dice Hannah, encogiéndose de hombros otra vez.

Arruga el envoltorio de su sándwich, lo lanza a la papelera y después saca una botella de té frío. La tapa se abre con un agradable «pop».

—Sí, le pediré que me ayude a estudiar. «Es tan buen tutor…». —digo entre risas, pestañeando como Abby Feliciano.

—Pues, de hecho, no me parece tan mala idea —comenta

Hannah, ofreciéndome un trago de té, que acepto todavía entre risas.

—¿Cómo?

—Podría darte clases. Te preocupa lo que le dijiste a James Dean, y seguro que Andrew podría proporcionarte algún que otro consejo. Es obvio que sabe de qué va el tema.

—Supongo que sí...

Siento que me ruborizo hasta la punta de las orejas. Doy un sorbo al té y se lo devuelvo. Quizá ahora que Andrew y yo hemos empezado a hablar sobre mi vida sexual, no resulte tan violento, y más después de nuestra conversación en la cafetería. Hannah tiene razón: Andrew podría darme algún truquito si me atrevo a preguntárselo.

—Seguro que podrías pedirle algún consejo —continúa, encogiéndose de hombros—. O podrías acostarte con él.

Lo dice como si nada, como si estuviera sugiriendo algo completamente normal. Suelto un bufido y la golpeo en el brazo.

—Sí, claro. Una idea brillante. ¡Genial!

—Keely, no estoy bromeando —afirma, y siento que me pongo pálida.

—No, Hannah...

Bajo la voz hasta que se convierte en un suspiro y miro a nuestro alrededor, preocupada por si nos han oído. Pero nadie nos presta atención. Río incómoda, y la risa se me queda atrapada en la garganta, produciendo un extraño sonido.

—Piénsalo —continúa—. Es obvio que se preocupa por ti y que te respeta. Y por lo que dicen las de primero, sabe lo que hace, así que podría prepararte para James Dean. Podría ser algo así como..., como sexo de calentamiento. Una vuelta para calentar antes de la que importa de verdad. —Se inclina hacia mí con los ojos casi brillantes, entusiasmada con la idea que toma forma en su mente—. ¿Te presentarías a los campeonatos nacionales sin haber jugado antes? ¿Sin haber tocado pelota? No, antes buscarías un entrenador y te prepararías, y al principio lo harías fatal, pero después mejorarías. La práctica hace al maestro. —Junta las manos y suelta un chillido que casi rivaliza con Ava—. Además, si lo haces, tu mentira ya no importaría, porque ya no serías virgen.

—No es tan fácil. Hemos sido amigos durante mucho tiempo. Los amigos no se…, no se acuestan.

Me incomoda el simple hecho de pronunciar la palabra.

A pesar de la brisa fresca de primavera, me siento pegajosa, acalorada y con la boca seca.

—Fijo que se acuestan —declara, como si acabara de decir una tontería—. ¿Qué pasa con Ron y Hermione?

—Ron y Hermione no se acostaron.

—¡Pues claro que se acostaron! Tuvieron hijos, ¿no te acuerdas? Se lo montaron en la Cámara de los Secretos.

Suelto una carcajada.

—Vale, sí, pero ellos se molaban. Muy al contrario que nosotros.

—Buena observación, pero ¿a que también existen los amigos con derecho a roce? La gente lo hace. Y no os arriesgáis a acabar pillados, porque a ti te mola James Dean y a Andrew, toda la clase de primero.

—No puedo creer que estemos hablando de esto.

—Pues no sería tan disparatado. Hasta vuestros padres lo pensaron, ¿recuerdas? Si ni siquiera ellos fliparon…

—Incluso si lo considerara una buena idea, lo que no es así porque no tiene ningún sentido, no se lo pediría en la vida. ¿Qué le diría? Alucinaría…

Hannah me está sacando de quicio; la misma idea me saca de quicio.

—Es un tío. Los tíos heteros no suelen despreciar la oportunidad de acostarse con una tía buena.

—Y ahora me haces la pelota con cumplidos —digo, y ella sonríe.

—Me limito a decir la verdad.

—Eres una persona horrible.

El sonido del timbre señala el final de la hora del almuerzo.

—Ya lo sé, pero soy tu persona horrible preferida, ¿recuerdas? Me alegro de que lo hayamos decidido.

Me da unas palmadas en la rodilla.

—Espera, no hemos decidido nada.

Tengo un nudo en la garganta. Hannah se pone en pie y coge la mochila.

—¿No estás contenta de contar conmigo para resolver todos tus problemas?

Por la noche, no puedo dormir. Cada vez que empiezo a conciliar el sueño, las palabras de Hannah me abofetean, devolviéndome a un miserable estado consciente. Cuando cierro los ojos, aparecen imágenes de Andrew flotando ante mí, recuerdos de las veces que lo he visto con chicas, que he presenciado cómo las acorralaba contra la pared en las fiestas, morreándose y con sus manos enmarañadas en su pelo. Trato de imaginármelo besándome, solo para ver qué pasa. Mis ojos se abren de par en par y me invade una sensación de vergüenza, como si, de algún modo, desde su cama, a unas manzanas de la mía, pudiera adivinar lo que pienso. Odio a Hannah por haberme metido esta idea en la cabeza; sus palabras parecen un gusano que no deja de retorcerse en mi cerebro.

Es una proposición tan típica de Hannah. Lleva haciendo comentarios de una posible relación entre Andrew y yo desde que empezamos el insti.

«Es muy mono», me dijo en segundo de secundaria, la primera vez que fui a su casa.

Fingí que me venían ganas de vomitar. «Es mono igual que tú. Es decir, que sé que eres guapa, pero no me gustan las chicas.» No fue fácil de explicar.

«Pero los chicos sí te gustan.»

«Sí, pero no los que son rollo Andrew», respondí, poniendo

los ojos en blanco. «Si piensas que es tan mono, ¿por qué no sales con él?.» «Porque te pertenece», dijo, como si fuera algo evidente.

Me he acostumbrado a este tipo de conversaciones, a las bromas mordaces que me dedica sobre su cama o sobre su estúpido trabajo en el parque de bomberos. Sin embargo, algo en esta idea suena diferente. No es solo Hannah tratando de que salga con Andrew. Es Hannah tratando de ayudarme con Dean. Suspiro y cambio a una posición boca abajo. Ni siquiera puedo creer que me lo esté planteando. Lo más probable es que Andrew diga que no y que nuestra relación se vuelva extraña e incómoda. Pero ¿y si respondiera afirmativamente?

Aun así, por mucho que no quiera admitirlo, Hannah tiene razón. Es la solución perfecta a mi problema. Quiero perder la virginidad con alguien en quien pueda confiar plenamente, con alguien que sé que no me negará la palabra el día después, que no me juzgará por estar nerviosa, asustada o por ser torpe. Si sangro mucho y echo a perder las sábanas de Andrew… No pasa nada. Ya me he hecho pis en ellas antes. Muchas veces. Me ha visto en mis momentos de debilidad, en los más asquerosos, en los más dulces, y siempre ha permanecido a mi lado.

Si me acuesto con Andrew, puedo sacarme de encima la difícil y dolorosa primera vez. Puedo aprender lo básico, practicar hasta que me sienta cómoda, hasta que sepa qué tengo que hacer y cómo hacerlo. Y después, acostarme con Dean me resultará fácil. Y ya no tendré que preocuparme por mi mentira.

Sin embargo, es demasiado extraño. A pesar de todo el bien que le ha hecho la pubertad —incluida la seguridad en sí mismo y un montón de ligues—, sigue siendo mi larguirucho y pecoso amigo de la infancia con el pelo revuelto. Sigue siendo el chico que solía eructarme a la cara las letras del alfabeto, el que una vez, durante una semana entera, fingió ser un dinosaurio y respondía a todas mis preguntas con un rugido y enseñando los dientes. Soy incapaz de conciliar esos recuerdos con el chico en el que se ha convertido. Soy incapaz de verlo del mismo modo que lo ve Hannah.

Mi teléfono vibra y me doy la vuelta en la cama para cogerlo. Es un mensaje de Dean. Una ráfaga de adrenalina recorre mi cuerpo, y consigo aparcar por un rato los pensamientos sobre Andrew.

Qué haces?

Compruebo la hora en la pantalla. Son las dos de la madrugada de un día normal. ¿Qué cree que estoy haciendo? Igual piensa que he salido por ahí. ¿Ha salido él?

No puedo dormir

Unos minutos más tarde, responde:

Quieres venir a dormir aquí? ☺

Creo que el corazón va a salírseme del pecho. ¿Qué se supone que debo responder a eso? Me resulta mucho más difícil sin los consejos de Danielle.

No puedo. Es martes

No hay probabilidad alguna de que me escape de casa y esté de regreso mañana muy temprano sin que mis padres se enteren. Además, ya llevo puesto el aparato dental. El móvil vuelve a sonar.

Qué monada

Escribo una respuesta:

Qué monada el qué?

Dean tarda unos minutos en responder, unos minutos en los que yo miro con agonía la pantalla. Finalmente, suena un «bip».

Tú eres una monada. Seguro que no quieres venir?

Y de algún modo, no me hace falta nada más. De algún modo, me encuentro saliendo de la cama, poniéndome una sudadera y dirigiéndome al cuarto de baño para lavarme la cara y prepararme. Un aleteo me sacude el pecho ante la idea de escabullirme de casa, de romper las normas, y de hacer todo eso por un chico. Pero si alguien como James Dean te dice que eres una monada, lo último que importan son las consecuencias.

Pero solo un rato, vale? Tendrás que venir a recogerme

Dean me espera dentro del coche al final de la manzana, lo suficientemente lejos como para que el ruido del motor encendido no despierte a mis padres. Parece como si se acabara de levantar, con su sudadera de la UniVE y el pelo pegado y de punta en un costado. Me acuerdo del día en que desperté a su lado, en la cama, de lo guapo que estaba dormido y con el pelo revuelto, y me pongo nerviosa.

Estoy nerviosa, sí, no solo por si me pillan, sino porque volvemos a vernos fuera del trabajo. Esta noche puede acabar de tantas maneras… De repente, mis dudas sobre lo de Andrew carecen de sentido. Me siento eléctrica.

—¿Estabas acostado? —pregunto nada más entrar, cerciorándome de cerrar la puerta con sigilo. El par de perros que tienen nuestros vecinos son bastante escandalosos y ladran al más mínimo ruido.

—No, Cody y yo tuvimos a gente en casa, pero ya se han ido todos.

—¿En martes?

Dean me sonríe.

—Te queda mucho por aprender sobre la vida universitaria.

Me sonrojo, agradeciendo que esté oscuro y que no pueda apreciarlo.

—Pensaba que conducías una motocicleta —digo, señalando con un gesto el interior recompuesto del Honda, que huele como a patatas fritas de hace un año.

—Es el coche de Cody. Pensé que la moto igual hacía demasiado ruido.

Dean se inclina hacia mí, llevando una mano a la parte trasera de mi cabeza y enredando sus dedos en mi pelo. A continuación, me atrae hacia él y me besa. Su lengua juguetea con mis labios y entra en mi boca de una manera que ahora resulta conocida, y también natural. Nuestras lenguas chocan y la sensación me pone la piel de gallina.

Poco a poco, se aparta de mí, y nuestros rostros quedan a solo unos centímetros.

—Además, es difícil hacer esto sobre una moto —susurra, acompañando sus palabras de una sonrisa.

Dean empieza a quitarse el cinturón y se aproxima, incorporándose de tal modo que casi está sobre mí en el asiento del copiloto.

Yo lo aparto.

—¿Hacer qué, exactamente?

—Ya sabes a qué me refiero.

Dean se ríe y trata de besarme de nuevo.

—Dean… —Evito su beso, que aterriza en mi cuello, haciéndome estremecer. Vuelvo de nuevo la cabeza, dispuesta a rendirme durante unos instantes, pero me obligo a apartarme—. Dean, estamos en un coche.

No sé qué decir o hacer. ¿Cómo voy a explicarle que no quiero que mi primera vez sea en un coche sin admitir que es mi primera vez?

—No pasa nada. No va a vernos nadie —asegura.

—No es eso. Quiero estar contigo —admito, deseando que mi tono no suene a súplica—. En serio. Pero no aquí. No esta noche. Es martes, no es…

—Yo también quiero estar contigo —me interrumpe—. ¿Cuándo llegará el momento adecuado?

—¡En el baile!

Pronuncio las palabras antes de que haya tenido tiempo de procesarlas. Dean ladea la cabeza y esboza una sonrisa.

—¿En el baile?

—Sí. Mi insti va a organizar un baile el 12 de junio. Es un poco estúpido, pero igual estaría bien que…, bueno, ya sabes, que fuéramos juntos.

Me tiembla la voz. Me siento horrorizada por habérselo pedido, pero también contenta. Puede que el baile resulte mucho más interesante si voy con él. De repente, una imagen pasa por delante de mis ojos y una ráfaga de adrenalina me recorre: Dean y yo en medio de la pista, con sus brazos rodeándome la cintura delante de todos.

—Así que quieres que te lleve al baile… Conque eres de ese tipo de chicas…

Ahora sonríe ampliamente.

—¿Qué tipo de chica?

—Una romántica.

Con el dedo índice, me da un suave golpecito en la punta de la nariz.

—Eres una chica *Bridget Jones*. Eres una *Tú y yo*. Eres una Audrey, no una Marilyn.

—Y eso, ¿qué quiere decir?

Aunque he visto todas las pelis que ha mencionado, ninguna me ha gustado en particular. No hay suficiente sangre. Es él el que cita los diálogos de *Casablanca*, no yo.

—Quieres la azotea del Empire State, y ahogar tus penas en un helado porque eres incapaz de afrontar lo que sientes, eres de las que creen que el amor puede curar el cáncer. Te he catalogado erróneamente.

—Yo no quiero ahogar mis penas en nada.

—No te preocupes —dice, tomando mi mano entre la suya. Sus dedos son ásperos y cálidos—. Me parece adorable. Iremos al baile.

—De acuerdo.

Siento un tremendo aleteo en el pecho ante la fecha del 12 de junio en el horizonte, a tan solo dos meses vista. Sé qué significa en realidad: sé qué me está pidiendo y a lo que me estoy comprometiendo. El baile es una promesa.

—Tengo que volver. Es tarde.

—Oye, lo siento —se disculpa Dean, y me gusta la sinceridad que percibo en su voz—. No trataba de atosigarte. Todo bien, ¿verdad? Estamos *dabuten*, ¿no?

Al oír su expresión, me río y pongo los ojos en blanco. Es como si sonara a un tío enrollado de los setenta. Me recuerda a mi padre.

—Todo *dabuten* —digo, y me acerco a él para besarlo una vez más antes de apearme del coche y salir sigilosamente a la calle.

—Adiós, pareja para el baile —dice, despidiéndose con la mano.

—Adiós, pareja para el baile —repito, y me estremezco solo de pensarlo.

Dean enciende el motor y se aleja, y veo cómo dobla la esquina y desaparece.

Esto es lo que no quiero arriesgar: la sensación de sus dedos entre los míos, de contemplar cómo brillan sus ojos cuando me cuenta un chiste estúpido, el hecho de que pueda acercarme a él y besarlo siempre que quiera. De repente, los dos meses que quedan hasta el baile suenan a libertad: ahora puedo besarlo sin agobios. Mi decisión ha sido tomada, y tiene fecha de caducidad.

Y ser la pareja para el baile de James Dean es lo más cercano a la perfección a lo que llegaré jamás.

Pero, entonces, la realidad cae sobre mí como un jarro de agua fría, y el entusiasmo se transforma en ansiedad en el estómago. De golpe, me viene una imagen de los dos en la cama, del momento en el que finalmente accedo. ¿Por qué voy a arruinarlo cuando existe una manera de garantizar que ese instante sea perfecto?

Antes de que me dé cuenta de lo que hago, antes de que pueda cambiar de parecer, antes de que mi cerebro empiece a procesar lo que están escribiendo mis dedos, saco el teléfono y rápidamente le envío un mensaje a Andrew.

Nos vemos mañana después del insti?
Tengo algo muy importante que pedirte

DIECISIETE

Me levanto presa del pánico. Busco el móvil, con la intención de borrar el mensaje. ¿Qué demonios he hecho?

Hay una respuesta de Andrew que debe de haber llegado mientras dormía.

Estás bien?

Y unos pocos minutos después:

Collins? Nos vemos en Jan´s mañana antes de clase? Te recojo a las 6:30 h

Compruebo la hora. Las seis y cuarto. Me quedan quince minutos para inventarme una mentira, para concebir una explicación razonable para el mensaje. Deslizo el dedo hasta llegar a lo que envié y lo releo.

Nos vemos mañana después del insti?
Tengo algo muy importante que pedirte

Vale, no es tan grave. No le he enviado un «Quiero acostarme contigo. Por favor, contesta». Puedo arreglarlo. Pero ¿qué voy a inventarme que sea tan importante? Andrew tiene un radar asombroso para mis mentiras. Me conoce desde hace demasiado tiempo y me ha visto dar evasivas para eludir marrones desde que era una niña.

Salgo disparada hacia el baño y me lavo la cara con agua muy fría. No hay tiempo para una ducha. El tictac del reloj que cuelga de la pared se me mete en la cabeza y el agobio ante los minutos que no se detienen no me permite pensar con claridad.

Con un gruñido, tiro el teléfono sobre la colcha. Sobre el cabezal de la cama cuelga el póster de un osito polar, algo que ya me queda bastante lejos pero que no me he molestado en quitar. En algún momento del pasado, Andrew cogió un rotulador, dibujó unas gafas redondas y una cicatriz con forma de relámpago sobre la carita del oso y garabateó «Osito Potter» sobre su pelaje blanco. Ahora parece que el póster se esté burlando de mí, y el recuerdo de ese momento me trae a la memoria todo lo que estoy a punto de perder.

Doy un brinco cuando oigo una bocina en el exterior: la camioneta de Andrew. Recojo un par de vaqueros del suelo, los olfateo para ver si todavía tienen un pase y me los pongo. A continuación, abro impetuosamente los cajones de la cómoda y me enfundo la primera camiseta que encuentro, una que teñí en el campamento muchos veranos atrás. Mi teléfono suena en el preciso instante en que mi madre grita al pie de la escalera:

—Keely, cariño, Andrew está afuera. ¿Estás despierta?

Oigo sus pasos, que se acercan a mi habitación.

—Sí, mamá —respondo también a voz en grito mientras desbloqueo el teléfono.

Hay tres mensajes de Andrew.

**Despierta!
Será mejor que hoy pidas una ración de
beicon para ti sola
Oinc, oinc!**

Abro la puerta de mi dormitorio de par en par, salgo disparada y casi choco con mi madre, que está al otro lado con una taza humeante en las manos. Sobresaltada, da un brinco y de alguna manera consigue que no se vierta nada.

—¡Caray, cariño, qué prisas!

Todavía lleva el pijama, bajo una bata de seda que compró en un viaje a Japón, con mariposas y flores de vivos colores grabadas alrededor del cuello. Me detiene con la mano.

—¿Estás bien?

—Sí, perfectamente —respondo, tratando de evitarla.

Se acerca a mí, me atusa el pelo, apartando un mechón de mi rostro y me observa durante un segundo, posando la mano sobre mi mejilla.

—Si no estuvieras bien, me lo dirías, ¿verdad?

—Claro. Llego tarde.

Me aparto y paso a su lado. Ella me tiende la taza. Está caliente y es reconfortante.

—Toma, llévate esto.

Doy un sorbo, pensando que es café, y escupo cuando un mejunje caliente y con hojas me roza los labios.

—¡Mamá! ¿Qué es esto?

—Es coca-col-a, una maravillosa bebida desintoxicante —me informa—. Al parecer, Beyoncé se bebe una de estas antes de cada concierto.

Cojo la mochila en el vestíbulo, todavía con la taza en las manos, y bajo corriendo los escalones delanteros hasta la camioneta de Andrew. La mañana es fría y brumosa, un tiempo típico de abril. El bochorno y el calor se harán esperar unas semanas más, pero entonces, sin previo aviso, el verano, con su calima sofocante, habrá llegado.

Subo a la camioneta, saludo a Andrew con un gruñido, le paso la taza y lo observo mientras toma un sorbo, esperando la inevitable expresión de asco. Pero en lugar de eso, Andrew levanta las cejas.

—Interesante… ¿Qué es? —Y a continuación vuelve a beber, terminándose la taza en unos pocos tragos—. Muy tirando a ensalada. No sé si lo recomendaría para desayunar, pero gracias de todos modos.

A estas alturas, ya debería saber que Andrew es como un cubo de basura humano. Me devuelve la taza vacía y yo la cojo con cuidado, evitando que nuestros dedos se rocen. Me desplomo en el asiento y empiezo a juguetear con la radio, buscando cualquier cosa que me distraiga del follón en el que me he metido. Estoy furiosa conmigo misma por el simple hecho de saber que sus dedos existen.

El pelo revuelto y despeinado indica que acaba de despegar su cara de la almohada no hace mucho. Lleva puestas las gafas, un poco dobladas, como si se hubiera sentado sobre ellas por enésima vez. Mientras lo observo, siento un vacío en el estómago, y antes de que pueda evitarlo, como si fuera un destello, me pasa por la mente la idea de qué sentiría si lo besara. Empiezo a reírme en voz baja, inquieta. Mi rostro se cubre de sudor y me ruborizo.

Hannah ha arruinado mi vida.

—Y bien, ¿qué es lo que pasa? —me pregunta, pero se detiene al advertir mi expresión. No he pensado en una mentira que me encubra, en una petición sencilla y sin malicia con la que contraatacar, y ahora ya es demasiado tarde. Andrew juguetea con sus gafas, quitándoselas y volviéndoselas a poner—. ¿Quieres hablar del tema ahora o prefieres esperar al beicon?

—Esperamos al beicon —contesto, todavía riéndome entre dientes.

Andrew enciende el motor, y la camioneta retumba al ponerse en marcha.

—¿Debería preocuparme? Dijiste que era importante —pregunta, mirando a ambos lados antes de abandonar el camino de acceso.

Tomo aliento para calmarme y hacer desaparecer la risita.

—No era nada… —Carraspeo y adquiero un aire serio—. Haz como si nunca te hubiese enviado ese mensaje.

Y, acto seguido, antes de que pueda evitarlo, empiezo a reírme de nuevo, con más ímpetu que antes.

Andrew, por suerte, pasa de mi extraño comportamiento. Conduce hasta Jan's, se detiene en una plaza de aparcamiento y salimos de la camioneta.

La cafetería está vacía, excepto por otro grupo de estudiantes de Prescott que ocupan en corrillo uno de los reservados de la esquina. No es raro que algunos fumen maría antes de las clases y que pasen por Jan's para saciar el hambre matutina. Nunca he sido de las que se levantan pronto, y me impresiona que alguien se ponga el despertador para fumar. Son un grupo de tíos de cuarto cuyos nombres desconozco que están sentados en silencio, con ojos vidriosos, zampándose una tortita tras otra.

Arrastro a Andrew hacia la mesa en el extremo opuesto del local, donde estaremos lo más alejados posible de ellos y gozaremos de privacidad. No es que vayan a escuchar nuestra conversación en su estado, pero me siento paranoica y nerviosa.

La camarera viene a tomarnos el pedido: dos torres pequeñas de tortitas con sirope de fresa, dos cafés y dos lonchas de beicon. Cuando se aleja, el silencio se instaura entre nosotros y recuerdo por qué estamos aquí.

—Bueno, por el mensaje críptico que me enviaste y tu extraño comportamiento, supongo que quieres pedirme algo embarazoso… —Da un sorbo al vaso de agua—. Menos mal que ya somos amigos, porque me parece que de no conocerte tan bien, ya habría pasado de ti. Llevas un día horrible. Y eso que no ha hecho más que empezar.

—Ya te dije que olvidaras el mensaje.

La camarera regresa con nuestros cafés y los coloca ante nosotros. Andrew acerca la taza hacia él, agarra tres sobres de azúcar, los abre y los vierte en el café uno detrás de otro.

Arrugo la nariz, dando un sorbo al mío.

—No era mi idea enviártelo.

Él frunce el ceño.

—Collins, puedes confiar en mí. ¿Recuerdas lo que me dijiste? ¿Eso de que tú estás aquí para mis paranoias? Bueno, pues yo también. Eres mi bichito raro.

—Ya lo sé…

Cojo uno de los sobrecitos de azúcar vacíos y, para distraerme, empiezo a romperlo en mil pedazos. Andrew me lo arrebata de las manos, aparta el pequeño montón de papelitos y sonríe.

—Todos necesitamos a alguien con quien hablar sobre cosas incómodas. ¿Te acuerdas de aquella vez en primero de primaria que te quedaste a dormir en mi casa y cuando nos levantamos al día siguiente te habías hecho pis en la cama?

—Fuiste tú el que se hizo pis en la cama —protesto, riendo muy a mi pesar.

—Pero no puedes probarlo, ¿verdad? —Levanta las cejas—. En cualquier caso, no puede ser peor que aquello.

—Es peor —le digo con tristeza.

Da un sorbo a su café y entonces sus ojos se iluminan.

—Vale, ¿y qué me dices de aquella vez en primero de secundaria cuando te vino la… ejem… —se detiene, encallándose en la palabra—, la regla en el cole y te presté la sudadera durante el resto del día?

Recuerdo claramente aquel día horroroso. Al terminar la clase de mates, me levanté de la silla y advertí una pequeña mancha roja. Sentí como si todo el aire se hubiese evaporado del aula y no podía respirar ni moverme. Todavía no me había hecho amiga de las chicas y no tenía a nadie a quien acudir, excepto a Andrew. Me coloqué la mochila con torpeza sobre el trasero, lo arrastré hasta una esquina del aula y, con la cara roja como un tomate y a duras penas, se lo expliqué. Andrew me dejó su sudadera, que llevé anudada a la cintura durante el resto del día, y nunca más volvimos a hablar del asunto. Fue una de las primeras veces que noté cierta distancia entre nosotros, que empecé a comprender que yo era una chica y él, un chico, y que nuestras experiencias a partir de aquel momento iban a tomar direcciones diferentes.

—Me parece increíble que saques eso ahora —me quejo, sonrojándome.

—Solo digo que no creo que sea más embarazoso.

Da otro sorbo al café, deposita la taza sobre la mesa y se reclina, esperando a que tome la palabra. No lo hago.

—Vale, entonces te preguntaré yo —dice, acercándose y juntando las manos sobre la mesa—. ¿Es parecido al episodio de la regla de primero?

Niego con la cabeza.

—Vale, ¿qué cosas pueden ser embarazosas? Hummm... ¿Tiene que ver con... funciones corporales? ¿Cuartos de baño? ¿Inodoros?

Suelto una carcajada y niego de nuevo con la cabeza.

—Nada de inodoros —contesto.

—¡Gracias a Dios! —Andrew reflexiona durante un instante—. ¿Está relacionado con Hannah? ¿Por eso no se lo puedes pedir a ella?

Suspiro y vuelvo a negar con la cabeza.

—No se lo puedo pedir a ella porque es una chica. Es decir, supongo que podría, pero... hummm... soy hetero.

—Hummm... ¿Está relacionado con James Dean?

Asiento, y me toco la nariz para indicarle que ha acertado, como si jugáramos a las adivinanzas con mímica.

—¿Te ha hecho algo? ¿Tengo que matarlo?

Andrew se inclina hacia mí con el ceño fruncido.

—No, nada de eso —respondo, y veo que se relaja.

—¿Tiene que ver con el sexo? —Se acerca todavía más—. Ah, por eso no puedes dejar de reírte, porque tienes cinco años.

—¡Eh, no te pases! —exclamo, pero me golpeo de nuevo la nariz.

Está demasiado cerca de adivinarlo y no sé si quiero continuar con el juego. Si se lo pido, no hay vuelta atrás. No hay nada que me garantice que nuestra amistad no se estropeará para siempre. Es peor que el horrible episodio con la regla. Mucho peor.

—Solo quiero algunos consejos —digo finalmente—. Y tú pareces saber de qué va el tema. Me refiero a que te he visto salir con muchas chicas, así que seguro que puedes ayudarme.

La camarera nos interrumpe al traer nuestros platos y yo me sobresalto. Cuando deja las tortitas sobre la mesa, esbozo una sonrisa forzada.

—Cuidado que queman —advierte con voz alegre mientras se aleja—. ¡Buen provecho!

Empiezo a golpear la mesa con el tenedor, sin tocar el desayuno. Andrew da un gran mordisco a sus tortitas. Al parecer, nada puede incomodarlo tanto como para perder el apetito. Cojo aliento y las palabras salen a trompicones de mis labios:

—Quiero acostarme con James Dean la noche del baile, pero no sé cómo hacerlo. Está claro que él tiene bastante experiencia…, bueno, es universitario, ¿no? Y no sabe que soy virgen. Pero tampoco tengo muy claro si quiero que lo sepa porque igual eso lo asusta. Quiero gustarle, ¿sabes? Y estoy nerviosa porque no tengo ni la más remota idea de cómo… ejem… —No termino la frase—. Y tú podrías ayudarme. Fue idea de Hannah, así que si no quieres, no hay ningún problema. No te sientas presionado.

Andrew engulle sus tortitas.

—Hummm, vale, supongo que puedo darte algunos trucos. —Se pasa la mano por la frente, apretándose las cejas con el pulgar y el dedo índice, y después vuelve a mirarme, dando otro mordisco a sus tortitas—. ¿Por qué debería sentirme presionado?

—Oh… —digo, y me doy cuenta de que no he llegado al meollo del asunto, que no le he contado la parte más importante—. Oh, no quería decir eso.

Carraspeo y le doy un sorbo al café, pero está tibio y amargo. Me fuerzo a tragar y, a continuación, aparto la taza. Bajo la voz hasta que se convierte en un suspiro, mirando por encima del hombro la mesa de los fumetas de cuarto. No nos hacen ni caso.

—¿Collins? ¿Keely?

Suelto un suspiro.

—Estoy harta de ser virgen. Y confío en ti. Tú no lo contarías por ahí ni nada parecido. Así que pensé que quizá, tú y yo podríamos… ejem, quizá podríamos acostarnos. Rollo tú me enseñas. Podríamos practicar.

Andrew hace un sonido como si se atragantara y, sin querer, tira su taza de café con el codo. El líquido se esparce por la mesa y gotea sobre mi regazo. Atrapo un montón de servilletas de un salto.

—Lo siento.

Él también ha saltado y se ha quedado en pie al lado de la mesa antes de darse cuenta de que el café no va en su dirección. Toma asiento de nuevo, pero se vuelve a levantar para coger algunas servilletas y ayudarme.

—Lo siento. Olvida lo que he dicho, ¿vale? —añado.

Es tan humillante. No puedo creer que me haya convencido a mí misma y que haya reunido el coraje suficiente para preguntárselo. ¿Cómo se me ha podido pasar por la cabeza que era una buena idea? Empiezo a recoger mis cosas, dispuesta a marcharme.

—Eh, no. Siéntate otra vez —me pide en voz baja.

Noto que estoy a punto de ponerme a llorar y trato de reprimirme. Ya estoy haciendo el ridículo lo suficiente.

—Keely —dice, y me siento de nuevo, clavando los ojos en el montón de servilletas empapadas sobre la mesa. Andrew piensa en silencio durante un instante, tras el que habla en voz baja y con tono afectado—: Yo no… No hemos… —Se detiene—. Eres tan importante para mí, y esto no tiene nada que ver con cómo yo…

—Tú también eres muy importante para mí. Esa es la cuestión —lo interrumpo.

Andrew pone las servilletas sobre las tortitas y aparta el plato.

—No me gustas del mismo modo en que me gusta Dean, así que sin agobios —continúo.

—Y si te gusta Dean, ¿por qué no te acuestas con él?

—Todo el mundo dice que la primera vez duele —explico entre titubeos—. Preferiría quitármelo de encima. Para los tíos es diferente. Vuestra primera vez es, bueno, no os tenéis que preocupar de si os dolerá, de si vais a sangrar o de si después os llamarán «zorra». Ya has visto lo que le ha ocurrido a Danielle. Al menos, sabe cómo manejarlo. Yo me moriría si alguien escribiera esas cosas sobre mí.

Golpeo la mesa con el tenedor.

—¿Y piensas que Dean podría hacer eso?

—No —suspiro—. En realidad, no lo sé. Pero el hecho de ser virgen hace que todo sea mucho más complicado. Solo quiero acostarme con él, sin darle mayor importancia. No quiero que por ser mi primera vez se convierta en algo especial. Pero da igual. Siento haberlo estropeado todo. —Deposito el tenedor sobre la mesa, saco el monedero de la mochila y dejo un billete de veinte dólares sobre la mesa—. Yo invito. Nos vemos en el insti.

—Espera —dice, alargando un brazo para detenerme. Su expresión es ininteligible. Unas arrugas se le han formado en las comisuras de los ojos, bajo las gafas, y tiene los labios apretados, formando una línea delgada y firme—. Oh, mierda —exclama, suspirando y pasándose la mano por el pelo—. Vale, está bien, lo haré.

Abro los ojos de par en par y me quedo sin aliento. No sé si sentirme aliviada, entusiasmada u horrorizada.

—¿De verdad? ¡Vale! —exclamo, tomando asiento de nuevo.

—Vale —repite, esbozando una estúpida sonrisa—. Hummm, ¿cuándo quieres hacerlo?

—Oh, veamos… —Reflexiono un instante—. Bueno, creo que será mejor en tu casa. Hemos dormido más veces en tu cama, así que no nos sentiremos tan raros.

—Me parece que nuestros padres salen juntos este viernes. Van a ir a ver una orquesta sinfónica o algo igual de aburrido —anuncia.

—Podría servir —respondo—. El concierto dura como tres horas, ¿no? ¿Será suficiente tiempo?

Andrew se ríe entre dientes.

—Sí, será suficiente. —Una mueca diabólica se forma en su rostro—. ¿Quieres que lo hagamos en la cama de mis padres y que nos olvidemos el envoltorio del preservativo en la mesita?

Lo golpeo en el brazo, aliviada por una broma de este tipo en un momento como este. Al fin y al cabo, quizá no lo haya estropeado del todo.

DIECIOCHO

Durante el viaje en la camioneta de Andrew desde Jan's hasta el insti, se palpa la tensión en el ambiente. Ambos tratamos de comportarnos como siempre, pero cuando nos decimos algo, hay una electricidad extraña, como el zumbido de un secreto enterrado. Si antes el simple hecho de rozarlo ya me provocaba reacciones raras, ahora todavía es peor. Nuestras manos chocan cuando tratamos de sintonizar la radio al mismo tiempo e inmediatamente soltamos una carcajada incómoda, y yo retiro la mía como si me acabara de quemar.

—¿Vas a comportarte siempre de esta manera? —me pregunta—. Porque de ser así, me desdigo.

—No, no para siempre —respondo—. Déjame que alucine un rato más, hasta que lleguemos al insti, y después volveré a ser normal. Lo prometo. Solo estoy… Todavía estoy procesándolo.

Andrew esboza una sonrisa.

—Tienes mucho tiempo para procesarlo. Debería ser yo el que alucinara.

—Sí, pero soy yo la que tiene sentimientos —confieso, con la voz más aguda de lo habitual.

Andrew alarga el brazo y me coge la mano. Yo trato de apartarla, pero él me la sujeta y entrelaza sus dedos con los míos.

—¿Ves? —dice, levantando nuestras manos unidas—. Nos tocamos y el mundo sigue girando.

—Vale, vale —respondo, un poco más calmada.

Es cierto: su tacto es familiar, cómodo, natural. Hemos ido de la mano durante años. En su palma, hay una cicatriz de cuando se cayó del monopatín en quinto de primaria, y en el pulgar derecho tiene callos de tocar la guitarra.

Andrew baja nuestras manos, las posa sobre mi rodilla y las hace saltar al ritmo de la canción que suena en la radio, una de mis favoritas de un álbum antiguo de Arctic Monkeys. Sonrío y me relajo.

Al llegar al insti, nos separamos y cada uno se dirige a sus clases. En la hora de Mitología griega, le mando un mensaje. Me siento atrevida y algo bobalicona.

Plan en marcha. T-menos 3 días para su ejecución. Cambio y corto

Andrew responde al momento y yo miro el mensaje tratando de que la señora Galloway no me descubra con el móvil en las manos. Pese a que el aula está en el tercer piso, tiene fama de tirar los teléfonos de los alumnos por la ventana.

He oído que en las Islas Vírgenes hace buen tiempo en esta época del año

Esbozo una sonrisa y tecleo por debajo del pupitre. Pronto estamos intercambiándonos mensajes tan frenéticamente que se me olvida que estoy en clase.

YO

Sí, muy buen tiempo. Y hay muchas cosas divertidas por hacer

ANDREW

Sí, como por ejemplo espeleología

Espeleología?

Exploración de cuevas

Suelto un resoplido y miro rápidamente con aire culpable a la señora Galloway, manteniendo el teléfono fuera de su campo de visión. Ava me observa con curiosidad.

—¿James Dean? —gesticula con la boca, señalando la pantalla.

—Señoritas, si no guardan sus móviles, se los confiscaré. —La señora Galloway deja de escribir en la pizarra y se gira de brazos cruzados—. Acaban de conectar los aspersores y estoy segura de que no desean que terminen allí.

Meto el móvil en la mochila y la miro con aire inocente.

Resulta muy divertido compartir un secreto con Andrew. Es como cuando éramos niños y organizábamos misiones clandestinas en contra de nuestros padres. Misión: robar un trozo de pastel de la nevera sin que nos pillen. Misión: colarse debajo del escritorio de mamá mientras ella habla por teléfono y robarle uno de sus zapatos. Misión: desvirgar a Keely.

Todavía no he informado a Hannah sobre nuestro Plan —que en mi cabeza ha tomado tales dimensiones que, presa del pánico, he empezado a pensar en él en letra mayúscula—, y no estoy segura de si voy a hacerlo. Por un lado, creo que es algo entre Andrew y yo. Es nuestro secreto. Y pese a que fue idea de Hannah en primer lugar, me siento un poco incómoda confesándole que al final voy a llevarlo a cabo, que me da demasiado miedo contarle la verdad a Dean.

Me he pasado un poco documentándome. Quiero cerciorarme de que somos más que cautelosos; he visto demasiados estúpidos *realities* sobre adolescentes embarazadas, así que prefiero prevenir. También tengo curiosidad por los trucos. Sé que en internet hay mucha información, pero no consigo encontrar ninguna de esas páginas web, y me aterroriza la idea de acabar con porno en el móvil y de que mis padres lo vean reflejado en la factura. ¿Sale en ella un listado de las webs que has visitado? Por un momento, pienso en buscar eso también en Google, pero ¿y si también aparece en la factura?

Así que me decanto por algo más seguro: los libros. Están llenos de información muy útil, y no deben de ser tan gráficos cuando alguien decidió imprimirlos y ponerlos en una librería al alcance de abuelas y menores. Elijo tres y pago en efectivo por si acaso: un manual llamado *Explicación de los cuerpos sexuales*, una guía ilustrada cuyo título es *El arte del amor* —en la que se muestra a una pareja en cientos de posiciones diferentes, a cual más extraña—, y *Alas de pasión*, una novela romántica de tapa blanda que compro en el último segundo, esperando a que me proporcione una perspectiva emocional.

Ya de noche, debajo de las sábanas, empiezo a leer *El arte del amor*, tratando de retener el máximo de información posible. Hay capítulos sobre los besos que estoy anhelando poner en práctica con Dean, y el calor me invade al observar los dibujos de la pareja dibujada e imaginarnos a nosotros dos.

Para cuando haya completado el Plan, seré una auténtica *sexperta*, y James Dean se quedará de piedra. Estoy haciendo lo correcto. Sé que lo estoy haciendo.

DIECINUEVE

El viernes por la noche llega demasiado rápido, y casi no he tenido tiempo de investigar. Ni siquiera he empezado a leer *Alas de pasión*, y de repente, me encuentro en la cocina de Andrew, a punto de llevar a cabo el Plan. Creo que voy a vomitar.

Sobre la encimera, ante nosotros, hay un plato de humus con tostadas, pero soy incapaz de tocarlo.

—¿Estáis seguros de que no queréis venir? —pregunta la madre de Andrew mientras se abrocha el pendiente. Están a punto de salir hacia el concierto, en Burlington, más o menos a una hora de camino, así que estarán fuera gran parte de la noche—. Podríamos conseguir más entradas. Rob es amigo del primer violinista.

—No, idos vosotros.

Andrew se lleva una tostada a la boca.

En la vida me ha apetecido menos comer.

He traído los libros sobre educación sexual y un puñado de preservativos que he cogido de la enfermería del insti cuando nadie miraba. He tenido que fingir dolor de estómago para acercarme al mostrador. Noto el peso de los libros en la mochila que llevo cargada a los hombros.

—Nos quedaremos aquí —digo, con voz chillona. Andrew me mira de reojo. Sé que estoy comportándome de forma sospechosa y necesitamos que nuestros padres se vayan. Carraspeo y me llevo una tostada a la boca para evitar seguir hablando. Me sabe seca y salada—. Seguramente nos pondremos una peli —continúo, atragantándome con la tostada—. Ya sabéis, lo normal. Tío, esta tostada está reseca.

Andrew me golpea y entorna los ojos.

—De acuerdo. Regresaremos tarde —anuncia mi madre.

Se acerca a mí y me planta un sonoro beso en la frente. A continuación, se dirige hacia Andrew y hace lo mismo.

—Pero no invitéis a nadie... No regresaremos tan tarde —advierte la madre de Andrew mientras se pone el abrigo.

—Divertíos y portaos bien —dice mi padre, despidiéndose con la mano.

Y finalmente todos cruzan el umbral de la puerta.

Y nos quedamos solos.

Durante unos pocos minutos, Andrew y yo nos quedamos inmóviles, sin pronunciar palabra alguna, ante el humus y las tostadas. Puedo oír el tictac del reloj del salón y el zumbido sordo de la nevera. Cojo otra tostada, por tener las manos ocupadas, y le doy un mordisco. El crujido atraviesa la cocina con ímpetu y prácticamente rebota en las paredes.

Y entonces, aunque trato de contenerla, me da la risa floja.

—¿En serio, Keely? Pensé que lo tenías superado.

Sin embargo, Andrew también empieza a reírse y antes de que pueda evitarlo, doy un resoplido y un montón de migas de pan salen despedidas hacia la encimera.

—¡Qué asco!

Ahora se ríe todavía más.

Abro la boca y saco la lengua, mostrándole lo que queda de tostada masticada.

—Pareces un pajarito —me dice Andrew.

—Oh, ¿quieres que te dé un poco?

Inclino la cabeza, con la tostada pastosa a punto de caer sobre él.

—¡No! —Andrew se aparta de un salto, levantando los brazos

y poniéndolos en cruz para alejarme como si fuera una vampira.

—De acuerdo —respondo, engullendo la tostada.

Él me sonríe.

—Tus artes de seducción me dejan pasmado. No sé si voy a poder resistirme a tus encantos.

Mi sonrisa desaparece al recordar por qué estamos aquí. Nos miramos el uno al otro durante un instante sin saber qué hacer. Me aclaro la garganta.

—¿Empe… empezamos?

—Oh —suelta, poniéndose nervioso de repente.

Se pasa la mano por el pelo y el gesto consigue calmarme un poco. Comprobar que él también está nervioso, aunque haya hecho esto un millón de veces, hace que me sienta mejor.

—Sí, vamos. Lo tengo todo preparado.

—¿Qué tienes preparado? —le pregunto, sorprendida.

Lo sigo escaleras arriba y cuando llegamos a su habitación, me siento aliviada por lo familiar que me resulta. Allí está su vieja alfombra azul marino con las puntas deshilachadas. Allí está el cojín que le confeccioné en clase de Economía doméstica en sexto, deforme y de color rosa fosforito porque sabía que le daría vergüenza. La habitación huele como siempre, a césped recién cortado, a pino y a algo más terrenal que me tranquiliza: el olor almizclado de *chico*. Es solo Andrew.

La única cosa distinta ahora es la cama. Las sábanas normalmente arrugadas están ahora lisas —quizás incluso limpias—, y las mantas que siempre están hechas un revoltijo en el suelo se han doblado con esmero y se han colocado en su sitio. Y sobre la cama hay esparcido un puñado de flores.

—No es gran cosa. Las he sacado de uno de los jarrones del piso de abajo —dice, rascándose la nariz.

—Es muy bonito —respondo, sintiéndome halagada.

Andrew junta las manos, se da la vuelta y se encamina hacia la mesita de noche. Abre el cajón superior, saca dos botellines de Breezer de sandía y me pasa uno.

—Lo primero es lo primero. Lo siento, pero no están frías. He tenido que esconderlas aquí arriba. Mi madre ha estado fisgoneando bastante desde la fiesta.

—Gracias. —Abro la botella—. Creía que odiabas mis estúpidas bebidas de sandía.

—No son tan malas. Solo lo digo para fastidiarte.

Andrew se sienta en el borde de la cama y yo hago lo mismo, junto a él. Brindamos y me noto algo mareada. Aunque he estado aquí muchas veces, no tengo la sensación de estar sentada en la cama de Andrew. Más bien tengo la sensación de estar sentada en la cama de un *chico*, y estoy muerta de miedo. Doy un largo sorbo y, al beber con rapidez, me atraganto un poco. Andrew me da unas palmadas en la espalda.

—Así que… ejem, ¿cómo se supone que vamos a hacer esto? —Doy otro trago—. ¿Tenemos que quitarnos la ropa? Supongo que al menos los pantalones, sí, ¿no? Aunque igual podemos dejarnos las camisetas puestas. —Estoy inquieta, alterada, como si me hubiera tomado veinte tazas de café—. He traído algunos… preservativos que he cogido de la enfermería del insti, pero no sé si son de tu talla. ¿Va por tallas o es rollo talla única? ¿Prefieres utilizar uno tuyo?

Sé que estoy divagando, pero no puedo parar.

—Podemos utilizar los que has traído tú, ejem…, es decir, uno de los que has traído tú… —Carraspea—. Todo saldrá genial.

—De acuerdo, pues entonces deberíamos ponerlo ya —digo, respirando profundamente con incomodidad—. Bueno, deberías hacerlo tú, porque yo no sé.

Me acabo la bebida de un trago y dejo el botellín en el suelo. Él deja el suyo junto al mío.

—Oye, no tenemos por qué ir tan rápido. ¿Seguro que quieres hacerlo?

—Seguro —respondo, sonriendo ligeramente y atrapando mi mochila—. ¡Ah! Se me olvidaba. He traído unos libros. De consulta.

Abro la cremallera de la mochila, saco *El arte del amor* y *Alas de pasión* y los dejo sobre el colchón. Andrew toma el segundo y sonríe al ver la cubierta. Tras hojearlo, empieza a leer en voz alta una de las páginas.

—«Maryanne ya había hecho el amor en el cielo, durante un vuelo, aunque nunca con un piloto como el capitán Reynolds. Su sexo era rápido e intenso, con una pasión que ella jamás había experimentado. La rigidez y latidos de su ver...»

—¡Eh! —Me revuelvo para arrebatarle el libro y siento que me ruborizo hasta la punta de las orejas—. Pensé que leerlo me ayudaría. Este es mejor. —Abro *El arte del amor* y hojeo los dibujos de su interior—. Hay un montón de posiciones y trucos, como si fuera un manual.

Busco el índice y lo recorro con el dedo hasta encontrar el capítulo que quiero. A continuación, se lo enseño a Andrew.

—Creo que deberíamos probar esta —sugiero, señalando el primer dibujo—. Me parece la más fácil. Veremos si nos lleva hasta los números dos y cuatro, aunque no lo tengo muy claro. Me parecen... espeluznantes.

Andrew me quita el libro de las manos, lo cierra y lo deja sobre la mesita de noche.

—No necesitamos ningún libro, ¿vale?

—Oh. Entonces supongo que es intuitivo, ¿no? Es decir, como los animales, que aprenden a hacerlo... —Me detengo y pienso durante un segundo—. ¿Crees que los animales miran a otros animales para saber qué tienen que hacer o simplemente lo saben sin más?

—Creo que lo saben sin más —responde—. Y nosotros, también.

Andrew me toma la mano.

—Vale. Entonces..., ¿qué haces tú normalmente con las chicas? Enséñame el primer paso.

—Ven aquí.

Utiliza nuestras manos entrelazadas para acercarme a él, tan cerca que ahora siento el calor que irradia su cuerpo. Sus dedos, ásperos y familiares, se enroscan entre los míos.

—Podemos probar a actuar con naturalidad. Ni primeros pasos, ni planes, ni libros —dice en un susurro.

Asiento con un gesto, incapaz de hablar o de respirar.

—Solo una cosa: si quieres que pare, dímelo, y lo haré.

Alza su otra mano hacia mi rostro y me acaricia con suavidad la mejilla. Después, me coloca un mechón de pelo detrás de la oreja. Yo me inclino hacia la palma de su mano, tratando de acostumbrarme a esta nueva manera de sentirlo. Andrew se aproxima más y yo cierro los ojos, abriendo ligeramente los labios. Mi corazón palpita con tal fuerza que estoy segura de que puede oírlo.

Y entonces, sus labios rozan los míos, suave y tímidamente, y yo tomo aliento, sorprendida. Primero me aparto, pero luego vuelvo a aproximarme, y la mano con la que me acaricia la mejilla se desplaza de nuevo hacia el pelo, hasta la nuca, acercándome todavía más. Me sabe familiar de un modo que no esperaba, y separo los labios porque quiero más. Noto cómo su lengua se escurre contra la mía y el beso se hace más intenso. No lo esperaba, pero me siento cómoda, y los nervios se esfuman a medida que me derrito en nuestro remolino, mareada y aturdida. Andrew deshace el agarre de nuestros dedos y empieza a acariciarme el brazo, dibujando suaves formas sobre mi piel con la yema de los dedos. Llevo mi mano sobre su torso y, por un instante, me doy cuenta de que jamás lo he tocado en esa zona. Es territorio nuevo e inexplorado. Está fuerte, fibrado, y la sensación contrasta con la lana suave de su jersey.

Andrew se inclina y me dejo caer suavemente sobre el cubrecama, sobre las flores. Se acomoda sobre mí, hundiéndome en el colchón, y yo me coloco de tal modo que acabamos perfectamente alineados, con nuestros cuerpos tocándose en todas partes. Andrew jadea, aparta sus labios de los míos durante un momento y empieza a besarme suavemente la mejilla y el cuello. Río tontamente cuando me lame un punto sensible debajo de la oreja y entonces él se aparta. Abro los ojos por primera vez, observándolo, mareándome al enfocar esos ojos verdes dulces y ahora algo vidriosos.

—¿Cosquillas? —susurra, y yo asiento con un gesto, a lo que él sonríe—. No sabía que tenías cosquillas en esa zona.

—Yo tampoco —respondo también con un susurro.

Él se acerca y captura mis labios con los suyos de nuevo.

Tímidamente, meto las manos debajo de su jersey y acaricio la piel suave de su estómago. Hay una línea de pelo que nace en su ombligo y desaparece debajo del cinturón, algo que he advertido de pasada durante los últimos años pero que he intentado no mirar. Ahora me tomo mi tiempo, reconociéndola con el tacto, sintiendo sus fuertes abdominales. Andrew se aparta un instante para quitarse el jersey y la camiseta, que tira al suelo. Examino sus recios brazos y llevo la mano hacia el triángulo de pecas que tiene en el hombro.

Él aprovecha para incorporarse un poco y observarme. Me muerdo el labio, consciente de que está inspeccionándome, evaluándome como una *chica*, una chica de verdad, una con la que desea estar. A continuación, lleva su mano hacia la parte inferior de mi camiseta y agarra la tela con timidez.

—¿Puedo?

La levanta un poco, revelando una franja de la piel de mi estómago.

—Oh, sí, vale —respondo, nerviosa. Me quito la camiseta, la tiro al suelo, a la pila que forma su ropa, y vuelvo a tumbarme. En esta ocasión no llevo uno de los sujetadores de Danielle, sino uno mío, que me queda mucho mejor aunque por supuesto es menos escotado—. ¿Y ahora qué? —digo con una voz áspera como si me acabara de levantar de la siesta—. Nunca me he… Nadie ha visto… —farfullo—. Nunca me he quitado el sujetador delante de Dean.

—¿Quieres que lo haga yo? —pregunta en voz baja y algo nervioso. Lleva la mano hacia el tirante, pasa los dedos por debajo y lo baja, dejando que resbale por mi hombro—. Dime que pare.

—No quiero que pares —susurro.

Andrew pasa la mano por debajo de mi cuerpo en busca del cierre. Lo manipula durante un momento, incapaz de abrirlo, y entonces lo hago yo por él, quitándome el sujetador antes de tener tiempo de arrepentirme. Él sonríe y se inclina para besarme de nuevo, cubriendo mi cuerpo con el suyo. La sensación de su piel contra la mía resulta electrizante.

—Keely —susurra, atrayéndome hacia él todavía más.

Me acaricia el pecho suave y delicadamente, y yo siento que no me importa, que, en realidad, hasta me gusta. Con dedos tímidos, busco la hebilla de su cinturón y saco lentamente la correa de cuero. Andrew deja de acariciarme y me presta ayuda, bajándose la cremallera de los pantalones. Trata de quitárselos, pero se le quedan trabados a la altura de los tobillos, así que se sienta.

Una vez que se ha desprendido de ellos, los tira al suelo y vuelve a colocarse sobre mí, ahora solo en calzoncillos. Son de color verde oscuro, con unos pequeños tréboles de cuatro hojas, y advierto con un escalofrío de… —¿de qué, miedo, ansiedad, ardor?—, que se ha formado una tienda de campaña en la parte delantera.

Andrew busca el botón de mis pantalones, y suelto un jadeo de sorpresa al notar la presión de sus dedos sobre la tela.

—¿Sigues bien? —susurra, dejando los dedos inmóviles sobre el botón.

Asiento con la cabeza y lo beso suavemente en la comisura de los labios. Poso mi mano sobre la suya y le ayudo a desabrocharlos, respirando con impaciencia cuando él baja la cremallera. Me siento extraña, como si estuviera en un sueño, como si fuéramos dos personas distintas. Andrew tira de los pantalones y me los baja. Cuando ve mi ropa interior, sonríe.

—¿Osos polares?

Me pongo colorada y me muerdo el labio para contener la

risa. Andrew lanza los pantalones al suelo y vuelve a besarme, colocándose encima de mí. Soy sumamente consciente de que lo único que nos separa son dos finas capas de algodón y se me nubla la mente. Puedo notar la dureza de su miembro, que presiona contra mí, y yo también presiono, haciendo que suelte un jadeo. Se aparta un poco y vuelve a mirarme, acariciándome el rostro con la mano.

—Keely —repite en un susurro que apenas puedo oír—, me vuelves loco.

Desliza la mano hacia mi cuello, acariciándolo con la yema de los dedos, y después hasta la piel delicada de mi clavícula. Me estremezco, y mis ojos se cierran por voluntad propia. Estamos en el punto de no retorno, al borde del acantilado, a punto de saltar. Y una vez que saltemos, ya no habrá vuelta atrás. Sé que lo que acabamos de hacer ya lo ha cambiado todo, pero quizá todavía podríamos rehacer los vínculos. Pero si seguimos adelante, no. No después de esto.

—¿Tienes el preservativo? —farfullo con la voz entrecortada.

—¿No estaba en tu mochila?

Me aparto y gateo hasta ella, al otro lado de la cama. Me tiemblan tanto las manos que no puedo abrirla. Al final consigo encontrar el pequeño envoltorio cuadrado y se lo tiendo. Me siento un poco mareada, y la habitación se enfoca y se desenfoca mientras trato de orientarme.

—Vale, entonces… —susurro. No sé por qué lo hago, teniendo en cuenta que no hay nadie más en la casa, pero parece que si hablamos con nuestras voces habituales, interrumpiremos algo—. Supongo que lo tienes que abrir tú… O igual no. Igual será mejor que yo trate de ponértelo. Momento educativo, ¿no? ¿Crees que a Dean le gustaría? Eso parecería…

—No creo que eso importe ahora.

Su voz denota tensión.

—Puede que lo dejara impresionado si supiera cómo…

Andrew me besa de nuevo, vuelve a ponerse sobre mí y yo le

devuelvo el beso, olvidándome del preservativo durante un instante al notar sus labios y su lengua.

—Keely —dice, y siento el suspiro de mi nombre contra los labios—, limitémonos a... —Deja la frase a medias y me besa ligeramente por la línea de la mandíbula. Se aparta y me mira, nuestros rostros separados por unos pocos milímetros—. Yo me lo pondré.

Asiento con un gesto, incapaz de pronunciar palabra alguna.

—Estás segura, ¿verdad? —murmura con voz áspera—. Necesito que me digas que estás segura.

Asiento de nuevo, sorprendida por las ganas que tengo de que continúe. No esperaba sentirme así. Ahora que hemos llegado a este punto, es difícil detenernos. Quiero hacerlo; de otro modo, me sentiré incompleta.

Es tan diferente de cuando estaba con Dean. Recuerdo cómo me invadía la ansiedad, cómo mi cerebro, incapaz de calmarse, bullía con un millón de pensamientos. Ahora está tranquilo, sereno y confiado. Probablemente se debe a que con Andrew me siento cómoda: no es alguien a quien trate de impresionar.

—Creo que con Dean me sentí... —empiezo a decir.

Andrew frunce el ceño y se aparta.

—¿Qué ocurre ahora con Dean? —suelta.

Se frota la cara y se sienta en la cama, un poco alejado de mí.

—Solo iba a decir... —noto que me flaquea la voz—, que no estoy tan nerviosa como estaba con él. Es decir, que es obvio que todavía estoy nerviosa, pero lo de Dean era como... como de otro nivel. Contigo es diferente.

Me río con incomodidad, esperando que él se una a mí, pero no lo hace.

—¿Te importaría...? Solo te pido... —Se gira hacia mí—. Es una mierda que hables de otro tío ahora.

—Sí, ya, pero hacemos esto por otro tío. Soy incapaz de no pensar en él —respondo con voz vacilante—. Es decir, todo el rato ha sido por Dean, ¿no?

—Vale. Sí. Pero no dejas de hablar de él y me resulta difícil... No puedo encenderme y apagarme como si fuera una bombilla. Es mucho más complicado. Me estás liando...

Se pasa la mano por el pelo con frustración.

—Oh —exclamo confusa.

No lo había considerado desde ese punto de vista, no había pensado que para él no podía ser sino fácil. ¿Por qué Andrew lo está pasando mal? ¿Es porque soy yo? Ante la idea, noto que el horror me sacude. Me incorporo también, sentándome junto a él en el borde de la cama.

—Bueno, si te facilita las cosas, puedes pensar que soy Cecilia o Abby, o algo parecido —comento en voz baja.

—No quiero... —empieza a decir, pero yo lo interrumpo.

—Yo tampoco quiero hacer esto, Drew. Pensé que tenía sentido, y tú estuviste de acuerdo, ¿no? —Las lágrimas empiezan a agolparse en mis ojos y entonces advierto que estoy desnuda de cintura para arriba y me cubro con la manta—. Sé que no estoy tan buena como las chicas a las que normalmente te...

—Estás malinterpretando todo lo que digo.

—Y entonces, ¿qué es lo que tratas de decirme? —pregunto, suspirando con irritación.

Él se queda en silencio durante un rato, solo observándome con expresión ininteligible. Vuelve a atusarse el pelo, se pasa la mano por la cara como si estuviera cansado y toma aliento.

—Yo... —empieza a decir, pero vuelve a callarse.

—¿Qué, Drew? Si no quieres hacer esto, solo tienes que decirlo.

Andrew suspira y, a continuación, afirma:

—No creo que sea buena idea.

Algo en mi interior se desmorona.

—Vale. Lamento habértelo pedido.

Me siento como si me acabaran de echar un jarro de agua fría por encima; todas las sensaciones agradables y cálidas se han esfumado y han sido reemplazadas por un frío glacial. No entiendo cómo he podido dejarme llevar. En primer lugar, no debería haberle pedido ayuda; eso resulta evidente ahora. Pero, además, ¿cómo pude consentir que me gustara? Se suponía que no iba a ser divertido. Una transacción, solo para practicar. El error más grande ha sido permitirme sentir calidez y comodidad.

—Keely, no es eso. Yo sí quiero —interviene con tono afligido—. Pero, bueno, estás haciendo que resulte bastante... —Tamborilea sobre su pierna izquierda y yo aparto la vista—. Pensé que podría soportar que me utilizaras, pero no puedo...

Palidezco al oír sus palabras.

—Yo no estoy..., no estoy utilizándote —farfullo.

En algún lugar de la cama se oye mi teléfono. No quiero responder. No sé si podría hablar con alguien ahora mismo. Andrew rebusca entre las mantas y a continuación suspira, tendiéndome el aparato.

—Hablando de James Dean —dice con voz tensa, leyendo las palabras que aparecen en la pantalla.

Aunque le arrebato el móvil, no puedo contestar. ¿Cómo se supone que voy a hablar con Dean ahora, desde la cama de Andrew? Mi camiseta está en algún lugar del suelo, mezclada con su ropa, y súbitamente me percato de lo retorcido que es todo. Si Dean llegara a enterarse, ¿se cabrearía? O peor, ¿le daría igual? Me imagino la situación contraria —Dean con una chica medio desnuda en su cama— y experimento un desagradable vuelco en el estómago. Aunque precisamente esa es la cuestión, ¿no? Dean ha tenido muchas chicas desnudas en su cama y por eso estoy aquí.

—Contesta si quieres —dice Andrew, agachándose para recoger su camiseta. Mientras se la pone, el teléfono sigue sonando.

Niego con la cabeza.

—No pasa nada. Te dejo sola.

Y se dirige hacia la puerta.

—Espera, es tu habitación —le digo.

Él se encoge de hombros, me da la espalda y cruza el umbral arrastrando los pies, cerrando silenciosamente la puerta al salir.

Dejo el móvil sobre la cama y observo cómo vibra, confiando en que la melodía dejará de sonar pronto. Me envuelvo todavía más con el edredón.

Después de unos minutos, hago el esfuerzo de vestirme. Lo único que deseo en este momento es estar en mi cama, acurrucarme y dormir, estar en mi propia habitación, sola. Pero no puedo dejar las cosas así. Tengo que bajar y hablar con Andrew, aunque no sé muy bien qué decirle. Solo quiero que seamos amigos otra vez, que dejemos atrás esta experiencia humillante y terrible. Me armo de valor, abandono el cuarto y bajo silenciosamente las familiares escaleras hacia la cocina. Pero Andrew no está allí. Tras asomarme al salón y a la sala de estar, comprendo que se ha marchado. Y entonces veo que su camioneta ha desaparecido. Así que me pongo los zapatos y el abrigo, y empiezo a recorrer el oscuro paseo hasta casa.

VEINTE

Nada más llegar, le escribo un mensaje.

Lo siento. Amigos?

Andrew se toma su tiempo para responder, y cuando lo hace, es solo con una palabra.

Amigos

Me viene a la mente el día después de que Danielle y Chase se enrollaran, cuando Danielle le dijo que podían seguir siendo amigos. No quiero «seguir siendo amigos» con Andrew después de esto. No del modo falso en que lo son Danielle y Chase.

Me pica la curiosidad saber dónde se ha metido, pero no quiero preguntárselo. De repente, se me pasa por la cabeza la idea de que quizá esté con una chica. Quizá haya acudido a ella para acabar lo que habíamos empezado. El estómago se me revuelve de solo pensarlo, aunque sé que no tengo ningún derecho a estar enfadada.

Envío también un mensaje a mis padres para informarles de que no me encontraba bien y que he decidido regresar a casa. Más tarde, en mitad de la noche, oigo la llave en la cerradura, los susurros silenciosos con los que tratan de no despertarme.

Mi madre entreabre la puerta de mi habitación y yo finjo estar dormida.

Me paso todo el sábado en el sofá, regodeándome en mi miseria. Mis padres creen que estoy enferma, así que se dedican a revolotear a mi alrededor, trayéndome tazas de té y platos de tostadas para subirme los ánimos. Y la verdad es que me siento enferma, aunque no del modo en que ellos piensan.

Como he estado postergando mi proyecto final de Historia, decido concentrarme en eso: desparramo los libros sobre la mesita de café y hojeo las páginas, aunque no logro sacar nada en claro. Es difícil concentrarse cuando ya me han admitido en la universidad y mi vida social es bastante más frenética e inmediata.

Trato de leer un capítulo sobre la Media Luna Fértil, algo que suena extrañamente sexual y relevante. De pronto, mi mente viaja a los acontecimientos de la noche pasada y me mareo con los recuerdos que llegan a fogonazos.

Me doy cuenta de que el proyecto no va a ser de gran ayuda y lo sustituyo por *Buscadores de casas*. Encuentro cierto alivio en el sinsentido de esas parejas felices cuyos problemas más importantes son si pueden permitirse unas encimeras de granito o un dormitorio extra para el gato.

Llevo viéndolo casi cuatro horas cuando finalmente reúno el suficiente coraje para llamar a Andrew. No contesta.

Dejo el móvil sobre la mesita y me concentro de nuevo en la tele, aunque no le quito ojo por si vibra. Y de pronto lo hace: una pequeña y rápida sacudida que indica un mensaje. Ansiosa, me abalanzo sobre él e, incomprensiblemente, me siento decepcionada al ver que es Dean.

DEAN
Te haces la difícil?

YO
Cómo?

DEAN
No me devolviste la llamada

Me quedo sin aliento. Tiene razón. Se me olvidó por completo que anoche llamó, cuando todavía estaba en casa de Andrew. No puedo creer que no me acordara de responder. Por norma general, descompongo y analizo nuestros mensajes, pero ahora mismo me da igual. Es como si hubiese cien mil cosas más importantes.

Aunque quizá esto sea bueno. Danielle dijo que tenía que mostrarme dura y no ceder. Mi primer instinto es pedir disculpas, pero, en lugar de eso, pienso en lo que diría ella si estuviera en mi lugar.

Estaba ocupada

Sostengo el teléfono y cierro los ojos, incapaz de mirar la pantalla. Dean tarda dos anuncios en responder.

Quieres una pizza?

Ha funcionado… Claro que ha funcionado. Danielle es una maestra. Compruebo el reloj y veo que son las cinco y media de la tarde. No puedo creer que haya malgastado todo el día en el sofá. Noto la ropa pegajosa y mi pelo, apelmazado. Pero me ruge el estómago. Tengo que salir de casa. Tengo que hacer algo, lo que sea, que me saque de este estado lamentable. Y salir con James Dean me parece lo único que podría distraerme de verdad.

YO
Siempre quiero pizza

DEAN
Puedo pasar a recogerte

Le envío un mensaje con la dirección y corro escaleras arriba para ducharme y cambiarme de ropa. Mi madre llama a la puerta justo cuando me estoy subiendo la cremallera de los pantalones.

—¿Te encuentras mejor?

Su mirada es amable, llena de preocupación.

—Sí.

Rebusco en el armario y encuentro el jersey de mi cumpleaños, pero entonces recuerdo que tiene unas manchas azules y lo hago desaparecer para que mi madre, que me ha seguido hasta la habitación, no lo vea.

—¿Vas a algún sitio? No creo que sea buena idea —manifiesta, levantando el brazo como si fuera a detenerme.

—Salgo a tomar una pizza —digo—. No he comido nada en todo el día.

—Podría cocinarte algo. Acabamos de pasar por el mercado y tenemos verduras frescas.

—Te lo agradezco, mamá, pero me apetece salir.

Mi madre me observa, ladeando la cabeza y frunciendo la nariz. Es su gesto para decirme que está preocupada, un gesto creado especialmente para mí, que no he visto que utilice con nadie más.

—No vuelvas tarde. Te vendría bien recuperar algo de sueño —dice, claudicando.

Un año atrás, mi madre habría insistido en que me quedara. Pero sé que está pensando en el próximo año, en que faltan solo tres meses para que me vaya a California y en que entonces estaremos separadas. Tres meses para que ella y papá no estén a mi lado, cuidándome cuando caiga enferma. Sé que trata de prepararme para ese momento, que trata de prepararse a sí misma.

Me coge del brazo y lo aprieta.

—No vuelvas tarde.

En el piso inferior se oye el timbre y me sobresalto.

—¿Con quién vas a comer una pizza? —pregunta, dispuesta a abandonar la habitación y encaminarse hacia la puerta principal.

—¡Espera! —exclamo en un tono más asustado del deseado—. No es nadie. Ya voy yo.

La adelanto y bajo las escaleras corriendo. No puedo creerlo: cuando le he dado la dirección, no he caído en que mis padres estarían en casa.

Pero al abrir la puerta principal, no me encuentro con James Dean.

Sino con Andrew.

Su pelo está mojado porque acaba de darse una ducha y lleva puesta su camiseta favorita, una en la que pone EL GUITARRISTA MÁS ACEPTABLE DEL MUNDO. Me quedo de piedra al verlo y, de súbito, regresan a mi mente las imágenes de lo que ocurrió la noche anterior: su torso desnudo, su mirada al quitarme la camiseta, el sujetador, los pantalones... Todavía puedo sentirlo sobre mí, todavía puedo sentir sus labios en los míos.

De repente, me doy cuenta de que me he quedado en blanco.

—Hola —saludo con un chillido.

—¿Puedo pasar?

Mi madre aparece a mi espalda.

—¡Andrew! Claro que puedes pasar. Ya sabes que no tienes ni que preguntarlo.

Lo apremia a entrar y todos nos dirigimos hacia la sala de estar. Andrew y yo nos sentamos uno a cada extremo del sofá, tan alejados como nos es posible. Mi madre se queda en la puerta, observándonos.

—Mamá, ¿nos puedes dejar solos? —pregunto.

—Por supuesto. Si queréis algo, estoy arriba.

Antes de abandonar la estancia, se gira una vez más y nos mira de reojo.

—Hola —saluda Andrew cuando nos quedamos solos.

—Hola —repito.

Entonces, ambos al mismo tiempo, con nuestras voces solapándose, decimos:

—Lo siento.

Sienta bien sacarlo, como si finalmente pudiera respirar.

—No vamos a estar siempre así de raros el uno con el otro, ¿no? —pregunto, jugueteando con las manos y examinando mis dedos sin apenas levantar la mirada. Por supuesto que estaremos raros—. Eres mi mejor amigo. Espero no haberlo estropeado.

—No has estropeado nada —dice desde el otro extremo del sofá.

—Genial. —Ojalá pudiera creerlo—. Vale, súper.

—Súper.

El silencio se cierne sobre nosotros, pesado, como una nube gris que anuncia tormenta. Andrew coge el móvil y empieza a escribir, con la punta de la lengua asomando por la comisura de su boca.

—¿A quién escribes? —pregunto—. Parece importante.

Siento que estoy forzando eso de ser natural y mostrarme relajada; trato de no fisgonear, lo que es absurdo porque no soy su novia ni nada parecido. La Keely de unos días atrás le habría quitado el teléfono de las manos o habría leído su mensaje por encima del hombro. Sin embargo, no sé si podré volver a ser la Keely de hace unos días. Esa chica ya no existe.

Andrew alza la mirada y se encoge de hombros.

—Es solo una chica.

—Otra chica, ¿eh? —digo, tratando de sonreír.

Esto huele muy mal.

—Sí, otra chica —repite él, en un tono tajante—. Está permitido, ¿no?

—Claro que está permitido. No estaba insinuando nada de eso.

Tengo ganas de gritar. Esto no debería ser así.

De repente, se oye un crujido de neumáticos en el camino de entrada y, a continuación, en el exterior suena una bocina. Ambos nos sobresaltamos. James Dean. Me olvidé por completo de que pasaba a recogerme. «No, no, no, no, no».

—¿Quién es?

Andrew se pone en pie.

—Tengo que irme —contesto, incorporándome también—. Lo siento. Es que… No sabía que ibas a venir, así que hice planes. Puedes quedarte aquí si quieres. No te estoy echando, es que… Tengo que irme.

Salgo prácticamente de la estancia a la carrera, hacia la puerta principal. Andrew me sigue.

—Es James Dean, ¿verdad?

Me estremezco y cierro los ojos.

—Sí. —Se oye otro bocinazo, esta vez más largo—. Lo siento —digo, aunque no sé por qué me estoy disculpando.

—Quiero conocerlo —me pide Andrew.

—¿Qué?

—Creo que, después de todo, me merezco conocerlo y saber a qué viene tanto jaleo.

—Andrew, no.

Sé que a la larga se encontrarán en el baile y no me apetece pasar por este mal trago. Especialmente con la noche anterior tan fresca en mi cabeza.

—Al menos podría tener la decencia de no tocar el claxon… —gruñe, dirigiéndose hacia la puerta.

Corro detrás de él.

—¡Andrew, espera!

Con un movimiento brusco, Andrew abre la puerta. Y allí está James Dean, apoyado en una motocicleta en medio del camino, como si fuera un modelo publicitario. Supongo que esperaba que apareciera con el coche de Cody, aunque no sé de qué me sorprendo. Y aunque está increíble sobre la moto, no me parece muy buena idea montar en ella. Sin embargo, no puedo comportarme como una cobarde. La Keely que soy para él —la Keely que he creado— bebe whisky y no desaprovecharía la oportunidad de subir en moto. Y resulta emocionante ser esa chica, la que no se preocupa por si todo sale mal. No pienso fallarle a Dean, ni pienso fallarle a ella. Yo también quiero ser una Gryffindor.

Dean saluda con la mano y baja de la moto, ladeando la cabeza al ver a Andrew.

—Hola, colega, ¿qué pasa? —dice Andrew, alargando el brazo para estrecharle la mano—. Soy Andrew.

—Dean —responde Dean, ofreciendo la suya. Se estrechan las manos como hace la mayoría de los tíos, con chasquidos, topetazos y agresividad—. Eres el pirado de Hitchcock, ¿no?

—Soy un poco más que el pirado de Hitchcock —dice Andrew, metiendo las manos en los bolsillos de sus vaqueros.

Dean suelta una carcajada.

—Vale, vale, lo pillo. Bueno, nos vamos. Un placer conocerte, colega. —Se gira hacia mí, gesticulando con la cabeza en dirección a la moto—. ¿Subes?

Doy un vistazo hacia la casa, por si mi madre está observándonos. Me mataría si me viese subir a la moto de un desconocido.

—¿Llevas otro casco? —dice Andrew, cruzándose de brazos.

—¿Cómo? —pregunta Dean.

—No va a ir en moto sin casco.

—Andrew, tío, en serio, que no eres mi padre —intervengo, sintiendo que me ruborizo.

—Ella manda en su cuerpo —añade Dean.

Andrew se da la vuelta y se dirige hacia el garaje, agachándose para tirar del asa. La puerta se abre lentamente hacia arriba y entra, cogiendo un casco que cuelga del manillar oxidado de una bicicleta. Es blanco y a los costados tiene unas tiras reflectantes de color verde fosforito. Me lo pasa y yo lo inspecciono, asegurándome de que no hay ninguna araña en su interior.

—Por favor, ¿podrías ponértelo?

—Drew… —digo, con un tono de advertencia.

Lo miro de reojo pero me pongo el casco. Para ser honesta, me alegro de llevarlo. Aunque habría preferido que no pareciese como que me estaba obligando.

Andrew se acerca y me ayuda a abrochármelo, ajustando las tiras debajo de mi mentón.

—Bien —dice golpeando la parte superior con los nudillos.

—Genial. Menos mal que está arreglado —afirma Dean, sonriendo.

A continuación, pasa la pierna por encima del sillín y enciende el motor. La moto ruge y tiembla con el ruido. Yo me encaramo a ella, resbalándome un poco y deslizándome hacia él.

—Agárrate a mí —me ordena Dean, mirándome por encima del hombro—. Aquí, y así no te caerás.

Me coge las manos y las une sobre su estómago, con lo que mis brazos rodean su cintura. Noto la fuerte musculatura a través de la camiseta y la acaricio, tratando de que el movimiento pase inadvertido.

Andrew da patadas a la gravilla del camino.

—¿Y adónde vais?

Solo hay dos pizzerías en la ciudad: una que vende porciones baratas y que siempre huele a cerveza rancia, y Giovanni's, el pequeño restaurante italiano al que siempre vamos por mi cumpleaños. Es el tipo de sitio con manteles a cuadros y velas derretidas, y siempre he querido ir allí con un chico.

—Pasemos de porciones y vayamos a por una buena pizza —sugiero.

—Genial, buena pizza entonces. —Dean levanta la barbilla hacia Andrew—. Hasta luego, colega.

Andrew alza el brazo y también se despide.

—Sí, hasta luego —dice, levantando el dedo pulgar.

Dean arranca, dejando una nube de gravilla a nuestras espaldas.

VEINTIUNO

El rápido trayecto hasta la pizzería está lleno de baches, y yo me abrazo a Dean con todas mis fuerzas. El viento me azota el rostro, las lágrimas me resbalan por las mejillas desde las comisuras de los ojos y entierro la cabeza en su espalda, contra el cuero de su chaqueta. Los árboles que flanquean la carretera quedan atrás a toda velocidad. La moto se inclina hacia un costado en las curvas y yo grito, riendo y agarrándome todavía más fuerte a la cintura de Dean. Me alegro tanto de que Andrew me obligara a ponerme el casco… Aunque jamás le daré la razón.

Al llegar al restaurante, Dean aparca la moto sobre la acera y se baja de ella. Yo lo hago después de él, con las piernas temblorosas e inseguras. Me siento mareada y la adrenalina me fluye por todo el cuerpo, como si acabara de bajar de una atracción de feria. ¿Quién iba a imaginar que no controlar nada sería tan divertido? Aun así, agradezco estar sobre tierra firme y me recreo en la sensación de la dureza de la acera bajo mis pies. «Sigo viva.»

—Choca esos cinco, pareja para el baile —me dice Dean, extendiendo la mano. Yo choco con una palmada que da de lleno—. Estabas como pez en el agua. ¿Vas a conducir tú de vuelta?

—¿Me dejas? —pregunto, y después suelto una carcajada, sorprendida por mi atrevimiento.

Dean también parece sorprendido.

—Tranquilita. Tal vez por el aparcamiento.

Me siento ligeramente decepcionada al comprobar que solo estaba bromeando. Es evidente que ni se le había pasado por la cabeza que iba a responderle con un sí. Aunque, cuanto más lo pienso, más mala idea me parece. Con toda seguridad, acabaría con la vida de ambos.

Entramos en Giovanni's, donde nos recibe la luz titilante de las velas y un ambiente tenue y acogedor. Suena música italiana, una melodía cursi con violines y acordeones, y me imagino que somos la dama y el vagabundo, con nuestros labios juntándose al final de un largo y viscoso espagueti. Me pregunto si eso es verdaderamente posible, si alguien lo ha intentado alguna vez en la vida real. Andrew seguro que lo encontraría gracioso. Fantaseo con la idea de mis labios deslizándose hacia los de Andrew, pero la alejo rápidamente. Se supone que no debo pensar en él.

—¡Bienvenidos a Giovanni's! —saluda una camarera que parece tener nuestra edad. Su mirada se posa unos segundos de más en Dean y yo me pongo nerviosa—. Tenemos una mesa libre en una de las esquinas. ¿Os parece bien?

—Sí, claro, perfecto.

Dean se encoge de hombros y la seguimos hacia la esquina.

—Gracias —digo, tomando asiento.

Dean se deja caer frente a mí y coloca el casco y la mochila junto a él. A continuación, mira a la camarera.

—¿Puedes traernos un poco de vino?

Ella se sonroja y juguetea con su pelo.

—Ah, hummm… ¿Tenéis la edad permitida?

—Venga… —responde Dean, ladeando la cabeza.

—Necesitaré ver alguna identificación —vacila.

—Por supuesto.

Dean saca la billetera, de la que extrae un permiso de conducir. La camarera lo examina durante un instante y, acto seguido, se lo devuelve. Después, se gira hacia mí.

—¿Y tú?

Me quedo paralizada. ¿Qué se supone que tengo que hacer?

—Perdió el suyo de camino. Nos caímos de la moto, pero no ha sido nada —explica Dean, haciendo un gesto hacia el casco—. Su monedero salió disparado y el contenido se esparció. Tendremos que regresar mañana muy temprano a buscarlo, cuando haya más luz.

—Oh, vaya, lo siento —comenta, mirándome primero a mí y después a Dean.

—Juro que es lo suficientemente mayor —continúa—. Acaba de cumplir veintiuno hace unas semanas.

—¿El 2 de abril? —tanteo, inventándome una fecha y pronunciándola como una pregunta.

Me parece increíble que Dean pueda ser tan bueno mintiendo.

—De acuerdo, supongo que no habrá problema —accede finalmente—. Pero no se lo digáis a mi jefe. ¿Qué vino os pongo?

—¿Tinto o blanco? —me pregunta Dean.

—Hummm… —respondo con brillantez.

No estoy lo suficientemente versada en vinos como para tener una clara preferencia. He tomado algunos sorbos aquí y allá, durante las vacaciones, pero nunca me ha tocado elegir uno. Dean parece tan experimentado, tan confiado en cuestiones que para mí son completamente nuevas y aterradoras… Me turba sentirme tan intimidada y tan atraída por él a partes iguales.

Le digo que pida un tinto, porque, por alguna razón, lo considero más de mayores.

—Genial. Tu tinto más barato —le solicita a la camarera.

Supongo que no puedo culparle: nuestra nómina en el videoclub no es muy elevada y no tengo ni idea de cuánto cuesta el vino.

—De acuerdo. Vuelvo ahora mismo con las cartas —promete.

—Eso ha sido impresionante —comento una vez que se ha ido—. ¿Cómo se te ha ocurrido? ¿Tienes alguna identificación falsa?

—Es la de mi hermano. Ha cumplido veintitrés años. Denunció que la había perdido para poder pasármelo.

Lo explica tan tranquilo, como si no fuera nada. Seguro que yo podría utilizar el carné de mi prima Beth porque nos parecemos bastante, pero la idea me resulta aterradora.

La camarera regresa con la botella de vino y dos copas, escancia un poco en una de ellas y se la pasa a Dean.

—¿Te parece bien?

—Sí, está bien —dice, sin tan siquiera molestarse en probarlo.

La camarera continúa sirviendo y llena ambas copas hasta la mitad. Antes de irse, deposita la botella sobre la mesa. Cogemos nuestras copas y brindamos.

—Salud, pareja para el baile —dice, y yo sonrío.

Tomo un sorbo. Es amargo y dulce a la vez, como un zumo que se ha echado a perder. No me repugna, pero tampoco me gusta especialmente. Aunque sabe mucho mejor que el whisky.

Dean deja la copa y se recuesta en el asiento, juntando las manos con aire relajado sobre la mesa.

—Bueno, parece que a tu amigo no le caigo muy bien…

Me ruborizo y tomo otro sorbo de vino.

—Andrew es muy protector. Somos amigos desde que éramos bebés. Creo que no le gusta que salga con un tío porque cree que todavía soy una niña pequeña.

Noto que el calor me sube hasta las mejillas en el momento en que acabo de pronunciar esas palabras y tomo otro sorbo para disimular la vergüenza que siento. No puedo creer que me haya referido a mí misma como una niña pequeña.

—Creo que está enamorado de ti —anuncia Dean, y el vino se me atraganta.

—Ni hablar. Solo somos amigos. Es como mi hermano.

Esta última afirmación siempre me sale de forma natural, pero ahora ya no me suena bien. Pienso en lo ocurrido anoche entre nosotros. «Hermano» no es la palabra adecuada. En absoluto.

Dean suspira y toma otro sorbo de vino.

—No he dicho que tú estés enamorada de él, sino que él está enamorado de ti. Podría ser tu hermano, pero tú no eres su hermana. Aunque no puedo reprochárselo. Solo hace falta mirarte.

Cohibida, alzo la mano para deslizar un mechón detrás de la oreja. Sigo sin comprender por qué dice cosas así, por qué me ha pedido una cita. De hecho, sigo sin diferenciar si esto es una cita o solo parte del juego, una versión grande, costosa y complicada de los preliminares. Y no puedo quitarme de la cabeza la advertencia de mis amigas: «Un tío como James Dean no quiere rollos serios». No tardarían ni un segundo en extirparme cualquier idea romántica. Seguro que solo estamos aquí porque todavía no ha logrado acostarse conmigo.

Sin embargo, deseo con todas mis fuerzas que estén equivocadas. Quizás, al fin y al cabo, la Keely que bebe whisky es un poco real y Dean se siente atraído por ella. Me gusta que la haga aparecer. Solo espero que esa pequeña parte que ve sea suficiente.

La camarera coloca las cartas ante nosotros. Dean se las devuelve sin haberlas mirado siquiera.

—En realidad, ya lo sabemos. Pediremos una pizza grande de *pepperoni* y champiñones. ¿Y podemos añadir un poco de salsa barbacoa?

—Claro —responde, recogiendo las cartas—. Enseguida.

La camarera sonríe y se aleja antes de que yo pueda pronunciar palabra alguna. Estoy molesta porque Dean no me ha preguntado por mis gustos ni me ha dejado examinar la carta. No sabe que detesto los champiñones, que su textura blanda me recuerda a las babosas.

—Te parece bien lo que he pedido, ¿no? —pregunta, ya demasiado tarde para remediarlo.

No quiero complicar las cosas, así que sonrío y asiento. Siempre puedo apartar los champiñones. Las citas implican transigir con cosas, ¿no?

—A Chico Enamorado debe de resultarle difícil verte conmigo —dice Dean, retomando el tema de Andrew.

—En serio, no creo que le guste —trato de explicar—. Tiene como diez novias diferentes a la semana.

Dean se ríe y se inclina hacia delante.

—Sí, lo sé.

—¿Como que «lo sé»? ¿A qué te refieres?

—Pues que está con una de ellas en este preciso momento.

Hace un gesto con la barbilla hacia algo que hay detrás de mí.

—¿Cómo?

Al girarme compruebo que, efectivamente, allí está Andrew, en pie junto a la puerta, hablando en voz baja con la camarera del restaurante. Y no está solo: una mano con esmalte de uñas negro se posa sobre su brazo.

Danielle.

Siento un vuelco en el estómago y empiezo a toser, derramando la copa de vino. ¿Qué está haciendo aquí? ¿Y qué está haciendo con ella?

Andrew echa un vistazo y, cuando me ve, se encoge de hombros y saluda levantando la mano. Al menos tiene la decencia de parecer mínimamente incómodo. La camarera les indica una mesa a unos pocos metros de la nuestra. Cuando Danielle repara en nosotros, se detiene en seco.

—¿Keely?

—Vaya, qué coincidencia —comenta Dean con una sonrisita mientras se sirve más vino.

—Sí, lo siento —se disculpa Andrew, pasándose la mano por el pelo—. En esta ciudad no hay muchos restaurantes y no quería llevar a Danielle al más que discutible restaurante chino o a las porciones a un dólar. Supongo que me entendéis…

Se encoge de nuevo de hombros, como si fuera completamente normal que él y Danielle hubiesen venido aquí. ¿Era a ella a quien le enviaba los mensajes antes, en casa?

—Me acuerdo de ti —dice Danielle a Dean—. James Dean, ¿no?

Dean sonríe con satisfacción.

—Casi. ¿Estuviste en nuestra fiesta? —Se gira hacia ella—. ¿Eras la que llevaba todos aquellos sujetadores?

—No, me confundes con Ava —responde, sonriendo—. Yo utilizo los sujetadores de uno en uno. Pero es algo personal.

Danielle juguetea con el cinto del vestido. Mis ojos se dirigen hacia la gargantilla de oro que descansa sobre su clavícula, y después, unos centímetros más abajo, hacia su escote.

—Tienes razón. No debería haber preguntado —admite Dean con una sonrisa y levantando los brazos en señal de rendición.

Bebe un sorbo de vino y Danielle entorna los ojos.

—Un momento… —dice en voz baja—. ¿Cómo lo habéis conseguido?

—Toma un poco si te apetece —ofrece Dean, tendiendo la copa de vino hacia Danielle, que da un sorbo rápido y se la devuelve tan deprisa que la mancha de pintalabios rojo en el borde se convierte en la única prueba de que esa infracción ha sucedido.

—Tal vez deberíamos sentarnos con vosotros. —Andrew mira por encima del hombro hacia la entrada. La camarera está con el móvil y no se ha percatado de nada—. Sería menos evidente.

Se desliza por el asiento del reservado y se acomoda junto a mí, y su pierna roza la mía. Me estremezco ante el contacto y la retiro. Andrew extiende la mano hacia el fuste de mi copa, tratando de acercarla discretamente.

—¿Es que acaso he dicho que podías beber? —pregunto, apartándole la mano.

Estoy molesta con él porque se ha presentado aquí, porque se ha sentado a nuestra mesa como Pedro por su casa. Y no me gusta que esté con Danielle.

—James Dean ha dicho que podíamos —responde Andrew, bebiendo de todos modos.

Danielle se sienta frente a nosotros.

—De hecho, tengo un botellín de agua vacío en la mochila —informa Dean, hurgando en el bulto junto a él—. Podéis rellenarlo debajo de la mesa con un poco de vino. Lo he hecho un millón de veces.

—Eres el mejor —exclama Danielle—. Keely, no lo dejes escapar, en serio.

Alarga el brazo hacia la botella de vino y después de mirar a su alrededor para asegurarse de que nadie la observa, la mete rápidamente debajo de la mesa. Unos momentos más tarde, vuelve a subirla y la coloca con aire inocente sobre el mantel. Justo cuando aparta las manos, nuestra camarera regresa y Danielle se pone a mirarse las uñas.

—¿Dos cubiertos más?

Tiende las cartas a Andrew y a Danielle.

—No —suelto—, ellos se sentarán en otra…

—Sí, nos sentaremos aquí —interrumpe Andrew, tomando la carta—. Gracias.

—Genial. ¿Queréis algo de beber?

—Esta noche, no. Solo agua —miente Danielle con voz dulzona.

Piden sus platos y cuando la camarera se aleja, Danielle toma un largo trago del botellín y se lo pasa a Andrew, que tras hacer un brindis contra los nudillos de Danielle, se lo lleva a la boca. Danielle sonríe. Se me revuelve el estómago y dejo el vaso. La comida aún no ha llegado y creo que ya he bebido demasiado.

Una vibración en el móvil me avisa de que tengo un mensaje. Al sacarlo, compruebo que es de Danielle.

Cita con James Dean? Buen trabajo. Nunca habría imaginado que te atreverías

Cuando alzo los ojos, veo que alarga el brazo por encima de la mesa y que, con un gesto suave, le toca el pelo a Andrew, acomodando unos cuantos mechones rebeldes de color miel que le han caído sobre la frente. A mi cabeza acude el recuerdo de haber hecho lo mismo la noche anterior, de haber pasado los dedos por ese mismo cabello, y me sonrojo acalorada. Danielle le susurra algo al oído y él suelta una carcajada.

Es como si estuviera coqueteando y ligando con él solo para torturarme, para echármelo en cara. Sin embargo, no sabe nada de lo que ocurrió. Desconoce el Plan. Soy yo la que está siendo ridícula. Estoy sentada frente a James Dean en la mesa de un restaurante. No debería estar pensando en las manos que acarician el cabello de Andrew, ni en las suyas ni en las mías.

Entorno los ojos y le contesto con otro mensaje:

Sip, definitivamente me he atrevido

Y, a continuación, le escribo a Andrew:

**Qué estás haciendo? Si ni siquiera
te gusta...**

—¿Así que esta es vuestra primera vez en una cita doble? —pregunta Danielle, gesticulando hacia Andrew y hacia mí—. De hecho, olvida lo que acabo de decir. No quiero saber nada sobre la historia amorosa de este tío. Sophie ya me ha contado demasiado.

Golpea el brazo de Andrew con aire travieso.

—No podrías soportarlo —contraataca Andrew.

—Lo que tú digas, Reed. Pero que sepas que yo puedo soportar lo que sea.

—¿Me estás desafiando? —pregunta.

—Tendrás que averiguarlo.

Ni siquiera sé de qué están hablando. Es un flirteo tan de manual, tan básico. Andrew Fiestero ha salido, y está a tope. Me llevo la copa de vino a los labios con la intención de dar un sorbo, pero me doy cuenta de que está vacía.

**ANDREW
Por qué crees que no me gusta?**

YO
Es una granada de mano, recuerdas?

ANDREW
Precisamente eso es lo interesante ☺

—¿Quieres un poco de mi botellín, Keely? —pregunta Danielle, ofreciéndome el vino.

Agradecida, tomo un largo sorbo que me quema la parte posterior de la garganta.

—Bueno, y vosotros ¿qué plan lleváis? —pregunta Dean, gesticulando con su brazo musculoso hacia Danielle y Andrew.

—Bueno, siempre ha habido algo —afirma Danielle, jugueteando con el collar.

—¿Siempre? —intervengo, porque, obvio, no es cierto.

—¿Recuerdas cuando me diste esa estúpida tarjeta para el Día de San Valentín en sexto de primaria? —pregunta Danielle, ignorando lo que acabo de decir e inclinándose hacia él con ojos brillantes.

—Hummm… —Andrew hace una pausa y golpea la mesa con el tenedor que está sobre la servilleta doblada frente a él, produciendo un molesto tap, tap, tap. Sus mejillas están teñidas de rosa—. Trato de no recordarlo.

—Tenía una de esas extrañas tortugas luchadoras —dice ella.

—Una Tortuga Ninja —especifica Andrew.

Pienso en todas las horas que pasamos en el sofá del sótano viendo reposiciones de *Las Tortugas Ninja* en la tele; cómo usábamos los rollos del papel de cocina como armas y corríamos por la habitación luchando entre nosotros. No sé cómo al Andrew de sexto de primaria se le pudo ocurrir que hacer una tarjeta de San Valentín para Danielle con una Tortuga Ninja sería buena idea.

—Sí, eso. Decía: «Me gustas más que la pizza».

—No puedo creer que recuerdes eso —replica Andrew, acariciándose la nuca con la mano.

Está sudando, como si hubiese empezado a tener fiebre.

—Algo tan ridículo es difícil de olvidar. Eras un auténtico *nerd*.

¿Por qué no me pidió consejo entonces? Es el tipo de cosa que me habría consultado. Podría haberle dicho que era una idea terrible, que tenía que encontrar una tarjeta con brillibrilli. Me sorprende que haya conseguido mantenerlo en secreto durante tantos años. ¿Qué más desconozco?

La camarera aparece con una cesta de palitos de pan, acompañados de salsa y un poco de mantequilla. La deposita sobre la mesa frente a nosotros y se despide con una sonrisa dirigida a Dean. Agarro uno de los palitos y lo rompo, esparciendo un montón de migas.

—De todas formas, te he gustado durante años —afirma Danielle, ladeando la cabeza en dirección a Andrew.

—Menuda seguridad en ti misma —interviene Dean, y después toma un sorbo de vino.

Danielle se encoge de hombros.

—Soy una persona segura.

—Eso es lo que he oído.

Dean levanta una de las comisuras del labio y hace una mueca. Danielle lo imita, torciéndola a su vez en una sonrisa a juego con el pintalabios rojo. De pronto, me asombro al advertir lo similares que son. Parece contradictorio que yo, y no ella, sea la que está con Dean. Pero luego me doy cuenta: ¿no he estado simulando ser como Danielle todo este tiempo? Dean está con ella y ni siquiera lo sabe.

—Simplemente, no sé por qué tardaste tantos años en decidirte —le recrimina a Andrew.

—No fueron tantos.

Coge el botellín de agua y da un sorbo. Siento que me vuelve a rozar con la pierna, y yo me aparto de nuevo. Tratar de no tocarlo me está resultando agotador.

—¿Hasta primero de bachillerato? Es mucho tiempo —se queja Danielle.

—Pero ahora estáis en el último año, ¿verdad? —dice Dean, poniéndose tenso—. A punto de graduaros.

Danielle suelta una carcajada.

—Tío, no te asustes, James Dean. No estás siendo un pervertido ni nada de eso. Keely tiene dieciocho años…

—¿Y qué pasó en primero?

Cojo otro palito y lo unto con mantequilla, sujetando el cuchillo con mucha fuerza.

—No tiene importancia. Mejor cambiamos de tema… —dice Andrew.

—No, quiero hablar de esto.

Le pego un mordisco al palito y pese a que está cubierto de mantequilla, me cuesta engullirlo. Noto que los nudillos de la mano que sostiene el cuchillo se han puesto blancos y lo dejo sobre la mesa.

—Ava se enfadó tanto después de aquella fiesta… —explica Danielle, cogiendo también un palito—. Como no tenía a nadie con quien besarse a medianoche, esperaba que yo me sacrificara y le hiciera compañía. Todavía estaba colgada por Tim Loggins y, cuando Tim no se presentó, se cabreó mucho. De hecho, la fiesta era por él.

—¿Qué fiesta? —pregunto, sintiendo que el sudor empieza a humedecerme la nuca.

—La de Nochevieja —responde Danielle y, a continuación, muerde el palito de tal manera que no le cae ni una miga—. ¿No recuerdas lo cabreada que estaba? Como yo conseguí enrollarme con un tío, y ella no… Típico de Ava. Siempre con el mundo girando en torno a ella.

A mi lado Andrew está rojo como un tomate y se lleva la mano a la nuca. Me pregunto si se siente tan sudoroso e incómodo como yo.

Sé exactamente a qué fiesta se refiere. Los padres de Ava habían ido a pasar la Nochevieja fuera de la ciudad. Alguien se apoderó de una botella de licor de menta y la mezclamos con chocolate fundido. Yo sentí tal bajón de azúcar que me fui a la cama. Me desvelé a medianoche, al escuchar los vítores y felicitaciones en el cuarto contiguo, pero seguí durmiendo en la cama doble de la habitación de invitados, y cuando me desperté por la mañana, me encontré a Andrew acostado en el suelo como un perro, envuelto en una manta.

¿Se enrolló con Danielle esa noche? ¿Con cuántas otras chicas ha estado y yo no lo sé? Me siento como si me acabaran de dar una puñalada trapera, aunque sé que es una tontería. Simplemente estoy dolida porque no me lo contó. Me ha hablado de muchas otras chicas. ¿Por qué esto es tan diferente?

—Y vosotros, ¿qué tramáis? —pregunta Danielle, gesticulando hacia Dean y hacia mí. Pronuncia las palabras muy seguidas, como si cantara un fragmento musical, y estoy convencida de que el vino ha empezado a hacerle efecto—. He oído que vas a venir al baile del insti, James Dean.

—Eso parece —responde y, seguidamente, toma con calma un sorbo de vino.

—¿Y te apetece?

—Claro.

Danielle sumerge la punta de un palito de pan en la salsa y se lo lleva a los labios, mordiéndolo y dejando un poco de salsa en el labio.

—¿Qué? ¿Te gusta el palito? —pregunta Dean riendo entre dientes.

—Me encantan los palitos —dice Danielle. A continuación, se quita la salsa del labio con un dedo, y por la manera en que lo hace, sé que ha tomado demasiado vino. Una vez que se ha limpiado las manos, añade—: ¿Sabes? A Keely también le apetece mucho. Y le gustan los palitos incluso más que a mí.

A mi lado, Andrew carraspea. Me giro hacia él y compruebo que está con los ojos clavados en el mantel a cuadros, el ceño fruncido y las puntas de las orejas de un vivo color rosa.

—¿De verdad? No lo habría dicho nunca —responde Dean.

Me río con la broma, fingiendo que no me siento incómoda ante su ironía. El teléfono, sobre mi regazo, vuelve a vibrar, y al mirar hacia abajo veo otro mensaje de Danielle.

A James Dean le gusta rellenar la masa y poner extra de salchicha

Irritada, escondo rápidamente el teléfono para que Andrew no vea el mensaje. Danielle se ríe, y, a continuación, escribe algo más:

Igual te mancha con su salsa Alfredo...

De un golpe, dejo el móvil boca abajo sobre la mesa y entorno los ojos hacia ella. Danielle me mira y gesticula un «¿Qué pasa?» encogiéndose de hombros.

—¿Sabéis? Yo no fui a mi baile del insti. Esta va a ser mi primera vez —confiesa Dean, recostándose en el asiento.

—¡Guau! ¡También será la primera vez para Keely! —exclama Danielle, y le doy un pisotón por debajo de la mesa—. ¡Ay!

Danielle aparta el pie.

—En nuestro insti no se suelen celebrar bailes en primero de bachillerato. Así que para todos es nuestra primera vez. Aunque no sé por qué le damos tanta importancia —explica Andrew.

Le agradezco en silencio su tentativa de rescate.

—Sea lo que sea, yo ya he ido tres veces. Solo te lo tiene que pedir uno de los del último curso —dice Danielle.

—¿Y por qué no fuiste a tu baile? —le pregunto a Dean, ansiosa por abordar un tema de conversación que no sea mi inexperiencia.

—Eh… —vacila, y sus labios se fruncen—. No me iba ese rollo. Me gustaba una chica que tocaba en una banda punk y aquella misma noche daban un concierto, así que fui a verlo. Al final, fue mucho mejor que acudir a un baile en un gimnasio.

—Pues estás de enhorabuena, James Dean —anuncia Danielle—. Nuestro baile es brutal. ¿Te ha dicho Keely que se celebrará en el Walcott?

—¿Ese enorme y viejo hotel junto al lago? Menudo sitio más pomposo.

—Es muy bonito —replico, tratando de animarlo—. Estuve allí una vez en un *brunch* y tiene unos techos altos increíbles de los que cuelgan lámparas de araña. Se parece un poco a Hogwarts. —Puedo ver cómo el interés de Dean se evapora—. Y hay pasadizos secretos —añado, esperando a que eso lo haga reaccionar.

Dean levanta una ceja.

—¿Pasadizos secretos en un baile de instituto? Suena peligroso… —Alarga la mano y toma la mía, rozando con el pulgar la piel sensible de mi palma. De repente, no puedo respirar—. ¿Quién va a impedir que nos escapemos juntos?

Sus palabras provocan un aleteo en mi pecho, pero también una sensación incómoda.

—Deberíais reservar una habitación para cuando termine. Es lo que están haciendo todos —sugiere Danielle.

—Me apunto —anuncia Dean, esbozando una sonrisa traviesa—. ¿Reservamos una habitación, Keely?

Me aprieta ligeramente la mano y me siento inestable, como si su extremidad fuera lo único que impide que no salga volando.

—Sí, por supuesto —respondo, tratando de sonreír a la vez que me pregunto por qué tengo que hacerlo.

—Genial. Yo me ocupo —dice.

Solo tendré que avisar a mis padres de que me quedo a dormir en casa de Hannah o algo así y confiar en que se lo traguen.

—¿Y tú? ¿Con quién vas al baile? —pregunta de pronto Andrew con la atención puesta en Danielle.

Vuelve a rozarme con la pierna y yo me aparto un poco de él.

—¿Cómo? —Danielle ladea la cabeza, claramente sorprendida.

—¿Ya tienes pareja para el baile?

—Voy a ir sola —responde, tomando un sorbo de vino—. Pero

podría dejarme convencer y cambiar de opinión… —Se acerca a él y, en voz baja, añade—: ¿No ibas a asistir con Abby Feliciano? Al menos, eso es lo que todos dicen…

—En principio, no. No se lo he pedido a nadie.

—¿Ah, no?

Danielle esboza una sonrisa.

—¿Quieres venir conmigo? —pregunta Andrew, acercándose igual que ha hecho ella.

Siento que se me forma un nudo en la garganta, como si me hubiera atragantado con algo.

—Venga, Reed. Esfuérzate un poco más. ¿Crees que voy a ir con el primero que me lo pida?

Andrew se acerca más y coge su mano entre las suyas. Luego, se la lleva a los labios y le da un suave beso en la muñeca. Andrew siempre ha sido muy bueno en esto. Me dan ganas de vomitar.

—Ven conmigo —dice, en voz baja y ronca—. Danielle Oliver, quiero que seas mi pareja para el baile.

Ambos se observan fijamente, y yo tengo que desviar la mirada, concentrarme de nuevo en Dean, que está recostado en el asiento contemplándolos con una sonrisa perezosa en el rostro.

—Vale, Reed, está bien —responde Danielle, esbozando una sonrisa—. Si insistes… Tampoco es plan de que te pongas a suplicar.

—Genial —asiente Andrew, con una sonrisa de oreja a oreja.

—Genial —repite ella, devolviéndole la sonrisa.

En ese preciso momento, aparece la camarera con nuestra comida y coloca una pizza grande de champiñones y *pepperoni* delante de mí y de Dean, una ensalada César frente a Danielle y un plato de espaguetis ante Andrew. Miro con anhelo los espaguetis, el montón de salsa humeante, el trozo de pan de ajo al lado del plato, el olor celestial.

Cuando Andrew se fija en nuestra pizza, alza las cejas.

—¿Con champiñones? —Pasa el brazo por delante de mí para coger el recipiente con el queso parmesano y yo, automáticamente, le doy unos sobres de salsa picante—. Pero si odias los champiñones.

—No odio los champiñones —replico.

—Odias profundamente los champiñones —corrobora Danielle—. He comido contigo como unas quinientas veces. —Mira a Dean y se lleva la mano a la boca como si quisiera compartir un secreto, aunque habla en voz alta y con tono cursi—. Collins come como una niña de cinco años.

—Odiar es una palabra muy fuerte —objeto, tomando una porción de pizza. Al cogerla, me quemo los dedos con el queso caliente—. Los champiñones no son mi ingrediente favorito, pero no tengo cinco años.

Dean toma una porción y la dobla por la mitad. A continuación, la sumerge en un poco de salsa barbacoa y se la lleva a la boca como si fuera un sándwich.

Quiero que me diga: «Siento no habértelo consultado. Debería haberte preguntado qué te apetecía». Sin embargo, después de engullir el bocado comenta:

—Puedes apartar los champiñones. No es tan difícil.

Quizá tenga razón: no quiero ser la chica que lo convierte todo en un problema, que se recrea en el drama, que lo complica todo. Así que me encojo de hombros y doy un mordisco a la pizza, tratando de no arrugar la nariz al notar la textura viscosa de los champiñones entre los dientes, intentando no pensar en los motivos por los que estoy comiendo champiñones por voluntad propia.

—¿Ves? ¿A que están buenos? Tienes que comer algo siete veces para que tu paladar se acostumbre al gusto. Solo hay que probar. —Dean se inclina con aire conspiratorio sobre la mesa—. Puedo enseñarte.

—No están mal —respondo por miedo a decepcionarlo.

Aunque quiero probar cosas nuevas y que Dean sea el que me muestre el camino, los champiñones seguirán siendo champiñones.

—Estás muy guapa cuando masticas, ¿sabes? Se te arruga la

nariz. —Llevo mi mano para cubrirla, avergonzada, pero Dean la aparta—. No lo hagas. Tu nariz es perfecta.

Ante el cumplido, no puedo evitar sentir una punzada de orgullo. De pronto, los champiñones me dan exactamente igual.

A mi lado, Andrew carraspea.

—¿Pedimos la cuenta?

—Pero si acaban de traernos la comida —protesto.

—¿Qué vais a hacer después? —pregunta Danielle, clavando el tenedor en la ensalada.

—Podríamos ir a mi casa y quedarnos un rato —propone Dean—. ¿Queréis venir? Puedo dejar la moto aquí y vamos caminando.

—No sé. Es tarde —vacila Andrew.

—Sí, vamos —lo anima Danielle.

Los tres me miran, esperando a que tome una decisión.

—Vale —digo finalmente—. Supongo que podemos pasarnos un rato.

VEINTIDÓS

Unas pocas horas y otra botella de vino después, nos encontramos en la sala de estar de la casa de Dean, congregados ante el televisor, donde está teniendo lugar una partida de alto voltaje de *Mario Kart*. Cody, Dean y yo estamos en el sofá, los tres inclinados hacia delante y mirando fijamente la pantalla, tratando de ganar. Danielle es la única que no está jugando. En lugar de eso, está despatarrada al lado de Andrew en el confidente, con las piernas sobre su regazo.

Aunque normalmente suelo ser muy buena en este juego, noto que hoy los dedos no se conectan con mi cerebro. Me cuesta concentrarme en la carrera viendo las piernas largas y bronceadas de Danielle, que parecen salidas de un anuncio de crema depilatoria, por el rabillo del ojo.

El vino, combinado con el movimiento circular de los coches en la pantalla, me marea un poco.

—¿Cómo está tu amiga Ava? ¿Por qué no ha venido? —pregunta Cody, dirigiéndose a Danielle.

Acaba de precipitar su coche por el borde de un acantilado, así que tira el mando sobre el sofá y se repantiga, al parecer dándose por vencido.

—¿A quién le importa? —responde ella, incorporándose y pasando el brazo por encima del hombro de Andrew para que le haga caso.

Ha bebido mucho vino. Se ha recogido el pelo en una coleta descuidada y sus mejillas tienen un subido color rojo vivo.

—Ava es una tía guay. Y además está cañón —dice Cody.

—Sí, si lo que te gusta es el pelo violeta —replica Danielle.

Andrew juega con la Princesa Peach, que dispara un obstáculo hacia Toad, mi personaje, y me saca del camino. Gruñendo, doy media vuelta, pero ya está tan lejos que no hay forma de alcanzarla. Los coches toman una curva y Mario, el personaje que mueve Dean, cruza la línea de meta. La música metálica del televisor se transforma en una melodía triunfante y en la pantalla aparecen los personajes bailando y celebrando la victoria.

—¡Sí! —exclama Dean, levantando un puño en el aire—. ¡Chupaos esa, capullos!

Andrew, que da golpecitos con el mando contra la palma de la mano, pone los ojos en blanco. Dean se levanta de un brinco, deja caer el mando, apaga el televisor y se gira hacia mí.

—Keely, ¿te apetece venir a mi habitación?

La pregunta me coge desprevenida. Lanzo una mirada furtiva hacia Andrew, que está con la mirada baja, clavada en el mando.

—Hummm… ¿Qué hora es?

—Solo son las doce y media —anuncia Cody con la tranquilidad de un chico universitario que ya no vive con sus padres.

Doy un brinco y me incorporo.

—Espera… Estás de broma, ¿no? No avisé a mi madre y le prometí que regresaría a casa temprano.

Meto la mano en la mochila, saco el móvil y, efectivamente, hay tres mensajes de voz. ¿Cómo he podido olvidarme de mirar el teléfono?

—Dadme un segundo —les digo a los demás antes de dirigirme hacia el pasillo.

Lo último que me apetece ahora es que Dean me escuche hablando con mi madre.

Descuelga después del primer tono.

—Hola, mamá… Sí, estoy con Andrew…

Trato de explicarle la situación, que hemos ido a casa de una amiga después de la pizza y que hemos perdido la noción del tiempo, pero no sirve de nada porque está enfadada, y me saca lo de mi fiesta de cumpleaños, lo de que tengo que ser más responsable. Es como si estuviera alejándome de casa antes de haberme ido. Doy un suspiro y le prometo que voy enseguida. A continuación, cuelgo y regreso a la sala de estar.

—Lo siento mucho pero tengo que irme, de verdad.

—Puedo llevarte en la moto —dice Dean—. Podemos caminar hasta Giovanni's.

—Ni lo sueñes —protesta Andrew—. Te has bebido como dos botellas de vino.

—No es nada. Siempre lo hago —replica Dean.

—Vaya, así que eres todo un *pro* —dice Andrew en un tono monótono y sarcástico. Después se gira hacia mí y continúa—: Yo te llevaré. No he probado el alcohol desde el restaurante.

—De acuerdo —accedo, insegura.

Andrew se vuelve hacia Danielle.

—Y puedo dejarte a ti de camino.

—Oh, no te molestes. Iré andando.

—No es molestia.

—Sí, pero solo son las doce y media —dice, poniendo mala cara—. No quiero irme todavía. No todos tenemos que estar en casa a una hora determinada.

—No tengo que estar en casa a ninguna hora. Mi madre solo está preocupada porque se me olvidó decirle adónde iba —replico.

Sé que a los padres de Danielle les da igual dónde va su hija, y esa es la razón por la que pudimos escaparnos hace una semana para ir a la fiesta de Dean. Pero no me gusta la idea de que se quede a solas con Dean, especialmente porque ambos han estado bebiendo.

Al parecer, Andrew es de la misma opinión.

—Deja que te lleve a casa.

—¿Para darme un beso de buenas noches? —bromea, sonriendo y acercándose a él.

Andrew se pasa la mano por el pelo.

—Sí, ha sido una cita, ¿no?

—No doy besos en la primera cita —dice Danielle, pero pese a todo, se levanta y lo sigue hasta la puerta—. Adiós, James Dean. Adiós, Cody.

—Lo siento. Ojalá pudiera quedarme —le digo a Dean.

—A mí también me hubiese gustado —responde, y luego me toma en sus brazos y me planta un beso delante de todos.

Nunca antes me había besado en público. Me hace sentir poderosa, como si finalmente fuera una chica de verdad, una que cuenta. Sin embargo, cuando se aparta, me ruborizo. Sé que es porque Andrew nos está mirando.

La camioneta de Andrew solo tiene dos asientos, conectados por un pequeño banco del tamaño de un niño. Por suerte, mi talla es casi infantil, por lo que todos subimos delante: Andrew en el asiento del conductor, Danielle en el del copiloto y yo, apretujada entre ellos.

Es bastante incómodo, por decir algo.

—¿Seguro que vas bien? —le pregunto a Andrew mientras introduce la llave para poner en marcha el vehículo.

Danielle enciende la radio y cuando suena una canción de Beyoncé, sube el volumen y empieza a chillar, cantando con una voz ronca y desafinada.

—Sí, seguro —grita Andrew para hacerse oír.

Bajo el volumen.

—¡Capulla! —exclama Danielle, aunque no lo toca y continúa tarareando.

—Solo he bebido un par de tragos en el restaurante —comenta Andrew—. Sabía que si me emborrachaba… bueno, sabía que no era buena idea.

Sé lo que está tratando de decirme entre líneas, lo que no puede admitir ante Danielle. Le preocupa que, de haber bebido, se le habría soltado la lengua y habría dicho algo sobre el Plan que después no habría podido explicar.

—Gracias —le reconozco—. Y gracias por llevarme a casa.

—Me queda de camino.

Me sienta un poco mal que haga notar este hecho casual.

La noche es cálida, pero el aire que entra por la ventana hace que la piel de mis brazos desnudos se erice. Sentada entre los dos, me noto incómoda, como si me estuviera entrometiendo. Es la parte final de su cita, la parte en la que la lleva a casa y le dice que lo ha pasado muy bien. Y yo estoy aquí ahora, apretujada entre ellos, con cada costado de mi cuerpo tocando los suyos.

Nadie dice nada, así que me pregunto si ellos también estarán incómodos. Me alegro de que la radio esté encendida, porque la música ahoga algunos de mis pensamientos de ansiedad.

Solo tardamos unos cinco minutos en llegar a casa de Danielle, y cuando Andrew detiene el vehículo en el camino ante el garaje, siento que la incomodidad se expande, como si la camioneta se hubiese convertido en un tanque de agua en el que vamos a ahogarnos lentamente.

—Esperamos a que entres —dice Andrew.

Danielle hurga en el bolso en busca de las llaves y saca un llavero del que cuelga un corazón con estampado de leopardo. A continuación, baja el parasol y se mira en el espejo, pasándose el pulgar por el contorno de los ojos.

—Mis padres se van a dormir a las nueve y media. —Cierra la visera y se gira hacia nosotros, deslumbrante y sonriéndonos a ambos—. Pero, por si acaso, ¿huelo a alcohol?

Se inclina hacia mí, me echa el aliento y yo empiezo a toser. Es fuerte y ácido, y apesta a vino tinto. Voy a asentir, pero ella se acerca a Andrew y dice:

—Tú también has estado bebiendo, Collins. No puedes olerlo. —A continuación, agarra la pechera de la camisa de Andrew y tira de ella, con lo que sus bocas quedan a tan solo unos centímetros. Vuelve a echar el aliento—. ¿Qué tal?

Andrew se ríe y niega con la cabeza.

—Hueles a bar.

—Cállate, Reed —suelta Danielle—. Ni que fueras cada día…

Y aun así, sus bocas siguen a solo unos centímetros de distancia. Se inclina sobre mí, aplastándome como si no existiera, y me tapa la cara con el pelo. Yo se lo aparto porque quiero verlos, aunque se me corte la respiración al hacerlo.

—Gracias por la cena —dice ella, y después le planta un beso en los labios.

Aunque no se trata de un beso real, sino de una presión rápida de sus labios contra los de Andrew que no dura más de un segundo, el corazón me da un vuelco. Antes de poder evitarlo, ahogo un grito y luego siento que me ruborizo por haber dicho algo, aunque solo sea un grito ahogado.

Ella se separa y entonces parece recordar que estoy sentada entre los dos.

—Oh, vaya, lo siento, Collins… No me acordaba de que estabas aquí.

Con un gesto, retira el pelo de mi cara y se lo coloca detrás del hombro. Yo me giro para examinar la cara de Andrew, para ver si se siente avergonzado, emocionado o si lo lamenta, pero su expresión es vacía, ininteligible.

—Bueno, hasta luego, chicos —se despide Danielle abriendo la portezuela y apeándose.

Y entonces cierra de un portazo y nos quedamos solos.

Andrew no enciende el motor de inmediato, sino que permanecemos en silencio uno al lado del otro, escuchando la radio, en la que ahora suena un anuncio de una tienda de comestibles local, una canción tonta sobre frutas y verduras. Me concentro todo lo que puedo en la letra de la canción, tratando de no pensar en lo que acaba de suceder. No quiero pensar demasiado en ello, no quiero analizar el dolor agudo que acabo de sentir en el pecho, cómo me he quedado sin aliento al ver que sus labios se encontraban. He visto a Andrew besar a muchas chicas, e incluso de manera más íntima (lenguas, dientes, manos), así que este beso no debería importarme en absoluto. Pero esta es la primera vez que lo veo besarse con alguien después de que me besara a mí.

Andrew tamborilea con los dedos sobre el volante y, seguidamente, pone el motor en marcha. La camioneta retumba.

—Bueno, te acerco a casa.

Así que no piensa hablar de ello.

Mira hacia atrás y lleva la camioneta en dirección a la calzada. Me deslizo al asiento del copiloto, lo suficientemente lejos como para que nuestros brazos ya no se toquen, y me abrocho el cinturón de seguridad.

—¿Por qué no me contaste lo de la fiesta de Nochevieja? —pregunto de repente, sin poder soportar el silencio que se ha instalado entre nosotros.

—No tengo por qué contártelo todo.

Su tono es cortante, y su postura, rígida y tensa.

—¿Por qué estás enfadado? —suelto.

Lo noto, y Andrew se peina el pelo con la mano, lo que confirma que tengo razón.

—No estoy enfadado. Simplemente no entiendo por qué te lo tomas tan a pecho. Lo de que no te lo dijera.

—No me lo tomo a pecho —respondo.

Me doy cuenta de que no estamos llegando a ninguna parte. Vamos a seguir dando rodeos a menos que uno de los dos empiece a decir la verdad.

—¿Así que estás saliendo con Danielle? —digo.

Vuelvo la cabeza y lo observo. Nuestras miradas se encuentran y soy incapaz de sostener la mía, así que bajo los ojos hacia las manos y empiezo a morderme las uñas. Nunca me las pinto, pero en este momento me gustaría haberlo hecho para poder raspar el esmalte.

—Sí —responde Andrew.

—¿Y qué pasa con Abby? ¿Has roto con ella?

—Entre Abby y yo nunca hubo nada.

—¿Y con Cecilia?

—Cecilia sabía que iba a pasar esto.

—Pero eso no significa que esté bien.

—Vaya, ahora resulta que eres experta en relaciones.

Sus palabras duelen.

—¿Sabes? A algunas de estas chicas podrías molarles de verdad. ¿Te han gustado ellas alguna vez?

—En serio, ¿podría molarles de verdad? —Su tono es irónico—. Qué alivio. Es bueno saber que alguien puede salir conmigo porque le apetece y no solo porque necesita practicar.

De repente, la culpa por la noche anterior me invade. El maldito y estúpido Plan se propaga como un virus en nuestra relación. Pese a que hemos dicho que no iba a cambiar nada, no hay forma de dar marcha atrás y volver a ser como antes. Nuestra amistad está infectada.

—No me refería a eso.

Me siento como si estuviera dando vueltas sin parar y necesitara agarrarme a algo para recobrar el equilibrio, pero lo único que encuentro es el vacío.

—A las tías les molas, Drew. No te lo tomes como un insulto. Me refería a que igual les molas demasiado. Es decir, Sophie Piznarski estaba superpillada por ti y la dejaste tirada. Y parece que le has cogido gusto a…

—Eso fue en tercero de secundaria. ¿De verdad me estás criticando por algo que hice hace cuatro años?

—¡No! Pero no has vuelto a tener novia. Te dedicas a saltar de una chica a otra en cuanto encuentras algo mejor. No has ido en serio con nadie desde entonces.

—Tú tampoco —replica, devolviéndome el golpe—. A menos que estés saliendo con Dean. Aunque no creo que lo consideres así… —Al oír sus palabras, siento una punzada en el estómago—. ¿Y por qué he de tener novia? ¿A qué viene tanta presión?

Me llevo las manos a la cara y me la restriego. Ya no sé ni qué estoy diciendo. No quiero que Andrew tenga novia, y menos una novia como Cecilia o Danielle, pero de alguna manera, no consigo expresarme bien.

—No te estoy presionando. Solo quiero que dejes de actuar como si las chicas no te importaran. ¡Es insultante!

—Ya saben dónde se meten —dice, alzando la voz—. ¿Y cómo sabes tú que ellas no actúan igual? No puedes culparlas de que disfruten del sexo solo porque a ti no te guste.

Sus palabras caen como un bofetón. Puedo sentir su impacto, como si cada una de ellas me hubiese dejado una marca roja en la mejilla.

Llegamos a mi casa y aparca la camioneta, aunque ninguno de los dos se mueve. Andrew toma aliento y baja la voz hasta convertirla en un susurro:

—Y no son estúpidas. Ya saben lo que hay. Además, yo…

—¿Ya saben que no te gustan, que las vas a dejar plantadas? ¿Cómo van a pensar eso?

—¡Porque se lo digo! Les digo a todas que no quiero nada serio.

No sé por qué lo estoy agobiando de esta manera. Es como meter el dedo en la llaga.

—Pero ¿por qué?

—¡Porque estoy enamorado de otra persona!

Su respiración es irregular, como si acabara de correr un maratón. Se pasa la mano por el pelo y se lo estira, dejándolo de punta y todo revuelto.

Siento como si me acabaran de dar un puñetazo en la barriga, como si me hubiera cortado la respiración. ¿Por qué no me ha dicho que estaba enamorado de alguien? Creía que nos lo contábamos todo. Al menos, eso es lo que hacen los mejores amigos. Aguantar las paranoias del otro.

Supongo que no lo conozco tan bien como pensaba.

—¿De quién? —pregunto en un tono dulce.

—¿Cómo?

Aturdido, parpadea, como si acabara de advertir que estoy aquí con él.

—¿De qué chica? ¿De quién estás enamorado?

Andrew suelta una carcajada, y un breve sonido queda atrapado en el fondo de su garganta.

—No tiene importancia.

Parece como si se hubiese quedado sin energía.

—No, sí importa —insisto—. Siempre te he ayudado con las chicas, ¿no?

Se ríe durante un instante y, a continuación, se inclina y apoya la cabeza en las manos.

—No tenía planeado decírtelo cuando estuvieras borracha.

—No estoy borracha. —Me noto un poco mareada, pero no he probado ni una gota de vino desde hace unas horas. Y ciertamente, esta conversación me ha ayudado a bajarlo—. ¿Se lo has dicho?

—¿Cómo? —pregunta, alzando la cabeza.

—Si le has dicho que la quieres.

—Es… complicado —responde Andrew.

Reflexiono sobre lo que acaba de decir y se produce un breve silencio. Acto seguido, Andrew ladea ligeramente la cabeza, me mira, me coge la mano y me da un apretón reconfortante. Ante la agradable e inesperada sensación de su piel contra la mía, se me corta la respiración. Es como la noche anterior, cuando me atrajo hacia él y me dijo que me olvidara de las reglas.

—Yo… —titubeo, insegura del siguiente paso. Muevo la cabeza rápidamente de derecha a izquierda para espabilarme—. Deberías decírselo. No puedes reprimir algo así. Estallarás.

—De acuerdo. Tienes razón —dice jadeando.

—¿Me lo dirás primero? Quiero saber quién es.

Aparto la mano y me coloco un mechón de pelo detrás de la oreja. De repente, recuerdo lo que Dean me dijo al empezar la velada: «Creo que está enamorado de ti. Podría ser tu hermano, pero tú no eres su hermana». Un fugaz recuerdo de la noche anterior acude a mi mente: el aleteo en el pecho cuando sus labios acariciaron los míos por primera vez, mis deseos de llegar hasta el final, el dolor que sentí cuando se marchó. Pero lo aparto. Ahora mismo todos mis pensamientos están confusos y me veo incapaz de ordenarlos. La idea de que Andrew podría albergar sentimientos hacia mí me resulta aterradora. Se supone que las cosas no van así. Es mi mejor amigo. Solo somos amigos. Eso es todo.

—Espera —balbuceo—, ¿soy yo? No soy yo, ¿verdad?

Siento que el rostro me arde y deseo retirar inmediatamente lo que acabo de decir, pero ya está hecho.

Andrew se aleja de mí y deja escapar una risa sarcástica.

—¿Estás de broma?

—¿Qué? ¡No! Solo era para cerciorarme, es decir, que solo estoy asegurándome de que… bueno, ya sabes, a veces los amigos terminan gustándose y…

—No eres tú, no te preocupes —suelta con la sequedad de un insulto.

Me siento como si tuviera un globo dentro de mí que acaba de explotar y que se desinfla lentamente.

—Vale. Vale —respondo, con la necesidad de repetirlo. Aunque parezca extraño, me siento herida y decepcionada. Pues claro que no soy yo. Ya me lo demostró anoche, cuando estábamos juntos y me dijo que no podía seguir—. Vale, y entonces, ¿quién es?

Andrew entorna los ojos un poco y carraspea. Su respuesta es tan obvia que no sé cómo no lo he pensado antes. Hace apenas unos minutos, su escote me aplastaba el hombro mientras se inclinaba para besarlo.

—Venga, Collins —me dice—, estoy enamorado de Danielle.

VEINTITRÉS

Vuelvo la cabeza hacia el otro lado. No debería sorprenderme y, en realidad, no lo ha hecho. Debería haberlo sabido. Andrew no está enamorado de mí... ¿Por qué tendría que estarlo con el montón de chicas guapas que tiene haciendo cola? Y Danielle es la más guapa, la más segura, la más poderosa. Es lo que desean ser Cecilia, Abby, Sophie y el resto de las chicas con las que Andrew ha cortado. ¿Cómo no iba a sentirse atraído por su fuerza?

Niego con la cabeza, tratando de aclararme las ideas. Me siento estúpida por tomármelo tan a pecho. Yo no quiero a Andrew de esa manera. Ya tengo a James Dean. Es solo que, durante un instante, me gustó pensar que él me miraba como a una de esas chicas, como a Danielle, que usa su piel como si fuera un abrigo a la última moda en lugar de uno en el que no está cómoda.

Cuando Andrew comenzó a salir con Sophie Piznarski, me lo contaba todo: que el jersey de rayas rosas y azules le quedaba muy bien, que odiaba los guisos picantes pero que se comía cualquier cosa con mantequilla de cacahuete, que se besaban en el sofá del salón porque sus padres, que estaban trabajando, regresaban a casa tarde. Se quejaba por tener que asistir a sus funciones de ballet y me obligaba a acompañarlo para cuchichear detrás del folleto.

Y luego, después de Sophie, me acostumbré a sus confidencias sobre las chicas que le gustaban, a observarlos mientras bajaban las escaleras cogidos de la mano, a ver cómo se las llevaba a una habitación, al cuarto de baño o al vestidor entre risas borrachas y felices.

Sin embargo, no me ha contado nada de Danielle. Lo que significa que es especial, el tipo de chica que no mencionaría a la mañana siguiente en Jan's, ante una torre de tortitas. Es alguien a quien ha mantenido oculta, alguien secreta y relevante.

—¿Estás enamorado de ella? —pregunto, jugueteando con una hebra suelta del asiento. Lo miro pero él aparta la mirada.

—Sí.

—No tenía ni idea.

—Lo sé… Soy…

Hace una pausa y se peina el pelo de tal modo que le queda de punta, como si hubiera recibido una descarga. Me siento igual que sus cabellos, conmocionada y alerta, como si yo también me hubiera electrocutado.

—Podrías habérmelo comentado. Quiero decir, antes. No tenías por qué mantenerlo en secreto. Lo entiendo. Es Danielle Oliver.

Trato de reír, pero la risa se me queda atascada en la garganta.

—¿Crees que…? —deja la frase sin terminar.

Imagino el final de la pregunta: «¿Crees que tengo alguna posibilidad? ¿Crees que le gusto? ¿Crees que seguiremos siendo amigos después de todo esto?».

Abro la portezuela de la camioneta.

—Sí, Drew. Todo irá bien. Pero deberías decírselo. Vas a ir al baile del insti con ella, ¿no? Será el momento perfecto. Puedes currarte algo. Para que resulte memorable.

—Sí…

Me bajo, recorro el oscuro sendero hasta la casa y, desde allí, me asomo a la ventana para ver cómo su camioneta da marcha atrás y se aleja.

Parece que ambos vamos por buen camino para lograr que el baile del insti sea perfecto y conseguir todo lo que deseamos en el momento preciso, como en los finales de las pelis para adolescentes. Aunque... si todo es tan perfecto, ¿por qué me siento tan mal?

A la mañana siguiente, Hannah y yo hemos quedado para ir de compras y mirar vestidos para el baile, así que me recoge y vamos en el jeep hasta el centro comercial en un trayecto inacabable. Ha prometido que me comprará algo en la pastelería Cinnabon si me porto bien, así que trato de cooperar, aunque creo que no me he puesto un vestido desde tercero de primaria, cuando me tocó llevar las flores en la boda de mi tía. En el fondo, estoy un poco emocionada, pese a que no tengo ni idea de lo que estoy haciendo. Por suerte, Hannah ha decidido convertirse en mi hada madrina: se dedica a escoger diferentes estilos y colores, me los muestra y me suplica con ojos de carnero que me los pruebe.

Todavía no le he contado lo que ocurrió el viernes con Andrew. No sé si alguna vez podré hablar de este tema. Y menos ahora, cuando va a decirle a Danielle que está enamorado de ella. No quiero fastidiarla.

Sin embargo, necesito la opinión de Hannah, examinar el asunto desde otro punto de vista. Cuando llega el momento en que finalmente me derrumbo y se lo pregunto, estamos en un probador de Macy's, rodeadas por tantos vestidos acampanados que casi sufro un aneurisma.

—¿Sabías que Andrew y Danielle se habían enrollado?

Hannah se está poniendo una monstruosidad con estampado de cebra de colores rosa y blanco que creo que ha elegido para hacerme reír.

—Sí, en primero de bachillerato, en la fiesta de Nochevieja de Ava. Lo siento —dice a través de la tela, y después estira el vestido hacia abajo y pasa los brazos por las mangas.

Dándome la espalda, examina la hilera de vestidos que cuelgan en la pared, como si los estuviera inspeccionando. Como si estuviera evitándome.

—¿Lo sabías? ¿Cómo pudiste enterarte antes que yo? ¿Cómo es que todo el mundo lo sabe?

Me estoy probando un vestido verde que, pequeñita y rubia como soy, me hace parecer demasiado a Campanilla.

—Aquella noche te fuiste a la cama temprano —dice Hannah, dando ahora la espalda al espejo y mirándome cara a cara—. Todo el mundo vio cómo se enrollaban a medianoche. Típico del Andrew Fiestero. Nada importante.

Pero sí fue importante. De no haberlo sido, nos habríamos reído juntos a la mañana siguiente cuando se despertó a los pies de mi cama, con el pelo revuelto saliéndole en todas las direcciones y la alfombra marcada en la mejilla derecha.

Lo único que dijo fue: «Te eché de menos anoche, Collins». Y después, estiró las mantas que me cubrían y yo pegué un chillido por el frío.

No entiendo cómo han podido dejarme al margen durante un año entero.

—¿Por qué no me lo dijiste? —le pregunto a Hannah.

—Sabía que no iba a gustarte.

—No tenías por qué protegerme. No me habría importado.

—Sí que te habría importado —insiste Hannah—. Sé que Danielle no te cae bien. La soportas porque es amiga mía, pero no te cae bien. Y siempre he tratado de que os llevarais bien, de que conectarais, porque os quiero mucho a las dos, y sabía que esto lo arruinaría. Habría sido como oficializar vuestro antagonismo.

—Eso no habría pasado —protesto, aunque sin tenerlas todas.

—Y siempre proteges a Andrew. Porque lo consideras tuyo.

—Hannah, Andrew no es mío. Eso es…

—Y sabía que te dolería que Danielle le molara…

—Hannah, él se enrolla con tías todo el tiempo…

—Sí, pero ellas no te afectan tanto. Y aunque para él no fuera gran cosa, sabía que tú…

—Pues se ve que sí fue gran cosa para él… —interrumpo, dejando escapar una risa fingida.

—No, y por eso no vi necesario contártelo. Solo habría empeorado las cosas, como ahora...

—Está enamorado de ella —suelto finalmente entre balbuceos.

—¿Cómo?

El rostro de Hannah está pálido.

—Me lo dijo anoche.

—Pero eso no es verdad... —Se lleva una mano al mechón de pelo que ha caído sobre su rostro y se lo coloca de vuelta al moño, como si estuviera hablando muy en serio—. Eso no es verdad...

—Van a ir al baile juntos —anuncio, para zanjar el tema.

—Yo pensaba... —De nuevo, Hannah no termina la frase y puedo ver el humo que le sale de la cabeza—. No tiene sentido...

—Va a declararse en el baile.

—Pero... Pero si ni siquiera se conocen... —dice Hannah, mientras se lleva la mano a la espalda y empieza a bajar la cremallera de su vestido de cebra.

—Pues claro que se conocen. Hemos ido al colegio juntos durante al menos diez años.

Danielle se trasladó a Prescott en cuarto de primaria, un mes después de que la escuela ya hubiese empezado. A sus diez años, ya tenía la melena morena y espesa, los pómulos marcados y esa prometedora e imponente personalidad. Todo el mundo quería estar cerca de ella y no perderse ni un detalle.

Andrew y yo estábamos sentados uno al lado del otro en la parte trasera del autobús cuando este hizo una nueva parada en su ruta y Danielle subió. En una escuela tan pequeña como la nuestra, los nuevos no podían pasar desapercibidos: eran todo un acontecimiento, una de las pocas cosas emocionantes que sucedían. Danielle no parecía nerviosa, no se movía buscando un lugar para sentarse. Más bien al contrario: sus piernas delgadas, su falda turquesa brillante y sus manos enredadas en las correas de una mochila color rojo de bombero subieron los escalones del bus e hicieron una pose. Quedé fascinada: ¿quién era esa chica que parecía salida de una serie de Disney Channel, que llevaba una ropa tan llamativa y audaz como ella, que parecía dispuesta a destacar, a llamar la atención, a encajar, algo que yo también deseaba? Danielle se convirtió en la estrella alrededor de la cual orbitábamos el resto, y lo hizo desde el primer día, a los treinta segundos de subir al autobús escolar. Aunque, como sucede normalmente con las estrellas, era mejor no acercarse demasiado, no mirarla demasiado tiempo o nos habríamos quemado. Porque Danielle era capaz de quemar. No tardamos mucho en darnos cuenta.

Quizá Andrew ya se fijó en ella entonces, ya quedó fascinado, como me pasó a mí, pero de manera diferente. Quizá se ha sentido atraído por su luz durante años y siempre ha estado orbitando a su alrededor.

—Pues claro que se conocen —le repito a Hannah.

—No —dice con insistencia—. Solo conocen sus… sus mejores versiones, pero eso no es conocer a alguien. Tú ya lo sabes: Andrew Fiestero no es el auténtico Andrew. Vosotros os conocéis sin toda esa mierda. La relación que puedan tener Andrew y Danielle es todo mentira.

—Pero ¿no es eso lo que lo hace emocionante? ¿El no saber?

—Quizá sea emocionante al principio, la emoción de buscarse, de que alguien quiera quedar contigo otra vez. Da subidón que alguien te haga tanto caso. Pero eso no es amor. El amor es cuando tus rarezas están a la altura de las de la otra persona. Cuando te sientes cómoda siendo exactamente tú misma.

Hannah se lleva la mano al cuello, hacia el lugar donde solía estar el colgante que le regaló Charlie, y se toquetea la garganta suave y distraídamente con las yemas de los dedos.

—Sí, ya…

Me giro hacia el espejo porque tengo la extraña sensación de que podría ponerme a llorar, lo que no tiene sentido alguno. Respiro hondo y me aparto un poco para que no pueda verme. No sé qué me ocurre.

—¿Vas a comprarte ese vestido? Te queda brutal. ¿Qué va a llevar Dean? —pregunta Hannah.

—No lo sé. No hemos hablado de eso.

De repente, el vestido toma importancia. Necesito escoger bien y el resto de mi noche con Dean irá sobre ruedas. Pero ¿cómo se supone que voy a saber lo que quiere Dean? Ni siquiera sé cuál es su color favorito.

VEINTICUATRO

A la mañana siguiente, en el instituto, me esfuerzo al máximo por evitar mirar a Andrew, lo que es casi imposible porque aparece por todas partes. Nunca había reparado en que paso gran parte del día con él, que siempre está en mi visión periférica, de la misma manera que lo están mis pies, mis manos y mi nariz.

Ahora soy consciente de su presencia de manera distinta. Cada vez que entra en un aula, me pongo tensa, como si dentro de mí hubiera unos cables por los que pasara la electricidad. Cuando entra en la sala de estudio y se sienta en la mesa que ocupo, me estremezco. Me fuerzo a mirarlo y sonreír. Puedo ser normal y funcionar como un humano. Tengo que serlo si quiero recuperar a mi amigo.

—Hola —saludo, golpeando el bolígrafo contra la mesa.

—Hola —responde.

Lleva una camisa verde oscuro que resalta el color verde de sus ojos, y niego con la cabeza, sintiéndome estúpida por haberme fijado siquiera en ellos. Los amigos no suelen apreciar el color de los ojos de sus amigos. Especialmente, no los ojos que están enamorados de Danielle Oliver.

—¿Qué tal acabó tu fin de semana? —pregunta.

—Bien —contesto.

—Estoy hecho polvo.

—Sí, el lunes es una mierda.

—Sí.

Genial, ahora hablamos como si fuéramos unos completos desconocidos.

Cada vez que lo miro, recuerdo los acontecimientos del fin de semana: la sensación de sus labios contra los míos, el preservativo en la mano, los dedos de Danielle peinándole el pelo durante la cena, Danielle sonriéndole, frunciendo los labios. Danielle, Danielle, Danielle.

Andrew la quiere. En este momento, desplomado sobre el pupitre y quejándose de los lunes, la quiere. La querrá cuando levante la mano para responder o preguntar algo, cuando atraviese el pasillo camino de la cafetería. Es una constante, un zumbido subyacente que no va a desaparecer. Danielle forma parte de él ahora. ¿No es eso el amor, que otra persona se adhiera a tu cerebro, te carcoma el corazón y el alma y te consuma por completo? El amor no es más que un parásito.

Me doy cuenta de que lo estoy observando con demasiada atención y aparto la mirada, fingiendo buscar algo en la mochila. Andrew me da la espalda y empieza a tamborilear con el lápiz contra la parte superior de la mesa.

Me preocupa que Danielle lo convierta en el Andrew Fiestero para siempre, que haga desaparecer aquello de él que lo hace único, interesante y maravilloso, o que lo arruine, que lo aplaste con su poder. Pero tengo que aceptarlo. Tengo que dejar que estén juntos si eso es lo que Andrew quiere. Tendré que acostumbrarme, aunque me llevará algún tiempo.

—¿Te has peleado con Andrew? —me pregunta Hannah mientras nos dirigimos a la cafetería—. Estáis los dos un poco raros…

Andrew está al final del pasillo con Chase, y no nos ha saludado; en realidad, ha hecho como si no nos hubiera visto. Me siento culpable por no haberle contado a Hannah que llevé a cabo el Plan, pero ahuyento el sentimiento.

—Estamos bien.

—¿Es por lo de Danielle?

—Se me hace raro —respondo—. No se lo dirás, ¿verdad? Lo de que está enamorado de ella...

—¡Por supuesto que no! —exclama Hannah—. Es cosa suya. —Mira por encima del hombro hacia Chase y Andrew, que están riéndose de algo—. De todos modos, si está enamorado de Danielle, no entiendo por qué continúa siendo amigo de Chase.

Hasta ahora, no se me había ocurrido que Andrew podría haberse sentido molesto cuando Chase se ligó a Danielle en la fiesta. Parecía tan nervioso cuando Danielle se disculpó. Supongo que, esa noche, Cecilia fue un segundo plato. Aunque se llevó a la chica que le gustaba y encima él acabó metiéndose en problemas, la gente no se enemista con Chase Brosner así como así, ni siquiera por eso.

Bueno, al final, ha conseguido a la chica. O casi. Solo le falta decírselo.

Danielle y Ava ya están sentadas a la mesa de la cafetería, sosteniendo unas tazas verdes de coca-col-a.

—Nos lo pasamos muy bien el sábado por la noche. James Dean es *très chic* —dice Danielle cuando Hannah y yo tomamos asiento.

—¿Salisteis el sábado? ¿Por qué no me avisó nadie? —pregunta Ava.

—Fue una doble cita. De haber venido, habrías aguantado la vela —responde Danielle.

—Podría haber encontrado a alguien con quien salir. No soy una leprosa.

—Eh, que los leprosos también pueden encontrar el amor —digo.

—*Leprosos enamorados* —se mofa Hannah—. Me encantaría ver ese *reality*.

—Claro, Ava. Estoy segura de que habrías podido encontrar diez personas con quien salir. Es tu especialidad —dice Danielle, y después mete la mano en la mochila para buscar el móvil—. Pero no eres el centro del mundo. Puede que a Collins y a mí nos apeteciera salir juntas.

Un ligero maullido, como el de una gatita herida, sale de los labios de Ava, que con los brazos cruzados se recuesta en su silla.

—Fue algo sin planear —intervengo, tratando de que se sienta mejor—. Nos encontramos por casualidad.

—Pero Dean nos consiguió vino —cuenta Danielle con ojos brillantes—. Fuimos a Giovanni's.

Ava se debate entre su enfado con Danielle y la curiosidad.

—¿Con quién saliste? ¿Con uno de los amigos de Dean? Espera, ¿con Cody?

—Hola, chicas.

Andrew saca la silla junto a mí y la ocupa. Danielle está enviando mensajes por el móvil y apenas lo mira. Sé que esa es una de sus tácticas, una de las cosas que me enseñó cuando conocí a Dean.

—¿Por qué no coméis fuera? —pregunta Andrew—. Se está muy bien.

Excelente. Ahora hablamos del tiempo. ¿En serio? ¿A este punto hemos llegado?

—Tratamos de que no le dé el sol a nuestra coca-col-a. Se vuelve asquerosa con el calor —responde Ava.

—Está asquerosa también cuando hace frío —rebate Hannah.

—Cierto. —Andrew mira a Danielle—. Hola, Danielle.

Danielle despega los ojos del teléfono.

—Ah, hola, Drew.

—¿Qué tal el resto de tu finde?

—Sin incidentes.

Pienso en lo que dijo Hannah, en que realmente no se conocen. En este momento, me parece innegable. Pero igual están nerviosos. Quizá Andrew se siente incómodo porque me contó su secreto, y ahora estoy aquí y lo sé.

Ava examina a Andrew durante un instante, después mira a

Danielle y a continuación a mí, paseando su mirada a tal velocidad que parece que se marea.

—¿Tuviste una cita con este tío?

—El mismo —responde Andrew.

Ava chasquea la lengua.

—Por supuesto. Debería haberlo imaginado. —De repente, se levanta y recoge su bandeja vacía y su taza con el mejunje—. Nadie me cuenta nada.

El jueves, después de las clases, me toca turno con Dean. Es la primera vez que lo veo desde la maldita doble cita y, por extraño que parezca, estoy bastante tranquila al respecto. Es un alivio no sentirme nerviosa cada vez que voy a verlo, especialmente ahora que soy la ansiedad en persona con Andrew.

Estamos en mayo, ha empezado a hacer calor de repente y el aire en la tienda es estanco y pesado. El verano está a la vuelta de la esquina, y ya se saborea el final del curso.

Como ocurre con todo, Dean no parece acusar el calor. Tiene una fina capa de sudor en los brazos y en la frente que hace que parezca que brille.

—¿Aquí no hay aire acondicionado? —pregunto, agitando la mano frente al rostro para refrescarme.

Dejo caer la mochila sobre una silla de la sala de descanso y salgo, consciente de lo pegajosa que estoy en todos los lugares de mi cuerpo menos favorecedores.

Él hace una mueca torcida de dolor y se encoge de hombros.

—Hay un ventilador en la habitación de atrás, aunque personalmente creo que te queda muy bien el acaloramiento.

Ante sus palabras, me ruborizo todavía más, y sospecho que mi piel ya habrá alcanzado un tono rojo vivo. Sin embargo, toda la vergüenza se me olvida cuando me agarra del trasero y me atrae hacia él. Me besa dejando su mano allí y magreándome. No puedo creer que no se me haga extraño el hecho de tener su mano en mi trasero. Parece que hayan pasado un millón de años desde el día en que me rozó la rodilla.

Dejo que se desvanezcan todas mis preocupaciones, dejo que mi mente se derrita en un charco causado por el calor, por su beso, con el aleteo en el pecho, fruto de la emoción y la práctica. Esto es justo lo que necesito. ¿Por qué me puse tan nerviosa por lo de Andrew?

—¿Te divertiste el sábado? —pregunto, apartándome.

—No estuvo mal —dice.

Evidentemente, la ansiedad me ataca de nuevo.

—¿Mal?

—Quiero decir que tus amigos son... son tan...

Dean no termina la frase y se pone a juguetear con unos cables conectados a los altavoces del mostrador.

—Hoy voy a currarme una banda sonora increíble —anuncia.

—¿Mis amigos son tan qué? —pregunto, con la voz más aguda de lo esperado.

Dean conecta su móvil con los altavoces y toquetea la pantalla.

—Me refiero a que son tan... de instituto. —Hace clic en un botón y unas triunfantes trompetas y violines resuenan por toda la tienda. Dean cierra los ojos y se concentra en la música—. John Williams. Ha compuesto todos los temas de las pelis famosas de todos los tiempos. Es un genio. Toma pelis buenas y las convierte en geniales. Las vuelve jodidamente memorables. Esto es...

—*Parque Jurásico* —interrumpo—. Ya lo sé. ¿Y qué se supone que quieres decir con eso de que «somos tan de instituto»?

No me gusta volver al tema, pero algo en su tono me ha puesto a la defensiva.

—Genial, así que estoy enseñándote lo que ya sabes.

Toma su teléfono y cambia la canción a una de tonos graves y amenazantes. «Ba dum. Ba dum.»

—*Tiburón* —suelto automáticamente.

Dean no la detiene, y la melodía gana intensidad poco a poco.

—Lo que quiero decir es que cuando estoy contigo, solo quiero estar contigo. Pero tus amigos están tan pendientes. Quieren saber cosas, quieren sentir que forman parte pese a que no es asunto suyo. La primera vez que viniste, trajiste a un escuadrón completo. La secundaria es así. —Pulsa de nuevo el teléfono y la música vuelve a sonar—. Si esta no la conoces, es un pecado. En serio, como gerente de la tienda, no sé si podré permitir que continúes trabajando aquí si no puedes adivinar cuál es.

—Es *La guerra de las galaxias*, por supuesto —respondo, negando con la cabeza—. Vale, pero tus amigos también se meten. ¿Qué pasa con Cody?

—Yo no voy a traer a Cody a cenar con nosotros. No voy a decirle que venga para ver cómo nos enrollamos, a menos que te apetezca a ti, claro.

Sonríe y vuelve a mirar la pantalla del móvil.

—Yo no soy... No los... —balbuceo. La melodía de *La guerra de las galaxias* explota triunfal a nuestras espaldas—. Nos invitaste a todos después de Giovanni's. Creía que nos estábamos divirtiendo.

—Y así es. Lo único que te digo es que no tiene por qué ser tan complicado. La vida no es tan dramática. Es solo vida —dice, sonriendo y sacudiendo los hombros y los brazos como para liberar tensión—. Permite que John Williams te calme. Cierra los ojos y escucha al maestro.

Toca la pantalla y la melodía de *La lista de Schindler* empieza a sonar. Parece completamente fuera de lugar en la pequeña tienda, cálida y soleada.

Quizá tenga razón y mis amigos complican las cosas. De hecho, ha sucedido así con Andrew. Quizá sea mejor mantener apartados a los amigos de las relaciones, como hacen en las bandejas de la cafetería con la comida que puede derramarse: un compartimento para los guisantes, otro para el puré de patatas. Quizá con eso pueda evitar que mi vida se convierta en un caos.

VEINTICINCO

Jamás pensé que me alegraría tanto de que llegaran los exámenes finales. De repente, solo faltan dos semanas para que termine el curso y todo el mundo está tan ocupado que lo demás pasa a un segundo plano. Me esfuerzo por terminar mi trabajo de Historia y después paso todas las noches del resto de la semana haciendo fichas resumen y estudiando Mitología griega y Francés.

Para cuando llega el último día de clase, ya no estoy preocupada. Pero una ola de tristeza me invade tras el último examen. Es curioso cómo se puede odiar tanto el insti y empezar a echarlo de menos incluso antes de que te hayas ido. De pronto, soy muy consciente de que todo lo que estoy haciendo lo hago por última vez. Esta será la última vez que apoyo el hombro en la taquilla para que se cierre, la última porción correosa de pizza en la cantina, las últimas horas que pasaré mirando por la ventana, contando los minutos para que suene el timbre. De algún modo, y eso que las clases siempre me parecieron eternas, el final ha llegado demasiado rápido.

Desde tiempos inmemoriales, es tradición en Prescott que los estudiantes del último año se reúnan en el mirador junto al lago, se hagan fotos y después se apilen en el interior de una limusina para ir al baile. Por lo general, el recinto donde se celebra está un poco más lejos, pero el Walcott se encuentra a tan solo doce minutos por la carretera al otro lado del lago.

Aun así, hemos alquilado una porque queremos la experiencia completa.

Danielle ha organizado una fiesta el último día de clase, la noche anterior al baile. La ha bautizado «La Última Cena» porque va a cocinar y, según ella, porque toda fiesta necesita una temática. Ha invitado a todos, incluso a Ryder y a Simon Terst, con quienes lleva semanas cabreada. Es como si, ahora que la escuela ha terminado, todas aquellas fronteras sociales arbitrarias que nos han mantenido separados no existieran. Mi prima Beth, que es siete años mayor que yo, ya me avisó de que esto pasaría, que apenas unos meses después de terminar el insti, dejaría de interesarnos quién era popular, quién salía con quién o a quién se suponía que debíamos odiar. En aquel momento no la creí, pero ahora veo que tenía razón. Ya da la sensación de que el insti fue hace mucho tiempo, y eso que todavía estoy vaciando mi taquilla.

Tal como planeamos al comenzar el insti, Hannah y yo bajamos la capota del jeep, nos subimos y gritamos mientras dejamos atrás el aparcamiento a toda velocidad. Ponemos «Free Bird» a todo volumen en el aparato de música y levantamos el dedo corazón hacia el cielo. Resulta agridulce estar aquí sin Andrew. En la versión cinematográfica de hoy, la que planeé en mi mente, estábamos los tres juntos, el mismo trío del primer año de insti, riéndonos y alejándonos de Prescott. Pero antes he visto que se marchaba con Danielle y ni siquiera me he despedido de él.

Todos bajamos al lago por la tarde a repantigarnos en flotadores de vivos colores y porciones de pizza inflables. Hay una neverita llena de cervezas escondida entre la hierba, junto a la orilla, enterrada bajo una pila de toallas de playa para que la policía, los padres o cualquier otro adulto que se acerque no advierta que estamos bebiendo. La playa está llena de gente. Prácticamente todos los de nuestra clase estamos aquí, como si tratáramos de absorber hasta el último de los minutos que nos quedan juntos, como si saboreáramos hasta la última gota. El sol está alto y proyecta una dorada neblina estival sobre todas las cosas, y es todo tan hermoso que hasta duele. Sé que este momento no se repetirá. Jamás.

Estoy durmiendo la siesta sobre un flotador con forma de pizza cuando un grito de entusiasmo y un chapoteo frío a mi izquierda me despiertan. Al girarme, veo a Andrew y a Danielle que tratan de meterse en una rueda hinchable. Danielle lleva el pelo recogido en un moño mojado y el nudo de su biquini rojo está a punto de deshacerse mientras se abalanza sobre los hombros de Andrew para tratar de hundirlo. No puedo evitar mirarlos. Son tan hermosos, como si fueran un anuncio de lápiz labial con sabor a chicle de la *Teen Vogue*, y la verdad es que verlos me revienta un poco. Ojalá no pareciera que son el uno para el otro.

Andrew se da cuenta de que estoy observándolos y me saluda con la mano, sacudiéndose el agua del pelo como si fuera un perro. Le devuelvo el saludo y, durante un breve instante, su sonrisa se esfuma. Sé que siente lo mismo que yo. No deberíamos estar saludándonos desde lugares diferentes del lago. Hoy no.

—Hola, Collins —dice Danielle, gritando un poco para que pueda oírla—. ¿Crees que James Dean podría conseguirnos algunas bebidas? ¿Para esta noche?

No quiero meter a Dean en esto, y menos cuando hay mucha otra gente que podría hacerlo: el primo de Andrew, por ejemplo, o la persona que haya suministrado los treinta lotes de cerveza que están enfriándose en la orilla. Aunque lo capto: Danielle me está poniendo a prueba. Quiere ver si puedo hacerlo, si tengo agallas.

—Te daré el dinero —grita a través del lago—. ¡Necesitamos tu ayuda, Collins!

Envuelve el cuello de Andrew con un brazo escurridizo y lo acerca hacia ella. «Necesitamos», como si fueran uno solo.

—Claro —grito como respuesta—. No hay problema.

DANIELLE
Oye, le dijiste a James Dean lo de las bebidas?

YO
Todavía no

DANIELLE
Pilla cerveza para los tíos. Mis padres
tienen una máquina para hacer margaritas,
así que dile que coja también tequila

YO
No sé, creo es demasiado para un DNI falso

DANIELLE
Tú pregúntale. Si no tenemos bebidas en la
fiesta, será culpa tuya

YO
Hey

DEAN
Qué pasa?

YO
Te puedo pedir algo?

DEAN
...

DEAN
El qué?

YO
Danielle ha organizado una fiesta
esta noche y necesita bebidas

DEAN
Eso no es pedirme nada

YO
Crees que podrías conseguirnos alcohol?

YO
Sin agobios

YO
Te lo pagaré

DEAN
Cómo?

YO
...

DEAN
Veré qué puedo hacer

ANDREW
Hola

YO
Hola

ANDREW
Vas a pasarte esta noche?
Por la última cena?

YO
Sí, y tú?

ANDREW

Quieres que vayamos juntos?

ANDREW

Quiero decir que si quieres que te lleve

YO

No puedo. Primero tengo que pasar
por casa de Dean

YO

Para recoger las bebidas

ANDREW

Ah. Bueno, de todos modos seguro
que me quedo a dormir, así que lo de
conducir no es muy buena idea

ANDREW

Tú vas a quedarte a dormir también, no?
Si no, puedo llevarte a casa...

YO

Sí, me parece bien lo de dormir

YO

Quiero decir que sé que tú pasarás la noche
con Danielle. Me refería a que yo me
quedaré también. En el sofá

ANDREW

Ya, lo he pillado

Vale, nos vemos allí!

En casa de Dean me espera una caja llena de vasos de plástico, tequila y una botella con un dragón en la etiqueta con pinta de ser capaz de matar a un adulto. Dean está sentado en el sofá junto a Cody y juegan a *Mario Kart* otra vez. Al parecer, si se detienen un momento, el mundo se acaba.

—¿Estás seguro de que no quieres venir? —le pregunto mientras trato de levantar la caja. Es mucho más pesada de lo que imaginaba.

—No, ve tú. Pero deberías pasarte por aquí después —responde.

—No sé si podrá traerme alguien. Anda, vente.

No creo que alguien vaya a conducir antes de mañana con todo el alcohol que hay en la caja. Y ni se me pasa por la cabeza cruzar el campus en mitad de la noche.

—Es que eso de la última cena suena un poco raro —arguye—. Me siento un poco fuera de lugar en tus movidas de final del insti. ¿Sabes? Siempre puedes pasar de ir y nos lo bebemos todo aquí.

Su sonrisa me hace sospechar que está bromeando, que no está hablando en serio. Sin embargo, lo extraño es que si lo hiciera, creo que no aceptaría. De hecho, por algún motivo que desconozco y a pesar de haberme pasado todo el insti quejándome de las fiestas, estoy deseando que esta llegue, quizá porque podría ser la última.

—No es ninguna movida rara —le recrimino.

—Te veo mañana, ¿vale? Para el baile. Esa será la verdadera fiesta.

—Dean casi se hace pis de la emoción con lo del baile —comenta Cody.

Soy incapaz de distinguir si lo dice con sarcasmo o no. Tengo la sensación de que hay algo mezquino en lo que ha dicho, pero no puedo asegurarlo.

—Vale.

—Son doscientos cincuenta pavos por las bebidas —interviene Dean.

Me siento y busco en el monedero el dinero que Danielle me dio.

—Nos vemos mañana por la noche, ¿vale? —me dice—. No te enfadas, ¿no? ¿Todavía te apetece ir al baile?

Levanto la caja con esfuerzo y me dirijo hacia la puerta.

—Sí —respondo—. Todavía me apetece.

VEINTISÉIS

Cuando llego, la fiesta ya está en pleno apogeo. La casa parece viva, vibrante con ruido y energía y todo el mundo está allí, todos los del último año y la mayoría de los del anterior. Los Oliver viven en una casa de esas que tienen mucho espacio negativo, con habitaciones que cuesta una fortuna decorar pero que en realidad nadie utiliza. La escalera hacia el primer piso surge desde el vestíbulo como si formara parte del atrezo, como si de ella fueran a bajar una fila de coristas en un viejo espectáculo de vodevil. En este preciso instante, está atestada de gente.

En la pared del fondo hay una gran cartulina en la que alguien ha escrito LA ÚLTIMA CENA en pintura roja. Es algo peligroso, porque la pintura parece que no se ha secado todavía y estoy segura de que cada uno de los muebles de la casa cuestan más que un coche. En la parte inferior de la cartulina alguien ha garabateado con rotulador permanente un «¿Qué hay para cenar?», y otra persona ha contestado: «¡Cómeme la polla!».

Debajo hay una mesa plegable llena de comida: bandejas de galletas y panecillos que ha preparado Danielle, además de algunos *brownies* de aspecto sospechoso que claramente no ha cocinado ella. Distribuidas por doquier, pequeñas velas eléctricas proyectan un tenue resplandor.

Llevo la caja con las bebidas a la cocina, con los brazos tensos, tratando de abrirme paso entre grupos de personas que parecen no verme o pasan de apartarse. Echo un vistazo y descubro a Hannah, que está bailando con varias compañeras del equipo de hockey. Antes de que pueda acercarme a ellas, Chase se abalanza sobre mí, gesticulando hacia la caja de cartón llena de botellas.

—¡Collins! —exclama—. ¿Qué me has traído?

Inclino la caja hacia él, y Chase sonríe, sacando una botella de tequila.

—Al parecer, tampoco era muy necesario —digo, haciendo un gesto hacia todas las personas que nos rodean y que ya están claramente borrachas.

—No, colega. Eres el ama.

Abre la botella, toma un trago y después se restriega la mano por la boca.

—¿Te lo estás tomando a palo seco? —pregunto, frunciendo la nariz con repugnancia.

—Créeme, es lo que necesito ahora mismo.

Chase toma otro trago rápido y me pasa la botella. Dejo la caja en el suelo.

—No, gracias. —No quiero sentir que se me nubla la mente, y menos a causa del tequila. Ava siempre dice que el tequila hace que se le caiga la ropa—. Oye, ¿has visto a Andrew?

Chase asiente y mira por encima del hombro.

—Está con la señora de la casa.

Miro hacia el lugar que me ha indicado y los veo. Andrew está sentado en el sofá de la sala donde está la televisión, con Danielle en su regazo, con la mano descansando sobre el fino trozo de piel que hay entre su camiseta y sus pantalones cortos.

—Qué monos —suelto.

—Se han pasado toda la noche uno encima del otro. Menudo lapa.

Chase toma otro sorbo de tequila. Antes de darme cuenta de lo que hago, alargo el brazo y cojo la botella.

—¿Puedo? He cambiado de opinión.

—Sírvete.

Chase me pasa la botella y echo un poco en un cóctel margarita que hay en un vaso de plástico. Cuando me lo llevo a los labios, hago una mueca.

—No es veneno —comenta Chase.

—De hecho, sí.

Doy otro trago, esperando sentir la misma repugnancia que con el whisky, pero, para mi sorpresa, sabe bien. Sabe peligrosamente bien. De repente, entiendo el porqué de las canciones alegres y playeras sobre los margaritas. Sé que voy a tener que beberlo con calma o me subirá rápido.

Miro por encima del hombro y, al ver que Andrew aparta un mechón de pelo del rostro de Danielle y se lo coloca detrás de la oreja, se me revuelven las entrañas. No sé qué me ocurre. Mis entrañas estaban perfectamente bien antes del estúpido Plan.

Aparto la vista rápidamente y me vuelvo hacia Chase.

—Oye, ¿puedo preguntarte algo?

Si hay un momento para obtener información, es ahora, cuando estamos del mismo lado.

—Sí, Collins, dispara. Me has visto el culo, así que, ¿qué me queda por esconder?

—¿Fuiste tú el que escribió los mensajes?

—¿Qué mensajes?

Niego con la cabeza.

—Me refiero a aquellas palabras en la pared de la sala de estudiantes. Sobre Danielle.

—Joder, claro que no. No soy tan capullo —dice Chase, y lo creo.

—Vale, pero, entonces, ¿por qué les dijiste a todos que te habías acostado con ella?

Tomo un sorbo de la bebida y siento un calorcito que se extiende por el pecho y me hace sentir más segura. Igual me he pasado de la raya y se cabrea, pero, a estas alturas, ya no me importa. Sin embargo, muy al contrario, Chase se limita a encogerse de hombros.

—La fastidié —admite—. No debería habérselo dicho a Ryder. Lo conozco desde la guardería y sé que es un bocazas. Pero es mi mejor amigo. Y si finalmente mojas con la chica que te mola, lo primero que quieres es contárselo a tu mejor amigo.

Repaso todos los secretos que le he contado a Hannah; entre ellos, lo mal que me sentó saber que Andrew se había enrollado con Danielle y que nadie me lo hubiese contado. ¿Cómo voy a enfadarme con Chase cuando en realidad todos hacemos lo mismo?

—¿Te mola?

Dirijo la mirada hacia el sofá donde están sentados ella y Andrew. Pues claro que le mola.

—Ya es tarde. Lo jodí todo —dice, siguiéndome la mirada.

—Lo jodió Ryder. ¿Y sabes? Tienes razón: Danielle no puede culparte por habérselo contado a alguien. Tú no fuiste el que lo largó por todo el insti. ¿Por qué no le dijiste nada?

—¿A Ryder? Tía, estamos en el esprint final del insti, así que relájate, Collins. —Entrechoca la botella de tequila contra mi vaso—. A partir de la semana que viene, ya no tendremos que aguantar más a ninguna de estas personas.

A continuación, Chase sonríe y se aleja, rodeando con el brazo a Cecilia, que acaba de entrar en la habitación y frunce el ceño en dirección al sofá. Me sorprendo al pensar que, pese a que lo he visto desnudo, no lo conozco en absoluto.

Me dirijo hacia Hannah y, al acercarme, compruebo que está achispada. Tiene las mejillas sonrosadas y el flequillo, despeinado.

—¡Keely! —grita al verme, como si hubiesen transcurrido tres años en lugar de tres horas desde la última vez que estuvimos juntas—. ¡Feliz último día del último curso!

Está con Molly Moye, y las dos se bambolean al ritmo de una vieja canción de Ariana Grande.

—¿Qué habéis estado bebiendo?

Me gusta la sensación de tenerla a mi lado, acogedora y confiada.

—De todo —contesta, golpeándome la nariz.

—Qué ganas lo de mañana, ¿no? —interviene Molly.

Sostiene su bebida en dirección a la mía, brindamos y tomo otro sorbo, largo y ácido. Asiento, y estoy a punto de soltar alguna frase sobre el baile (como que lo recordaremos durante toda la vida o algo parecido, cosas de las que he tratado de convencerme durante la última semana, más o menos), cuando me doy cuenta de que no, no tengo nada de ganas. Cuando pienso en mañana por la noche, no pienso en el baile ni en celebrar con mis amigos el final del insti y disfrutar de los últimos momentos que nos quedan juntos. Solo puedo pensar en la habitación de hotel que hemos reservado, en el momento en que Dean y yo nos quitaremos la ropa, justo a punto de saltar al vacío. El momento que le prometí.

Se supone que perder la virginidad es emocionante, ¿no? Al pensar en mañana por la noche, mi estómago se acelera, pero no como si estuviera lleno de mariposas que aletean, sino como si en su interior solo hubiera gas. Pero como ahora tampoco quiero pensar mucho en eso, tomo otro largo sorbo de margarita y le miento a Molly:

—Sí, qué ganas.

Molly se ilumina como si fuera un árbol de Navidad y pasa su brazo por el de Hannah, uniéndonos a las tres en una cadena borracha de margaritas.

—Yo también.

—Y yo. —Hannah también está de acuerdo.

—Os voy a echar mucho de menos —confiesa Molly.

Tengo la sensación de que quizá el alcohol nos está volviendo sentimentales, porque apenas conozco a Molly Moye. Bueno, eso no es exactamente cierto. Sé lo principal: que está saliendo con Edwin Chang, que juega a hockey sobre hierba desde quinto y que irá a Dartmouth en otoño. Sin embargo, saber estos detalles de su vida no significa que conozca lo que sucede de puertas para adentro. Y en cambio, cuando dice que me va a echar de menos, entiendo a qué se refiere. Porque yo también la voy a echar de menos. Molly es parte de mi ecosistema. Estoy acostumbrada a que nuestras existencias orbiten, a tenerla siempre en el rabillo del ojo, dentro de mi campo de visión. Y sé que después del insti, cuando termine el verano y me vaya a California, y Hannah se instale en Nueva York y Molly, en Nuevo Hampshire, con toda seguridad no la volveré a ver.

Deambulo por la casa, perdiéndome entre la multitud, entre la masa de cuerpos sudorosos que se vuelven extraños, empañados por el tequila de los dos margaritas que llevo.

En la cocina me topo con Danielle y Ava. Al parecer, Danielle se ha despegado del regazo de Andrew. ¿Dónde se habrá metido?

Sobre la encimera hay una fuente de horno llena de nachos y queso, y ahí están las dos con los dedos aceitosos. Los ha cocinado Danielle, así que también llevan otros ingredientes: aceitunas negras, jalapeños, rodajas de cebolla y tomates. Me la imagino cortando las verduras antes de la fiesta, separándolas en cuencos pequeños al igual que hace mi madre.

—¡Collins! —exclama Ava al verme—. ¡Ven a comer la última cena con nosotras! ¡Estamos preparando un festín!

Probablemente es mala idea que Ava haga funcionar un horno, pero al menos, me siento feliz de que haya cambiado las cocacol-as por nachos. Con un poco de suerte, Danielle impedirá que incendie la casa.

—¿Dónde está Andrew? —pregunto, cogiendo un nacho de la bandeja y llevándomelo a la boca.

—¡Espera! ¡Todavía no están listos! —grita Ava.

—Vamos a hacer guacamole.

Danielle toma unos aguacates del cesto de frutas sobre la encimera y coge un cuchillo grande.

—¡No! —Ava la detiene—. Vas a cortarte la mano. Un artículo en BuzzFeed decía que los hospitales reciben a cientos de personas por lesiones relacionadas con el guacamole.

—¿Dudáis de mí? —Danielle corta el aguacate como si fuera una profesional, clava el cuchillo en el hueso y lo arroja al cubo de basura orgánica—. Si alguna vez me corto con un aguacate, por favor, matadme.

—¿Habéis visto a Andrew? —repito.

Danielle pone la bandeja en el horno.

—Hace un rato que no lo veo. Pero cuando los nachos empiecen a cocinarse, aparecerá como por arte de magia. Los hombres no pueden resistirse al olor de queso derretido. Está científicamente probado.

—Voy a buscarlo —anuncio, y me doy la vuelta, dejándolas que se encarguen del horno.

Jason Ryder y Susie Palmer están contra la pared del pasillo, prácticamente comiéndose el uno al otro. Paso junto a ellos y recorro el resto del pasillo hasta una puerta con mosquitera que conduce al porche trasero. El aire nocturno es cálido y se oye el cricrí de los grillos, incluso por encima del ruido de la fiesta.

Me dispongo a salir, pero me quedo de piedra al ver a Andrew. Porque no está solo.

Está con Cecilia.

Entorno la mosquitera y me quedo espiándolos. Cecilia está sentada en la barandilla del porche y Andrew se encuentra frente a ella, de pie, para estar a la misma altura. Al principio creo que van a besarse, pero luego me doy cuenta de que solo están hablando en voz baja. Aguzo el oído para escuchar lo que dicen.

—Entonces, ¿vas a fingir que no ha pasado nada entre nosotros? —Cecilia deja la lata de cerveza en la barandilla y juguetea con la lengüeta, desplazándola de un lado a otro—. Apenas me has mirado en toda la noche.

Andrew se aparta un poco y se lleva la mano a la nuca.

—Lo siento. Danielle y yo...

—Sí, ya lo sé —interrumpe Cecilia—. Vas a ir al baile con ella.

—Pensaba que no teníamos nada serio —responde Andrew—. Lo dijiste tú. Yo no habría…

—Lo dije porque pensaba que era lo que querías oír. Por Dios, Andrew, no te enteras de nada.

—¿Y por qué ibas a mentirme? No pensé que era…

—¡Te mentí porque tenía que hacerlo! —Cecilia ha levantado la voz, y ahora habla en un tono agudo y cortante. Se atusa la melena rizada y rubia, voluminosa y rebelde debido a la humedad—. Sabía que yo no te gustaba. Sabía que solo querías enrollarte conmigo porque podías, y yo quería salir contigo, aunque suene a desesperada. Pero los sentimientos suelen quitar las ganas… —Deja escapar una risa mordaz—. Así que aproveché. Jamás habrías salido conmigo de haber sabido que me gustabas. Lo habría fastidiado todo. Todo el mundo sabe que eres un donjuán.

—Yo no soy ningún donjuán —replica Andrew, y me entran ganas de sacudirlo.

Cecilia le está diciendo lo que yo he estado tratando de decirle todo el tiempo. Andrew levanta la cerveza dispuesto a tomar un sorbo, pero luego niega con la cabeza y la deja sobre la barandilla, restregándose la cara con la mano.

—¡Oh, venga, Andrew! —Me pregunto cuánto habrá bebido Cecilia, si habría sido lo suficientemente valiente como para decirle todas estas cosas de haber estado sobria. Agarra la cerveza y la estruja con tanta fuerza que abolla la lata. ¿Se la va a beber o se la tirará a la cara?—. Crees que eres un buen tío, pero los buenos tíos no se enrollan con una chica y después la dejan plantada cuando se presenta algo mejor.

—Lo siento —se disculpa Andrew con la voz entrecortada—. Sencillamente no se me ocurrió… Es decir, pensaba que estábamos en la misma onda. No me habría comportado así… —titubea, buscando las palabras—. Pensé que me habías entendido.

—No voy a ser segundo plato de nadie. No es mi trabajo entretenerte hasta que encuentres a otra.

—Lo siento —repite Andrew—. De verdad. No me lo planteé de esa manera.

—Sí, claro, lo que tú digas —suelta Cecilia—. Debería haberle hecho caso a Susie. Ya me decía ella que no perdiera el tiempo contigo. Pero pensé que igual te cambiaba, que quizá yo fuera especial. Qué estúpida, ¿verdad?

—El único imbécil que hay aquí soy yo —afirma.

Andrew contrae sus labios, como si tratara de no sonreír.

—Eres un gilipollas de primera —dice ella.

Y entonces, Cecilia levanta la cerveza hacia él y brindan, y comprendo que lo ha perdonado. ¿Por qué es tan fácil perdonar a las personas por las que sentimos algo? De repente, me siento mal por todo lo que he dicho sobre Cecilia, por las bromas que le hice a Andrew sobre ella. Yo no soy mucho mejor.

—¿Amigos? —pregunta Andrew.

Cecilia sonríe, ladeando la cabeza hacia él con coquetería, como si, después de todo, siguiera confiando en tener una oportunidad. Aunque sabe que no.

—Te has librado de una buena —dice ella—. Si te hubieses acostado conmigo y luego me hubieras hecho esto, te habría echado la cerveza por encima.

—Siempre podemos remediarlo —añade Andrew, sonriendo.

Las palabras de Cecilia me pillan desprevenida. «Si te hubieses acostado conmigo», tiempo condicional, como si nunca hubiese pasado. Pero eso es imposible. Estuvieron enrollados durante semanas, ¿no?

—No me tientes.

Cecilia levanta la lata de cerveza sobre su cabeza, riéndose, y él hace un movimiento para esquivarla, también con una sonrisa.

—Hazlo. Te traeré otra. Lo prometo.

Andrew la mira y luego cierra los ojos, frunciendo la nariz con anticipación. Sin dudarlo ni un momento, Cecilia vierte toda la cerveza sobre Andrew, gritando como si pudiera sentir el frío líquido en su nuca.

Andrew sacude la cabeza y al hacerlo, salpica a Cecilia, que grita, salta de la barandilla hasta el porche y se aleja. Viene directamente hacia mí, así que me voy pitando. No quiero que ninguno de los dos me pille allí, fisgoneando. Mientras recorro el pasillo a toda prisa, oigo que se ríen como si fueran dos buenos amigos.

Danielle no permitirá que Andrew le haga estas jugarretas y salga indemne. Es más fuerte que Cecilia. Ese es su superpoder: decir siempre lo que quiere decir cuando quiere decirlo. Pero, pese a ello, Danielle no es tan valiente: todavía se junta con Ryder y coquetea con Chase, como si entre ellos no hubiera pasado nada. Y así, Danielle no es muy distinta a Cecilia, a la mayoría de las chicas: coquetea porque es más fácil coquetear y perdonar que enfadarse. Porque, como chicas, hemos sido educadas toda nuestra vida para dar a los chicos lo que quieren, para decir «Lo siento» cuando lo que realmente queremos decir es «Jódete».

Huelo los nachos: queso quemado, tibio y ahumado. Sin embargo, no hay nadie alrededor de la bandeja. La gente se dirige hacia el estudio, donde parece que está sucediendo algo más interesante. Entonces lo veo: Danielle sostiene una botella vacía de tequila con una sonrisa perversa en el rostro.

—¿Quién quiere jugar a la botella? —pregunta, sacudiendo el envase de un lado a otro, burlándose de nosotros.

—Venga, Danielle, que ya no estamos en el primer año del insti —dice Ava—. No necesitamos jugar a eso para besarnos.

A continuación, se estira el bajo de la camiseta y los pechos están a punto de salírsele por el escote.

—Quizá tú no necesites un juego para besarte con alguien, pero no todos tenemos el mismo… talento. —Danielle levanta una ceja y se aleja de Ava, dejando la botella en el suelo—. ¡Vamos, venid todos!

—¡Joder, yo me apunto!

Jason Ryder baja las escaleras y entra en la habitación gritando. Lleva una cerveza en la mano y se le derrama un poco. Veo a Susie, que se desliza escaleras abajo tras él. Un grupo de chicos llega desde el garaje, abandonando su juego de *beer pong*. Sophie Piznarski y Molly Moye, que estaban en una esquina susurrándose secretos al oído, asienten con un gesto y se unen. A mis espaldas, oigo un ruido y veo que Cecilia y Andrew llegan del porche trasero. La cerveza gotea de su cabello.

Para mí, es como mi peor pesadilla. No quiero besar a nadie de la escuela y, por descontado, no quiero ver cómo la botella gira desde Andrew a cualquiera de las chicas con las que ha tenido o tiene algo. ¿Cuál sería peor? ¿Cecilia? ¿Sophie? ¿Danielle?

Hannah aparece a mi espalda y me pasa un brazo por encima del hombro.

—Tu juego favorito, ¿eh?

Se aparta y me saca la lengua para demostrarme que está bromeando. Debe de haber dejado de beber, porque parece mucho más serena, con las mejillas menos sonrosadas, que la última vez que la vi. O quizá hayamos cambiado los papeles. Quizá ahora sea yo quien está borracha. Trato de reírme de su chiste, pero lo único que consigo es marearme. La estancia se vuelve borrosa y muevo la cabeza, tratando de expulsar el tequila de mi cuerpo.

—Creo que yo paso —digo, intentando abandonar el círculo.

—Ah, estás aquí —dice Andrew, acercándose. Me roza el brazo con el suyo, todavía húmedo por la cerveza que le ha tirado Cecilia. Me aparto un poco para evitar el contacto—. Te estaba buscando.

Está sonriendo, y me revienta porque sé que es mentira. ¿Me estaba buscando cuando tenía a Danielle en su regazo? ¿Cuando Cecilia coqueteaba con él en el porche trasero? Es una de sus frases típicas, una que siempre utiliza con las chicas en las fiestas, y ahora lo hace conmigo. Por respuesta, le vuelvo la cara.

—¡Eh, Chase, ven a jugar! —grita Danielle—. ¡Venga, Brosner, mueve el culo!

Y tal como ha ordenado, Chase aparece, caminando sin prisas hacia nosotros con las manos llenas de nachos. ¿A santo de qué quiere que juegue?

Danielle toma asiento y todos siguen su ejemplo, formando un gran círculo sobre el parqué. No sé cómo, pero yo también hago lo mismo.

—Ava, como experta que eres, haz los honores.

Y le entrega la botella a Ava, quien la deja suavemente en el centro del círculo.

—Un trago, por favor —solicita Ava, tendiendo la mano. Chase le pasa una botella de tequila medio llena y Ava bebe en aras del espectáculo, chasqueando la lengua, sacudiendo la cabeza y estremeciéndose al tragar—. Gracias, Chase.

Ava le acaricia suavemente la mejilla, prolongando el contacto. Después se acerca hacia la botella y la hace girar.

Todos observamos, con nuestras cabezas siguiendo el ritmo de la maldita botella, considerando las posibilidades y combinaciones.

La botella se detiene ante Jason Ryder. Todo el mundo aplaude y Ryder alza el puño, derramando un poco de cerveza sobre su camiseta. A su lado, Susie frunce el ceño pero mantiene la sonrisa. Todos sabemos que una de las reglas del insti es que no debes mostrar tus sentimientos.

—Bah, no mola. Ya nos hemos enrollado —dice Ava con un mohín.

Pero, de todos modos, se inclina hacia delante y lo besa. Ryder se aleja como si hubiese recibido un golpe y se lleva la mano al pecho. Todo el mundo aplaude y yo fuerzo una sonrisa pese a que no me hace gracia, pese a que advierto el ceño fruncido en el rostro de Ava durante una fracción de segundo. Me pregunto si las otras chicas también piensan que esto no está bien, si sus sonrisas también son forzadas para acompañar a las de los chicos, si la están animando porque es Ava y no pasa nada.

Y entonces Ava se une a las risas.

—Delante de todo el mundo, no, Ryder. Compórtate —comenta ella, sentándose de nuevo en su sitio.

Ahora le toca a Ryder. La botella empieza a girar, una y otra vez, y otra, y yo rezo para que no me señale. La idea de la lengua de Jason Ryder en mi boca me provoca náuseas.

La botella se detiene ante Chase.

Y todo el mundo enloquece.

—¡Ni hablar! No estamos obligados a besarnos —exclama Ryder, y a continuación señala a Susie—. Susie está justo aquí. La besaré a ella.

—Jason —lo llama Danielle, recogiendo la botella como si fuera un báculo de poder—. Mi casa, mis reglas. Y digo que tienes que besar a Chase.

Sus ojos brillan. Se lo está pasando en grande. Es su venganza contra Ryder, por lo que le acaba de hacer a Ava y por lo que le dijo a Danielle en la sala de estudiantes. Y es su manera de castigar a Chase por todo lo demás.

—Venga, chicos, que no tenemos toda la noche. Un poco de ritmo —les anima.

Sonriendo, golpea la botella contra la palma de su mano. Tap, tap, tap.

—Esto es una mierda —se lamenta Ryder, poniéndose en pie—. No necesito ningún juego para enrollarme con una tía… Voy a por otra cerveza.

—¿Eso significa que abandonas, Jason? —pregunta Danielle con una voz más dulce que la sacarina.

Ryder entra en la cocina y, de espaldas, nos dedica una peineta.

—Qué delicado… —añade Danielle.

—¿Me permites?

Chase extiende la mano hacia Danielle. Ella se lo queda mirando durante un instante, suspira y luego le da la botella.

—Sé bueno, Brosner.

—Claro, y justo por eso te besaré. Quiero que te toque a ti.

Hace girar la botella de tal modo que cae justo en Danielle.

—Esas no son las reglas. Hazla girar —dice, devolviéndole la botella.

—Dani —dice Chase en voz baja.

—Hazla girar.

Chase suspira, se acerca a la botella y la hace girar. Cuando se detiene, apunta a Danielle, por supuesto, porque a Chase las cosas le salen así, sin más. Ella pone los ojos en blanco y se acerca a él.

—Está bien, Brosner. Las reglas son las reglas. Bésame.

Chase sonríe y la coge de la nuca, atrayéndola con suavidad. Danielle mantiene los labios apretados, aunque esboza una sonrisa justo antes de que sus bocas se encuentren, como si no pudiera evitarlo, como si quizá lo hubiese estado deseando todo este tiempo.

Observo a Andrew, confiando en que no esté muy molesto, pero apenas está mirando. Sus ojos están clavados en el suelo y dibuja algo en la madera con el pulgar. Ha debido de notar que lo estoy observando, porque levanta la mirada.

«¿Estás bien?», le pregunto telepáticamente. «¿Estás molesto?»

«Este juego es una mierda», me responde él.

Danielle vuelve a colocar la botella en el suelo y la hace girar, y todos la observamos. Tomo un largo trago de tequila. Llegados a este punto, ya no es necesario mezclarlo con el margarita, porque el sabor del tequila, dulce y picante a la vez, ha comenzado a gustarme. Cuando acabo de beber y miro hacia el círculo, reparo en que la botella apunta directamente a Andrew.

Todos aplauden, y Danielle se arrastra hacia él, indicándole que se acerque. Se encuentran a medio camino, se acarician el pelo con las manos, como si siempre lo hubieran hecho, y a continuación se besan. Los he visto besarse antes, en el coche, pero no de este modo. Entonces no sabía que estaba enamorado de ella. Me doy cuenta de que sigo con el tequila en la mano y se lo paso a la persona que está junto a mí.

Ahora es el turno de Andrew y no puedo respirar. No quiero que me toque; no quiero tener que darle un beso delante de la gente, delante de todos. Pero tampoco quiero que la botella apunte a otra persona. Y no quiero ni pensar lo que significa que me sienta así.

—¡Reed ya ha besado a todas las chicas del círculo! —exclama Simon.

—A todas no —discrepa Andrew.

—¡A Collins no! —grita Edwin, y yo bromeo, poniendo cara de pena.

Aunque tiene las orejas rojas, Andrew se ríe y hace girar la botella. Alguien me pasa el tequila de nuevo y le doy un sorbo, dejando que la visión se me nuble, que me queme la garganta y que el calor se propague por mi estómago.

Durante un breve instante, nuestras miradas se cruzan fugazmente antes de volver a prestar atención a la botella, y yo me pregunto qué estará pensando, si le importaría que la botella me apuntara.

La botella se detiene y de pronto me invaden unas enormes ganas de llorar.

Está apuntando a Hannah.

Levanto la mano y me cubro la boca para ahogar un grito. No sé por qué, pero no había considerado esa posibilidad. Y, de algún modo, es la peor. Sé que no debería importarme. Es un juego, así que no cuenta. Durante unos instantes, me quedo sin aliento, y quiero decirles que no me encuentro bien, que paren, que me estoy mareando. Pero ¿qué derecho tengo? Todos sabíamos cuáles eran las reglas cuando empezamos a jugar. Si digo algo, me pondré en evidencia, y Danielle pensará que siento alguna cosa que no siento en realidad.

Así que clavo los ojos en el suelo, tratando de no mirar, examinando concienzudamente una imperfección en la madera, una marca estrecha y larga de algún mueble, alguna silla o mesa, que movieron a rastras. Aunque todos animan y aplauden, yo apenas los oigo. Alzo la mirada, porque no puedo resistir la tentación, porque siempre nos atrae aquello que más nos repugna.

Andrew y Hannah no se están besando. Los dos me observan.

—¿A qué esperáis? —pregunta Danielle—. Besito, besito.

—No puedo —dice Hannah.

El alivio me invade, un alivio que no tiene por qué manifestarse.

—No podemos —matiza Andrew.

—No seas estúpido —dice Danielle—. Todos lo hemos hecho. A estas alturas ya habrías terminado.

Andrew pasea su mirada rápidamente por mí, Hannah y Danielle, y de nuevo la fija en mí.

—¡Venga, hazlo! —grita Simon.

—No quiero, ¿vale? —responde Hannah, con una voz cada vez más aguda—. ¿No podemos decidir mutuamente retirarnos en esta ronda? Se me hace raro. Es tu pareja para el baile.

Danielle se vuelve hacia Andrew.

—Como tu pareja para el baile, te autorizo.

—No lo haré —responde Andrew.

Sé que se comportan así por mi bien, y se lo agradezco, pero también me están poniendo nerviosa. ¿Han notado el pánico que trataba de ocultar?

—De acuerdo… —Danielle cruza los brazos y se sienta haciendo pucheros—. Está bien, como queráis. Nuevas reglas: Hannah, tienes que nombrar a alguien y esa persona recibirá el beso que Andrew te tenía que dar.

—Disculpa. Eso no es justo. No habría besado a Ryder si no me hubiera visto obligada —reacciona Ava.

—Deja de fingir que no te gusta —le suelta Danielle, y Ava aparta la mirada—. Muy bien, Hannah, ¿a quién quieres que bese Andrew?

—¡Elige a Chase! —grita Cecilia—. ¡A Edwin!

Aunque sé que lo que realmente piensa es «Elígeme a mí».

Por supuesto, Hannah escogerá a Danielle. Sabe que Andrew está enamorado de ella, un secreto que yo no debía haber desvelado. Y es por esta razón por la que Danielle está cambiando las reglas. Porque sabe que Hannah dirá su nombre.

Hannah recoge la botella, la sostiene entre sus manos y, a continuación, apunta hacia mí.

—A Keely.

VEINTISIETE

—¿Cómo? —pregunto, sintiendo que me quedo sin aliento—. Eso no es…

—A Keely todavía no le ha tocado —dice Hannah sin dirigirse a nadie en concreto.

Pero ¿qué está haciendo? Sabe que Andrew y yo nos evitamos, aunque fingimos que todo sigue igual. Sin embargo, enseguida caigo en la cuenta: no se ha enterado de nada. No le he dicho que llevé a cabo el Plan. No sabe que Andrew y yo ya nos hemos besado, que hemos ido más allá. Hannah deseaba que saliéramos desde hace mucho, así que estaba claro que no iba a dejar escapar esta oportunidad. Probablemente piense que es una genialidad.

La fulmino con la mirada.

—¿Y bien? —dice Danielle, haciéndonos un gesto—. Estamos esperando.

—De acuerdo —responde Andrew.

Saca las manos de los bolsillos de sus pantalones cortos y después se acerca hacia mí. Va a hacerlo. Siento que se me acelera el pulso, que el corazón se me va a salir por la boca, que está seca, y me humedezco los labios, saboreando el tequila, la acidez de la lima. Venga, no será tan horrible. Unos segundos y ya está. Eso es lo que durará, delante de todos. Solo unos segundos, sus labios contra los míos, un pico, y ya está. Excepto que una parte de mí no quiere que suceda a esa velocidad. Una parte de mí quiere más que unos pocos segundos, más que unos pocos minutos; una parte de mí quiere fundirse con él, derretirse en él. Niego con la cabeza y rehúyo la idea.

—De acuerdo —asiento, dejando escapar un suspiro mezclado con un estremecimiento.

—De acuerdo —repite Andrew, metiendo los dedos entre mis cabellos.

Me pregunto si alguna parte de mí también desea esto. Pero no puedo exponerme tanto por si Andrew no siente lo mismo.

Por el rabillo del ojo veo que Sophie Piznarski se levanta y abandona la estancia, y Cecilia se inclina para ver mejor, apoyando las manos contra el suelo con tanto ímpetu que se le ponen blancas. Pero entonces todo lo que veo son los ojos verdes de Andrew clavados en los míos. Y, a continuación, ya no veo nada. Cierro los ojos y nuestros labios se tocan. Es tal como recordaba. No pensaba que se podían reconocer los besos de alguien después de haberse besado solo una vez, aunque eso es exactamente lo que sucede: lo reconozco. Tiene un sabor familiar, a casa. Nunca me había planteado que el hogar tuviera un sabor, un aroma, que podría ser unos labios, ligeramente agrietados y salados, posados sobre los míos. Todo lo que escucho es el torrente de sangre en los oídos. Soy incapaz de distinguir si alguien aplaude o nos anima.

Termina tan rápido como empezó, y cuando me alejo y abro los ojos, recuerdo dónde nos encontramos: rodeados de gente, rodeados de las ex de Andrew y de las novias de ahora. Miro hacia otra parte, tratando de enfocar la visión en alguien, en cualquier otra cosa.

—Collins, tu turno —dice Danielíe.

Me pasa la botella y yo la cojo con las manos temblorosas, todavía sintiendo los latidos del corazón en el pecho. Noto como si estuviera fuera de mi cuerpo, como si todo esto le estuviera sucediendo a otra persona. Me siento de nuevo y el círculo se separa para que Andrew y Hannah se pongan a mi lado. Hannah me da un apretón en la rodilla, yo la miro y ella esboza una gran sonrisa, claramente complacida consigo misma.

—Hazla girar, Collins —me insta Danielle.

Tamborilea con sus uñas negras sobre el parqué.

Cuando me inclino hacia delante para colocar la botella, me mareo un poco. No tengo ganas de hacerla girar; ya estoy demasiado confundida, demasiado desorientada como para besar a Ryder, Chase, Simon o cualquiera de los otros y acabar todavía más confundida. Necesito pensar en lo que acaba de ocurrir con Andrew, entender qué significa realmente. Si es que significa algo en concreto.

—¡Hazla girar! —grita Ava en un tono alegre.

Hago un movimiento demasiado rápido con la cabeza para mirarla y todo se confunde: dos Avas en lugar de una, cuatro pechos que rebotan mientras aplaude. Ava levanta los brazos para animarme, y un rastro de luz y color sigue su movimiento. Sacudo la cabeza tratando de despejarla.

—Venga, hazla girar —dice alguien más, y empiezan a cantar.

—Gira, gira, gira…

Gateo y me llevo una mano inestable a la boca.

—No me encuentro bien —comento—. Creo que voy a vomitar.

Al tratar de ponerme en pie, el calcetín resbala sobre el parqué de madera pulida y me tambaleo.

—¡Joder, Reed! ¿De qué está hecho tu aliento? —se burla alguien.

Salgo corriendo por el pasillo hacia el baño y cierro la puerta de golpe antes de que alguien pueda entrar, dejando atrás el sonido de las risas y las burlas en la otra habitación. Me inclino sobre el lavabo, abro el grifo del agua fría y me lavo la cara. Después, apoyo la cabeza contra el espejo y el frescor me espabila un poco. Quizá pueda esconderme aquí, con el rostro pegado al espejo, hasta que pasen del tema, sigan bebiendo y olviden que alguna vez asistí a esta fiesta. ¿Se darían cuenta?

Alguien llama suavemente a la puerta y me pregunta en voz baja:

—¿Collins? ¿Estás bien?

Es Andrew.

No respondo.

—¿Puedo entrar?

Se produce una larga pausa en la que calculo si podré despegar mi frente del espejo. No sé si quiero tenerlo cerca.

—Estoy bien. Ya no me apetecía jugar —contesto con voz ronca.

—¿Porque beso fatal? —Puedo advertir un tono juguetón—. Sé que no es cierto. Tengo fuentes... —Oigo que frota los pies contra el suelo y después, el golpeteo de sus nudillos contra la puerta—. Quizá beso tan bien que te invadió el ardor de la batalla y te viste obligada a huir. Es...

—El ardor de la batalla es casi como tener sed de sangre, y yo no quiero matarte —digo, apartando la cabeza del espejo.

Abro la puerta unos centímetros y lo veo al otro lado, sonriendo. Andrew entra y cierra la puerta tras él, sentándose junto a mí en el borde de la bañera de hidromasaje. Pese a que es el baño de la planta baja, el que está justo al lado de la habitación de invitados, sus dimensiones son enormes, incluso el doble que el baño de mis padres. Al lado del lavamanos hay una fotografía enmarcada de Danielle en la escuela, de pie junto a un caballo. Evito su mirada.

Permanecemos sentados en silencio en el borde de la bañera. No sé por qué pero me resultaba más fácil hablar con él a través de la puerta cerrada; era más sencillo recordar cómo comportarme como amiga cuando no lo veía. Ahora que lo tengo junto a mí, con su pierna contra la mía, su tenue aroma —el sudor, el champú que utiliza, la cerveza ahora reseca en su cabello—, me mareo.

—¿Va a ser siempre así a partir de ahora? —pregunto finalmente, jugueteando con un hilo que cuelga de mis pantalones—. Siempre estuve orgullosa de que pudiéramos seguir siendo amigos pese a haber crecido. Pero igual tenemos que aceptar que esto no funciona.

—Por supuesto que funciona —responde—. Ha estado funcionando durante años. Un beso en un juego estúpido no significa que no podamos...

—No solo ha sido ese juego estúpido. Es todo lo demás. El Plan. Tú viéndome desnuda y tocándome las tetas.

Inesperadamente, al decirlo en voz alta, suelto una carcajada. Andrew también comienza a reír, y la tensión que experimento se desvanece.

—Son unas tetas bonitas —afirma, y le pego un manotazo.

Andrew pierde el equilibrio y se cae hacia atrás, a la bañera vacía, con los ojos abiertos de par en par. Pero me arrastra con él, y yo doy un grito al aterrizar con fuerza sobre su estómago y golpearme el codo contra la porcelana.

—¡Ay!

Estoy segura de que me va a salir un moratón, pero estallo en una carcajada, porque puedo sentir cómo Andrew no deja de reírse debajo de mí. Es todo tan natural. Como en los viejos tiempos.

—¿Podemos quedarnos aquí el resto de la noche? —pregunto—. No me apetece volver ahí afuera.

—Trato hecho —responde, reclinándose en la bañera vacía y acomodándose para que ambos quepamos.

Se apoya contra uno de los extremos y mete las piernas en el interior, con las rodillas dobladas. Yo me siento en el otro extremo, con lo que estamos cara a cara. El grifo de la bañera me queda junto al cuello y tengo que ladear la cabeza hacia la izquierda para que no me moleste. Andrew cruza los brazos detrás de la nuca y cierra los ojos, fingiendo que el *jacuzzi* funciona de verdad.

—¿Estás cómodo? —pregunto.

Asiente con los ojos cerrados.

—¿Recuerdas cuando nos bañábamos juntos? Siempre cupimos bien...

—Entonces no medías ni un metro…

—Tampoco es que tú hayas crecido mucho más —dice, y después sonríe—. Al menos, algunas partes de tu cuerpo no lo han hecho…

—Cállate.

Le doy un golpe con la rodilla.

—Oye, podríamos abrir el grifo. Fingir que es hace diez años. Máquina del tiempo en un *jacuzzi*.

—¿Qué? —pregunto, aunque lo he oído perfectamente.

—Que podríamos llenar la bañera.

—Pero si estamos vestidos…

Nada más pronunciar la frase, empiezo a sonrojarme.

—¿Y qué? Solo se vive una vez. De todas maneras, tengo que lavarme el pelo.

—Es verdad, apestas…

—Cecilia me tiró una cerveza por encima.

—Seguramente te lo merecías.

—Cierto.

A continuación, estira la pierna y alcanza el grifo con el pie. El agua empieza a salir a chorro sobre mi hombro.

—¡Ciérralo! ¡Está fría! —grito.

Trato de escapar a toda prisa de la bañera, pero cuanto más me muevo, más resbalo y chapoteo.

—Saldrá caliente en un segundo —asegura.

Meto la mano debajo del grifo y lo salpico. Al hacerlo, noto que el agua cada vez está más caliente.

—¿Ves? —me dice cuando lo mojo de nuevo.

Andrew se limpia la cara y se humedece el pelo con la mano. Me doy por vencida y me recuesto contra la pared de la bañera, disfrutando de la sensación del agua tibia que me cae sobre el cuello y los hombros. Lentamente, la bañera se va llenando y mis pantalones cortos se vuelven pesados e incómodos.

A medida que se moja, la camiseta gris de Andrew se va oscureciendo y se pega a él como si fuera una segunda piel. Miro hacia abajo, confiando en que mi camiseta no se pegue de la misma manera, y la estiro ahuecándola para que no marque las formas de mi cuerpo.

—A la mierda —suelta de pronto Andrew, y empieza a quitarse la camiseta, que lanza hacia el suelo embaldosado, donde aterriza con un golpe húmedo—. Mucho mejor.

—¡Drew! —le regaño, aunque algo en mi interior se enciende al ver de nuevo su pecho desnudo, al contemplar la línea oscura que conecta el ombligo con la cintura de sus pantalones cortos.

Tiene el pelo mojado y revuelto, y en sus pestañas, como si fuera el rocío de la mañana, han quedado atrapadas algunas gotas.

—¿Qué pasa? Es como si llevara traje de baño.

Saca las manos del agua y gesticula hacia el pecho para demostrarlo.

—Vale —digo, tratando de respirar profundamente y recordando con demasiada facilidad el beso que nos hemos dado hace un rato—. Yo no pienso quitarme la mía.

—Vale —responde él, sacudiéndose el agua—. Tampoco contaba con eso.

—Vale.

—De acuerdo.

Y, a continuación, lo hago: mis manos, como si no me pertenecieran, como si fueran las manos de otra persona y yo no pudiera controlarlas, atrapan el extremo inferior de mi camiseta, la suben, la pasan por encima de mi cabeza y la dejan a un lado de la bañera. Llevo un sujetador de algodón gris que podría transparentar un poco, pero trato de no pensar en ello. Él me mira fijamente, y yo también, y se puede cortar el aire entre nosotros.

Andrew sumerge las manos y se desabrocha el botón de los pantalones cortos, que ahora están empapados, y yo hago lo mismo, desabrochándome los míos. Nos los sacamos al mismo tiempo y el agua rebasa el borde de la bañera. Me inclino hacia delante, tratando de quitarme la tela pesada y húmeda. Andrew también se inclina y levanta sus rodillas, con las piernas una a cada lado de mi cuerpo, manteniéndome en mi lugar. Todavía lleva los pantalones cortos a medio camino, pero ha dejado de quitárselos porque ahora presiona su frente contra la mía y nuestros rostros están separados por menos de un centímetro, y yo no puedo ni pensar ni respirar. El calor del agua hace que la cabeza me dé vueltas y me noto de nuevo mareada, pero no de un modo desagradable como antes. No tengo ganas de vomitar. En absoluto. Me encuentro como si estuviera en la cima de una montaña rusa, justo en el momento antes de descender, en el preciso instante en que no sientes la gravedad.

Seguidamente, el espacio entre nuestros labios desaparece y me besa, un beso resbaladizo, cálido y delicioso, presionando con su pecho mojado contra el mío. Todavía sale agua del grifo detrás de mí, y su sonido se asemeja a la sangre que late en mis oídos. Andrew me pasa la mano por el cabello mojado y me atrae aún más hacia él, mordiéndome el labio inferior, y yo siento un escalofrío a pesar del calor que hace en el baño.

Solo puedo pensar en que quiero más, más, más. Necesito acercarme a él, todo lo que pueda. Quiero formar parte de él, fusionarnos como si fuéramos dos partículas atómicas.

Y entonces se oye un fuerte golpe en la puerta.

Sobresaltada, vuelvo a un estado consciente. Abro los ojos tan rápido que veo estrellas. Los ojos de Andrew también están abiertos, y su respiración es irregular. Se inclina hacia mí, y trata de capturar mis labios nuevamente.

—Ignóralos —dice.

Los golpes continúan, fuertes e insistentes.

Niego con la cabeza, tratando de orientarme, de regresar a mi cuerpo. Y entonces lo comprendo todo, todo lo que he estado tratando de no pensar.

—Keely, ¿estás ahí?

La voz de Hannah llega desde el otro lado de la puerta.

Me giro y cierro el grifo, y cuando el rugido del agua desaparece, nos rodea un silencio ensordecedor. Niego de nuevo con la cabeza y trato de alejarme de Andrew, pero sus rodillas todavía me inmovilizan y estamos enredados en sus pantalones cortos. Recuerdo lo que me ha dicho antes: «Te estaba buscando». La misma frase que siempre utiliza con las chicas en las fiestas. Se lo dijo a Cecilia en la de mi cumpleaños, y después se la llevó al baño, a la ducha. No puedo creer que haya caído en su trampa, y menos conociendo tan bien su guion. Siempre me he sentido mal por las chicas que se han enamorado del Andrew Fiestero. Y ahora yo soy una de ellas.

—Suéltame —le digo, tratando de alejarme de él.

El agua rebasa de nuevo la bañera y se estrella contra las baldosas. Andrew mueve las rodillas, se recuesta contra el costado de la bañera y se sube los pantalones.

—Es uno de tus trucos, ¿no? —pregunto.

Se pasa una mano por el pelo y mueve la cabeza de un lado a otro, salpicando agua en todas las direcciones.

—¿De qué estás hablando?

—¿Con cuántas chicas has hecho esto?

—¡Keely!

Hannah sigue gritando persistentemente desde el otro lado de la puerta, lo que me hace deducir que algo anda mal. Trato de incorporarme, pero el suelo de la bañera está resbaladizo, así que me tambaleo y abro los brazos en cruz para mantener el equilibrio.

—No puedo creer que después de lo que ha pasado estés intentando hacerlo conmigo.

—No trato de hacerlo —responde Andrew.

Sé que tengo tanta culpa como él por lo que acaba de ocurrir, pero no puedo pensar en ello ahora. Es como lo que me dijo hace unos meses, que era más fácil no sentir nada. Quizá por eso no le ha dicho la verdad a Danielle, porque me ha estado utilizando como distracción.

—Tengo que irme —anuncio, saliendo de la bañera.

Me pongo la camiseta mojada. Está helada y se me pega a la piel.

—Espera —me pide.

Durante un instante me detengo, con la mano en el pomo de la puerta.

Sin embargo, soy incapaz de darme la vuelta. Hannah sigue aporreando la puerta, así que abro. Me sorprende encontrármela llorando. Lleva el rímel corrido por las mejillas y respira entrecortadamente.

—¿Qué ocurre?

La abrazo, olvidándome por completo de que llevo la ropa empapada, de que Andrew está a mis espaldas, todavía en la bañera, con el torso desnudo. Parece que Hannah no se da cuenta.

—Ha regresado para el verano. Está aquí, en la fiesta —dice ella, cubriéndose los ojos con la mano.

—¿Quién? —pregunto, aunque ya debería saberlo.

En el mundo, solo existe una persona que puede convertir a Hannah en una muchacha frágil, que se rasga fácilmente, como si fuera una muñeca de papel.

—Charlie —responde—. Charlie está aquí.

VEINTIOCHO

—¿Dónde?

Me suelto del abrazo de Hannah y echo un vistazo a la habitación. Antes de esto ya estaba molesta, pero ahora me he convertido en una asesina en serie. Y Charlie es el objetivo perfecto.

—No lo sé. —Se limpia las mejillas—. Lo vi un instante y salí corriendo. No quería que me viese llorar... No puede verme así.

Hannah pronuncia entrecortadamente todas las palabras, entre hipidos.

De pronto, percibo que Andrew está justo detrás de mí y después noto su mano sobre la espalda, sobre la tela mojada.

—Chicas, ¿todo bien? —pregunta.

Me lo quito de encima con un gesto.

—Estamos bien —contesto, pegándome a Hannah.

No puedo tenerlo cerca.

Hannah pasea su mirada entre los dos, con los ojos abiertos como platos, y veo que se fija en nuestro pelo mojado por primera vez, en el hecho de que Andrew no lleve camiseta.

—Un momento, ¿qué está pasando aquí? —pregunta.

—Vamos, deberíamos llevarte a casa antes de que Charlie aparezca.

—Keely... —dice Andrew, deteniéndonos—. Ibais a quedaros a dormir, ¿verdad? Puedo llevaros a casa mañana.

—No puedo quedarme —respondo, apartando la mirada.

De repente, me siento tan frágil como Hannah, como si yo misma me hubiese convertido en una muñeca de papel. No sé si me tambaleo por el mareo que me provoca el tequila o porque estoy cerca de él. Por su pecho corren pequeñas gotas de agua y mis ojos siguen a una que se desliza por su piel hasta desaparecer por el talle de sus pantalones cortos.

—Y haz el favor de ponerte una camiseta —suelto.

Agarro a Hannah y la arrastro hacia el pasillo, dejando a Andrew atrás.

Nadie está lo suficientemente sobrio como para conducir, por lo que Hannah y yo decidimos regresar a pie. A pesar de la hora que es, no hace frío, y prefiero caminar unos kilómetros con la ropa mojada antes que quedarme en la fiesta con Andrew, Danielle y Charlie, el Mortífago. Además, me sienta bien moverme, y con cada paso que doy, noto que el tequila abandona mi cuerpo y la cabeza se me aclara.

Nada más salir del camino de entrada, Hannah suelta:

—Bueno, ¿qué demonios ha pasado allí dentro? ¿Por qué Andrew no llevaba puesta la camiseta?

—No sé de qué me estás hablando.

No estoy segura de por qué no se lo cuento. Para empezar, el Plan fue idea suya. Debería habérselo dicho en el momento en que se lo pedí a Andrew. Pero ahora ya es demasiado tarde. Y hablar sobre Andrew en voz alta, sobre todas las cosas que han ocurrido o casi han ocurrido entre nosotros... Bueno, me da miedo. Empiezo a caminar más rápido, como si al acelerar, existiese la posibilidad de dejar mis problemas atrás. Hannah también aprieta el paso.

—Venga, Keely, no soy idiota. ¿Os estabais enrollando?

Ha dejado de llorar y ahora se la ve enfadada, furiosa. Si mi error con Andrew ha traído algo bueno es que Hannah parece haberse olvidado de Charlie. Somos la distracción perfecta.

—No —respondo, sin poder evitar la mentira. Sencillamente, me resulta más fácil negarlo todo que pensar en ello. Pero no puedo hacerle esto a Hannah—. Es decir, no lo sé. Sí, estábamos… Besos. Nos besamos, ¿vale? Todo sucedió muy rápido… —Alzo las manos hacia el cielo, deseando poder volver atrás las últimas horas; o incluso mejor, los últimos meses—. Pero da igual, no importa. Fue una tontería. Andrew está enamorado de Danielle y, aún así, yo me he enamorado de él. Siempre hemos sabido que era un donjuán, ¿verdad? Jamás pensé que haría lo mismo conmigo.

Ahora estoy prácticamente corriendo, y Hannah trata de mantener mi paso.

—Eh, frena… —Me coge del brazo. Yo me detengo de repente y ella casi choca contra mi espalda—. No está jugando contigo. Andrew nunca te haría eso.

Me pone la mano en el hombro y yo se la aparto.

—¿Cómo lo sabes?

—Porque te quiere.

Al oír sus palabras, me cuesta respirar todavía más.

—Basta.

No puedo pensar en esto ahora. Una ola de náuseas me sube desde el estómago hasta el pecho y aprieto con fuerza los dientes hasta que se me pasa.

—Venga, Keely… Ese chico haría cualquier cosa por ti.

Habla en voz baja. Me siento mal porque, pese a que estaba llorando hace unos minutos, ahora es ella la que me consuela.

Tengo que contarle lo del Plan, la razón por la que se ha torcido todo. Entonces entenderá que está muy equivocada.

Un rayo de luz asoma en el horizonte, a través de un cielo brumoso y azul. Está casi amaneciendo. Hay un pájaro que canta desde algún lugar, pero soy incapaz de distinguir de qué especie es. He olvidado las lecciones de la guardería sobre los trinos de los pájaros. Me pregunto cuánto tiempo me llevará olvidar todo lo demás.

Suspiro y me giro hacia Hannah.

—No ha sido la primera vez, ¿vale?

—Lo sé —contesta ella.

No es la respuesta que esperaba.

—¿Cómo?

—Sois mis mejores amigos y lleváis unos días comportándoos de una manera muy rara. No te creas que no lo he notado. Apenas podéis estar juntos en la misma habitación. Es evidente que os pasa algo.

—¿Te acuerdas de la mentira que le conté a Dean sobre lo de mi virginidad?

Siento un pinchazo en la cabeza y levanto la mano hacia la frente, deseando por enésima vez no haberme bebido veinte mil margaritas. Puedo sentir cómo el tequila se revuelve en mi estómago.

—Por supuesto que lo recuerdo. Keely, ¿te acostaste con Andrew?

—Fue lo que me recomendaste aquel día mientras almorzábamos —explico, con las palabras brotando sin querer de mis labios—. Que si Andrew era tan experto, que si sabía qué hacía, que si podía ayudarme a practicar...

—¿Así que has estado practicando con él? —pregunta, y noto que sus ojos brillan de entusiasmo.

—Hannah, para. No es algo de lo que alegrarse.

—¡Pues claro que me alegro!

Ahora sonríe de oreja a oreja.

—Ya no somos amigos, ¿vale?

Resulta liberador poder confesárselo finalmente a alguien. No me he dado cuenta hasta ahora de lo mucho que necesitaba contárselo, de lo afligida que estaba por haberlo perdido como amigo.

—Nunca quiso hacerlo, lo de practicar conmigo. Ni siquiera llegamos al final, porque no pudo. Se... se marchó.

Dejamos atrás la calle donde vive Danielle y entramos en la

ciudad, pasando por delante del campus de la UniVE hacia la calle principal. Me invade un repentino temor de toparnos con Dean, de que haya dejado de jugar a *Mario Kart* y haya decidido salir de fiesta. No puedo cruzarme con él ahora. No en este estado.

—Pero no tiene sentido… Esto no era lo que tenía que pasar…

—Mira, no puedes inmiscuirte en la vida de los otros así como así, ¿vale? —suelto, con más dureza de la que pretendía.

Hannah palidece. Su boca se tuerce y cierra los ojos, y estoy segura de que la he ofendido.

—Vaya, así que todo ha sido culpa mía —dice, entornando los ojos.

—Has tratado de juntarnos durante años. De no haberte entrometido, nada de esto habría sucedido.

Pasamos por delante de Jan's, que todavía tiene las luces apagadas. Me duele pensar que nunca volveré a desayunar tortitas con Andrew. En el aire flota el olor a algo que se hornea y me entran ganas de vomitar.

—Yo no te obligué a hacer nada —discrepa Hannah.

—¡Sí, pero te alegraste de que lo hiciera!

—Estaba bromeando, ¿vale? —añade, con una sonrisa vacía—. Cuando te dije que practicaras con Andrew, jamás pensé que ibas a tomártelo en serio.

—¡No estabas bromeando! —El tono de mi voz se eleva—. No puedes desdecirte solo porque no salió tal como lo planeaste.

—Yo no planeaba nada —dice ella, pero su voz afirma justamente lo contrario.

—Querías que nos enamoráramos y, en cambio, arruinaste nuestra relación. Y ahora estás diciendo que todo era una broma. Pues, bueno, lo siento mucho, tu plan no salió bien. Algunas vamos con cuidado y no nos enamoramos de donjuanes gilipollas. Esto no es como tú y Charlie.

Su rostro se pone de un color rojo vivo, como si la acabara de abofetear, que es más o menos lo que he hecho. Hannah se vuelve hacia mí, escupiendo veneno por la boca.

—Estás loca si piensas que no estás enamorada de Andrew.

—Es mi mejor amigo —suelto.

Mi muletilla habitual, la frase que me solía salir sin pensar, pero que ahora suena a mentira.

—¿Y qué? Andrew es tu mejor amigo y estás enamorada de él, y eso te está machacando. La única manera de volver a la normalidad es que lo admitas y que se lo digas. ¿De qué tienes tanto miedo?

—Tengo que irme.

Acelero el paso, deseando que no me siga. Necesito alejarme de ella. Necesito estar sola.

—¿Adónde? —pregunta, parada en el mismo lugar.

La verdad es que sí tengo miedo. Tengo miedo de mañana por la noche, del futuro, de quién estará allí, de quién se esfumará con el insti, como los trinos de pájaros que aprendimos en la guardería. Pero, sobre todo, tengo miedo de que Hannah tenga razón. Porque si me he enamorado de Andrew, si realmente me he enamorado de él, estoy bien jodida. Porque aunque yo me haya enamorado de él, él sigue enamorado de Danielle.

VEINTINUEVE

Al parecer, solo existe una cosa peor que prepararse para ir al baile: prepararse sin compañía. Se suponía que Hannah y yo íbamos a vestirnos y emperifollarnos juntas, pero antes le he enviado un mensaje para quedar y me ha ignorado, así que supongo que no me habla.

Estoy en pie, delante del espejo, observando el rizador de pestañas como si fuera un instrumento de tortura. En mi mente no se dejan de suceder los acontecimientos de la última noche cual película de mis grandes errores: el juego de la botella, el baño con Andrew, la pelea con Hannah. Sé que metí la pata diciéndole algo sobre Charlie, pero no recuerdo exactamente el qué. Solo recuerdo cómo palideció y el vacío en mi interior cuando me respondió que estaba loca. Cuando me soltó que estaba enamorada de Andrew.

Alejo todos estos pensamientos y pruebo suerte con el rizador. Podría haber enviado un mensaje a Danielle o a Ava, a alguien que se hubiese hecho cargo de mí, aunque seguramente Hannah esté con ellas. Además, me veo incapaz de presenciar cómo se prepara Danielle, de escuchar los emocionados comentarios sobre su estúpida noche con Andrew. Sin embargo, mientras me enfrento al rizador de pestañas y demás, en lo único que pienso es en cómo me gustaría tener a Hannah, a mi hada madrina, aquí conmigo, y no haberla alejado de mí.

Mi madre se ofrece a ayudarme. Por su estilo relajado, jamás habría imaginado que era una experta. Aunque quizá una parte de ser mujer es aprender a ponerse esta armadura. Me pinta los labios de un rojo oscuro, me peina hacia un lado y me agita suavemente cogiéndome de los hombros. Hannah me obligó a comprarme el vestido verde del centro comercial, y supongo que no me queda tan mal como pensaba. Ni siquiera me reconozco al contemplarme en el espejo. Por primera vez, entiendo lo que Dean ve en mí.

—Estás preciosa —afirma mi madre cuando terminamos.

Y yo sonrío, porque estoy de acuerdo.

Dean dijo que nos encontraríamos en el lago, así que mis padres me llevan hasta allí para hacernos fotos. Les pido que se queden en el coche, pero sé que no lo harán. Con toda seguridad, esto significa más para ellos que para mí. Mi madre necesitará estas instantáneas cuando yo ya esté en California.

Al llegar allí, comprobamos que todo el mundo está congregado en pequeños grupos que rebosan de emoción y nervios. Examino el aparcamiento en busca de Dean, pero no hay ni rastro de él, y me asalta la horrible idea de que quizá no se presente. Toda la confianza en mí misma de hace un rato se esfuma y paseo la mirada a mi alrededor en busca de algún conocido para dejar de ser la niña que ha venido sola con sus padres. Por enésima vez, deseo no haber discutido con Hannah la noche anterior, porque la necesito y la quiero a mi lado más que a nada en el mundo. Quiero decirle que lo lamento, quiero que me cuente lo de Charlie y asegurarme de que está bien.

—Oh, ahí están Diane y Robert —anuncia mi madre, señalando hacia el lugar en el que se encuentran los padres de Andrew—. Vamos a saludarlos.

Clavo los talones en el suelo, en un intento de que no me arrastren hasta allí. La idea de encontrarme cara a cara con Andrew después de lo que pasó anoche me resulta insoportable. Cuando lo veo, de pie al lado de sus padres, me quedo sin aliento. Viste un traje azul marino y se ha peinado hacia atrás. Echo de menos la forma en que normalmente el pelo le cae sobre los ojos. Se dedica a hacer el tonto para las fotos, dándose la vuelta y apoyando una pierna sobre el poste de la cerca, y al aproximarnos, escucho a su madre que dice:

—¿No podemos al menos tener una foto seria?

—Mamá, espera a que llegue Danielle —responde Andrew.

Al oír su nombre, el corazón me da un vuelco.

—Solo quiero una foto de mi hijo en traje —dice ella.

Andrew niega con la cabeza y se ríe cuando ella aprieta el disparador de la cámara con rabia. A continuación, se da la vuelta y me ve, y yo me paro en seco, como si me hubiera topado con una pared de ladrillos invisible. Tiene la sonrisa congelada en el rostro y los ojos brillantes, y son tan verdes que no puedo evitar pensar en la noche anterior, cuando sus pestañas tenían gotitas de agua como si fuera el rocío de la mañana. Mis padres siguen avanzando, se encuentran con los suyos y se saludan con abrazos y apretones de manos, pero yo apenas me doy cuenta porque me he quedado paralizada. No puedo apartar la mirada, no puedo respirar. Cuando clavo mis ojos en los suyos, en lo único en que puedo pensar es en las ganas que tengo de besarlo. Quiero regresar a esa bañera, sentir su piel resbaladiza sobre la mía, sus manos en mi pelo, el fuerte abrazo que nos fusionaba como si estuviéramos hechos de las mismas partículas.

Y entonces me doy cuenta de que Hannah tiene razón. Hannah tiene toda la razón. Siempre la ha tenido. Estoy enamorada de él.

Sin embargo, yo no quiero ser como Cecilia, como las otras chicas que cayeron en sus redes para que él acabara pasando de ellas. No quiero convertirme en la chica con la que se enrolló en una bañera después de haber bebido demasiados margaritas, la chica a la que enamoró con sus frases tópicas y estúpidas, pese a que las conocía al dedillo. Porque yo no estoy enamorada del Andrew Fiestero. Estoy enamorada de Andrew, de mi mejor amigo.

Aunque eso no facilita las cosas.

Andrew ha debido de advertir que tengo problemas de movilidad, porque camina hacia mí, disminuyendo la distancia entre nosotros.

—Hola.

—Hola —saludo, con una timidez repentina.

—Estás... —balbucea, dejando la frase sin terminar.

Quiero oírle decir que estoy guapa, pero sé que si lo hace, no será más que otra de sus frases hechas.

—Gracias —lo interrumpo, como si ya lo hubiera hecho.

—¡Quiero una foto de los dos para la nevera! Venid aquí —dice mi madre, moviendo la cámara en el aire.

Nuestras familias vienen hacia nosotros y nos empujan, pegándonos el uno al otro, alisando las ondas de mi melena, quitando pelusas imaginarias del traje de Andrew..., haciendo todo lo necesario para que salgamos perfectos.

—Drew, cógela por la cintura —ordena mi padre—. ¿De qué tienes miedo?

—Mirad qué mayores se han hecho —añade la madre de Andrew con voz entrecortada.

—Los dos están guapísimos —elogia la mía.

Me resulta extraño que nuestros padres no tengan ni idea de lo que está ocurriendo. En el pasado lo sabían todo sobre nuestras vidas, y ahora hay tantas cosas ocultas tras las apariencias... Mi padre es tan despistado que le ha dicho tranquilamente a Andrew que me coja por la cintura sin darse cuenta de que el abrazo de Andrew me gusta y me duele a partes iguales.

Andrew me mira, después mira a nuestros padres y, a continuación, obedece, colocándome el brazo alrededor de la cintura, posando la mano sobre la tela del vestido, rozando mi cadera. Pienso en todas las veces que me ha pasado el brazo por el hombro, en todas las veces que se ha apoyado sobre mí en las fiestas, atrayéndome hacia él como si nada. Pienso en la hamaca de su patio trasero, en todas las veces que la hemos compartido, dejando que la gravedad nos empujara hasta estar prácticamente uno encima del otro. Aunque ahora no debería importarme ni suponer problema alguno, noto su mano en mi cadera, ardiente y pesada, y no puedo pensar en nada más.

Nuestros padres sacan aproximadamente un millón de fotos y cuando terminan, nos alejamos el uno del otro lo más rápido que podemos para no tocarnos. Durante un instante, un dolor desgarrador ante la posibilidad de que no volvamos a hacerlo me invade. Mejor no verlo más si voy a sentirme siempre así.

Dirijo la mirada hacia el aparcamiento. Danielle, acompañada de Ava, acaba de llegar y, por su aspecto, parece la modelo de un óleo. Lleva un vestido color burdeos con una abertura que le llega prácticamente hasta la cintura. Ryder las sigue, bebiendo con poca discreción de una petaca. Aunque él y Ava han venido juntos, no son pareja. Ava quería venir sola. Chase se acerca a ellos, abrazado a Cecilia.

Cuando vas a un insti tan pequeño, al final todo se convierte en un gran juego de la botella.

Me dispongo a acercarme al grupo, pero Andrew alarga el brazo para detenerme.

—Espera. Antes de que… Es decir… —comenta, bajando la voz para que nuestros padres no nos oigan, aunque de todos modos tampoco nos prestan mucha atención porque están ocupados, revisando las fotografías de la cámara digital—. Lo de anoche… Yo no quería… Es decir, sí que quería, yo solo…

—No te preocupes —respondo—. A esas alturas de la noche, un ochenta por ciento de mí estaba hecho de tequila, así que…

—Ya lo sé —interrumpe. Su tono de voz es calmado y se aproxima todavía más para que nuestros padres no nos oigan, y me siento mal, porque sus labios están a tan solo unos centímetros de los míos. Es extraño cómo algo puede estar tan cerca y a la vez tan lejos—. No debería haberte besado.

—Te devolví el beso —digo con la voz entrecortada.

—Pero estabas borracha.

—Tú también. —Es una conversación de besugos—. Olvidemos que ocurrió, ¿vale? Olvidémoslo todo.

Y entonces me aparto de él y me dirijo hacia el aparcamiento. Cuando me doy la vuelta, me sorprende comprobar que no me ha seguido. Se ha quedado en el mismo sitio, revolviendo el césped con sus zapatos nuevos. Entonces, Andrew asiente con un gesto y se encamina hacia Danielle, que lo recibe con una sonrisa y se le cuelga del cuello, atrayéndolo hacia su cuerpo de manera que quedan pegados. Me siento como si me estuvieran apuñalando una y otra vez con un cuchillo romo.

Se oye el estruendo de un motor y, seguidamente, una motocicleta aparece en el aparcamiento. Gracias a Dios, es Dean. Tiene buen aspecto, mejor que bueno. Enfundado en un esmoquin negro, parece que acaba de salir de una película de acción. Ya no es James Dean. Ahora es James Bond.

Me dirijo hacia él justo cuando se baja de la moto y percibo sus ojos en mí, recorriendo lentamente todo mi cuerpo, deteniéndose en todas las partes más expuestas que de costumbre.

—Te ves bien, pareja para el baile.

Trata de besarme delante de todos, pero me aparto un poco porque sé que mis padres están observándonos.

—Gracias por venir —le digo aliviada.

—No me perdería mi primer baile de insti por nada del mundo —afirma, y después me coge la mano, entrelazando sus dedos entre los míos.

Espero el aleteo habitual en el estómago, la falta de aliento que siempre acompaña su roce, pero nada. No siento nada en absoluto.

Y es entonces cuando me doy cuenta de que mi enamoramiento ha desaparecido, total y completamente. De pronto, lo que sentía por él parece una tontería: ¿cómo he podido colgarme así de Dean cuando Andrew ha estado delante de mis narices todo este tiempo?

Mis padres se acercan y se presentan, y Dean, como siempre,

es encantador. Debería de haberlo imaginado. No sé cómo lo hace, pero llega a tranquilizarlos con el tema de la motocicleta. Le promete a mi madre que jamás dejará que la conduzca e incluso logra hacerla reír. Aprovecha un momento que están despistados para acercarse y susurrarme al oído:

—Bonito vestido. No sabes las ganas que tengo de quitártelo.

Aunque le doy una palmada juguetona en el pecho, solo quiero que la tierra me trague.

En ese momento, Hannah llega conduciendo su jeep y siento una punzada de culpa por no estar con ella, por haber sido demasiado orgullosa, demasiado cabezota como para admitir que tenía razón. Hannah no tenía con quién venir al baile, así que llega sola. Soy una amiga nefasta.

Sin embargo, al abrirse las portezuelas del vehículo, noto un pinchazo en el estómago. No está sola. Hannah ha venido con Charlie.

Ambos se aproximan y Hannah ni siquiera es capaz de mirarme a los ojos, como si supiera que ha hecho algo mal y teme que la regañe.

—Collins —saluda Charlie, ofreciéndome el puño y esperando que yo lo golpee. No lo hago. A continuación, se gira hacia Dean—. Hola, colega. Soy Charlie.

Dean esboza una sonrisa.

—El famoso Charlie.

Se saludan golpeándose los puños y luego se lanzan en una conversación sobre las ventajas de ser mayor e ir a la universidad.

Los padres nos acorralan para tomar una foto de grupo y después ya es hora de marcharnos. Subimos a nuestra limusina: todos los padres se despiden agitando las manos, lloran y nos dicen que tengamos cuidado, y aunque se supone que debo estar alegre, no puedo, porque todo me parece muy retorcido.

Nada más cerrarse las puertas del vehículo, Ava, cual Mary Poppins, saca una botella de champán de su bolso.

—¿A quién le apetecen unas burbujas?

Le pasa la botella a Ryder para que la abra y cuando el corcho salta, pega un grito. Todos se relajan, dispuestos a ahogar la incomodidad en un poco de alcohol.

La limusina bordea el lago y yo me distraigo mirando hacia el agua por la ventana. Es casi la puesta de sol, y la luz dorada se refleja en la superficie, trayéndome recuerdos del campamento de verano, de la sensación de finales de agosto, cuando sabes que todo ha terminado.

Dean me pone la mano sobre la pierna despreocupadamente, como si fuera terreno conocido y propio. Él y Ryder se van pasando la petaca y ríen de algo, pero no los escucho. Solo puedo pensar en la sensación de su mano sobre mi piel, en la electricidad que experimenté la primera vez que lo hizo y en el vacío que siento ahora. Dean se acerca y me besa en la oreja, en la piel sensible. El aliento le huele a whisky, y me estremezco. No puedo evitar mirar hacia la izquierda, unos pocos asientos más allá, donde están Andrew y Danielle con los rostros prácticamente pegados.

Hannah y Charlie se sientan frente a nosotros, y cuando Ava le pasa la botella de champán a Hannah, Charlie le acaricia ligeramente su gruesa trenza, como si nunca hubiera perdido el derecho a tocarla. Ese gesto tan insignificante me saca de quicio. Hannah bebe un sorbo de champán y luego me pasa la botella. Nuestras miradas se cruzan y, ladeando la cabeza, pongo cara de que algo no cuadra. ¿Cómo podía estar tan en lo cierto con lo de Andrew y equivocarse tanto con esto?

Andrew se ríe de algo y luego besa el interior de la muñeca de Danielle, lo que produce un efecto dominó entre los pasajeros del vehículo. Cecilia abraza a Chase a la altura del bíceps y hunde la nariz en el cuello de su camisa, y yo noto que me acerco a Dean y dejo que su mano recorra mi rodilla. Odio reaccionar de la misma manera que Cecilia, que las dos seamos, sencillamente, dos chicas a las que Andrew ha dejado colgadas.

—Esta noche es tan emocionante —susurro al oído de Dean, tratando de convencerme de que es cierto.

Si Andrew puede salir con gente por la que no siente nada, yo también. No necesito que Dean me guste para acostarme con él. Puedo hacerlo simplemente porque está bueno, y porque es la fiesta del insti y todo es perfecto. ¿Por qué iba a desperdiciar un momento así?

—Sí, muy emocionante.

Sus ojos brillan, como si hasta este preciso instante no hubiese creído al cien por cien que no iba a echarme atrás.

Al llegar al Walcott, nos apeamos de la limusina. El lugar está decorado con lucecitas que parpadean sobre el techo, como si el cielo estuviera encantado. En las paredes del salón de baile han colgado unas olas de cartón gigantes pintadas de un azul con purpurina y hay una máquina de burbujas en la entrada.

—¡Es una maravilla! —grita Ava al verlo.

A continuación, se pone a dar vueltas sobre sí misma y todo el grupo la imita.

En una mesa larga hay un bufé: grandes platos de pollo, ensalada y *risotto* que nadie toca, y un bol de ponche que, si hago caso a las pelis de adolescentes, debería mantener bien lejos. Sophie Piznarski está ante una mesa repleta de galletas y *brownies*, sosteniendo un cestito con magdalenas que ofrece a todo el mundo. Al parecer, los organizadores olvidaron que todos estaríamos demasiado nerviosos para comer. Aunque igual solo soy yo. Con toda seguridad, Andrew se comerá tres platos enteros de pollo y se quedará con hambre.

Sophie nos pone la cesta bajo las narices.

—¡No olvidéis votar por el rey y la reina del baile!

—¿Puedes votar en una monarquía? —pregunto.

Ante la ocurrencia, Hannah suelta una carcajada, pero su rostro se endurece enseguida, como si no estuviera segura de si le está permitido pensar que soy divertida en nuestra situación.

Danielle nos obliga a acercarnos a la mesa y los rayos láser que salen de sus ojos dejan claro a quién se supone que debemos votar. Escribo el nombre de Hannah. Es mi disculpa callada, secreta.

Los chicos siguen adelante y se acomodan en una de las mesas que bordean la pista de baile. Y resulta muy extraño ver a Andrew y a Dean juntos.

—¿Las has hecho tú? —pregunta Danielle, tomando una galleta.

—No, son de Green Mountain —responde Sophie.

Danielle vuelve a depositar la galleta en el cesto y Sophie frunce el ceño.

—No tienes por qué comértela.

Por educación, meto la mano en el cesto y cojo una magdalena de arándanos, aunque sé que estoy demasiado nerviosa como para comérmela.

—Yo me reservo para Taco Bell. —Ava se balancea sobre sus talones—. Creo que si bebo más coca-col-a, voy a vomitar.

—Solo necesita entrar en el vestido hasta que Ryder se lo quite —apostilla Danielle.

Sophie deja el cesto con las magdalenas.

—Espera, ¿vais a...? Ya sabéis...

—Qué asco... —exclama Ava.

Danielle levanta una ceja.

—Diría que hay muchas probabilidades.

—Vale, voy a confesaros algo. —Ava baja la voz hasta convertirla en un susurro conspirador—. Ryder es realmente malo en la cama. Es como si copiara todas las cosas horribles que salen en las pelis porno, y le da igual si me gusta o no.

—¿Ves porno?

Y yo que tenía miedo hasta de buscar consejos sexuales en Google por el móvil. Quizá debería haber acudido a Ava.

—Todo el mundo mira porno —asegura Ava—. A veces tienes que arreglártelas tú sola.

—Yo no lo hago —replica Sophie.

—De todos modos, alguien tendría que decirle a Ryder que parara con los dientes. Los vampiros solo son sexis en las películas —concluye Ava.

Aunque todas nos reímos, no puedo evitar preguntarme por qué Ava no se lo ha dicho a Ryder. Bueno, supongo que yo estoy comportándome del mismo modo con Dean. ¿Por qué cuando nos quitamos la ropa nos resulta más difícil ser honestas sobre lo que nos gusta y lo que no?

—¿Con quién has venido? —pregunta Danielle a Sophie, como si no lo supiera.

Prescott es demasiado pequeño para los secretos.

—Con Jarrod Price —responde Sophie—. Y tú con Andrew, ¿verdad?

—Sí.

Danielle coge un trozo de magdalena de chocolate y se la lleva a la boca.

—¿Sin rencores?

Aunque la pregunta va dirigida a Sophie, Danielle desvía un instante la mirada hacia mí. Yo la aparto.

—Lo mío con Andrew pasó hace años —dice Sophie, y entonces me mira—. Estás con ese chico, Dean, ¿verdad? Es tan mono.

—¡Es tan mono! —repite Ava, marcando las sílabas de la palabra «mono».

—Qué suerte tienes.

Sophie está mirando por encima de mi hombro hacia el lugar donde están los chicos, y yo me doy la vuelta. No hay duda de que, bajo los focos y las luces, Dean está muy guapo. Se ha quitado la chaqueta de su esmoquin y ahora lleva la camisa blanca arremangada, dejando sus brazos bronceados a la vista. Comprendo lo que dice Sophie, por qué cree que soy afortunada.

—Gracias —respondo, tratando de mostrar entusiasmo.

Básicamente, lo que tengo es dolor de tripa, así que dejo la magdalena.

—Pues su suerte no terminará aquí —suelta Danielle, esbozando una pícara sonrisa.

Tiene los ojos brillantes, lo que significa que está tramando algo.

—Vamos, Danielle —interrumpe Hannah, y el tono de advertencia que se esconde en su voz me da esperanzas de que no me odiará para siempre.

Danielle la ignora y se acerca a Sophie.

—No todas tienen la suerte de perder la virginidad en el Walcott.

Vaya, al parecer, yo tengo que guardar todos los secretos de Danielle, pero ella es incapaz de guardar los míos.

—¡No puede ser! —grita Sophie, cubriéndose la boca con las manos—. Keely, es muy emocionante. Es la mejor noche. La del último baile del insti. Perfecta. Quizá no sea tan perfecta como la noche de bodas, pero es muy buena opción, ¿verdad? ¿Estás enamorada de él?

«¿Estoy enamorada de él?» La pregunta es tan ridícula que casi hace que suelte una carcajada. Pero Sophie no está bromeando, sino mirándome con unos ojos azules, grandes y sinceros. Al ver que no respondo de inmediato, parpadea y se aclara la garganta.

—No era mi intención agobiarte. No pasa nada si no lo estás, yo solo…

—No, no pasa nada —le digo, tratando de sonreír—. No estoy enamorada de él, solo quiero…

¿Solo quiero qué? ¿Terminar de una vez? ¿Dejar de pensar en Andrew, olvidarlo por un tiempo mientras me distraigo con Dean?

Me gustaría saber lo que quiero realmente. ¿No sería entonces todo mucho más fácil? Desearía estar enamorada de Dean, porque en ese caso, quizá pudiese olvidar durante un instante que Andrew se ha enamorado de Danielle.

—Es el momento perfecto, ¿no? —argumento.

Es la mejor respuesta que puedo dar.

—No sabría qué decirte… —responde Sophie—. Yo prefiero esperar al matrimonio.

—¿Cómo? ¿Todavía eres…?

—¿Virgen? —Sophie termina la frase por mí—. Sí, no es nada del otro mundo. Sencillamente, todavía no estoy preparada. Prefiero esperar hasta encontrar una persona que me ame, ¿sabes? Los chicos de este instituto no valen la pena.

—Pero ¿y Andrew?

Miro de nuevo por encima del hombro y veo que Andrew y Chase han comenzado a bailar, dando brincos y haciendo las tonterías que hacen los chicos para hacerse notar. Andrew advierte que los estoy mirando y hace un gesto en nuestra dirección, a mí, o quizá a Sophie o a Danielle, indicándonos que nos unamos a ellos. La alegría genuina en su expresión me provoca una punzada en el pecho.

—Andrew no estaba enamorado de mí —dice Sophie—. Tú deberías saberlo mejor que nadie.

—Claro que lo estaba —replico, aunque ambas sabemos que no es cierto.

Pienso en todas las veces que se quejó de ella. Andrew y Sophie no pegaban. Quizá Sophie lo supo todo el tiempo. Y yo la he infravalorado.

—Venga, Keely —dice Sophie sonriendo—. Andrew no era el indicado. En realidad, era bastante malo como novio. Siempre pensé, es decir… Rompimos porque Andrew sencillamente no…
—Sophie se detiene de golpe y mira a Danielle—. No importa, lo siento. No debería estar criticando a tu cita de esta manera. —Se pone en pie y agarra el asa del cesto de magdalenas—. Sigo con el reparto. Olvida lo que he dicho.

—¿«Sencillamente no» qué? —pregunta Danielle, que no es de las que deja las frases a medias.

Sophie suspira y clava sus ojos en mí.

—No dejaba de hablar de ti, Keely. Era agobiante.

—Solo somos amigos —suelto de inmediato.

Mi frase comodín.

Pero sus palabras consiguen que algo en mi interior se ilumine y, de pronto, me siento como un voltímetro.

—Sí —dice Sophie, cogiendo una magdalena de arándanos. Al morderla, unos granos de azúcar caen sobre la mesa—. Ya lo veo.

TREINTA

Nos encaminamos hacia la mesa, dejamos los bolsos y arrastramos a los chicos que quedan hasta la pista de baile. La canción tiene un ritmo alegre y, a pesar de todo lo que está sucediendo —que la mayoría estamos enfadados los unos con los otros—, nada de eso importa. Esta podría ser la última vez que estemos juntos, un gran grupo, y creo que nos dejamos llevar.

Suena una melodía lenta y nos separamos para bailar con nuestras parejas. Rodeo el cuello de Dean con los brazos y siento su piel, húmeda y pegajosa. Me pasa la petaca y doy un sorbo corto. Me he acostumbrado tanto al sabor del whisky que a estas alturas casi me gusta. O quizá solo esté tratando de convencerme de que me gusta.

La música cambia de ritmo y volvemos a hacer un corro. Alzo los brazos hacia el cielo y empiezo a girar, mareada pero feliz. En unos compases, la canción se ralentiza y todos nos abrazamos, balanceándonos. Antes de que nos demos cuenta, Chase pasa un brazo por los hombros de Danielle y se ponen a bailar los dos solos. Imagino que Danielle se alejará de él; al fin y al cabo, ¿no se ha alejado de él todos los días desde mi cumpleaños? Sin embargo, no lo hace. Más bien al contrario: se ríe y se acerca todavía más.

Al parecer, todos hemos estado esperando a que alguien dé el primer paso, porque tan pronto como Danielle se pone a bailar con Chase, salimos disparados en diferentes direcciones. Hannah se lanza hacia Dean, atrayéndolo hacia ella, y yo me encamino hacia Andrew antes de que pueda arrepentirme. Asiento con la cabeza hacia Hannah en señal de agradecimiento, reconociendo que me está haciendo un favor. Ella me devuelve el gesto, y en ese momento sé que lo ha entendido. No hay necesidad de admitirle que tiene razón.

—Hola —digo, posando las manos sobre sus hombros.

—Hola —saluda Andrew, y envuelve con sus brazos la zona inferior de mi espalda.

Aunque trato de mantener una distancia decorosa entre nosotros porque todos nos están observando, él se acerca, así que me veo obligada a rodearle el cuello con los brazos. Nuestros cuerpos se tocan en todos los puntos posibles desde las caderas hasta el torso. Sé que no está bien estar tan cerca de él, que esto no es más que una tortura, pero la sensación es tan agradable; es como si estuviéramos haciendo coincidir las piezas de un rompecabezas. Descanso la cabeza sobre su pecho y desearía ser lo suficientemente alta como para rozar con los labios la suave piel de su cuello. Su olor es familiar, como a hierba cortada, el mismo que cuando estábamos en la cama, con su cuerpo encima del mío. La música que nos rodea es suave y lenta, pero apenas la oigo. Lo único que escucho es el latido de mi corazón, la sangre que palpita en mis oídos. Sé que si echo la cabeza hacia atrás un poco, podría besarlo. Así que la mantengo en su sitio para evitar la tentación. De repente, me entran ganas de llorar. Qué fácil era todo antes de que reconociera que estoy enamorada de él. Ojalá pudiera borrar las últimas horas y volver a ser esa chica.

—¿Te lo estás pasando bien?

Pronuncia estas palabras tan cerca de mi oído que me hace cosquillas. Asiento con la cabeza y hundo la nariz en su pecho, preocupada por que pueda notar cómo me siento, por que pueda verlo en mi rostro.

—Voy a echarte de menos —confieso, apartándome un poco para mirarlo.

—Collins —dice en voz baja, levantando una mano y posándola en mi mejilla—, ¿estás bien?

Su modo de decirlo me da ganas de confesárselo todo.

—Yo...

Las palabras se me atragantan. Solo son eso, palabras, pero tienen mucho poder. Lo cambiarán todo. Son palabras que no pueden ser pronunciadas. Además, ¿para qué?

—Keely —dice, acariciándome con el pulgar la piel suave de la mejilla.

Me resulta extraño escuchar mi nombre de pila en sus labios, y su sonido es íntimo y personal, como si me estuviera viendo desnuda.

—Drew, yo...

Empiezo a hablar, pero la música se convierte en algo rápido y salvaje que me sienta como un bofetón. De repente, recuerdo dónde estamos y quién nos rodea y tengo la sensación de que me han sumergido en el agua fría del lago.

—¿Te has puesto celoso? —le pregunta Danielle, sonriendo y tirándole del brazo—. Si te digo que Chase baila mejor que tú, ¿te enfadarás?

Antes de que Andrew pueda dar una respuesta, llega Ava, tambaleándose sobre sus tacones y apoyándose en mí para no caerse.

—¿Alguien quiere un poco de champán? —pregunta, con una botella llena en la mano.

No tengo ni idea de dónde la ha sacado ni de cómo ha logrado sortear los problemas.

De pronto, alguien me rodea la cintura y me doy la vuelta. Dean está detrás de mí. Me apoyo en él, inquieta por si ha visto algo de lo que ha pasado entre Andrew y yo. Me pregunto si Dean es capaz de comprender mis sentimientos. De hecho, me pregunto si le importan.

—Ava, esconde esa botella —susurra Danielle—. Estás hecha un desastre. ¿De dónde has sacado eso?

Ava toma un sorbo prolongado.

—Lo he sacado de tu culo.

En este preciso momento, cortan la música y una voz sale de los altavoces.

—Tomad asiento, por favor. Comenzaremos la coronación en unos minutos.

Es nuestro director, el señor Harrison, que está sobre una tarima al otro extremo de la estancia con una pila de sobres blancos en la mano. Todos nos dirigimos a nuestras mesas. Acabo sentada entre Dean y Charlie, y me acerco lo más que puedo a Dean e ignoro por completo a Charlie cuando me pregunta si le puedo alcanzar un refresco. Andrew está frente a nosotros con Danielle, así que me concentro en Ava y Ryder, que se pasan la petaca por turnos.

—Eh, chicos, ¿se me escucha? —pregunta el señor Harrison.

Un murmullo poco entusiasta recorre la multitud.

—Oh, venga ya, no te enrolles —sisea Danielle.

Bebe un poco de refresco, lo deja sobre la mesa y se atusa el cabello con la mano. Aunque no necesita hacerlo. Todavía luce perfecto.

—Pareces muy segura de ti misma —susurra Ava, arrastrando las eses como si llevara dos copas de más.

—Es que lo estoy —responde Danielle—. A ver, es evidente, ¿no? —Hace una pausa durante un instante y, a continuación, pasea su mirada por el grupo—. Sin ánimo de ofender.

—Ah, vaya, ¿así que es evidente? —pregunta Ava, elevando la voz unos decibelios—. Me alegro de que te parezca tan evidente, no fuera que una de nosotras albergara alguna esperanza.

Ava nunca ha sido muy buena en lo de permanecer callada, y ahora, con unas copas de champán de más, proyecta su voz de musical. Se cruza de brazos, y en el gesto levanta también las tetas, con lo que están a punto de salírsele por el escote de su vestido sin tirantes.

Se oye de nuevo la voz del señor Harrison, amplificándose a través del salón de baile.

—De acuerdo, los elegidos solo pueden ser estudiantes del último curso. Disculpas por adelantado al resto. Tendréis vuestra oportunidad en el futuro.

—Oh, Ava, por favor —exclama Danielle, señalando con la mano el escote—. De todos modos, es mejor que no seas tú la que suba al escenario porque te pondrías en evidencia. Te estoy ahorrando el bochorno. Como de costumbre.

—Vamos, chicas. Es solo un estúpido baile de insti, no el Premio Nobel de la Paz —susurra Hannah.

Ava sigue con una expresión glacial y la mirada clavada en Danielle, que está frente a ella, al otro lado de la mesa. Tiene las comisuras de los ojos brillantes, y hacen juego con el brillo de sus párpados. Respira con rapidez y cuando finalmente habla, lo hace con una voz alta y crispada:

—Bueno, no creo que nombren reina del baile a alguien que sabe a pescado podrido.

Danielle vuelve la cabeza hacia ella, con los ojos como platos.

—¿Qué acabas de decir?

Aunque le tiembla el labio inferior, Ava observa a Danielle sin parpadear. Andrew mira hacia delante, rígido, con los ojos fijos en el escenario. Sus orejas están ligeramente sonrosadas.

El señor Harrison toma la palabra de nuevo.

—¿Puedo pedir un gran aplauso para la gente del Walcott por su colaboración en el evento? —Se oyen unos débiles aplausos—. Y también para el comité organizador de esta velada por todo el trabajo. ¡Sois increíbles! Parece que estemos de verdad bajo el mar.

Dean se inclina hacia mí, empuja su hombro contra el mío y me susurra al oído:

—¿Ahora entiendes lo que te decía del rollo insti? —Se ríe—. ¿Qué prefieres: *Escuela de jóvenes asesinos* o *Chicas malas*? Bueno, supongo que depende de la década en que hayas nacido…

—No todo tiene que girar en torno al cine —suelto, con más agresividad de la que pretendía.

Me encantan las referencias cinematográficas, pero a veces Dean parece no tener más recursos.

Ava vuelve a hablar:

—He dicho que no creo que nombren reina del baile a...

—Te he oído perfectamente —interrumpe Danielle—. Solo me gustaría saber por qué lo has dicho. ¿Por qué coño ibas a decirme eso? —Su tono es cada vez más y más alto, y algunas personas de la mesa contigua miran hacia nosotros al oírla blasfemar. Ella suspira y baja la voz—: Creo que has bebido demasiado.

—Oh, vaya. Otra vez diciéndome lo que tengo que hacer. ¡Menuda sorpresa! —exclama Ava.

—¿Puedes calmarte? —susurra Danielle—. Te estás pasando de la raya.

Ava hace una reverencia.

—Por supuesto, su majestad.

A mi lado, Dean resopla y se cubre la boca con la mano, disimulando una carcajada.

El señor Harrison vuelve a hablar y dirijo de nuevo la atención hacia la tarima.

—Bien, que suba al escenario la delegada del comité organizador. Tiene algunas cosas importantes que deciros, así que ¡preparaos! Con todos vosotros, ¡Sophie Piznarski!

Mientras Sophie sube los escalones y se apodera del micrófono, me da tiempo a repasar la conversación que tuvimos nada más llegar. No puedo creer que no supiera que Sophie también es virgen.

Ava está hablando de nuevo:

—¿Me está permitido tomar otro trago? —Levanta su vaso, inclinándolo de tal modo que el líquido amenaza con derramarse sobre la mesa—. ¿O eso va en contra de tus normas?

—Haz lo que te dé la gana —responde Danielle—. Ya das pena.

Ava deja el vaso en la mesa con autoridad. Parece herida, con sus grandes ojos caídos y tristes, como un cachorro al que acaban de patear. El labio inferior le tiembla de nuevo, tratando de contener las lágrimas. Pero toma aliento y aprieta los labios hasta que forman una línea fina y dura. Entorna los ojos, convirtiendo el dolor en rabia.

—Yo escribí las notas.

Danielle ni se inmuta, como si no hubiera oído sus palabras en absoluto. Pero luego reparo en su mano, en la que descansa sobre la mesa, que se ha contraído en un puño. Se gira hacia Ava lentamente.

—Necesito hablar contigo. Necesito hablar contigo fuera para que no haya testigos cuando te mate.

Danielle se incorpora, sus rodillas golpean la mesa y agarra a Ava del brazo.

—¡Eh! —se queja Ava, tratando de zafarse de Danielle, que la tiene cogida como si tuviera zarpas.

Ambas desaparecen por la puerta lateral y yo miro a Hannah, confiando en que ella sepa qué hacer.

—Sería capaz de matarla de verdad. Deberíamos... —digo.

Hannah sigue mi mirada hasta la puerta y, acto seguido, las dos nos incorporamos de un brinco y las seguimos. Al salir, casi atropellamos a Susie Palmer, que está fumando apoyada contra la pared. Sé que probablemente se esconda de Ryder y de Ava, porque ella fue su primera opción anoche y ahora ya no lo es. A veces, resulta más fácil esconderse que actuar como si te diera igual.

—Se han ido hacia el embarcadero —nos dice Susie, señalando hacia un punto indeterminado con el cigarrillo.

—Gracias —responde Hannah, y nos dirigimos hacia allí.

Aunque la luz que emana de las ventanas del Walcott no proporciona mucha visibilidad, puedo distinguir la forma del lago, que se extiende enorme y oscuro ante nosotras. Caminamos por la hierba y llegamos hasta unos escalones que conducen a un embarcadero de madera. Al acercarnos, oímos voces altas y estridentes antes de distinguir las siluetas borrosas y oscuras de Ava y de Danielle.

Hannah me coge del brazo.

—Deberíamos dejarlas discutir. Tienen mucho que resolver.

—¿Sabías que había sido Ava?

Hannah suspira.

—No estaba segura, pero lo suponía.

No entiendo por qué nunca se me ocurrió. Estaba tan obsesionada con que esas palabras tan horribles venían de un chico. Pero Ryder no tiene la delicadeza o sutileza para causar este tipo de dolor: cuando los chicos hieren, quieren que se les reconozca el mérito. Las chicas son mucho mejores en los cortes sutiles, en las dentelladas que no ves venir hasta que ya te han arrastrado bajo el agua. Y Ava ha estado recibiendo esos mordiscos por parte de Danielle durante mucho tiempo. Era solo cuestión de tiempo que ella se los devolviera. Aun así, me rompe el corazón ver que su amistad se ha convertido en una cosa tan fea. En algún momento, Danielle y Ava eran uña y carne, y mira cómo han terminado. No puedo permitir que suceda lo mismo con Hannah y conmigo.

—Siento lo de Charlie. Lo que te dije sobre él.

Hannah siempre me ha apoyado, siempre ha sido una amiga buena y maravillosa. Necesito ser lo mismo para ella.

—Pero tenías razón —responde Hannah, con voz temblorosa—. Sé que no debería, pero… aún siento algo por él. Esta mañana vino a mi casa y me comentó que quería llevarme al baile del insti y que no iba a aceptar un no por respuesta. Soy tan débil…

—No eres débil. Estás enamorada.

—A veces pienso que es lo mismo.

Como Hannah está siendo tan honesta conmigo, considero que yo también debo serlo.

—Pues resulta que yo también tengo que darte la razón sobre lo de Andrew —confieso al fin.

Aunque decirlo me entristece, el rostro de Hannah se ilumina como si le acabara de dar la mejor noticia de la noche. Supongo que no pasa nada por sentirse feliz.

Nos detenemos en el extremo del embarcadero, pero Danielle y Ava no advierten nuestra presencia.

Ava llora, agitando una mano con rabia hacia el cielo y sujetándose el vestido con la otra.

—Durante ocho años, lo único que he tratado de hacer es ser tu amiga. Lo he intentado con todas mis fuerzas, pero tú no has dejado de machacarme.

Su voz es temblorosa y se nota que está llorando.

—¿Mi amiga, Ava? —replica Danielle—. Si tenías un problema conmigo, deberías habérmelo dicho. Las amigas de verdad se dicen las cosas a la cara y no a la espalda.

—Las amigas de verdad no se echan mierda, Danielle. No lo hacen. Te has portado fatal conmigo. Siempre. Dejaste de ser mi amiga hace años. Te has convertido en una, una… ¡una puta!

—Ah, vaya, ¿ahora también soy una puta? ¿Por qué no lo escribes en una nota? —Danielle hurga en su bolso de lentejuelas color champán, saca un bolígrafo y se lo arroja a Ava—. Veamos… Soy una puta, una zorra… ¿qué más? Vamos, Ava. No hay escapatoria posible, ¿verdad? Si lo haces, eres una zorra; una calientapollas si casi lo haces; una mojigata si no lo haces y una puta si te defiendes. Estoy harta de las etiquetas. Deberíamos apoyarnos las unas a las otras.

Ava chasquea la lengua y suelta una carcajada.

—¿En serio? Pero si hace años que me llamas puta.

Danielle cruza los brazos.

—Yo no uso esa palabra.

Ava levanta la voz, imitando a Danielle:

—Oh, vamos, Ava, ¿qué sabrás tú de ser virgen? Oh, Ava, ¿te vas a acostar otra vez con Ryder? Venga, Ava, deja de enrollarte con todo lo que se mueve. Estás haciendo el ridículo…

—Ahora mismo estás haciendo el ridículo.

—Me da igual. —En la voz de Ava se aprecia tensión, como si estuviera luchando por hablar y respirar al mismo tiempo—. Sencillamente, ya no llego a hablar contigo, Danielle. Tú no me ves como una igual. No soy solo tu estúpido apéndice. A mí también me pasan cosas.

—Oh, por favor —exclama Danielle—. No vayas de víctima. Si te sentías como un estúpido apéndice, podrías haber hecho algo al respecto.

—¡Lo hice! —grita Ava—. ¡Escribí esas malditas notas!

—¿Y pensabas que con eso ibas a cambiar las cosas? ¿Qué? ¿Pensaste que si me llamabas «zorra» las cosas mejorarían como por arte de magia? Sencillamente, Ava, lo único que consigues es hacerles creer a tipos como Ryder que tienen razón. No se obtiene más poder machacando a otras chicas.

Ava chilla, un grito animal, como si alguien acabara de pisar su cola.

—¡Eres una auténtica hipócrita! Tú obtienes tu poder así. Machacándome. Eres como una vampira social.

Ava se restriega las mejillas. El moño que llevaba está ahora completamente despeinado y hay horquillas que sobresalen en ángulos extraños desde su nuca. Comienza a sacárselas, tirándolas al suelo y continúa:

—Me gusta Chase. Me ha gustado desde hace años. Y tú lo sabías. Pero de repente decidiste que tenías que enrollarte con él y eso se convirtió en tu prioridad. Te acostaste con él en esa estúpida fiesta, ¡y ni siquiera te gustaba! Lo dejaste después de haber conseguido lo que querías. ¿Cómo crees que me sentí yo?

Danielle suspira.

—No rompí con él porque… porque ya lo había conseguido. Rompí con él porque él me había conseguido. ¡Se acostó conmigo y luego se lo contó a todo el mundo! ¿Qué tengo que hacer, esperar sentada a que venga y rompa conmigo? Por favor, no me digas que todo esto es… —Danielle se balancea—, no me digas que todo esto es por Chase, porque no vale la pena.

—No es por Chase —replica Ava—. Es por ti, por coger algo que sabías que yo quería simplemente porque podías. ¡Y lo estás haciendo de nuevo con Andrew! El único motivo por el que estás aquí con él es Keely.

Me estremezco al oír estas palabras.

Ava saca la última horquilla y las ondas moradas de su melena se desparraman sobre sus hombros. Le lanza la horquilla a Danielle.

—Me sorprende que nunca te hayas tirado a Charlie. Hannah habría alucinado y a ti te habría encantado.

Danielle se abalanza sobre ella y la agarra del collar que lleva en el cuello. Las cuentas vuelan por todas partes, dispersándose y rodando por el embarcadero en todas las direcciones. Ava atrapa el talle del vestido de Danielle y estira con todas sus fuerzas para que se rompa. Danielle grita.

—¡Basta! —exclamo, y Hannah y yo nos apresuramos hacia ellas.

Las agarramos por los brazos, tratando de separarlas. Ava se vuelve hacia mí y veo sus ojos inflamados, como si se hubiera vuelto loca. Lleva todo el maquillaje azul y brillante corrido por las sienes, y el rímel le resbala por las mejillas.

—No necesito tu ayuda —grita.

Se zafa de mí, pero yo la agarro de nuevo, tratando de mantenerla estable, de calmarla, aunque ella aúlla y se agita como si estuviera posesa. Intento inmovilizarla, pero se balancea sobre sus tacones y, de repente, se cae hacia atrás, alejándose a cámara lenta. Alarga el brazo hacia delante, buscando algo a lo que agarrarse, pero solo encuentra el vacío. Y, a continuación, desaparece por el extremo del embarcadero, hacia el agua.

Se oye un fuerte chapoteo.

Danielle deja de luchar con Hannah y se da la vuelta.

—Oh, venga ya —dice—. Voy a por ella.

Y seguidamente también desaparece.

—Iré a por un profesor —digo, alejándome del lago camino del Walcott.

Salgo disparada hacia los escalones, pero entonces oigo unos jadeos a mi espalda y vuelvo la mirada hacia el lago. Danielle y Ava acaban de emerger a la superficie, y Hannah, en cuclillas, trata de izarlas al embarcadero. Aunque el agua tiene la profundidad suficiente como para que solo se vean sus cabezas, al parecer, hacen pie. Hannah agarra a Ava de las axilas y Danielle la levanta desde abajo, balbuceando y tosiendo. Después, Hannah ayuda a Danielle.

—¿¡Hannah!? —Una voz grita desde lo alto de los escalones y distinguimos la silueta de una chica, una figura oscura contra las ventanas brillantes—. ¡Hannah! —Vuelve a gritar, bajando las escaleras hacia nosotras. Al acercarse, compruebo que es Susie Palmer, con la luz de la luna reflejada en su pálida piel. Al divisarnos, al ver a Danielle y a Ava tumbadas en el embarcadero mojado, con sus vestidos que parecen un charco de helado derretido a su alrededor, se queda inmóvil—. Hummm... ¿Hannah? —dice cuando nos alcanza—. Te están buscando ahí adentro. Han anunciado tu nombre y nadie podía dar contigo. Se supone que debes bailar con Chase.

—¿Cómo? —pregunta Hannah, confundida.

La parte delantera de su vestido se ha mojado al sacar a Ava del agua. Lleva la trenza medio deshecha y el flequillo, aplastado. Puedo ver que todavía está alucinando con lo que acaba de ocurrir y no ha procesado nada de lo que le ha revelado Susie. Pero yo sí. Es evidente, debería haberlo sido todo el tiempo.

—Eres la reina del baile.

TREINTA Y UNO

No sé cómo, pero todo se ha ido a la mierda.

Después del baile de Hannah y Chase como reina y rey de la fiesta, del regreso de Danielle y Ava, que han dejado el suelo tan mojado que Edwin Chang ha resbalado y se ha caído, estoy tan agotada que me siento a la mesa sin ganas de bailar. Se está haciendo tarde. Algunas de las olas de cartón se han desprendido y una de las máquinas de burbujas no funciona.

Dean se ha ido con Ryder, probablemente a fumar, y no voy a tomarme la molestia de ir a buscarlo. Suspiro y me levanto, dirigiéndome hacia el ponche. A estas alturas, ¿y qué si está bañado con algo de alcohol?

—Menudo baile de mierda, ¿eh? —dice Chase tras de mí.

—Sí… —Sirvo una taza de ponche para mí y otra para él—. ¿Qué tal con Cecilia?

Chase se bebe de un trago el ponche, que le deja una delgada línea roja sobre el labio superior.

—Es maja —responde con poco entusiasmo.

—Y ahí está el problema, ¿no?

—Las majas no suelen ser mi tipo.

Ambos nos giramos y miramos hacia el lugar en que están Danielle y Ava, a las que están ayudando a asearse y secarse.

—¿Dónde está tu pareja? —pregunta Chase.

—Y yo que sé… —contesto, tomando otro sorbo de ponche.

Por alguna razón, tengo ganas de ser honesta.

—En el fondo, no te mola tanto, ¿eh? —dice Chase sin dudar.

—Es bueno tener una pareja para el baile.

—¿Qué quieres decir? —Chase toma otro sorbo—. Podrías haber venido con cualquiera de nosotros.

—Sí, como amiga —suelto—. Ninguno de vosotros nunca, nunca, habéis intentado ligar conmigo… Porque no soy una chica de verdad. Es como si no existiera.

—Venga, Collins, estás muy buena.

Lo dice sin darle demasiada importancia, y me coge desprevenida.

—¿Cómo?

—¿En serio piensas que nadie ha ligado contigo por eso?

—Pues sí —respondo—. Os dedicáis a hablar de todas vuestras extrañas funciones corporales en mi presencia, así que me parece evidente que no estáis…

—Nadie fue a por ti porque estabas con Reed.

Al oír estas palabras, me pongo tensa. Si Chase supiera cuánto deseo que eso fuera verdad.

—No estoy con Reed —le recrimino, atusándome el pelo con frustración—. Ya sabes que él está con Danielle, y con otros cinco millones de chicas.

Pronuncio estas palabras entre siseos, y detesto sonar tan celosa. No se suponía que iba a ser así.

Chase niega con la cabeza.

—No, si ya sé que no estáis saliendo, pero sois uno. Sois una pareja. Nadie se atrevería a entrometerse. Además, Andrew marca el territorio a tope.

—¿Cómo?

Deposito el vaso de ponche sobre la mesa y unas gotas salpican el mantel blanco de plástico, dejando una pequeña mancha roja en él.

—En sexto, Ryder comentó que estabas «creciendo satisfactoriamente». —Gesticula con las manos frente al pecho, dándome a entender el significado real de las palabras de Ryder—. Andrew le pegó un puñetazo.

Lo recuerdo. Me viene a la memoria que expulsaron a Andrew durante tres días. Me contó que Ryder lo había empujado, una excusa fácil de creer.

—Es por eso que Ryder se empeñó en tratarte como a un chico —continúa Chase—. Supongo que lo hicimos por eso. Reed nos cae bien a todos, así que eras intocable.

Se acaba el ponche de un trago y arroja el vaso vacío a la papelera.

No puedo aguantar la presión en el pecho. Es como si me estuviera expandiendo de adentro afuera, como si estuviera llenándome de aire. Las palabras de Chase no dejan de resonar en mi cabeza. «Sois uno.» «Sois una pareja.» «Eras intocable.» Querrá decir algo, ¿no? ¿Por qué Andrew ahuyentaría a los otros chicos si no albergara sentimientos hacia mí, si una pequeña parte de él no me quisiera? ¿Con qué derecho?

Echo un vistazo al gentío detrás de Chase en busca de Andrew, pero no está. Me giro hacia las mesas a nuestras espaldas, examinando los asientos con rapidez, buscando una cabeza color arena, pero no está por ninguna parte.

¿Y si Andrew me correspondiera?

—Bueno, al parecer encontraste una pareja de todos modos —dice Chase—. Estaba claro que el que te pillara tenía que ser un tío que no fuera a Prescott, alguien que no conociera las reglas.

Tomo el vaso de ponche y advierto que me tiembla la mano.

—¿Y cuáles son esas reglas?

Chase sonríe abiertamente.

—El código de los tíos. —Se me acerca y baja la voz, como si estuviera a punto de desvelarme un secreto—. Nunca dejes a tus amigos colgados por un pol… Lo siento —se disculpa al ver que me estremezco—. Nunca dejes que un amigo pelee solo y nunca trates de ligarte a la hermana de un amigo. Puede que no seas su hermana de verdad, pero según el código, cuentas como tal.

Y ahí está. «Hermana.» La palabra cae sobre mí como un jarro de agua fría. El globo en el pecho explota y se desinfla. Por supuesto, eso es lo que Chase trataba de decirme. Todavía está sonriéndome, como si estuviera orgulloso de haberme desvelado el código, como si debiese sentirme especial y no como me siento: mi mundo se ha roto en mil pedazos, mi esperanza se ha esfumado, se ha desintegrado igual que la Estrella de la Muerte.

Estrujo el vaso de plástico vacío y lo tiro a la papelera.

—Tengo que irme —digo, de pronto invadida por la ira, como si la electricidad corriera por mis venas.

Todo tiene sentido ahora. Podría haber conocido a un chico antes, podría haber perdido mi virginidad antes si Andrew no se hubiese interpuesto en el camino. Y no es porque estuviera celoso o porque me quisiera para él. Es simplemente porque soy como su hermana.

—Para que conste, yo habría ido a por ti —dice Chase—. Eres una preciosidad.

Y, a continuación, sonríe, se dirige hacia Danielle y Ava, y las abraza.

Me tiemblan las manos. Necesito encontrar a Andrew. Me dirijo hacia el lateral de la sala, empujando a la gente que me encuentro al paso. Todo a mi alrededor gira en una espiral de colores, las formas se mueven, se enfocan y desenfocan, y tengo la sensación de estar borracha. Sin embargo, es solo la energía, que se propaga a través de mí como si fuera fuego, difuminando mi campo de visión. No recuerdo haberme sentido antes tan alerta.

Y entonces lo veo salir del baño de los chicos, y me sorprendo porque quiero golpearlo, besarlo o ambas cosas, lo que sea para poder tocarlo, para poder liberar algo de esta energía en él y que pueda sentirse tan vivo como yo.

Me dirijo hacia él. Cuando repara en mí, en su rostro se forma una sonrisa relajada que pronto desaparece al ver el ímpetu con el que me aproximo.

—¿Les dijiste a los chicos que no ligaran conmigo?

—¿Cómo?

Frunce el ceño y, como imaginaba, se lleva inmediatamente la mano al pelo, como hace siempre.

—¿Quién te has creído que eres, Drew? Todo este tiempo pensando que no le gustaba a nadie, y todo este tiempo fue culpa tuya. Todas esas fiestas que he acabado durmiendo en el sofá, sola y excluida porque el resto se estaban enrollando, saliendo juntos, follando... Y pensé que era yo, que algo en mí no funcionaba, ¡pero todo era culpa tuya!

—Collins, ¿de qué estás hablando? —me pregunta en voz baja, acercándose.

Soy vagamente consciente de que todavía estamos en el salón de baile, rodeados de personas. Abby Feliciano está a unos pocos metros a la izquierda, enviando mensajes por el móvil, y cuando la miro, ella se ríe y aparta la mirada. Pero no me importa.

—¡Menudo hipócrita! —Lo golpeo en el hombro—. Tú puedes dormir con todas las chicas del planeta y yo no me puedo acostar con nadie, ¿verdad? ¿Por qué, Drew, porque soy una chica? ¿Una flor delicada que tienes que cuidar? No necesito que me protejas. Nunca te impedí salir con chicas. ¡Fui la mejor alcahueta!

La Alcahueta y el Cortarrollos. Somos como un deprimente y desastroso dúo de superhéroes.

—Sé que no eres una flor delicada —contesta, acercándose a mí y posando la mano sobre mi clavícula y yo me la quito de encima con un gesto de desdén—. Eso seguro. Venga, Collins, no quería que te rompieran el corazón.

—Mi corazón no es problema tuyo —digo, y se me quiebra la voz porque, de hecho, quiero que lo sea—. Deberías haber dejado que me rompieran el corazón. Forma parte de la vida, ¿no? ¡No puedes encerrarme en una torre como si fuera la maldita Rapunzel! —Andrew da un paso hacia mí y yo retrocedo. Necesito alejarme de él antes de hacer algo de lo que después pueda arrepentirme—. No eres ni mi hermano ni mi novio.

—Keely... Yo no quería... Mira, los conozco, sé cómo hablan, y no quería que pasaras por eso. Tú te mereces mucho más. Te mereces a alguien que te quiera.

Habla en voz baja, en un tono amable que hace que me derrita.

—Bueno, ¿y cómo se supone que voy a encontrar a esa persona si no permites que nadie se acerque a mí?

—Al final encontraste a alguien, ¿no? ¿Dónde está tu pareja?

—No sé —respondo. Podría estar detrás de mí en este momento y no me daría ni cuenta. Todos mis sentidos están puestos en esta conversación, en esta discusión—. ¿También le dijiste que se alejara?

—Claro, ha desaparecido. No podía ser de otra manera —suspira Andrew, metiéndose las manos en los bolsillos—. Qué tópico.

—¿Por qué lo odias tanto?

Ahora estoy gritando, y advierto que Abby pasa por completo de sus mensajes y nos observa con gran atención.

—Yo no lo odio —replica, pero después niega con la cabeza y saca las manos de los bolsillos—. En realidad, ¿sabes qué? Sí que lo odio. Tengo todo el derecho a hacerlo. Me usaste para estar con él. Joder, dijiste su nombre mientras nos estábamos enrollando. Eres una hipócrita, Collins. Te cabreas conmigo porque me aprovecho de las chicas, porque me enrollo con ellas aunque no me importen, pero tú eres una maestra en aprovecharse de la gente. Ni siquiera te importaba lo que yo sentía.

—¡Pero si a ti nunca te importa lo que siente la gente! —exclamo, alzando las manos hacia el cielo—. Has estado acostándote con chicas durante años, pasando de ellas en el momento en que surge algo mejor.

—¡No, eso no es cierto! —grita Andrew.

—Estás de broma, ¿no? Has...

—¡No he estado acostándome con nadie!

Mira de reojo por encima del hombro, y después me coge del brazo y me lleva a una esquina, donde nadie puede oírnos.

—¿De qué me estás hablando? —pregunto, zafándome de él.

—No lo he hecho... —Se detiene, y habla con una voz tan baja que apenas puedo oírlo con el sonido de la música—. No me he acostado... con nadie. Nunca.

—Eso no es...

«Eso no es verdad», quiero decirle. Pero... Nunca se acostó con Cecilia, ella misma lo dijo; y nunca se acostó con Sophie, quien se reserva para su noche de bodas.

—¿Eres virgen? —pregunto, sintiéndome tan pequeña como el hilillo de voz con el que lo digo.

—Sí.

Ahora todo cobra sentido. Ahora entiendo por qué ha estado actuando con tanta cautela. Durante todo este tiempo temía que pudiese descubrir la verdad.

—Me mentiste —declaro—. Pensé que... Dejaste que creyera que eras una especie de experto. Yo jamás lo hubiera hecho...

—Venga, Collins, eso no es justo. ¿Qué se suponía que debía decirte? Me pediste ayuda, y te vi tan vulnerable que solo pude acceder. Me sabía mal...

—Te sabía mal por mí —digo, y las palabras me sientan como un puñetazo en el estómago. ¿Se puede ser más patética?—. Podrías haberme dicho la verdad. Menuda idiota. Te pedí ayuda, consejo, y tú tampoco sabías una mierda.

—Para los chicos tampoco resulta fácil admitir que... no sabemos nada. Nunca te mentí, sencillamente no te corregí cuando asumiste que...

—¡No lo negaste!

Pienso en todas las veces que me ha contado sus rollos y en que nunca le he pedido que me aclarara el significado del término. Qué cómodo debe de haber sido para él. Enrollarse puede significar muchas cosas: besarse en una pista de baile, una paja en el cine, llegar casi hasta la cama con alguien pero cambiar de opinión.

—Cuando eres un chico hay ciertas expectativas —explica Andrew—. Te sientes presionado. Los chicos hablan mal y critican. Y tú siempre has tenido una idea preconcebida sobre mí: el Andrew

Fiestero. Ahora todos tienen la misma imagen de mí y, sencillamente, no puedo... Es todo de boquilla, ¿de acuerdo? ¿Es eso lo que quieres escuchar? Si la gente quiere creer que soy un donjuán, no voy a ser yo quien diga lo contrario. No resulta tan fácil admitir que todavía no lo has hecho, que quieres que sea especial. Nadie se lo traga.

—Pero yo no soy nadie. Yo soy alguien. Soy tu alguien más importante.

Aunque no lo soy; me doy cuenta tan pronto como pronuncio las palabras.

—Así que no te has acostado con Danielle... —No lo pregunto, lo afirmo. Él no responde, y pronuncio la palabra que ha quedado suspendida entre nosotros—: Todavía.

Se pasa la mano por la nuca y no dice nada, aunque no hay ninguna necesidad de que lo haga.

—¿Por qué?

—¿Por qué qué?

—Has tenido muchas oportunidades. ¿Por qué dejaste que Chase llegara primero?

Andrew se toma su tiempo para responder, como si ahora le costara encontrar las palabras.

—No es una carrera, Collins.

—¿Estás seguro?

Porque hasta ahora, eso es lo que me ha parecido; como si el insti fuera una gran competición y yo fuera perdiendo.

Justo en este preciso momento, noto el peso de un brazo sobre mi hombro, el olor familiar a *aftershave* y a tabaco que en el pasado hacía que mi cabeza empezara a dar vueltas, y sé que es Dean. Andrew se pone serio y su cuerpo se tensa, y yo siento un escalofrío porque ahí está de nuevo en acción. Ahí está el hermano sobreprotector.

—¿Y ahora de qué estáis discutiendo vosotros dos? —dice Dean a modo de saludo, y la pregunta me entristece.

La relación entre Andrew y yo se ha desintegrado tanto, nuestra amistad está en un punto tan tenso que Dean asume que estamos discutiendo. Y pese a que Dean es el motivo, la culpa es mía. Fui yo la que no pudo ser honesta conmigo misma, la que no logró ser honesta con Dean. Fui yo la que decidió arriesgar la amistad con Andrew en lugar de encararme con Dean y decirle la verdad. Fui yo la que lo estropeó todo.

—No estamos discutiendo —contesta Andrew.

Aunque me ha confesado su secreto, es evidente que no desea que nadie más lo sepa.

—Ah, menos mal —dice Dean en un tono monótono y sarcástico. A continuación, hunde el rostro en mi cuello y me hace cosquillas en la piel con la nariz—. Esto está bastante muerto. ¿Quieres que subamos a la habitación?

Debería responderle, pero no puedo apartar la mirada de Andrew. Sus mejillas están sonrosadas por nuestra discusión y respira con dificultad. Lleva el pelo revuelto y, de pronto, lo veo mucho más joven, como el niño al que le contaba todos mis secretos.

Y lo único que quiero hacer es consolarlo, pese a que yo soy la razón por la que está molesto. Quiero dejarlo todo atrás: este baile, Dean, Prescott, y estar solo con él, aferrarme a él y no soltarlo jamás. Pero ya es demasiado tarde.

De repente, sé qué va a hacer, cuál será su próximo gran movimiento. Entiendo por qué Danielle y él han reservado una habitación esta noche. Le confesará que se ha enamorado y luego se acostará con ella por primera vez.

Su primera vez.

No puedo ni debo impedírselo.

Me doy la vuelta, miro a Dean y lo atraigo hacia mí pellizcándolo por la barbilla. A continuación, lo beso como si estuviéramos solos en la habitación, como si ya estuviésemos arriba. Un beso que también es una promesa. Cuando me aparto, puedo ver que se le han dilatado las pupilas.

—Sí, vamos —digo con voz áspera.

Dean me coge de la mano, alejándome de Andrew, y yo se lo

permito, para seguirlo hacia la salida. No quiero mirar atrás, a Andrew, pero no puedo evitarlo y en el último instante antes de salir vuelvo la cabeza, temerosa de la expresión en su rostro.

Pero Andrew ya no está. No sé cuándo se ha ido. Quizá fue hace mucho tiempo.

TREINTA Y DOS

La habitación es preciosa, exactamente lo que se podría esperar de un hotel antiguo: vigas de madera oscura que atraviesan el techo, una alfombra roja, un lujoso sillón afelpado, una chimenea coronada por un escudo de armas. Es como si hubiésemos abandonado Vermont y ahora nos encontráramos en algún castillo europeo muy muy lejano. Y lo mejor de todo —aunque en este momento no lo considero como tal—, es la enorme cama con dosel.

Dean se dirige hacia allí, arrastrándome con él. Las sábanas parecen hechas de mantequilla, como si fueras a fundirte en ellas. Es como estar en una película: tal como lo imaginaba. Perfecto.

Creo que voy a vomitar.

Dean me besa y yo le devuelvo el beso, pero luego me alejo y me desplazo unos centímetros, dejando un decoroso espacio entre nosotros.

—Gracias por haberme acompañado esta noche —le digo con una necesidad imperiosa de llenar el silencio.

—Encantado —responde, esbozando una sonrisa, y en sus ojos puedo ver que va a decir algo gracioso—. Y estaré encantado de hacerlo durante el resto de la noche.

Trato de reírme, pero me siento un poco mareada y mi risa suena extraña. Se oye la música del piso inferior, completamente amortiguada. Dean se acerca y toma mi mano entre las suyas, y recuerdo cuando me deleitaba con su piel rozando la mía, como si fuera lo más maravilloso del mundo. Quiero sentirme de nuevo así.

—¿Te lo estás pasando bien? —pregunto, en un intento de despistarlo.

—Me lo estoy pasando bien ahora que estamos solos. —Me coloca un mechón de pelo detrás de la oreja y posa su cálida palma sobre mi mejilla—. En eso consistía el baile del insti, ¿no? En tú y yo. No en esa otra mierda. Esa otra mierda es por lo que hay que pasar para llegar a esto.

—Esa otra mierda son mis amigos.

—¿De verdad lo son, Keely? ¿Estás segura? Te mereces mucho más.

En ocasiones, Dean me dice cosas como si fueran verdad, aunque en realidad no lo son. ¿Qué me hace mejor que las otras chicas del insti? ¿Por qué yo, Dean? ¿Es solo porque me tomas como un reto, como un trofeo que hay que ganar?

Una imagen acude a mi mente: Andrew y Danielle bailando, enroscados, él aferrándola como si tuviera miedo de que se alejara flotando. Eso es lo que Andrew desea. Y, por lo tanto, es lo que yo deseo también. Ha de ser así.

Y quizá sea lo mejor. Quería sacarme de encima la primera vez con alguien por quien no sintiera nada. Y ahora, aquí estoy. Las chicas como Ava, que se acuestan con quien les apetece solo porque les apetece, tienen razón. «No puedes culparlas de que disfruten del sexo solo porque a ti no te guste», me dijo Andrew una vez. Pero se equivocaba, porque a mí también me gusta el sexo sin compromiso. ¿Y qué si Andrew tendrá su momento de gloria porque ha esperado para tenerlo con la chica que ama? Yo ya me he cansado de esperar.

Dean se aprovecha de que todavía tenemos las manos entrelazadas para atraerme hacia él y yo se lo permito, acercándome para besarlo como si fuera lo que más deseo en la vida. El aliento le sabe a champán y a *risotto*, y el olor de su *aftershave* me en-

325

vuelve. Trato de identificar el aleteo que sentía en el estómago al besarlo. Pero no está ahí. Su lengua es solo una lengua, viscosa y húmeda. La barba incipiente me raspa la mejilla.

Es curioso la manera en que ha sucedido todo, cómo han cambiado mis sentimientos y cómo al final he conseguido lo que quería: tener relaciones sexuales con un chico que no significa nada en absoluto. Resulta que, al fin y al cabo, el Plan no fue tan mala idea. Simplemente, lo llevé a cabo con el tío equivocado.

Dean me besa con más intensidad, atrayéndome hacia él y acariciándome el pelo con cierto ímpetu, el suficiente como para saber que va en serio. Tengo los ojos cerrados, y por un momento, me he permitido fantasear que era Andrew, imaginando el color miel de su pelo, sus pecas, sus ojos verdes. No he besado a Andrew desde que admití que estaba enamorada de él, y el simple hecho de pensarlo me da vértigo.

Dean me acaricia el cuello con la mano y después la desliza hacia mi espalda, hasta la cremallera del vestido, tratando de bajarla. Yo lo ayudo, porque, al igual que él, deseo que esto pase. La bajo y me incorporo para que pueda quitarme el vestido verde, que dejamos descuidadamente en el suelo. Dean se desabrocha la camisa y se desprende de ella, y yo contemplo su torso musculoso y bronceado. Si lo deseo, es todo mío. Así que voy a por él. Lo acaricio, y Dean toma aliento cuando me acerco a la uve que forma el músculo por encima de su cinturón. Es tan guapo: sus pestañas oscuras, sus pómulos perfilados. Podría llorar: tendría que estar deseándolo con toda mi alma. Cualquiera lo haría.

Me pregunto si Andrew y Danielle ya han abandonado la pista de baile, si ya han llegado a su habitación, a su cama con dosel. Me lo imagino ahora, arrastrándola por el pasillo, ambos mareados y riéndose. La está arrinconando contra la pared porque no puede esperar a llegar a la habitación. A Andrew siempre le ha gustado arrinconar a las chicas contra la pared para besarlas. Le he visto hacerlo tantas veces en tantas fiestas que ¿por qué no lo haría en este preciso momento?

Me lo imagino hurgando con la llave en la cerradura, tratando de entrar en la habitación, y a Danielle, que chasquea la lengua con impaciencia, arrebatándosela de las manos, abriendo la puerta y atrayéndolo hacia ella, hacia la oscuridad, quitándole las capas de ropa hasta dejarlo completamente desnudo.

Alcanzo la hebilla del cinturón de Dean y se lo desabrocho, y él levanta las caderas para bajarse los pantalones, lanzándolos de una patada hacia un rincón. Una vez que ambos estamos en ropa interior, Dean se coloca sobre mí, hundiéndome en el colchón.

Mi mente viaja a la última vez que estuve en esta posición, con un chico encima de mí hundiéndome en un colchón cubierto de flores; a esa sensación de estar más viva de lo que nunca esperé con un chico que, en realidad, era un amigo, solo un amigo.

Dean mueve la mano en dirección a mi ropa interior y yo me aparto rápidamente.

—Espera, voy a por un preservativo.

Me incorporo, aturdida por lo rápido que está sucediendo todo, y me agacho para coger el bolso.

—¿Has traído uno? —pregunta.

Busco y rebusco en su interior, maldiciéndome por no haberlo vaciado de toda la porquería que normalmente llevo. Está lleno de pañuelos de papel usados, envoltorios de chicles y entradas de cine de películas que vi hace meses. Y, de alguna manera, el preservativo se ha perdido en medio de este caos.

—No pasa nada si no lo encuentras. Tengo un montón —asegura Dean.

—Tiene que estar aquí.

Vuelco el bolso sobre la cama, con todo su contenido: un lápiz labial que mi madre me obligó a traer, el móvil, un par de gafas de sol rotas y el pequeño envoltorio. Justo cuando voy a cogerlo, mi mano se detiene en otro objeto: un cuadrado de cartulina blanca con los bordes desgastados. Le doy la vuelta y me quedo sin aliento. Es una tarjeta, una que no recuerdo haber recibido, una que debe de haber estado en el bolso desde hace tiempo y en la que no había reparado. Tiene una Tortuga Ninja dibujada con rotulador y un montón de estúpidos corazones que parecen salir de un dibujo animado. Y en la parte inferior, escrito con la caligrafía irregular de Andrew, un «Feliz cumpleaños. Me gustas más que la pizza».

Es la misma tarjeta de San Valentín que le envió años atrás, el primer año de insti, a Danielle. La que ella no entendió. ¿Qué hace esto aquí? ¿Cuándo la metió en mi bolso? ¿Por qué no ha dicho nada? ¿La hizo para mí?

—¿Lo has encontrado? —pregunta Dean, acercándose por detrás de mí y apoyando el mentón sobre mi hombro—. ¿Qué estás mirando?

—Nada —miento, tapando la tarjeta con la mano.

No quiero que la vea porque, aunque no la entienda, es maravillosa, es personal y es mía.

«Me gustas más que la pizza.»

Sin embargo, no me cuadra. Nada tiene sentido. A Danielle no le gustan las Tortugas Ninja, ni la pizza, ni trepar a los árboles ni montar en bicicleta. No le gusta patinar en el lago helado, ni deslizarse en trineo cuesta abajo a gran velocidad. No es la persona a la que Andrew llama cuando está enfadado, ni se recuesta con ella en la hamaca de su patio trasero para contemplar las estrellas. Quizá fue la persona a la que besó durante una Nochevieja, pero no con la que pasó la noche; no fue en su habitación donde acabó. Las piezas no encajan. No puedo olvidar cómo me miró cuando me confesó que estaba enamorado; cómo me cogió la mano; cómo, durante un breve instante, llegué a pensar que quizá pronunciaba mi nombre.

—Tengo que irme —anuncio, volviendo a meter todas las cosas en el bolso.

Me pongo en pie y entro en el círculo que forma mi vestido en el suelo, poniéndomelo tan rápido que, antes de que Dean pueda detenerme, ya estoy vestida. Si existe la posibilidad, una mínima posibilidad, de que Andrew esté enamorado de mí, ¿cómo voy a acabar la noche sin averiguarlo?

—¿Qué cojones haces? —dice Dean, saltando de la cama.

—Tengo que irme —repito, dirigiéndome hacia la puerta.

—Ahora no puedes irte. Lo prometiste.

—Pues he cambiado de opinión —le respondo.

— ¡Eh! No puedes hacerlo.

—De hecho —le digo, con la mano en el pomo de la puerta—, puedo hacer lo que me dé la gana.

—Menuda gilipollez —suelta Dean.

—Lo que es una gilipollez es todo esto —digo, y me río por la verdad que encierran mis palabras—. Tú y tus camisetas pretenciosas, tu moto y tus frases de película. Es como si no fueras una persona real. Pones demasiado empeño en ser un tío superguay. Pues bien, ¡yo no quiero ningún tío superguay! Lo que quiero en realidad... —Regreso a las palabras que Hannah me dijo en el probador de la tienda—. ¡Quiero a alguien a la altura de mis rarezas! —Abro la puerta de par en par pero me paro en seco, sintiéndome con la obligación de decirle la verdad—. Y para que conste, soy virgen.

Y, a continuación, salgo corriendo hacia el ascensor. Porque necesito encontrarlo. Necesito preguntarle qué significa esta tarjeta, necesito averiguar si es un error, una broma o si no tiene importancia alguna. He estado tan metida en mis movidas, tan metida en toda esta historia que no he sido capaz de comprender la fría y dura verdad hasta ahora. Y la verdad es que no quiero acostarme con Dean.

Nada más admitirlo, me siento súbitamente libre, como si me hubieran quitado un gran peso de encima y pudiera flotar. Siempre pensé que Dean estaba fuera de mi radar, que tenía que interpretar una versión mejorada de mí misma para impresionarlo. Pero lo que comprendo ahora me hace reír de alivio: no es que Dean sea demasiado bueno para mí, es que yo soy demasiado buena para él. No deseo estar con un chico con el que no pueda ser yo misma; no deseo estar con una persona que me haga sentir tan insegura como para tener que mentir.

Y sin él, puedo seguir siendo la Keely aventurera, la que rompe las reglas, bebe whisky y sube al asiento trasero de las motocicletas. Solo tengo que dejarme llevar, aprender a arriesgarme, decirle a Andrew lo que siento antes de que sea demasiado tarde.

«No es una carrera», dijo Andrew. Y no le faltaba razón.

Excepto que, en este preciso momento, sí lo es. Porque, mientras salgo del ascensor y cruzo corriendo el vestíbulo para buscarlo, es exactamente lo que parece.

TREINTA Y TRES

Marco el número de Andrew, pero no contesta. O todavía anda por el salón de baile y no lo ha oído con la música, o ya está con Danielle y pasa de responderme. Pero después de cruzar a la carrera la gran puerta de roble, dejando atrás las olas de cartón caídas y la máquina de burbujas que no funciona, compruebo que el salón está casi vacío. Puede que ya sea tarde.

Algunos profesores están de pie junto a la cabina del DJ, ayudando a recoger, y hay parejas sentadas a las mesas con los zapatos en las manos. Abby Feliciano se encuentra al lado del escenario, llorando. Jarrod Price está en la mesa del bufé, comiendo de uno de los platos de pollo. Y eso es todo. No veo a ninguno de los míos.

Reviso mi móvil. Son las once y media. Es normal que la mayoría de la gente se haya ido.

Regreso sobre mis pasos al vestíbulo y llamo a Andrew una vez más por si acaso mientras me acerco al mostrador de recepción. De nuevo, no responde.

—Necesito que me diga en qué habitación se hospeda uno de sus huéspedes —le pido al recepcionista.

Es un hombre de mediana edad, con bolsas moradas debajo de los ojos, que me mira con indiferencia y una expresión anodina.

—No estamos autorizados a proporcionar dicha información.

—Solo necesito el número de su habitación. Mis amigos se quedan aquí esta noche y no puedo encontrarlos —le explico.

—¿Eres un familiar?

—No, pero…

—Entonces, no puedo facilitarte la información —interrumpe.

—De hecho, sí, soy pariente suya. Por favor, es una emergencia —insisto, sabiendo que no lo entenderá, que no conoce las complejidades de las familias Reed y Collins, nuestros lazos en común.

—¿Una emergencia de baile de instituto? —responde el recepcionista, levantando una ceja y mirándome de arriba abajo.

No es así como se supone que suceden este tipo de situaciones. En las pelis, cuando te das cuenta de que estás enamorado, sencillamente te subes a un taxi, que esquiva el tráfico a toda velocidad, y llegas al aeropuerto justo a tiempo. La fuerza del amor verdadero y todo eso. Se supone que un recepcionista no debe detenerme. ¿Qué pasa si no llego a hablar con él? O peor aún: ¿qué pasa si lo encuentro y las cosas no salen como espero, o más bien como rezo por que salgan? Andrew podría estar enamorado de Danielle, podría querer estar con ella y yo solo me estaría entrometiendo. Sin embargo, nuestra amistad ya está rota. Si hay alguna posibilidad de que sienta lo mismo que yo, tengo que decírselo. Es lo que haría una Gryffindor.

Le doy la espalda y me dirijo hacia los ascensores. Vale. Si nadie me proporciona la información que necesito, tendré que arreglármelas yo sola.

Las puertas del ascensor se abren frente a mí. Hay doce pisos, doce botones dorados brillantes que se mofan de mi persona. Andrew podría estar en cualquiera de ellos. Me maldigo por no haber averiguado dónde se quedaban, por comportarme como si me diera igual, como si, al preguntarlo, hubiese mostrado mis sentimientos. El ascensor se impacienta, y las puertas se cierran y, a continuación, se vuelven a abrir, recordándome que debo pulsar un botón o largarme. Suspiro y regreso al pasillo. Ojalá hubiese alguna forma de hacerle salir de la habitación, obligarlo a bajar y a alejarse de Danielle. Aunque, en realidad, no existe nada que pueda alejar a un adolescente del sexo, y más concretamente, del sexo con Danielle Oliver. Solo una amenaza de muerte o de incendio.

Y entonces reparo en ello. La idea es tan simple que casi me ahogo.

Contemplo la pared ante mí, el hermoso papel tapiz con filigranas, las vigas de madera oscura que se entrecruzan en el techo y..., sí, ahí está: una pequeña caja roja con una palanca blanca justo encima de mi cabeza, con unas letras negras impresas sobre ella que dicen ROMPER EN CASO DE EMERGENCIA. «En caso de emergencia.» Probablemente no sea la que tenían en mente cuando la instalaron, pero al fin y al cabo, se trata de una emergencia.

Así que la rompo y tiro de la palanca.

El aire que me rodea cambia y se detiene, y aguanto la respiración. Lo único que oigo son mis latidos y, después, como si fuera un dragón dormido que despierta de un profundo sueño, el edificio entero cobra vida. Las alarmas, fuertes y chillonas, comienzan a sonar a mi alrededor y cuando regreso corriendo al vestíbulo, todo está sumido en el caos.

—¡Todo el mundo fuera! —grita el recepcionista—. Esto no es un simulacro.

Los profesores abandonan el salón de baile y llevan a los estudiantes al vestíbulo. Jarrod Price pasa corriendo a mi lado con una bandeja llena de pollo entre las manos. El señor Harrison está pálido, ojeroso, y una oleada de culpa me invade por haber sido yo la que ha provocado todo esto.

Sophie Piznarski se encuentra junto al mostrador de recepción, con los zapatos en una mano, y al verme, se lanza hacia mí.

—¡Keely! ¿Qué ha ocurrido? ¿De verdad hay un incendio?

—¿Has visto a Andrew? —suelto, y me doy cuenta de que no le he hecho caso.

—¿Cómo? —pregunta ella, y de repente, su tono de voz sube una octava y titubea, como si fuera a romper a llorar—. Está bien, ¿no?

—No hay ningún incendio —le confieso, examinando la zona por encima de su hombro.

Apresurada, la gente baja por la escalera principal. Jason Ryder se desliza por la barandilla, riendo, y advierto que está borracho. Ava lo acompaña, con la chaqueta del traje de Ryder tirada sobre el sostén y la melena morada suelta y despeinada.

—Tengo que irme —le digo a Sophie, y salgo disparada hacia Ava—. ¡No hay ningún incendio! —repito a gritos hacia ella, confiando en que se calme—. ¡Ava!

Casi me doy de bruces contra ella.

—¡Que salga todo el mundo! —ordena el señor Harrison, conduciéndonos hacia la puerta principal.

Cada vez hay más gente a nuestro alrededor y nos empujan hacia allí. El aire nocturno es cálido y húmedo, y todo está más calmado ahora que el sonido de la alarma se ha amortiguado. Busco a Andrew por todas partes, pero hay demasiada gente y está muy oscuro.

Distinguimos a Chase entre la multitud y vamos hacia él.

—¡Eh, colega! —saluda Ryder—. ¡Hemos metido tanta pasión y ardor en el baile que hemos acabado provocando un incendio!

—¿Estabas fumando en tu habitación? —pregunta Chase, y Ryder le responde con una sonrisa.

—¿Todo el mundo está bien? —quiere saber Ava.

—Sí. Fui yo la que hizo saltar la alarma.

Todos a mi alrededor me miran boquiabiertos.

—¿Cómo? ¿Y por qué lo hiciste? —pregunta Chase.

—Collins no es de las que rompe las reglas —le dice Ryder a Chase como si yo no estuviera presente.

—¿Dónde está Danielle? —le pregunto a Ava—. ¿Sabes su número de habitación?

—¿Se ha quedado atrapada? —dice Ava con los ojos abiertos de par en par.

—¡Danielle está bien! ¡No hay ningún incendio! —grito.

Cada vez hay más gente, y sé que Andrew tiene que estar por

aquí, en algún lugar, pero soy incapaz de distinguirlo entre la masa de cuerpos.

—¿En qué habitación estaban Danielle y Andrew? —vuelvo a preguntarle.

—No lo recuerdo —responde Ava—. Puedo enviarles un mensaje y... —Abre el bolso y empieza a hurgar en su interior, pero se detiene—. Vaya, no me acordaba de que nuestros teléfonos se han estropeado cuando nos hemos caído al lago. Lo siento.

—Quinientos nueve —dice Chase de repente.

—¿Qué?

Dirijo mi atención hacia él.

—Habitación quinientos nueve, quinto piso —anuncia—. Danielle me lo ha dicho antes. Cuando estábamos bailando juntos...

—Parece un poco culpable—. Fue como..., como si quisiera que recordara la habitación. Me dijo que era su número favorito.

—El quinientos nueve no es su número favorito —asegura Ava.

—No creo que sea el número favorito de nadie —puntualizo.

Y, a continuación, Ava pone los brazos en jarras.

—Venga ya, gente, de verdad. Danielle te ha dado el número de habitación porque quería que te encontraras allí con ella. Danielle y Andrew ni siquiera se gustan. Sois todos unos gilipollas.

Y con un gesto, se echa el pelo hacia atrás.

Durante un instante, todos nos miramos y, de repente, lo entendemos. Por primera vez, todo está tan claro que las piezas encajan en los lugares correspondientes.

—Tengo que volver a entrar —anuncio, señalando hacia la puerta—. Debo encontrar a Andrew.

Y salgo disparada hacia la puerta principal.

—¡Va a entrar en un edificio en llamas por él! ¡Eso es amor verdadero! —exclama Ava a mi espalda.

—No hay ningún incendio. —Escucho que dice Chase.

—Y ese otro tío, ¿dónde está? —pregunta Ryder a continuación.

Me abro paso entre los dos botones adolescentes y larguiruchos que hacen guardia ante la puerta.

—¡Eh, no puedes regresar al interior! —grita uno de ellos, pero lo ignoro y sigo corriendo.

Ahora sé adónde dirigirme. A la escalera. Subir cinco pisos. El recepcionista está en medio del vestíbulo, dirigiendo a la gente hacia las puertas, y cuando me ve pasar corriendo, clavamos la mirada el uno en el otro y entiende que he sido yo la que ha activado la alarma. Él no sabe que soy Keely Collins, y que hacer saltar alarmas no forma parte de mi manera de ser. Piensa que soy otra persona, más alocada, más libre, más viva, y eso me gusta.

Atacada por el flato, corro lo más rápido que mis pies me lo permiten hacia el hueco de la escalera trasera. Oigo pasos a mis espaldas, y me doy la vuelta, esperando encontrarme al recepcionista, pero me sorprendo al ver a Chase.

—No voy a permitir que te lleves todo el mérito —dice sonriendo—. Quizá así Danielle me perdone.

Cruzamos juntos una puerta batiente.

—Espera —digo—. Deberíamos separarnos. Yo voy por estas escaleras y tú, por las del otro lado.

Chase asiente y se marcha en la otra dirección, saludando con la mano antes de desaparecer tras la puerta.

—¡Ve a por tu chica! —le grito.

Entonces, empiezo a subir. Voy más lenta de lo que pensaba porque las escaleras son antiguas y sinuosas. Al final llego al quinto piso y abro la puerta que da al pasillo. Está vacío, y solo hay luces intermitentes y alarmas a todo volumen. Me apoyo contra la pared durante un minuto para recuperar el aliento. Si Andrew no está aquí, quizá es mejor que vuelva fuera. Acabaré por encontrarlo, cuando desconecten la alarma y la calma regrese. Me incorporo y empiezo a caminar hacia las escaleras.

Y entonces lo veo, al otro lado del pasillo.

—¡Collins! —grita, por encima del sonido de la alarma—. ¡Tenemos que salir de aquí!

—¿Dónde está Danielle? —le pregunto, esperando a que aparezca justo detrás de él.

—Ya ha salido —responde—. Yo volví a por ti. Ava me ha dicho que volviste a entrar camino del quinto piso. ¡Hay un incendio!

Andrew corre hacia mí y me coge la mano, dispuesto a llevarme a un lugar seguro. Y yo se lo permito, entrelazando mis dedos entre los suyos.

—¡No pasa nada! ¡No hay ningún incendio! —grito.

—¿Qué? —pregunta, y no puedo asegurar si es porque no me ha oído o si simplemente está confundido.

Andrew sigue corriendo hacia la escalera de emergencia, tirando de mí.

—¡No hay ningún incendio! —repito—. ¡Yo hice saltar la alarma!

Entonces, de repente, Andrew frena en seco y choco contra su espalda.

—¿Que has hecho saltar la alarma? ¿Y por qué demonios ibas a...?

—Regresaste a por mí —interrumpo.

—Por supuesto que regresé a por ti...

Y antes de que pueda terminar la frase, antes de que pueda dar marcha atrás, lo beso. El gesto debe de haberle pillado por sorpresa, porque se toma más o menos tres segundos en reaccionar, pero después me devuelve el beso, apretándome con fuerza contra su pecho y envolviéndome con los brazos. Las alarmas siguen gimiendo, pero no las oigo, porque lo único que siento son los fuertes latidos de mi corazón. Doy unos pasos hacia delante, empujándolo hasta que su espalda se encuentra con la pared, y lo arrincono contra ella. Andrew lleva la mano a mi pelo y me atrae hacia él. Nos besamos durante lo que parece una eternidad, y no me importa en absoluto porque podría seguir besándolo durante lo que me queda de vida. Cuando nos separamos para respirar, me aparto un poco y veo que abre los ojos.

—¿Qué estás haciendo? —pregunta.

Nuestros rostros están tan juntos que ya no necesitamos hablarnos a gritos. Puedo escuchar lo que dice, incluso con la alarma de fondo. Puedo sentir cómo sus labios rozan los míos cuando me pregunta:

—¿Por qué hiciste saltar la alarma?

—Tenía que encontrarte —respondo, agarrándolo más fuerte de la cintura, como diciéndome a mí misma que ahora que lo tengo, no voy a dejarlo escapar—. Te estaba buscando.

Él sonríe abiertamente, y noto su sonrisa contra la mía.

—Eso suelo decirlo yo.

—Ya lo sé. Pero es cierto. Estaba con Dean y…

Al oír el nombre de Dean, Andrew levanta la cabeza y mira a un lado y a otro del pasillo.

—¿Qué te ha hecho? ¿Te ha hecho algo? ¿Dónde está ahora?

—No, todo bien —lo tranquilizo—. No me ha hecho nada. Pero estaba con él y solo… Bueno, quería que fueras tú. No deseaba estar con él, sino contigo. Creo, es decir, lo que pasa es que…

No puedo creer lo difícil que me resulta pronunciar las palabras, incluso ahora.

—Dilo. Venga, Keely, dilo —me insta Andrew.

Y me besa otra vez, con un brillo de esperanza en los ojos que me infunde valor.

—Megustasmásquelapizza —suelto atropelladamente, mezclando las palabras—. Me gustas más que la pizza —repito, esta vez más lento—. Recibí tu nota. ¿Iba en serio?

No puedo respirar.

—Estás de broma, ¿no? Keely, estoy loco por ti —confiesa, inclinándose para rozar su nariz contra la mía—. Llevo enamorado de ti desde que empezamos el instituto.

Por primera vez en mi vida, me siento realmente viva. Lo beso de nuevo, y solo estamos nosotros dos, solo nosotros en el mundo. Pero después de un minuto, me alejo al recordar que eso no es cierto.

—Pero estás enamorado de Danielle. Tú mismo me lo dijiste. Le diste esa tarjeta por San Valentín.

—¿Sabes cuántas veces me has rechazado? —pregunta, negando con la cabeza—. ¿Cuántas veces he tratado de decírtelo y tú te has mofado de mí, como si salir conmigo fuera la cosa más ridícula del mundo? —Quiero llevarle la contraria, pero sé que no le falta razón—. Tuve que convencerme de que era impensable salir contigo para comprobar si así, si llegaba a creérmelo, a aceptarlo, te olvidaba de una vez por todas.

—Me alegro de que no lo hicieras.

—Ese San Valentín era para ti. Lo hice el primer año del insti, ya lo sabes. Te iba a decir cómo me sentía, pero tú hiciste otro comentario estúpido sobre lo de salir conmigo y me acobardé. Se lo di a Danielle porque eso es lo que hacían los demás.

Respiro.

—Lo siento. He sido una auténtica gilipollas.

—Sí… —Andrew sonríe y yo le golpeo en el hombro—. Aunque yo también lo he sido. —Levanta la mano y me coloca un mechón detrás de la oreja—. Cuando me preguntaste de quién estaba enamorado, imaginé que ya sabías que era de ti y que ibas a decirme que tú también me querías. Pero luego me rechazaste de nuevo y no pude soportarlo. Mencioné a Danielle porque era lo más sencillo. Sabía que lo odiarías. Y después pensé: «Menudo imbécil»… No sabía cómo arreglarlo. Esa tarjeta te la escribí para tu cumpleaños. Y nunca me dijiste nada.

—¡No la vi! —me excuso.

—Debería habértelo dicho. Podría habernos ahorrado mucho tiempo…

—Tienes razón: somos dos gilipollas.

Lo beso de nuevo.

—¿Estás segura de que no hay ningún incendio?

—Segurísima.

—De acuerdo.

Me levanta por la cintura y me hace girar, con lo que mi espalda queda apoyada contra la pared. Ahora es él el que me arrincona, cubriéndome con su cuerpo.

—¡Eh!

Una voz grita desde el otro extremo del pasillo y Andrew se aparta, vuelve la cabeza y observa. Echo de menos la sensación de sus labios sobre los míos, y me pregunto si cada vez que no nos besemos voy a tener que pasar por esto.

—¡Eh! ¡Ahí está la chica!

Es el recepcionista, que se dirige a grandes zancadas hacia nosotros. Y va acompañado de Leroy, el tío de Andrew, ataviado con su uniforme de bombero.

No lo pienso dos veces: agarro a Andrew de la mano y salgo corriendo, arrastrándolo hacia la otra punta de pasillo. Abro la puerta de la escalera de emergencia, cruzamos el umbral y bajamos los peldaños a toda prisa, tratando de no matarnos. Cuando llegamos a la planta baja, seguimos corriendo, doblando esquinas al azar, dejando atrás un pasillo tras otro, hasta que nos desorientamos. Hay tantas puertas que me pregunto si el recepcionista conocerá todos los rincones y escondrijos. La alarma sigue sonando sobre nuestras cabezas; las luces parpadean.

—¡Por aquí! —exclama Andrew, girando a la izquierda.

A continuación, abre una puerta que da a un trastero debajo de las escaleras. Lo sigo y entonces cierra la puerta a nuestras espaldas. Inmediatamente, el sonido de la alarma se detiene. Dentro está oscuro, casi negro, y debería estar intranquila ante la posible presencia de arañas, ratas o algún bichejo similar, pero no lo estoy. Porque los brazos de Andrew me rodean, porque nos besamos nuevamente y porque él me quiere, y eso es lo único que importa.

—Me van a despedir por esto —dice Andrew, sonriendo.

—Merece la pena —susurro.

—Vaya si merece la pena…

Me besa de nuevo y yo deshago el nudo de su corbata lo suficiente como para desabrochar los botones de su camisa. Andrew lleva las manos a mi espalda y lucha con la cremallera del vestido. Le ayudo a bajarla, a quitarme el vestido. Alargo la mano, le desabrocho el cinturón y, a continuación, bajo la cremallera de la bragueta, que resuena en el silencio de la habitación. No puedo verlo, pero puedo sentirlo. Noto sus manos en mis caderas, cuando deslizan hacia abajo mi ropa interior, cuando me tocan en el lugar que nadie había tocado antes. Jadeo con el contacto de sus dedos en la zona y llevo mis manos hacia sus calzoncillos para acariciarlo también.

De golpe, me doy cuenta de que esto es lo que se siente en realidad: un dolor entre las piernas, una necesidad urgente en el pecho, una sensación en el estómago que se asemeja a las burbujas del champán. No me sentí así con Dean arriba, en la habitación, en la cama con dosel, donde se suponía que todo era perfecto.

Hurgo en el bolso y saco el preservativo, el que tenía planeado usar antes. Tanteando en la oscuridad, se lo doy y oigo cómo lo abre y se lo pone.

—¿Estás segura? —pregunta en un murmullo que me hace cosquillas en la oreja.

—Sí —respondo, y es verdad.

Estoy tan segura que creo que voy a morir si no continúa.

—Te quiero tanto —susurra contra mi boca.

—Yo también te quiero —respondo, en un susurro parecido.

Y así, finalmente, la noche del baile del insti, pierdo mi virginidad. Y no es perfecto, porque ¿cómo podía esperar que lo fuera? Y esto es precisamente lo que he averiguado: que no se pueden hacer planes. Que los mejores momentos son los que llegan por sorpresa.

TREINTA Y CUATRO

Sin embargo, de lo que no tenía ni idea es de que hacer saltar la alarma constituye un delito menor, lo que significa que va a constar en mi expediente y que puedo ir a la cárcel. Por suerte, no es eso lo que sucede.

Lo que sucede es lo siguiente: Andrew y yo finalmente salimos del trastero y nos llevan a comisaría. El tío de Andrew llama a sus padres, quienes luego llaman a los míos y todos aparecen en comisaría en pijamas y batas, todos con algo que decir. Jamás he visto a mis padres tan enfadados conmigo (y no solo por lo de la alarma, sino también por lo de la reserva de la habitación, el whisky y la resistencia que presentamos), y cuando al final se cansan de gritar, los padres de Andrew intervienen y se hacen cargo de la situación. Al final, me ponen una multa de setecientos dólares, que tendré que pagar trabajando durante meses en el videoclub. Aunque diría que pasar todo el verano con Dean es lo peor que me podría ocurrir, sigue siendo mejor que ir a la cárcel. Aunque no mucho mejor.

Andrew está entusiasmado con que me haya convertido en una delincuente de verdad. Cuando me levanto a la mañana siguiente del baile del insti, su camioneta está esperando en el camino de acceso ante mi casa. Se supone que voy a estar castigada sin poder salir hasta la ceremonia de entrega de títulos, pero mis padres me dan cinco minutos para hablar con él. Creo que, para sus adentros, hacen una excepción porque están muy emocionados de que estemos juntos. No dejo de repetirle a mi madre que todavía somos jóvenes para bromear sobre nuestra descendencia. Cuando abro la puerta de la camioneta, me sorprende un ligero aroma a pizza. Lleva sus gafas, lo que me encanta, y al verlo y recordar todo lo que ha sucedido entre nosotros, de repente me asalta la vergüenza. Lo más gracioso es que, pese a que he mantenido relaciones sexuales con él, no me siento muy distinta. Resulta que perder la virginidad es como celebrar un cumpleaños. Nadie puede saber si tienes diecisiete o dieciocho años con solo mirarte, ni si te has acostado con una persona, con una docena o con nadie. Creía que haberme acostado con él me cambiaría como por arte de magia, pero Andrew no me ha convertido en la chica que soy ahora. Lo he logrado yo solita.

—Te he traído el desayuno —dice Andrew, ofreciéndome una caja de pizza.

—Es muy temprano —respondo, pero me subo a su lado y abro la caja, entrechocando mi porción de *pepperoni* con la suya.

—¿He hecho mal no pidiendo champiñones? —pregunta—. Me ha dicho un pajarito que ahora te gustan.

—Cállate —suelto, empujándole con el hombro.

Andrew esboza una sonrisa adorable.

—¿Sabes? Jamás habría dicho que, de los dos, tú ibas a ser la delincuente.

—Todavía estás a tiempo —respondo, devolviéndole la sonrisa—. No te des por vencido.

—Tienes razón. Tengo mucho tiempo este verano para distinguir ahora que me he quedado sin trabajo.

—Pero ¡si tú no hiciste saltar la alarma! Tu tío no puede echarte la culpa por algo que hice yo.

—Soy cómplice del delito, ¿recuerdas?

—Hablando de cómplices y de tu tío… —digo con una sonrisa maliciosa—, ¿existe alguna posibilidad de que consigas un uniforme de bombero?

—Si lo que querías era que te hiciera un baile sexi vestido de uniforme, deberías haberlo pensado antes de ponerte en contra a todo el departamento de bomberos de Prescott. —Andrew toma un trozo de *pepperoni* de su porción y se lo mete en la boca—. He estado pensando en confesarles a mis padres que no soy vegano. Me parece el momento adecuado, ya sabes, como todos están tan enfadados contigo...

Suelto una carcajada y me inclino para besarlo.

—Supongo que el amor te hace cometer locuras.

Al oír la palabra «amor», su sonrisa se ensancha aún más y veo que se sonroja. Todavía no parece real. Estamos enamorados. Nos queremos. Él me pertenece y yo le pertenezco a él. Y todo, por el módico precio de setecientos dólares.

La ceremonia de entrega de diplomas llega una semana después, en el campus del insti, debajo de una gran carpa blanca. Hannah, Andrew y yo vamos juntos, amontonados en el jeep de mi amiga con los viejos envoltorios y las bolsas de basura, como siempre. Estaba preocupada por si la relación entre los tres se enrarecía ahora que dos de nosotros estamos saliendo, pero la cuestión es que, como dice Hannah, todo es igual que antes.

«Tú y Andrew habéis estado saliendo desde sexto de primaria», me dijo cuando le pregunté, quitándole importancia a mi preocupación.

Hannah ha vuelto oficialmente con Charlie, lo que no me alegra en absoluto, aunque sé que mi deber como mejor amiga es apoyarla pase lo que pase. Probablemente le volverá a romper el corazón. Lo único que tengo que hacer es estar cerca para cuidarla cuando lo haga.

Al llegar al campus, vamos a saludar a nuestros padres. Sacan tantas fotos que parece que estemos de nuevo en la noche del baile. Sin embargo, ahora no me importa. Es un momento para el recuerdo. Ahora me siento sumamente feliz.

Quiero retocarme en el espejo antes de que comience la ceremonia, así que me dirijo hacia el edificio, pasando ante la sala polivalente camino del lavabo de las chicas. El insti está vacío y reina el silencio, un silencio que no he escuchado jamás, y, al contemplar el suelo de linóleo y las baldosas azules y blancas de las paredes, me asalta la idea de que esta será la última vez que lo pise.

Si puedo evitarlo, no regresaré jamás. Sin embargo, de algún modo, este pensamiento me entristece.

Empujo la puerta abatible del baño y me quedo paralizada, sorprendida. Danielle está sentada sobre la repisa del lavamanos, con el rímel corrido por toda la cara. Al verme, se apresura a secarse las lágrimas con la mano.

—Lo siento —digo al mismo tiempo que la puerta del baño me golpea el trasero.

Dudo durante un segundo, en el que trato de decidir si debo entrar o irme y dejarla a solas.

—¿Qué, Collins, entras o sales? —pregunta, con voz cortante.

Doy unos pasos indecisos hacia delante.

—¿Estás bien?

—Está claro que no.

Le doy la espalda.

—Mira, si no quieres hablar conmigo, te dejo en paz.

Abro la puerta, dispuesta a marcharme.

—Espera —dice ella, en voz baja.

Resulta inquietante verla tan vulnerable, como si fuera una niña pequeña, como alguien que no controla la situación. Entorno la puerta.

—Voy a echar tanto de menos este sitio —confiesa.

—Pues yo solo estoy pensando en pirarme —respondo, aunque entiendo a qué se refiere.

El insti siempre ha tratado bien a Danielle: todos la apoyan, todo el mundo se pone siempre de su parte. Aunque quizá el insti también le haya resultado igual de difícil. Quizá ella ha llega-

345

do a encontrar una manera de sobrellevarlo y que no se le note.

—¿Tú ya sabías que era Ava la que escribía las notas? —pregunta, jugueteando con la borla del sombrero.

Me aproximo y me siento junto a ella, sintiendo que el agua humedece la parte posterior de mi túnica. Me sorprende que todavía esté molesta por lo que hizo Ava, y no porque sea una estupidez, sino porque Danielle siempre me ha parecido una persona bastante fuerte.

—Te lo habría dicho.

—No, no me hubieras dicho nada —responde en un tono indiferente.

Me doy cuenta de que tiene razón, de que no habría querido involucrarme. Quizá se lo habría dicho a Hannah para que ella se lo dijera.

—¿Me habrías creído?

—Probablemente, no. Nunca me has tenido mucho aprecio.

—Eso no es verdad —suelto, poniéndome a la defensiva.

Danielle clava sus ojos en los míos.

—No pasa nada. Tú tampoco me caes muy bien.

Sus palabras deberían dolerme, pero, por alguna extraña razón, en lugar de sentirme herida, como si me hubieran insultado, me siento aliviada. Es reconfortante sacarlo a la luz y dejar de fingir.

—No es nada personal —continúa Danielle—. Pero, sencillamente, no tenemos gustos comunes. No creas que no veo cómo pones los ojos en blanco cada vez que hablo. Piensas que soy tonta por el simple hecho de que me gusta peinarme, maquillarme, arreglarme y coquetear con los chicos.

No parece enfadada o agresiva, sino que se limita a constatar un hecho.

—No pienso que seas tonta. Creo que eres… intimidante.

Me quedo paralizada tras decirlo, nerviosa por si se ríe o por si me devuelve el golpe.

—Es tan típico del insti…

—¿El qué?

—Fingir que nos cae bien nuestro grupo de gente. Salir con personas que no nos caen bien solo porque se supone que tenemos que hacerlo.

—Bueno, tampoco es que haya donde elegir en el insti.

—Vale, pero, por ejemplo, Sophie me cae mucho mejor que tú —suelta—. Sin ánimo de ofender. Y, por alguna razón, salgo más contigo. Porque somos cuatro. Es así, y punto. Ni siquiera sé cómo empezó. Supongo que fue Hannah. Y Andrew. A ellos les caías bien, así que me tenías que caer bien a mí. Pero todo lo que hiciste fue comportarte como si tú fueras mucho más guay que yo porque sabías montar en monopatín, veías películas antiguas y eras amiga de los chicos. Y entonces, vaya, caray, ese tío bueno universitario se pirra por ti y te vuelves todavía más guay. ¿Qué es lo que te hace tan especial?

—Pero si... —protesto, atónita ante sus palabras—. Pero si tú eres la jodida Danielle Oliver. ¡Eres la más guay del universo!

Entre hipidos, Danielle suelta una carcajada. Pese a que está llorando y da pena, todavía está increíble.

—Lo sé —dice ella, lamiéndose el pulgar para limpiarse el maquillaje de debajo de los ojos. Luego, se examina el dedo—. ¿Sabes? Es la primera conversación auténtica que hemos tenido.

—¡Menudas amigas! —exclamo, riendo.

—Pensaba que eras tú la de las notas y los mensajes.

—¿Qué? —Mi voz se eleva—. Yo no habría hecho eso jamás.

—Sí, pero después me di cuenta de que mientes fatal. No te habrías salido con la tuya.

Me río y la salpico con un poco de agua.

—¡Eh! ¡Mi traje de graduación! ¡Que me he puesto muy elegante!

Pero ella también se está riendo, y el ambiente entre nosotras se relaja. Es como si hubiésemos pasado los años de instituto en una burbuja que finalmente ha estallado. Si quiero respuestas, ahora es el momento de preguntarle.

—Así que… ¿te gustaba Andrew?

Aunque ahora sé con total certeza que es mío, todavía se me forma un nudo en la garganta. Me doy cuenta de que eso es el amor, este dolor constante de por vida de que alguien o algo podría llevárselo.

—Pues claro que no —confiesa Danielle—. Llevo enamorada de Chase desde hace diez años, Collins. Pensaba que se veía a la legua.

Danielle se quita el birrete y examina su aspecto ante el espejo, levantando las manos para atusarse el flequillo. Después, continúa:

—Andrew estaba tan celoso de tu chico universitario que pensé que le iba a dar algo. Entonces se me ocurrió que podríamos ayudarnos mutuamente. Soy una puta manipuladora, ¿recuerdas?

—No eres una puta —digo, y lo pienso de verdad.

Nuestros ojos se encuentran en el espejo y Danielle sonríe.

—¿Crees que nuestro grupo seguirá unido después de la graduación?

—No. —Me siento finalmente liberada por poder hablar con sinceridad—. Y no pasa nada.

Danielle suspira. Sé que está pensando en Ava.

—Pero vosotras dos haréis las paces.

—Sé que tengo que ser más amable con ella, tratarla mejor… —Baja la mirada hacia las manos, en las que luce unas uñas aún brillantes y negras—. Creo que nos portamos peor con las personas que más queremos porque pensamos que nos querrán pase lo que pase.

Antes de que me dé cuenta, cojo su mano y la aprieto entre las mías.

—Ava todavía te quiere. Solo dale algo de tiempo.

—Gracias.

Danielle sonríe, y la suya es una sonrisa auténtica, de las que se reflejan con un brillo en los ojos.

—Deberíamos regresar —sugiero—. Ya sabes, enfrentarnos a nuestro futuro y todo ese rollo.

Bajamos de la encimera y abandonamos el baño juntas, todavía cogidas de la mano, dispuestas a reunirnos con el resto en el campus.

Cuando llegamos a la gran carpa blanca con todas las sillas, Danielle me aprieta la mano una vez más y después se suelta, dirigiéndose hacia Chase y Ava.

Chase pasa un brazo por encima de los hombros de Danielle y la acerca hacia él, y veo un destello de dolor en el rostro de Ava antes de que esboce una sonrisa resignada. Espero que tarde o temprano hagan las paces, aunque también podría ser que no las hicieran. Quizá algunas amistades solo duran lo que dura el insti. Quizá Danielle y Ava ya no encajan, ya no hablan el mismo idioma.

Los saludo con la mano y, a continuación, me dirijo hacia Andrew y Hannah, y los abrazo, los tres solos.

—Lo echaré de menos —digo, cuando empieza la ceremonia.

Sé que no es el final, todavía no. Todavía tenemos todo el verano por delante antes de separarnos cada uno por nuestro lado. Andrew y yo disponemos de dos meses antes de que una enorme distancia se interponga entre nosotros. Pero jamás seremos exactamente iguales a como somos ahora. Jamás regresaremos a nuestros dieciocho años, al verano anterior a la universidad, cuando éramos libres y optimistas, ese verano en que nos enamoramos por primera vez y el mundo se extendía a nuestros pies, puro y resplandeciente.

Desconozco qué nos depara el futuro. No sé si Andrew y yo seguiremos saliendo, si siempre será mi mejor amigo, mi persona favorita, la persona más importante de mi vida. Espero que sí. Espero comer pizza con él hasta que seamos dos ancianitos y no podamos masticar. Pero sé que no es el momento de hacer planes, que las respuestas no están en un libro, que no puedo imaginar lo que sucederá.

A veces, la vida no es perfecta. No es una peli. No puedo dirigirla, no puedo editar las escenas que no me gustan. La vida es caótica, complicada y llena de malentendidos Y eso está bien. Pase lo que pase, estoy impaciente.

Y totalmente preparada.

AGRADECIMIENTOS

De niña, cuando me imaginaba como una escritora, pensaba lo siguiente: yo, sola, en alguna cabaña perdida en algún lugar, en una isla o una playa, o en la cima de una montaña rodeada de árboles. Y aunque parte de eso se ha hecho realidad (he escrito en varias islas), la verdad es que escribir no es un acto solitario. Muchas personas me han ayudado y me han animado a dar cada paso del camino.

En primer lugar, debo dar las gracias a mis padres, que siempre han fomentado mi amor por las artes (ya sea llevándome a ensayos teatrales, acercándome al mundo de los libros cada Navidad o alentándome a escribir en las mañanas del fin de semana en lugar de ver dibujos animados). Estoy muy agradecida de que ante la frase «Me aburro» siempre sugirieran llenar mi tiempo con arte y música. Gracias por entender que no iba a seguir el camino fácil y típico y por cultivar mi creatividad. A mi padre, por inspirarme el amor por las historias leyéndome cada noche antes de dormir. A mi madre, que, cuando me deprimía por mis intentos musicales, decía: «Creo que deberías ser escritora». Y con estas palabras cambió el curso de mi vida.

Un enorme agradecimiento a Shirin Yim Bridges. Comencé tus clases con una idea para la historia y ahora puedo compartirla con el mundo.

A mi grupo original de escritores y al resto de la pandilla de

353

Richmond: Amanda, Jessica, Sara, Joey, Irene, Remi y Erich. Gracias no solo por vuestra brillante experiencia como escritores, sino por dejarme enviaros mensajes de texto interminables sobre mis preocupaciones y, en general, gracias por vuestra mágica amistad con los unicornios.

A los otros escritores que leyeron mis primeros borradores y me ayudaron a dar forma a esta historia: Cassia, Cady, Jenn, Julie y Marjorie. Habéis acompañado a Keely y a Andrew desde el principio. Y para el resto del Ejército de Shirin, gracias por vuestro apoyo incondicional y por las copas de coñac hasta altas horas de la noche.

Gracias a Jody Gerhman, Sabrina Lotfi y Renée Price por sus primeras lecturas y su entusiasta defensa. Habéis sido las hadas madrinas de este libro, preparándolo para su baile de graduación.

Me siento increíblemente afortunada por tener tantos amigos extraordinarios. A los Doobs —con amigos como vosotros, es fácil hacerlo bien—. A mi club de lectura mágico, gracias por ser esas reinas divertidas, inteligentes y feministas que siempre tienen lista una referencia a Harry Potter. ¡Amor infinito para 4th Floor South, los Gauchos, y el equipo de Bae Area al completo! Todos formáis parte de mi familia y estoy muy agradecida por contar con tantas risas en mi vida. Si en el instituto yo, que estaba sola y era una persona insegura y temerosa del futuro, hubiera podido verlos venir, me habría sentido muy orgullosa. Sé que todos seremos amigos para siempre y no puedo esperar a comer pizza con vosotros hasta que seamos unos ancianitos y ya no podamos masticar. Si este libro se vende bien, prometo comprar la comuna.

Y, por supuesto, gracias a mi increíble agente Taylor Haggerty, y al resto del equipo de Root Literary —especialmente a Melanie Figueroa por sacarme del temporal de aguanieve—. Gracias a mi increíble editora, Julie Rosenberg, y a todos los demás en Razorbill, por creer en este libro y convertir mis sueños en realidad. Gracias a Heather Baror-Shapiro por conseguir que esta novela saltara fronteras, y a Mary Pender-Coplan por la película. Gracias a la diseñadora Maggie Edkins y a la ilustradora Carolina Melis por la hermosa cubierta. A los equipos de marketing y publicidad de Penguin por todo lo que están haciendo para compartir mi historia.

Y por último, pero no por ello menos importante, gracias a los lectores. Sin vosotros, todo esto no tendría sentido.

Cameron Lund es autora, cantante y una enamorada de la pizza. Nacida en New Hampshire, se mudó a Santa Bárbara, donde reside actualmente, para estudiar cine. Su amor por los viajes la ha llevado a más de veinticinco países, y su devoción por las comedias románticas, a escribir **Las (des)ventajas de ser virgen**, una de las novelas de más éxito del año.